Renate Ahrens
Der Wintergarten

SERIE PIPER

Zu diesem Buch

Joanna hat sich eingerichtet in ihrem Leben: Sie ist international anerkannte Professorin an einer New Yorker Universität, hat Freunde, einen Hund und einen neurotischen Vater, der nicht versteht, wie sie mit vierzig ihr Leben als Single genießen kann. Sie ahnt nicht, daß die Reise zu einer Literaturtagung in Hamburg ihr Leben verändern wird. Auch der geschiedene Hamburger Englischlehrer Robert kommt allein zurecht, allerdings vermißt er seine Tochter Lotte, die sich ihm immer mehr entfremdet. Seine nörgelnde Mutter klagt, daß er immer menschenscheuer wird, aber als er Joanna begegnet, faßt er Vertrauen in diese Fremde, und sein Leben in Zurückgezogenheit gerät aus den Fugen: Nach einer gemeinsamen Nacht kehrt Joanna nach New York zurück, fest entschlossen, so weiter zu leben, als sei nichts geschehen. Doch sie kann diesen schüchternen Mann nicht vergessen …

Renate Ahrens, 1955 geboren, studierte Anglistik und Romanistik in Marburg, Lille und Hamburg. Sie war zunächst als Lehrerin tätig und lebt seit 1986 als Autorin vor allem von Kinderbüchern mit ihrem südafrikanischen Mann in Dublin und Hamburg. Nach »Der Wintergarten« erschien ihr zweiter Roman »Zeit der Wahrheit«, den sie während eines einjährigen Südafrika-Aufenthalts zu schreiben begann.

Renate Ahrens

Der Wintergarten

Roman

Piper München Zürich

Ungekürzte Taschenbuchausgabe
Piper Verlag GmbH, München
September 2003

Umschlag / Bildredaktion: Büro Hamburg
Isabel Bünermann, Julia Martinez /
Charlotte Wippermann, Kathrin Hilse
Foto Umschlagvorderseite: Martyn Thompson
Satz: Buch-Werkstatt GmbH, Bad Aibling
Druck und Bindung: Clausen & Bosse, Leck
Printed in Germany ISBN 3-492-23894-7

www.piper.de

Für Alan

»Wie sehr sie ihn liebt oder er sie,
wissen wir nicht. Oder wie sehr es ein Spiel
voller Geheimnisse ist.«

Michael Ondaatje, *Der englische Patient*

1.

Joanna saß eingezwängt zwischen zwei dicken, schwitzenden Männern und dachte an Bruno. Wenn er nicht im letzten Moment auf Katies Teppichboden gepinkelt hätte, säße sie jetzt auf einem bequemen Fensterplatz in der Nichtraucherzone und käme in den Genuß von mindestens anderthalb Armlehnen. Sie würde mit Carol und Steve plaudern und müßte keine Nachbarn ertragen, die beim Umblättern ihrer Zeitung so ungeschickt waren, daß sie ihr ständig vor der Nase herumfuchtelten. Joanna machte die Augen zu und versuchte sich vorzustellen, sie würde durch einen kühlen See schwimmen. Manchmal half das. Doch statt des Sees tauchte das Bild von Katies Wohnzimmer vor ihr auf. An der Decke surrte der Ventilator, Bruno strich mit eingekniffenem Schwanz um den feuchten Fleck herum, und Katie fing plötzlich an zu weinen, weil irgendein Martin sie nicht angerufen hatte.

»… freuen wir uns, Sie an Bord unserer Maschine auf dem Flug von New York nach Hamburg begrüßen zu dürfen …«

Joanna setzte ihre Kopfhörer auf, suchte einen Sender mit klassischer Musik und lehnte sich zurück. Seit knapp zwei Jahren waren Katie und sie Nachbarinnen. Kennengelernt hatten sie sich in dem kleinen, schmutzigen Hundeauslauf direkt vorm Haus. Joanna hatte Katies Golden Retriever bewundert, und eine halbe Stunde später wußte sie, daß Katie zwanzigeinhalb war, Musik mit Schwerpunkt Klavier studierte und ihren Hund Jupiter mehr liebte als ihren Freund. Ihr Vater hatte ihr freundlicherweise die Wohnung gekauft, weil sie nicht jeden Tag zwischen Westchester County und Manhattan hin und her pendeln konnte. Das war in der Tat niemandem zuzumuten, bestätigte Joanna. Schließlich kam sie selbst aus Westchester County und kannte die Entfernung. Wie Katies damaliger Freund hieß, wußte Joanna nicht mehr. Woran sie sich jedoch noch genau erinnern konnte, war Katies Verblüffung darüber, daß sie, Joanna, weder einen Ehemann noch einen Freund hatte.

Damals, im Hundeauslauf, hätte sie niemals gedacht, daß Katie ihre Freundin werden könnte, so ein verwöhntes Ding, halb so alt wie sie und so naiv, daß es manchmal kaum zu fassen war. Aber Katie hatte etwas an sich, dem sie sich nicht entziehen konnte. Katie fragte nach, wie die Vorlesung über Margaret Atwood gelaufen sei; Katie versorgte sie mit frisch gepreßtem Orangensaft, wenn sie mit Grippe im Bett lag; Katie hörte zu, wenn sie sich über ihren Bruder Ron beklagte. Katie war immer für sie da. Ja, Joanna nahm es Katie nicht einmal übel, daß sie ihr regelmäßig Herren im gesetzteren Alter vorstellte, vornehmlich Musikprofessoren.

Langsam fielen ihr die Augen zu. Schon lange war sie nicht mehr so müde gewesen. In den letzten Wochen hatte sie ununterbrochen gearbeitet, so als ob alles von diesem Vortrag für die Hamburger Tagung abhinge. Und wieder war es Katie gewesen, die ihr ab und zu etwas zu essen gebracht hatte und sonntags stundenlang mit Jupiter und Bruno spazierengegangen war.

Joanna wurde davon wach, daß jemand sie unsanft in die Seite knuffte.

»Wollen Sie nichts essen?« Der Dicke zur Linken zeigte auf das Plastiktablett, das die Stewardeß direkt vor ihre Nase hielt. Es roch nach Gulasch.

Erst jetzt fiel ihr ein, daß sie bei der Buchung des Fluges vergessen hatte, sich ein vegetarisches Menü zu bestellen. Nun mußte sie sich mit der Gulaschbeilage, bestehend aus drei Löffeln Reis und zwei Broccoliröschen, begnügen. Zum Nachtisch gab es einen nach Chemie riechenden Zitronenpudding. Den schenkte sie dem Dicken zur Linken, der ihn tatsächlich dankbar aufaß.

Noch vier Stunden und zwanzig Minuten bis zur Landung. Joanna brach auf einmal der Schweiß aus. Sie schälte sich aus ihrem Sitz und bat den Dicken zur Rechten, aufzustehen und sie vorbeizulassen. Als er nicht sofort reagierte, kletterte sie einfach über seine dicken Schenkel hinweg. Empört schimpfte er hinter ihr her.

Sie lief den Gang auf und ab und atmete ein paarmal tief durch. Noch nie zuvor hatte sie beim Fliegen Beklemmungen bekommen; überhaupt waren ihr Beklemmungen fremd, im Gegensatz zu ihrer Mutter, die zeit ihres Lebens in keinen Fahrstuhl gestiegen war.

Als sie wieder ruhig atmen konnte, versuchte sie abzuschätzen, an welcher Toilette die Warteschlange am kürzesten war.

Kaum hatte sie sich angestellt, als jemand sie unsanft am Oberarm packte. »He, wo warst du?«

Hinter ihr stand Nick, bleich, mit einer vollen Spucktüte in der Hand, und sah sie böse an. »Wir haben bis zum letzten Aufruf auf dich gewartet.«

»Soll ich dich vorlassen?« fragte Joanna und zeigte auf die Spucktüte.

Wortlos nahm Nick ihr Angebot an. »Da bemüht man sich, dir eine Einladung zu der Tagung zu verschaffen …«

»Du weißt genau, daß ich vor dir eingeladen wurde.«

Einen Moment lang schien Nick protestieren zu wollen, dann besann er sich eines Besseren. »Also, nun sag schon, wo warst du?«

»Ich bin aufgehalten worden.«

»Muß was sehr Dringendes gewesen sein.«

»Zweifellos.«

»Wollte dein Hund dich nicht gehen lassen?«

»Genau.«

Nick schüttelte fassungslos den Kopf. »Weißt du, manchmal denke ich, du spinnst.«

»Das denke ich von dir manchmal auch.« Joanna zeigte auf die offene Toilettentür. »Du bist dran.«

Nick verschwand, immer noch kopfschüttelnd, in der winzigen Toilette. Als Joanna hörte, wie ihm erneut schlecht wurde, beschloß sie, sich an einer anderen Schlange anzustellen. Drei Jahre hatte sie mit Nick zusammengelebt; drei Jahre hatte er sie mit seinem kranken Magen belästigt. Nie wieder würde sie eine Toilette benutzen, in die Nick sich gerade zuvor übergeben hatte.

Später versuchte sie zu lesen, Nicks neuesten Aufsatz zur Metaphernbildung im Spätwerk William Faulkners. Auf diesem Text basierte der Vortrag, den er in Hamburg halten würde. Die aufgeblasene Sprache ärgerte sie, zumal er inhaltlich nichts Neues zu bieten hatte; Nick hatte schon seine Dissertation über Faulkner geschrieben. Joanna fand es immer wieder erstaunlich, wie jemand mit Veröffentlichungen, die mehr oder weniger dasselbe Thema variierten, Lehrstuhlinhaber an einer amerikanischen Universität werden konnte.

Der Dicke zur Linken aß geräuschvoll ein Plätzchen nach dem anderen. Joanna zählte mit. Beim achten beschloß sie, ihn zu fragen, ob er ihr auch eins anbieten könnte. Er nickte irritiert, entschuldigte sich, daß er nicht selbst auf die Idee gekommen war, und hielt ihr die Packung hin. Ingwerplätzchen. Die mochte sie eigentlich nicht, aber sie war hungrig, also nahm sie gleich zwei. Damit war für den Dicken zur Linken das Eis gebrochen.

»Sie interessieren sich für Literatur?« fragte er und zeigte auf den Text, den sie vor sich liegen hatte.

Nur jetzt kein Gespräch über Bücher. Joanna erklärte in kurzen, knappen Worten, daß sie beruflich mit Literatur zu tun habe und bis zu ihrer Ankunft in Hamburg noch viel lesen müsse.

»Womit beschäftigen Sie sich schwerpunktmäßig?«

Emsig blätterte sie in Nicks Manuskript. Der Preis für zwei Ingwerplätzchen war höher als erwartet. »Mit neuerer kanadischer Literatur.«

Diese Bemerkung brachte ihn zum Schweigen. Offenbar hatte er mit Kanada nicht viel im Sinn. Oder es lag daran, daß jetzt ein Film gezeigt wurde und er seine Kopfhörer nicht finden konnte.

»Könnten Sie mir vielleicht Ihre leihen?« fragte er nach einer Weile. »Sie müssen doch lesen.«

Das war gemein. Die ganze Zeit schon hatte sie sich auf den Film gefreut, auch wenn es wieder nur eine seichte Liebesgeschichte war. Aber wenigstens verging einem dabei die Zeit auf angenehmere Weise als beim Lesen von Nicks Erkenntnissen über Metaphernbildung. Doch jetzt konnte sie nicht mehr zurück.

Mit säuerlicher Miene verlieh sie ihre Kopfhörer und tat dann so, als ob sie sich in das nächste Manuskript vertiefen würde. Es handelte sich um ihren eigenen Vortrag, in dem sie Thesen zur Erzählperspektive in Michael Ondaatjes Roman *Der englische Patient* entwickelte. Sie überflog den ersten Abschnitt, den sie, wie den Rest, längst auswendig konnte, und wollte gerade zum nächsten Text übergehen, als ihr ein eng beschriebenes Blatt Papier in die Hände fiel. Es war der Brief, den sie neulich vergeblich gesucht hatte, Nicks erster Brief an sie. Er hatte ihn auf einer Bahnreise geschrieben, und über weite Strecken schilderte er tatsächlich nichts anderes als das Zugabteil, die Mitreisenden, die

Ausblicke, die Bahnhöfe. Sie war überrascht gewesen, daß er sich solche Mühe gegeben hatte, sie auf diese Weise an seiner Reise teilhaben zu lassen.

Joanna lehnte sich zurück und schloß die Augen. Damals, vor sieben Jahren, ahnte sie noch nicht, daß es für Nick ein leichtes war, sie auf dem Papier an einer Reise teilhaben zu lassen. Hauptsache, sie kam ihm sonst nicht zu nahe.

2.

Robert stand vor der neunten Klasse und wartete vergeblich darauf, daß der Lärm sich legte. Zehn vor neun und bereits achtundzwanzig Grad im Schatten. Das hieß, nach dieser Stunde würde es wieder hitzefrei geben. Um zu verhindern, daß seine 9a schon jetzt aus der Klasse rannte, hatte Robert eine Kassette von U 2 mitgebracht. Er verteilte den Songtext, den er ausgewählt hatte, erntete einiges Stöhnen, weil *The Joshua Tree* bereits halb so alt war wie die Schüler, ließ sich jedoch nicht beirren, und nach einer Weile war die Mehrheit tatsächlich bereit mitzuarbeiten. Robert war immer wieder glücklich, wenn ihm diese Motivationsmanöver gelangen.

Während die Kassette lief, dachte er an Nick, der heute bei ihm eintreffen würde, und an die Sommerferien, die morgen anfingen. Claudias Stimme war voller Triumph gewesen, als sie ihm gestern abend am Telefon mitgeteilt hatte, daß Lotte nun doch lieber mit Jochen und ihr nach Irland fahren wolle, als mit ihm in Dänemark zu zelten. So ließe er nicht mit sich umgehen, hatte er gerufen. Seit über zehn Jahren sei er nicht mehr mit Lotte verreist gewesen. Er habe ein Anrecht darauf, seine Tochter endlich auch mal für länger zu sehen. Claudia hatte darauf nur geantwortet, daß sie es nicht ändern könne, wenn Lotte keine Lust habe, die Ferien mit ihrem Vater zu verbringen. Er hatte den Hörer aufgelegt und zu seinem Erschrecken eine große Erleichterung verspürt. Vor sechs Wochen, als er Lotte vorgeschlagen hatte, mit ihm nach Dänemark zu fahren, hatte sie ihn mit großen, ungläubigen Augen angesehen. In dem Moment hatte er begriffen, daß sie wie Fremde miteinander umgingen. Und es stimmte ja, sie kannten sich nicht. Die Lotte, die er kannte, war zweieinhalb und wurde in den Renault ihrer Mutter geladen, um für immer nach Marburg zu entschwinden. Dort lebte Jochen, dort wollte auch Claudia leben. Lotte wurde nicht gefragt.

»Herr Wagner?«

Robert blickte erschrocken hoch. Die 9a sah ihn erwartungsvoll an. Auf der Kassette lief bereits der Anfang des nächsten Songs. Er entschuldigte seine Abwesenheit mit der Hitze, stellte den Kassettenrecorder ab und begann, die unbekannten Vokabeln aus dem Songtext an die Tafel zu schreiben. Daß dabei hinter seinem Rücken gekichert wurde, störte ihn kaum. Er wollte nur diese Stunde überstehen.

Nachdem es längst geklingelt hatte und er noch damit beschäftigt war, ins Klassenbuch einzutragen, welchen Stoff er in den letzten Wochen durchgenommen hatte, sah er Uwe auf sich zukommen. Uwe hatte die neunte Klasse nicht geschafft, unter anderem wegen einer Fünf in Englisch. Robert hatte mehrmals versucht, mit Uwe zu reden, hatte ihn gefragt, warum er im letzten Jahr so abgesackt sei, doch Uwe hatte überhaupt nicht mehr mit ihm gesprochen. Nun stand er vor seinem Pult, die Hände in den Taschen seiner Lederjacke vergraben, und sah ihn an, ohne die Miene zu verziehen. Robert hatte plötzlich Angst, daß Uwe ein Messer zücken könnte. Er war größer und stärker als er; neulich erst hatte er einen Mitschüler zusammengeschlagen und dabei dessen Auge so schwer verletzt, daß er ins Krankenhaus eingeliefert werden mußte.

»Was ist los mit dir, Uwe?« fragte er leise.

Uwe antwortete nicht. Robert dachte, wenn Uwe ihm

jetzt einen Zettel mit seinen Forderungen zuschieben würde, hätte die Szene Ähnlichkeit mit einem Banküberfall, nur daß er auf keinen unter der Tischoberfläche verborgenen Knopf drücken konnte. Niemals käme die Polizei hier vorbei, um Uwe zu überwältigen. Wenn er Pech hatte, brächte Uwe ihn kaltblütig zur Strecke, und er würde erst nach dreizehn Uhr von den Putzfrauen entdeckt werden, denn nach der zweiten Stunde war hitzefrei gegeben worden, ganz wie er es erwartet hatte.

Uwe schwieg noch immer. Robert versuchte, einen klaren Kopf zu bewahren. Schließlich hatte Uwe gar keine Waffe, oder zumindest hatte er ihn bisher mit keiner bedroht. Er stand einfach nur da und sah ihn an.

»Willst du einen Kaffee?«

Um Uwes Mundwinkel herum zuckte es. Für Robert sah es aus wie ein Grinsen. Offenbar amüsierte Uwe die Vorstellung, daß er mit einem Spießer wie ihm unten am Kaffeeautomaten stehen könnte. Ja, »Spießer« war das Wort gewesen, das er vor einigen Monaten auf dem Schulhof hinter ihm hergerufen hatte. In Robert stieg eine Wut hoch, wenn er an jenen Moment dachte. Zwei Kollegen, mit denen ihn nichts verband, hatten sich umgedreht und ihm aufmunternd zugenickt, so als gehöre er jetzt zu ihnen. Das hatte ihn fast noch mehr geärgert.

Robert starrte auf seine Schuhe. Er mußte etwas unternehmen. Es war geradezu lächerlich, hier vor einem fünfzehnjährigen Schüler zu sitzen und sich tyrannisieren zu lassen. Jawohl, tyrannisieren. Das war es, was Uwe seit der siebten Klasse mit allen gemacht hatte, nur mit ihm nicht. Sie hatten sich verstanden, und er war stolz darauf gewesen. Uwe hatte ihn sogar einige Male zu Hause besucht; sie hatten zusammen Musik gehört und Pizza gegessen. Und dann, an einem Abend kurz vor Weihnachten, hatte Uwe ihn gefragt, ob er eine Weile bei ihm wohnen könnte, weil er Streit mit seinen Eltern habe. Er hatte sich geschmeichelt gefühlt, daß Uwe so viel Vertrauen in ihn setzte, doch daß er bei ihm einzog, kam natürlich überhaupt nicht in Frage. Als er versucht hatte, ihm zu erklären, warum nicht, war Uwe aufgestanden und gegangen. Er konnte doch nicht im Ernst geglaubt haben, daß so etwas möglich war. Allein rechtlich gesehen war es ganz undenkbar, aber auch sonst …

»Versteh doch, es ging nicht«, murmelte Robert noch halb in Gedanken und blickte hoch. Das Klassenzimmer war leer.

Robert wischte sich erschöpft über die Stirn und packte seine Sachen zusammen. Als er durch das ausgestorbene Treppenhaus nach unten lief, hatte er das unbestimmte Gefühl, eine Niederlage erlitten zu haben.

Aus dem Lehrerzimmer drang die Stimme des Direktors, es folgte die unverkennbare Lachsalve von Erwin Meyer, dem Stellvertreter. Robert hatte sich schon öfter gefragt, ob die beiden wirklich den gleichen zynischen Humor hatten, oder ob es für Erwin Meyer eine Frage der Loyalität war, zu lachen, wann immer der Direktor lachte. Vielleicht war es sogar sein genau plaziertes Lachen, das ihm, dem unwahrscheinlichsten aller Kandidaten, im letzten Jahr zum Stellvertreterposten verholfen hatte.

Robert beschloß, das Lehrerzimmer heute nicht mehr zu betreten und folglich auch das Klassenbuch nicht in den dafür vorgesehenen Klassenbuchständer zu stellen, sondern es mit nach Hause zu nehmen. Erwin Meyer würde morgen seine Freude daran haben, wegen dieser Nachlässigkeit ein paar ernste Worte mit ihm zu wechseln.

Auf dem Parkplatz standen noch einige Schüler und rauchten. Robert war erleichtert, daß Uwe nicht dabei war. Diese ganze Angelegenheit überforderte ihn; schließlich war er Lehrer und nicht Sozialarbeiter oder Therapeut.

Er stieg in seinen alten, dunkelblauen Passat und ließ den Motor an. Viertel vor zehn, Zeit genug, um noch vor Nicks Ankunft zum Supermarkt zu fahren.

Er versuchte sich zu erinnern, was Nick gern aß. Damals in New York hatte er vor allem getrunken und noch mehr geraucht. Vielleicht hatten sie tatsächlich nie zusammen gegessen. Wundern würde es ihn nicht.

3.

Kurz bevor die Maschine zur Landung ansetzte, wachte Joanna auf. Ihr Nacken schmerzte, sie hatte einen schlechten Geschmack im Mund, und zu allem Überfluß waren ihr, während sie geschlafen hatte, auch noch sämtliche Texte von den Knien gerutscht. Beide Nachbarn hatten mit ihren riesigen Schuhen darauf herumgetrampelt. Fluchend bückte sie sich, um ihre Papiere wieder einzusammeln. Die Füße des Dicken zur Linken strömten einen intensiven Schweißgeruch aus. Sie hatte genug, sie wollte raus, nie wieder würde sie neun Stunden eingezwängt zwischen zwei dicken Männern verbringen.

Nick würdigte sie keines Blickes, als sie in den Bus stiegen, der sie zum Flughafengebäude bringen sollte.

»Du hast ja ordentlich eingekauft«, sagte Joanna und warf einen Blick in Nicks Duty-free-Tüten: zwei Stangen Zigaretten und eine Flasche Jack Daniel's. »Genau das richtige für deinen Magen. Gibt's in Deutschland keinen Whiskey?«

Nick zog die Augenbrauen hoch, wie immer, wenn es ihm große Mühe bereitete, eine Frage zu beantworten. »Ich wohne bei einem Bekannten.«

Als ob das eine Antwort war. Aber es sah Nick ähnlich, daß er seinem Bekannten so etwas Phantasievolles wie Whiskey und Zigaretten mitbrachte.

»Ich wußte gar nicht, daß du in Hamburg jemanden kennst.«

»Wir haben uns vor vierzehn Jahren zuletzt gesehen.« Nick sah plötzlich so aus, als ob er bei der Wahl seiner Unterkunft möglicherweise einen Fehler gemacht hätte.

Joanna war es nur recht so. Immerhin blieb ihr auf diese Weise erspart, Nicks Gesicht auch noch jeden Morgen beim Frühstück ertragen zu müssen.

Beim Aussteigen aus dem Bus sah sie endlich Carol und Steve, ihre beiden anderen Kollegen aus der *New York University*. Carol war Romanistin; sie stand kurz vor dem Pensionsalter und war eine der klügsten Frauen, die Joanna kannte. Steve war Germanist, Anfang Dreißig und ein Charmeur. Daß sie über zehn Jahre älter war als er, hielt ihn nicht davon ab, sie regelmäßig zum Essen in seine Wohnung einzuladen. Da er vorzüglich kochen konnte, sagte Joanna nie nein. Es hatte eine Weile gedauert, bis Steve begriffen hatte, daß sie an einer intimen Beziehung mit ihm nicht interessiert war. Dennoch lud er sie weiterhin zu Sushi oder Risotto con asparagi ein; das rechnete Joanna ihm hoch an. Nichts war für sie schlimmer, als selbst kochen zu müssen.

Sie fing an zu rennen. Kurz vor der Paßkontrolle holte sie die beiden ein.

»Da bist du ja«, rief Carol. »Wir hatten schon gedacht, wir müßten ohne dich und deinen wunderbaren Vortrag auskommen.«

Wie gut, daß es Menschen wie Carol gab, die einem auch mal was gönnten.

»Hi«, sagte Steve und drückte ihr feuchte Küsse auf beide Wangen. »Wo hast du gesessen?«

Joanna deutete mit einer Handbewegung an, daß sie darüber lieber nicht sprechen wollte.

Jetzt schloß sich ihnen auch Nick an. Carol musterte ihn von oben bis unten und verkündete dann, daß es ihr gar nicht gefiel, wie blaß er aussah. Carol war die einzige, die Nick so etwas sagen durfte, ohne daß er gleich ausfallend wurde.

»Du weißt doch, mein Magen«, murmelte er und zündete sich eine Zigarette an.

»Dir ist nicht zu helfen!« rief Carol und reichte dem Beamten ihren Paß.

Er war jung, höchstens fünfundzwanzig, und trug eine goldumrandete Brille, ohne die er wie sechzehn ausgesehen hätte.

»Are you on holiday in Germany?« fragte er freundlich, während er in Carols Paß blätterte.

»Schön wär's«, antwortete Carol und erklärte, daß sie und ihre drei Kollegen an einer wissenschaftlichen Tagung hier in Hamburg teilnähmen.

Der Beamte nickte fast unmerklich und gab Carol den Paß mit einem Lächeln zurück.

Joanna nahm dies mit Erstaunen zur Kenntnis. Sie war wie selbstverständlich davon ausgegangen, daß die Einreise nach Deutschland länger dauern würde und sich zu einer regelrechten Nervenprobe entwickeln könnte. Das mindeste, was sie erwartet hatte, war die Aufforderung, ein mehrseitiges Formular auszufüllen und eine Reihe von Fragen, eventuell sogar Fangfragen, zu beantworten. Ihre Vorstellungen von deutscher Bürokratie bezog Joanna aus der Literatur, vornehmlich aus den Werken von Franz Kafka. Doch für den jungen Hamburger Beamten waren vier Amerikaner mit gültigen Pässen kein Grund, sich in zusätzliche Arbeit zu stürzen. Offensichtlich war die Teilnahme an einer wissenschaftlichen Tagung genau das, was er ihnen zutraute, nicht mehr und nicht weniger. Joanna war beinahe enttäuscht, als sie hinter den anderen her zur Gepäckausgabe ging.

Während sie auf das Förderband starrte, um unter den unzähligen schwarzen Koffern den ihren zu entdecken, dachte sie an ihren Vater, mit dem sie sich vor zwei Tagen zum Mittagessen getroffen hatte. Es war ihre Idee gewesen. Sie hatte sich vorgestellt, daß es ihm guttäte, aus seinem Anwesen in Pound Ridge herauszukommen. Vielleicht hatte sie auch nur ein schlechtes Gewissen gehabt, daß sie sich seit fast zwei Monaten nicht gesehen hatten, aber sie lebte und arbeitete nun mal in Manhattan und konnte nicht, wie ihr Bruder Ron, jeden Abend auf dem Nachhauseweg in Pound Ridge vorbeischauen.

Statt sich über ihre Einladung zu freuen, hatte sich ihr Vater zwanzig Minuten lang über den Verkehr beklagt, als ob die knapp einstündige Fahrt nach Manhattan eine Zumutung sei für einen Mann, der gerade mal siebzig und bei bester Gesundheit war. Es war das erste Mal, daß sie zu zweit in einem Restaurant saßen. Sie hatte das *Time Café* gewählt, ein Ort, den sie mochte und von dem sie wußte, daß er ihn von sich aus nie betreten würde: keine Tischtücher, eine Uhr wie im Bahnhofssaal, an den Wänden eine schwarz-weiße Fototapete mit Wüstenkakteen, dazu Jazzmusik. Während sie auf ihr Essen warteten, hatte er plötzlich begonnen, von ihrer Mutter zu sprechen. Daß er sie noch genauso vermisse wie vor zehn Jahren. »Dabei hast du doch Ruth«, hatte sie eingewandt. »Und vorher waren es Lorraine und Evelyn, und was weiß ich, wie sie alle hießen.« Ihr Vater hatte sie mit seinem durchdringenden Richterblick angesehen und gesagt: »Joanna, Liebes, davon verstehst du nichts.«

Fast hätte sie ihren Koffer übersehen.

»Willst du den ganzen Monat bleiben?« fragte Nick, während sie den Koffer vom Band zog.

Joanna lächelte ihn an, ohne zu antworten. Die Zeiten waren vorbei, in denen sie Nick oder sonst irgendwem Kommentare darüber gestattete, wieviel Gepäck sie mitnahm.

Jetzt warteten sie nur noch auf Steves Koffer. Nick

hatte bereits seinen alten Rucksack umgehängt und trat ungeduldig von einem Fuß auf den anderen.

»Warum gehst du nicht schon?« schlug Joanna vor. »Du wohnst doch sowieso woanders.«

»Wieso das denn?« fragte Carol. »Ich habe zwei Doppelzimmer bestellt.«

»Er wohnt bei einem Bekannten, den er seit vierzehn Jahren nicht gesehen hat.«

»Aha. Und wer zahlt seine Doppelzimmerhälfte?«

Nick zuckte mit den Achseln. »Das wird sich schon finden.«

»Von wegen«, murmelte Carol.

»Bis später.« Nick verschwand mit schnellen Schritten in Richtung Ausgang.

»Wir sprechen uns noch«, rief Carol ihm nach.

Joanna sah, wie sich auf ihrem Hals kleine rote Flecken bildeten. »Reg dich nicht auf. Schick ihm die Rechnung, und damit hat sich's.«

»Die wird er nie bezahlen.«

»Das wollen wir doch mal sehen. Wir bezahlen sie jedenfalls auch nicht.«

Die Universitätsverwaltung hatte ihnen kurz vor der Abreise mitgeteilt, daß sie für die Flugkosten, nicht aber für die Unterbringung aufkommen werde. Joanna konnte sich genau vorstellen, wie der geizige Nick noch am selben Tag sein Adreßbuch gewälzt und diesen deutschen Bekannten ausgegraben hatte.

»Weißt du«, seufzte Carol, »in Momenten wie eben stellt sich mir immer wieder die Frage, wie du es drei Jahre mit diesem Mann ausgehalten hast.«

»Das frage ich mich auch«, sagte Steve und sah sie halb beleidigt, halb vorwurfsvoll an, als ob er sagen wollte: Und mich weist du zurück.

»Jeder Mensch macht Fehler. Im übrigen hat sogar Nick nette Seiten, auch wenn ihr das nicht für möglich haltet.« Joannas Stimme klang schärfer, als sie es beabsichtigt hatte. »Wo bleibt dein Koffer?«

Sie waren mittlerweile fast die einzigen in der Halle, und auf dem Band lag nur noch eine alte Reisetasche. Steve lief sofort los, um sich zu erkundigen, ob noch weiteres Gepäck ausgeladen würde. Das Gespräch über Nick mußte ihn ziemlich in Anspruch genommen haben, sonst hätte er sich längst um seinen Koffer gekümmert.

Als er zurückkam, war er blaß. »Was soll ich jetzt machen? Ohne meinen Koffer kann ich nicht an der Tagung teilnehmen.«

Carol hakte sich bei ihm ein. »Hauptsache, du hast deinen Vortrag!«

Er schüttelte sie ab wie ein lästiges Insekt. Joanna kannte keinen Mann, der so viel Wert auf sein Äußeres legte wie Steve. Seine Garderobe war farblich immer genauestens aufeinander abgestimmt; seit einiger Zeit bevorzugte er Senfgelb, was Joanna als wahre Zumutung empfand.

Gemeinsam zogen sie los, um den verlorengegangenen Koffer zu melden. Nun mußten also doch Formulare ausgefüllt und Fragen beantwortet werden. Während Steve mit der Flughafenangestellten sprach, dachte Joanna an ihre Mutter, die irgendwann mal behauptet hatte, eine glückliche Ehe zu führen. »Mit einem Mann, der dich ständig betrügt?« hatte sie ungläubig gefragt. Ihre Mutter hatte diesen gläsernen Blick bekommen, den sie immer dann bekam, wenn es um etwas Körperliches, womöglich Sexuelles ging. Sie hatte sich geräuspert und zufrieden festgestellt: »Wir haben seit Jahren getrennte Schlafzimmer.« Joanna hatte darauf verzichtet, ihre Mutter daran zu erinnern, daß ihnen als Kindern immer gesagt worden war, der schnarchende Vater sei der Grund für diese Trennung.

4.

Robert war bereits zweimal um den Block gefahren, als er am Ende der Ottenser Hauptstraße einen Parkplatz fand. Er parkte nicht gern hier, wo die Flaschencontainer ständig überquollen und die Häuserzeile durch ein Stück Ödland unterbrochen war, auf dem sich die Junkies trafen. Vor einiger Zeit waren hier drei riesige Plakatwände aufgestellt worden, die offensichtlich das Ödland verdecken sollten, es aber nur um so augenfälliger machten. Neben der obligaten Waschmittelwerbung prangten dort seit gestern eine fröhliche Aquavit- und eine Bacardi-Rum-Reklame, auf der sich, wie üblich, spärlich bekleidete Paare unter karibischen Palmen aufhielten. Robert fragte sich, ob die Person, die darüber zu entscheiden hatte, welche Reklame wo angebracht wurde, jemals in der Ottenser Hauptstraße gewesen sei.

Es war erst kurz vor elf und bereits so heiß, daß ihm beim Aussteigen schwarz vor Augen wurde und er sich an der Autotür festhalten mußte. Seit seiner Kindheit hatte er diese lächerliche Tendenz zur Ohnmacht. Als nach einigen Sekunden das Rauschen in den Ohren nachließ, lief er in einen offenen Hausflur und blieb dort eine Weile auf der untersten Treppenstufe sitzen, bis er auch den Druck auf den Schläfen nicht mehr spürte. Dann trieb ihn der Geruch nach angebranntem Kohl wieder auf die Straße. Er lud seine Einkäufe aus und schleppte sie hundertfünfzig Meter weiter bis zu jener Einfahrt, durch die er hindurch mußte, um zu seiner Wohnung zu gelangen.

Er wohnte im ersten Stock des Hinterhauses, gleich über einer Druckerei, aus der es an einem heißen Tag wie diesem noch intensiver nach Druckerschwärze roch als sonst. Durch die geöffneten Fenster drang das gleichmäßige Rattern der Maschinen. Im Hof stand ein weißer Kombi mit der Aufschrift: *Dreiser-Druck: schnell und zuverlässig*. Johann Dreiser war damit beschäftigt, den Kombi zu beladen. Als er Robert sah, kam er auf ihn zu, um ihm zu sagen, daß ihn ein Amerikaner mit Rucksack habe sprechen wollen. Er sei nicht mehr ganz jung gewesen und habe kein Wort Deutsch verstanden.

»Danke.« Robert schloß die Tür auf. Das ging ja gut los. Nick hatte geschrieben, er käme nicht vor zwölf.

Im Briefkasten lag eine Postkarte von seiner Mutter, die sich darüber beklagte, daß ihre Kur eine Zumutung sei, Bad Pyrmont sich sehr zu seinem Nachteil verändert habe und sie nicht wisse, wie sie es dort noch fünf Wochen aushalten solle. Wann Robert sie besuchen käme? Bald würden doch die Ferien anfangen.

Robert begann, die Lebensmittel auszupacken. Warum fuhr sie auch nach Bad Pyrmont? Um sich beklagen zu können über das zu laute Zimmer, das zu fette Essen und die Tischnachbarn ohne Niveau? Er wußte nicht, wie sie es angestellt hatte, überhaupt an eine Kur zu kommen. Sie war kerngesund.

Wie schon oft in seinem Leben empfand Robert es als überaus ungerecht, ein Einzelkind zu sein. Er hatte sich vorgestellt, nach Nicks Abreise am nächsten Sonntag endlich wieder Zeit für sich zu haben, um schwimmen zu gehen, die Küche zu streichen und seine Steuererklärung vorzubereiten. Statt dessen würde er am kommenden Montag, wahrscheinlich bei über dreißig Grad im Schatten, mit Tausenden von Urlaubern auf der Autobahn im Stau stehen, um irgendwann in Bad Pyrmont anzukommen und sich dort in einer stickigen Pension einzumieten. Er kannte Bad Pyrmont zur Genüge; dort hatte schon sein nierenkranker Vater drei Kuren absolviert, bevor er vor knapp vierundzwanzig Jahren an einem Gehirnschlag gestorben war.

Die Nachricht von seinem Tod hatte ihn damals in Birmingham erreicht, wo er wenige Wochen zuvor angekommen war, um zwischen Grund- und Hauptstudium ein Jahr als Fremdsprachenassistent an einer Schule zu arbeiten. Er fuhr noch am selben Tag nach Hamburg zurück. Nach der Beerdigung bat seine Mutter ihn immer wieder, die Rückkehr nach Birmingham zu verschieben. Als er schließlich eine Fähre gebucht hatte, wurde sie krank. Von einem Tag auf den anderen versagten ihre Beine; die Ärzte wußten keine Erklärung für diese plötzliche Lähmung, die nach drei Wochen ebenso plötzlich wieder verschwand. Inzwischen hatte die Schulleitung in Birmingham ihm mitgeteilt, daß die Stelle anderweitig besetzt worden war. Robert hatte seiner Mutter diese Krankheit nie verziehen. Bis heute litt er darunter, daß sein Englisch nicht so gut war wie das seiner Kollegen, die alle mindestens ein Jahr im englischsprachigen Ausland verbracht hatten.

Er starrte auf das Bild vom Pyrmonter Schloß, auf dem sich die steife Schrift seiner Mutter durchgedrückt hatte, und hoffte, es möge irgend etwas passieren, was es ihm unmöglich machen würde, nach Bad Pyrmont zu fahren.

Zwanzig vor zwölf. Bestimmt saß Nick in einem Café und kam auch gut ohne ihn zurecht. Robert betrachtete den Berg schmutzigen Geschirrs, wusch ein Glas ab und mixte sich eine Apfelsaftschorle. Dann ging er, mit der *Frankfurter Rundschau* und einer Packung Vanillekipferl unterm Arm, in den Wintergarten, der nach Westen auf den Hof zeigte und in dem es um diese Zeit noch nicht so heiß war wie in den übrigen Zimmern.

Der Wintergarten war ausschlaggebend dafür gewesen, daß er sich vor zwanzig Jahren, direkt nach dem Examen, für diese Wohnung entschieden hatte, seine erste eigene Wohnung. Zum Entsetzen seiner Mutter war er gleich eingezogen, ohne die Wände zu tapezieren oder den Linoleumfußboden auszuwechseln. Das hatte erst Claudia später in Angriff genommen.

Robert hatte sich gerade in einem seiner Korbsessel niedergelassen, als er die Stimme von Johann Dreiser hörte.

»Klingeln Sie nur. Der ist jetzt zu Hause. JA! ROBERT IST ZU HAUSE!«

Robert fand es immer wieder erstaunlich, zu beobachten, wie manche Leute automatisch anfingen zu schreien, wenn sie sich mit einem Ausländer unterhielten.

Auf dem Weg zur Tür warf er einen Blick in den Spiegel und versuchte, sich zu erinnern, wie er vor vierzehn Jahren ausgesehen hatte. Seitdem ihm in den letzten Jahren fast alle Haare ausgefallen waren, machte er immer wieder die Erfahrung, daß Menschen, die ihn lange nicht gesehen hatten, ihn zuerst nicht wiedererkannten. Aber vielleicht lag das nicht nur an den fehlenden Haaren.

Er öffnete die Tür, und da stand Nick auch schon vor ihm. Er hatte sich fast überhaupt nicht verändert, war genauso hager und blaß im Gesicht; nur seine Nase schien noch spitzer geworden zu sein.

Nach kurzem Zögern streckte Robert ihm die Hand entgegen. »Hi.«

»Hi«, sagte Nick und verzog die untere Gesichtshälfte zu diesem merkwürdigen Grinsen, das so aussah, als ob er sich den Mund verbrannt hätte.

»Komm rein«, murmelte Robert und konnte Nick dabei nicht ansehen. Nicks Art zu grinsen hatte ihn schon in jenem Sommer in New York verunsichert, im Gegensatz zu Claudia, die sich immer darüber amüsiert hatte. Nick stellte seinen Rucksack ab und blieb unschlüssig im Flur stehen.

»Willst du was trinken?«

»Wenn du 'n Kaffee hast.«

Robert trank nur Tee, aber irgendwo mußte er noch eine angebrochene Packung Jacobs-Kaffee und einen alten Melitta-Filter haben. Als er sich bückte, um in seinem Küchenschrank danach zu suchen, sah er aus den Augenwinkeln, wie Nick sich auf einen der beiden orangefarbenen Klappstühle setzte und sich eine Zigarette anzündete. Er überlegte einen Moment lang, ob er ihm sagen sollte, daß er mittlerweile Nichtraucher sei, aber dann entschied er sich dagegen. Schließlich hatte er nicht vergessen, wie kleinlich ihm früher die Leute erschienen waren, die ihn auf den Balkon geschickt hatten, wenn er rauchen wollte.

Nachdem er die verstaubte Packung Jacobs-Kaffee gefunden hatte, setzte er Wasser in seinem elektrischen Kessel auf. Er begann zu schwitzen. Besuch strengte ihn immer an, vor allem, wenn er sich auf englisch unterhalten mußte, was er außerhalb der Schule schon seit Jahren nicht mehr getan hatte.

»Hunger?«

Nick schüttelte den Kopf.

Während der Kaffee durchlief, ging Robert in den Wintergarten, um die Vanillekipferl zu holen. Er blieb etwas länger als nötig, schloß die Augen und atmete ein paarmal tief durch. Er mußte sich entspannen, sonst würde er die nächsten Tage nicht überstehen.

Als er in die Küche zurückkam, hatte Nick seine Schuhe ausgezogen. Eigentlich hatte Robert vorschlagen wollen, hinüber in den Wintergarten zu gehen, anstatt hier in der winzigen Küche zu sitzen, in der das schmutzige Geschirr bereits angefangen hatte zu stinken. Aber Nick sah nicht so aus, als ob ihm ein nochmaliger Ortswechsel gefallen würde.

»Zucker?«

Wieder schüttelte Nick den Kopf. Aber immerhin nahm er ein Vanillekipferl.

»Hattest du einen guten Flug?«

»Ging so.«

Robert stand auf, um sich noch eine Apfelsaftschorle zu mixen; dann setzte er sich wieder an den Tisch. Er wußte nicht, wie ein Gespräch in Gang kommen sollte, wenn Nick nur rauchte, Kaffee trank und ab und zu aus dem Fenster sah. Fast hätte Robert ihn um eine Zigarette gebeten, aber soweit kam das noch. Er hatte seit über zehn Jahren nicht geraucht.

»Wo ist Claudia?« fragte Nick nach einer Weile, und seine Stimme klang zum ersten Mal weniger monoton.

»In Marburg. Wieso?«

»Was macht sie da?«

Erst jetzt begriff Robert, daß Nick nichts von ihrer Scheidung wußte. Er war wie selbstverständlich davon ausgegangen, daß Claudia ihm damals ihre neue Anschrift mitgeteilt hatte.

Es fiel ihm immer noch schwer, über das Ende seiner Beziehung mit Claudia zu sprechen. Aber da Nick nicht lockerließ, sondern ihn weiterhin fragend ansah, erzählte er ihm schließlich, daß sie sich getrennt hätten, weil Claudia mit einem anderen Mann zusammenleben wollte, und daß sie auch Lotte mitgenommen habe, was ihm am meisten zu schaffen mache.

Nick bemühte sich nicht im geringsten, seine Enttäuschung zu verbergen. Er zog seine Schuhe wieder an, und Robert dachte schon, er würde sich jetzt verabschieden und in ein Hotel ziehen.

»Wo ist das Klo?«

»Zweite Tür links.«

Natürlich hatte Nick vor allem Claudia wiedersehen wollen. Mit Claudia hätte er niemals so steif dagesessen. Claudia hatte Nick aus der Reserve locken können; mit ihr zusammen war er witzig und unterhaltsam gewesen. Robert erinnerte sich, wie ausgeschlossen er sich oft gefühlt hatte, wenn die beiden sich gegenseitig die Bälle zuwarfen, in jener Woche in New York, als sie bei Nick wohnten. Und da half es nicht viel, wenn er sich sagte, daß Claudia Nick viel besser kannte, weil sie ein ganzes Jahr bei ihm studiert hatte. Nick gab Claudia ständig Tips, welche neuere amerikanische Literatur sie lesen und möglicherweise übersetzen könnte. Als Robert an einem Abend kurz vor ihrer Rückreise nach Deutschland gefragt hatte, ob man sich vielleicht auch noch über etwas anderes unterhalten könnte, war es zu einem heftigen Streit gekommen, in dem Claudia ihm vorwarf, ein eifersüchtiger Langweiler zu sein, der kein Interesse an ihrer Karriere habe. Als sie später tatsächlich einen größeren Übersetzungsauftrag bekam, der auf einen von Nicks Vorschlägen zurückging, rieb sie ihm immer wieder unter die Nase, daß Nick mehr für sie getan habe, als er jemals zu tun in der Lage sei. Vielleicht war da bereits ihre Beziehung in Gefahr gewesen.

»Robert?« Nick stand in der Tür und grinste. »Ich muß mich bewegen. Hast du 'n Schlüssel für mich?«

Stumm reichte Robert ihm seinen Ersatzschlüssel. Er wartete, bis die Tür ins Schloß gefallen war. Dann stand er auf und ging zurück in den Wintergarten.

5.

Der Taxifahrer war jung und sprach Englisch. Als er sich zum wiederholten Male über den vielen Verkehr beklagte, versuchte Carol ihn mit den Worten zu beruhigen, daß dies nichts sei im Vergleich mit dem Verkehr in Manhattan. Joanna sah im Rückspiegel, wie der Taxifahrer die Augen verdrehte. Dann erklärte er, daß er nicht vorhabe, jemals in seinem Leben nach Amerika zu fahren.

Der *Dänische Hof* war ein unscheinbares, nicht gerade ruhig gelegenes Hotel der mittleren Preisklasse. Das Zimmer, das Carol und sie bezogen, lag im dritten Stock und blickte auf einen Hinterhof. Die grüngestreiften Gardinen nahmen das Grün des Teppichbodens wieder auf, selbst die Zahnputzbecher waren grün.

Grün beruhigt, dachte Joanna und ließ sich aufs Bett fallen, während Carol in Windeseile ihren Koffer auspackte und dann im Badezimmer verschwand. Joanna starrte an die Decke und überlegte, wie es kam, daß manche Menschen einen unerschöpflichen Energievorrat hatten. Carol würde als nächstes ankündigen, daß sie nach dem vielen Sitzen unbedingt laufen müsse, und so war es auch. Frisch geduscht und ohne Ringe unter den Augen verließ Carol das Zimmer, den Hamburg-Führer unterm Arm.

Joanna knipste ihre Nachttischlampe an und griff nach der Hotelbroschüre, in der die hervorragende Innenstadtlage und die geräumigen Konferenzräume angepriesen wurden. In der Nachttischschublade befand sich ein Buch mit einem roten Plastikeinband. Erst bei genauerem Hinsehen stellte Joanna fest, daß es sich um eine Bibel handelte. Sie mußte sofort an Katie denken; die Entdeckung einer Bibel in einem Hotelnachttisch würde ihr gefallen.

In New York war es jetzt sieben Uhr morgens, Katie schlief selten länger als bis sechs. Sie würde sie anrufen, allein schon, um sich nach Bruno zu erkundigen.

Joanna wählte die Nummer der Rezeption und ließ sich die Vorwahl der Vereinigten Staaten geben. Dann bestellte sie sich ein Omelett und ein Bier.

Sie schob sich das kleine Marzipanbrot in den Mund, das auf ihrem Kopfkissen gelegen hatte, und wählte Katies Telefonnummer. Der Anrufbeantworter sprang an, und sie wollte schon wieder auflegen, als Katie abnahm.

»Wer ist da?« Ihre Stimme klang gereizt.

»Ich bin's.«

»Mein Gott, ich dachte, es würde irgendwo brennen.«

»Hast du noch geschlafen?« Joanna fühlte sich irritiert durch das Echo ihrer eigenen Stimme. Es war, als würde sie sich selbst ständig dazwischenreden.

»Nein«, antwortete Katie. »Ich war überhaupt noch nicht im Bett. Mit Martin ist es endgültig aus.«

»Wirklich?« Joanna rollte eine Kugel aus dem Papier, in dem das Marzipanbrot eingewickelt war. »Vergiß ihn. Der hat so jemanden wie dich gar nicht verdient.«

»Doch«, rief Katie und brach in Tränen aus.

»Glaub mir …«

»Was weißt du denn schon von Liebe?«

Joanna biß sich auf die Lippen. Ihr Blick fiel auf die Bibel, doch sie hatte plötzlich keine Lust mehr, Katie davon zu erzählen. »Wie geht's Bruno?«

»Schlecht«, schniefte Katie. »Er vermißt dich.«

»Ich vermisse ihn auch. Hat er noch mal auf den Teppich gepinkelt?«

»Nein.«

Sie hörte, wie Katie sich die Nase putzte.

»Joanna?«

»Ja?«

»Tut mir leid, was ich eben gesagt habe …«

»Ist schon gut. Bis bald.« Sie legte auf, obwohl Katie sicher gern noch weitergeredet hätte. Aber schließlich war sie diejenige, die dieses Transatlantikgespräch bezahlen mußte.

Der Ober, der das Omelett brachte, war höchstens siebzehn. Er stellte das Tablett auf den Couchtisch und verschwand, ohne ein Trinkgeld abzuwarten.

Joanna stand auf und schenkte sich ihr Bier ein. Katies Bemerkung hatte sie verletzt, auch wenn sie das ihr gegenüber nicht zugegeben hätte. Sie scherzten immer gemeinsam über all die Männer, die nicht zu Joanna paßten. Aber daß Katie ihr so pauschal jedes Wissen über die Liebe absprach, das ging doch zu weit.

Nachdem sie geduscht hatte, verließ sie das Hotel, um sich ein Café zu suchen. Es war heiß, heißer als in New York. Sie setzte ihre Sonnenbrille auf und faltete den kleinen Stadtplan auseinander, den ihr der Mann an der Rezeption in die Hand gedrückt hatte. Sie solle sich links halten, hatte er gesagt. Dann käme sie zu den Colonnaden, einer reinen Fußgängerzone; dort seien mehrere Cafés.

Joanna stutzte, als sie sah, daß nur wenige Meter vom Hotel entfernt ein Notarztwagen stand, auf dem das Blaulicht noch blinkte. Immer mehr Menschen blieben stehen und starrten auf den Eingang zu einer Buchhandlung. Joanna verabscheute diese glotzenden Massen, die sich nicht satt sehen konnten an Unfallopfern auf der Autobahn oder dem Selbstmörder, der jeden Augenblick von der Brücke springen konnte. Und dennoch ging auch sie nicht weiter. Aus der Buchhandlung kamen jetzt zwei Pfleger mit einer Trage, auf der eine junge Frau lag, die grau im Gesicht war. Die Pfleger baten darum, daß ihnen Platz gemacht würde. Nur sehr langsam teilte sich die Menge. Die Trage wurde in den Notarztwagen geschoben, einer der Männer stieg hinten ein, der andere vorn, ein Martinshorn heulte auf, der Wagen fuhr davon und gab den Blick frei auf eine Litfaßsäule, auf der eine Ausstellung in der Hamburger Kunsthalle angekündigt wurde: *Bilder aus dem Guggenheim Museum.*

Joanna spürte einen leichten Schwindel. Sie hätte kein Bier trinken sollen.

In den Colonnaden waren um diese Zeit nicht viele Leute unterwegs. Katie würde ihr Vergnügen daran haben, sich über diese Ansammlung von teuren Geschäften zu mokieren. Andererseits wäre sie, ohne darüber nachzudenken, in der Lage, im Steinway-Haus, das den Mittelpunkt der Colonnaden bildete, Hunderte von Mark für CDs auszugeben.

Joanna suchte sich einen schattigen Platz in einem der Straßencafés und bestellte einen Espresso. Manchmal fragte sie sich, ob es nicht gut wäre, wenn Katie und sie etwas mehr Abstand voneinander bekommen würden. Sie wußte doch seit langem, daß sie für Katie mehr war als nur eine Freundin. Katies Mutter war gestorben, als Katie sieben Jahre alt war. Irgendeiner von Katies Freunden hatte ihr dies erzählt; sie selbst sprach nie über ihre Mutter. Angeblich war sie im Suff gegen einen Baum gefahren und sofort tot gewesen. Katie hatte mit ihrer kleinen Schwester hinten im Wagen gesessen und war unverletzt geblieben. Die Schwester konnte sich seit jenem Unfall nicht mehr bewegen. Über sie wurde ebenfalls nie gesprochen.

Joanna hatte gerade ihren zweiten Espresso bestellt, als sie Steve auf sich zukommen sah. Er war von Kopf bis Fuß in Dunkelblau gekleidet, seine Haare waren sorgfältig gefönt, nur sein Gesicht wirkte merkwürdig verspannt.

»Tut dir was weh?« fragte Joanna, als Steve sich zu ihr gesetzt hatte.

»Wieso?«

»Du verziehst so das Gesicht.«

»Meine Schuhe drücken.«

Joanna deutete auf seine Garderobe. »Warst du schon einkaufen, oder ist dein Koffer inzwischen angekommen?«

»Wie wohl? Meinst du, hier landet stündlich eine Maschine aus New York? Nein, nein. Ich habe eine Menge Geld ausgegeben. Vielleicht sind die Schuhe eine halbe Nummer zu klein.«

»Du solltest öfter Dunkelblau tragen. Das steht dir besser als Senfgelb.«

An Steves Stirnrunzeln konnte sie absehen, daß sie mit dieser Bemerkung zu weit gegangen war.

»Wenn du schon solche Unkosten hattest, darf ich dich vielleicht zu einem Espresso einladen? Der ist vorzüglich.«

»Ich nehme einen Eiskaffee.«

Während sie auf die Bedienung warteten, entfernte Steve mit spitzen Fingern einen Fussel von seiner neuen Hose, zog die Bügelfalte hoch und schlug dann vorsichtig die Beine übereinander. Katie würde diesen Anblick nicht ertragen, ohne einen ihrer beißenden Kommentare abzugeben, dachte Joanna. Und plötzlich tat es ihr leid, daß sie vorhin einfach eingehängt hatte.

6.

Robert wurde davon wach, daß jemand die Wohnungstür aufschloß. Viertel vor fünf. Er hatte fast zwei Stunden lang geschlafen. Im Zimmer war es unerträglich heiß, das Unterhemd klebte an seinem Körper, und sein Mund war trocken.

Er hatte von Lotte geträumt. Sie stand auf einer Brücke und winkte ihm aufgeregt zu, um ihm etwas zu zeigen. Er wollte auf sie zugehen, konnte sich jedoch nicht vom Fleck rühren. »Papi, warum kommst du denn nicht?« rief Lotte und deutete auf die Uferböschung. Dort lief eine riesige Ratte durchs Gras; sie hielt ein paarmal inne, lief dann weiter und verschwand plötzlich im Wasser. Und nun sah er, warum Lotte so aufgeregt war. Nur wenige Meter entfernt schwamm eine Ente mit vier Entenküken, drei braunen und einem gelben. Für den Bruchteil einer Sekunde tauchte die Ratte an der Wasseroberfläche auf, und schon war das gelbe Küken verschwunden. »Nein«, schrie Lotte und schlug sich die Hand vor den Mund. Sie drehte sich zu Robert um, und ihre Augen starrten ihn entsetzt an. Langsam, wie in Zeitlupe, ließ sie die Hand wieder sinken. »Papi, warum bist du nicht gekommen?«

Robert erinnerte sich nicht, wann Lotte zum letzten Mal »Papi« zu ihm gesagt hatte. Er stand auf und zog sich seinen Bademantel über. Sonderbar, an die Geschichte mit dem Entenküken hatte er schon lange nicht mehr gedacht. Kurz nachdem Claudia ihm mitgeteilt hatte, daß sie ihn verlassen wolle, war er mit Lotte zum Entenfüttern an die Alster gegangen. Lotte hatte gequietscht vor Begeisterung über die Entenküken, die eifrig hinter ihrer Mutter herschwammen. Plötzlich war etwas über ihn gekommen, und er hatte ihr die Geschichte von der Wasserratte erzählt, die er als kleiner Junge erlebt hatte. Lotte hatte ihn so fassungslos angesehen, als ob er das Küken verschlungen hätte. Dann war sie in Tränen ausgebrochen. Sie hatten nie wieder zusammen Enten gefüttert.

Schon vom Flur aus konnte Robert sehen, daß in der Küche geraucht wurde. Es ärgerte ihn, daß Nick nicht einmal gefragt hatte, ob ihn der Rauch störe. Er zog den Gürtel des Bademantels fester, strich sich über den Kopf und beschloß, in dieser zweiten Runde nicht so jämmerlich zu versagen wie in der ersten. Der Schlaf hatte ihm gutgetan, trotz des Traums.

Nick grinste, als er hereinkam. Wahrscheinlich fand er in ihm all das bestätigt, was er schon immer über Lehrer gedacht hatte. Ein faules Pack, das Zeit hat, nachmittags zu schlafen.

»Wann beginnt die Tagung?«

»Um sieben.«

»Willst du auch einen Tee?«

»Nein, danke.«

Robert setzte den Wasserkessel auf und holte einen Becher aus dem Schrank. Immerhin war es ihm vorm Schlafen noch gelungen, den Abwasch zu machen. »Worum geht's bei eurer Tagung?«

»Krieg und Gewalt in der Literatur des zwanzigsten Jahrhunderts.«

Für Robert hörte sich das nicht gerade nach einem klar umrissenen Thema an. »Hast du was gegessen?«

»Ja, ich war bei einem Griechen hier um die Ecke.«

»Du schläfst in dem vorderen Zimmer«, sagte Robert und begann, sich ein Leberwurstbrot zu schmieren. »Wenn dir das zu laut ist, kannst du auch in den Wintergarten umziehen.« Er schnitt eine Gewürzgurke in dünne Scheiben und verteilte sie auf dem Leberwurstbrot. Dabei blickte er nicht von seinem Teller hoch, obwohl er genau wußte, daß Nick ihn beobachtete. »Ist was?«

»Ich probiere auch eine«, murmelte Nick und griff in das Gurkenglas.

Vielleicht würde er die nächsten Tage doch überstehen, dachte Robert und stand auf, um den Tee aufzugießen.

»Funktioniert die Dusche?«

»Wieso?«

Nick zuckte mit den Achseln. »Sieht etwas angegriffen aus.«

»Heute morgen hat sie noch funktioniert.«

»Übrigens ... der Eröffnungsvortrag ist öffentlich. Es geht um Margaret Atwood.«

»Ist mir ein Begriff.«

»Könnte interessant werden. Vielleicht hast du Lust mitzukommen.«

Robert nahm sich noch eine Gewürzgurke. »Ich überleg's mir.«

»Der Vortrag findet in der Universität statt.« Nick stand auf, ging in den Flur und fing an, in seinem Rucksack zu wühlen. »Von-Melle-Park 6. Hast du Shampoo?«

»Brauche ich nicht.«

Nick drehte sich erstaunt um.

Robert deutete auf seine Glatze und grinste.

»Ach so, natürlich. Blöde Frage.« Nick verschwand in der Dusche.

Robert goß etwas Milch in seinen Becher, füllte ihn mit Tee auf und trat ans Fenster. Es war jetzt still unten im Hof. Jeden Tag um Punkt fünf stellte Johann Dreiser seine Maschinen ab und fuhr nach Hause. Jeden Morgen um Punkt neun stellte er sie wieder an. Seit zwanzig Jahren ging das schon so. Robert schätzte diese Gleichförmigkeit sehr; sie gab ihm das Gefühl, daß er sich auf Johann Dreiser verlassen konnte.

In der Ferne schwebte ein roter Ballon. Er zog langsam an dem vor Hitze fast weißen Himmel entlang. Robert trank seinen Tee in einem Zug aus und beschloß, sich den Vortrag anzuhören.

7.

Carol war der Meinung, daß sie die kurze Strecke vom *Dänischen Hof* zur Universität zu Fuß gehen sollten. Steve dagegen wollte wegen seiner neuen Schuhe lieber ein Taxi nehmen.

»Zieh deine alten Schuhe wieder an«, schlug Joanna vor.

»Die passen nicht zu Dunkelblau.«

»Mach, was du willst«, sagte Carol, »aber wir müssen jetzt los.«

Steve zögerte einen Moment lang, dann folgte er ihnen. Schweigend liefen sie nebeneinander her, bis Joanna plötzlich mit einem Absatz in dem durch die Hitze weich gewordenen Asphalt steckenblieb. Sie bückte sich, um ihren Schuh zu befreien. Als sie sich wieder aufrichtete, stand eine junge, südländisch aussehende Frau vor ihr und hielt die Hand auf. Joanna starrte die Frau an, die wie aus dem Nichts aufgetaucht war und ihr jetzt den Weg blockierte.

»Bitte«, sagte die Frau und öffnete den Mund, als ob sie anfangen wollte zu singen. Zwischen ihren wenigen schwarzen Zahnstummeln eiterte das Zahnfleisch. Ihr Atem roch nach altem Fisch.

»Komm«, hörte Joanna Carol neben sich sagen.

Sie versuchte, an der jungen Frau vorbeizugehen, doch diese hatte ihr Zögern bemerkt und wich nicht von ihrer Seite, die Hand und den Mund noch immer weit geöffnet. Joanna spürte, daß sie den Anblick der eiternden Wunden und den fauligen Atem nicht länger ertragen konnte. Sie drückte der jungen Frau ein Markstück in die Hand und lief weiter.

Carol hakte sie unter und drückte ihren Arm.

»Ich dachte, Deutschland sei so reich«, sagte Steve und schüttelte sich.

Joanna ärgerte sich über sich selbst. In New York sah sie Bettlern nie in die Augen.

»Meinst du nicht, daß es besser wäre, regelmäßig eine Spende an eine Hilfsorganisation zu überweisen, als hier und da einem Bettler was zu geben?«

Joanna holte tief Luft. Steve hatte die Angewohnheit, seine Umwelt mit Empfehlungen für angemessenes Verhalten zu beglücken, vor allem in Momenten, in denen man lieber unbeobachtet geblieben wäre. Bestimmt war er früher eins dieser altklugen Kinder gewesen, mit denen niemand was zu tun haben wollte.

»Wir sind da«, sagte Carol schließlich und zeigte auf ein scheußliches Hochhaus.

Joanna war enttäuscht. Aus irgendeinem Grund hatte sie sich vorgestellt, daß die Universität in einem alten Gebäude untergebracht war.

Schilder wiesen ihnen den Weg zu einem großen Hörsaal, in dem die ersten fünf Sitzreihen für die Tagungsteilnehmer reserviert waren. Joanna begrüßte Paola Simonelli aus Siena, die den Eröffnungsvortrag halten würde und die sie seit vielen Jahren kannte. Paola deutete auf den fast leeren Saal und sagte, sie könne nicht verstehen, warum die Veranstalter die Öffentlichkeit zugelassen hätten, dann aber noch nicht mal in der Lage seien, wenigstens ein paar Studenten zu mobilisieren. Auch Joanna hatte gedacht, daß sich mehr Leute für Margaret Atwood interessieren würden.

»Hat jemand von euch Nick gesehen?« fragte Carol. »Es ist schon kurz nach sieben.«

»Merkwürdig«, murmelte Joanna. »Seitdem ich ihn kenne, ist er noch nie zu spät gekommen.«

Robert hatte schon den Autoschlüssel ins Schloß gesteckt, als Nick sich wieder eine Zigarette anzündete.

»Komm, mach auf. Wir müssen los.«

Robert gab sich einen Ruck. »Bitte nicht im Wagen rauchen.«

»Wieso nicht? Du rauchst doch auch.«

»Schon seit über zehn Jahren nicht mehr.«

Nick verzog ärgerlich den Mund und drückte seine Zigarette aus.

Auf der Max-Brauer-Allee stellte Robert fest, daß er dringend tanken mußte. Während er das Benzin einfüllte, sah er, wie Nick immer wieder ungeduldig auf die Uhr schaute. Sie waren etwas zu spät losgefahren, weil Robert einen Anruf von seiner Mutter bekommen hatte. Fünf Minuten lang hatte er auf sie einreden müssen, bis sie begriff, warum er erst am nächsten Montag und nicht schon morgen nach Bad Pyrmont kommen konnte.

»Gleich Viertel vor sieben«, sagte Nick vorwurfsvoll, als Robert wieder einstieg. »Ich hasse es, zu spät zu kommen.«

Robert fuhr los, ohne zu antworten. Er erinnerte sich plötzlich an Nicks heftigen Ausbruch, damals an seinem zweiten Tag in New York. Sie hatten sich um sechs Uhr vor einem bestimmten Kino verabredet, um einen Film mit Dudley Moore anzusehen, der überaus witzig sein sollte. Nick und Claudia wollten direkt von der Bibliothek aus dorthin kommen. Er hatte gehofft, daß Claudia ihm Manhattan zeigen würde, aber sie wollte unbedingt mit Nick zusammen in die Bibliothek. Also verbrachte er den Tag allein, im *Guggenheim Museum* und später auf einer Bank im Central Park, wo er *Dos Passos* las. Für die Fahrt zum Kino veranschlagte er eine Dreiviertelstunde; daß der Bus einen Motorschaden haben würde, hatte er nicht eingeplant. Er rannte das letzte Stück bis zum Kino und kam völlig außer Atem um zehn nach sechs dort an. Der Film hatte noch gar nicht angefangen, und dennoch schrie Nick ihn an, wie rücksichtslos es von ihm sei, die Lebenszeit anderer Menschen zu vergeuden. Claudia nickte zustimmend. Robert wußte nicht mehr, worum es in dem Film ging, aber das Publikum lachte fast ununterbrochen. Nick war nach einer halben Stunde aufgestanden und gegangen.

»Ich habe schon lange kein Auto mehr«, sagte Nick, als sie nach zehn Minuten immer noch keinen Parkplatz gefunden hatten.

»Wie klug von dir«, antwortete Robert und bog in die dritte Seitenstraße ein, wo er eine schmale Lücke entdeckte. Wahrscheinlich fand Nick immer irgendeinen Dummen, der ihn durch die Gegend kutschierte.

»Von-Melle-Park 6. Weißt du, wo das ist?«

»Ich habe dort studiert.«

Es war beinahe Viertel nach sieben, als sie den Hörsaal betraten. Robert hatte hier zuletzt Vorlesungen über den englischen Roman gehört. Das war über zwanzig Jahre her. Vorn am Pult probierte eine Frau das Mikrophon aus, eine andere goß Mineralwasser in ein Glas.

»Siehst du, wir haben es doch noch geschafft«, sagte Robert.

Nick lief, ohne zu antworten, auf einige Leute zu, die in der ersten Reihe saßen. »He, Nick. Da bist du ja«, rief ein jüngerer, dunkel gekleideter Mann mit einer Fönfrisur.

Robert blieb unentschlossen an der Tür stehen. Der Hörsaal war noch nicht mal zu einem Drittel gefüllt. Hier und da saßen ein paar Studenten, ansonsten bestand das Publikum im wesentlichen aus den Tagungsteilnehmern. Nick schien ihn vollkommen vergessen zu haben. Am liebsten wäre er wieder gegangen.

In diesem Moment ergriff eine Frau mit einem starken italienischen Akzent das Wort. Robert zögerte noch ein paar Sekunden, dann setzte er sich auf den nächstbesten Platz, neben eine junge Frau in einem kurzen, roten Stretchkleid und klobigen, schwarzen Stiefeln. Sie nahm von Robert überhaupt keine Notiz, sondern öffnete ihre Ringmappe und schrieb mit grüner Tinte *14. Juli 1994* in die obere rechte Ecke.

Die Italienerin kündigte nach einigen einleitenden Worten über den Umfang und die Bedeutung des Werks von Margaret Atwood an, daß sie sich in diesem Vortrag auf die Analyse des vor sechs Jahren erschienenen Romans *Cat's Eye* beschränken wolle.

Robert hatte noch nie zuvor jemanden Englisch mit italienischem Akzent sprechen hören. Es war mehr als ein Akzent; die Geschwindigkeit, die Satzmelodie und das gerollte R waren so italienisch, daß Robert zunächst Mühe hatte, sie zu verstehen. Er war froh, daß er zumindest das Buch kannte. Er hatte es auf deutsch gelesen; seit Jahren schon las er englischsprachige Literatur nur noch in Übersetzungen. Da konnte er wenigstens sicher sein, daß er alles verstand. In der Schule verlangte niemand von ihm, daß er Romane im Original las. Für einen Leistungskurs wäre dies nötig gewesen, aber Robert hatte noch nie einen Leistungskurs angeboten. Mit seinen Schülern behandelte er kürzere, zumeist nichtliterarische Texte, die hinten ein Vokabelverzeichnis enthielten und zu denen es Lehrerbegleithefte mit vorformulierten Fragen und Antworten gab.

›Cruelty‹ war ein Wort, das in dem Vortrag der Italienerin immer wieder auftauchte. Es ging ihr anscheinend darum, zu zeigen, daß die Autorin eine bestimmte sprachliche Form entwickelt hatte, die die von der Hauptfigur Elaine in der Vergangenheit erfahrene Grausamkeit und Erniedrigung unmittelbar lebendig werden ließ.

Robert bezweifelte, ob es notwendig war, das Buch in dieser Weise zu analysieren. Ja, er konnte sich sogar vorstellen, daß ihn diese Kommentare eher davon abgehalten hätten, es überhaupt zu lesen. Und dabei war *Katzenauge* ein Buch, das einen starken Eindruck auf ihn gemacht hatte. Er hatte sich beim Lesen so sehr mit Elaine identifiziert, wie ihm das mit einer weiblichen Hauptfigur noch nie passiert war. Aber Literaturwissenschaftlern ging es natürlich um weit mehr als um die Identifikation mit einer Hauptfigur. Robert sah, daß die junge Frau neben ihm schon drei Seiten mit Wörtern in grüner Tinte gefüllt hatte. Wahrscheinlich würde Nick ihn später in ein Gespräch über das Verhältnis von Form und Inhalt verwickeln wollen; mit Claudia hatte er sich früher immer leidenschaftlich über verschiedene literaturwissenschaftliche Ansätze gestritten. Schon damals hatten Robert solche Gespräche gelangweilt.

Die Italienerin sprach jetzt über die weltweite positive Rezeption von *Cat's Eye*. Robert hatte den Roman seiner Mutter im letzten Jahr zu Weihnachten geschenkt. Irgendwann im Januar hatte sie ihn angerufen und ihm aufgeregt mitgeteilt, daß sie mit diesem schrecklichen Buch überhaupt nichts anfangen könne. Mädchen seien nicht so, zumindest deutsche Mädchen nicht.

Joanna genoß den Vortrag. Er war klar, anschaulich und unterhaltsam. Daß Paola *Cat's Eye* für ihre Analyse ausgewählt hatte, kam Joanna fast wie ein Geschenk vor; schließlich war es eins ihrer Lieblingsbücher. Sie hatte es in der Zeit gelesen, als sie noch mit Nick befreundet war. Ja, vielleicht war sie sogar beim Lesen zu dem Entschluß gekommen, daß sie sich von Nick trennen mußte. Eines Abends hatte sie ihm einen Abschnitt vorgelesen, in dem es darum ging, daß die Hauptfigur Elaine sich gegen die subtile Grausamkeit ihrer Mitschülerin

Cordelia nicht zur Wehr setzen kann. In ihr hatte diese Stelle höchst unangenehme Erinnerungen wachgerufen; nicht daß sie selbst jemals eine solche Hilflosigkeit erlebt hätte, nein, sie erkannte sich eher in derjenigen wieder, die es genießt, andere zu unterdrücken. »Dieser Mädchenquatsch interessiert mich nicht«, hatte Nick gemurmelt, ohne von seiner Zeitung aufzublicken.

Sie wurde in ihren Gedanken unterbrochen, als plötzlich alle außer Steve mit den Fingerknöcheln auf die Tische zu klopfen begannen. Sie hatte gar nicht gemerkt, daß der Vortrag zu Ende war.

»Hervorragend«, sagte Carol. »Was meinst du?«

»Brillant.«

Joanna kannte diese Art von Akademikerapplaus nicht. Warum konnten die Leute nicht normal klatschen?

Carol schlug vor, Paola einzuladen, mit ihnen zusammen essen zu gehen. Nick murmelte etwas von seinem Bekannten, den er wohl auch fragen müsse, ob er mitkommen wolle. Schließlich wohne er bei ihm.

»Ist er denn hier?« fragte Carol erstaunt.

»Ja, er muß irgendwo dahinten sitzen.« Nick sah sich um und ging dann auf einen fast kahlköpfigen Mann zu.

»Ist doch klar«, sagte Joanna. »Wahrscheinlich hat der Bekannte ein Auto, und Nick mußte nicht mal Geld für ein Taxi ausgeben.«

Robert war schon dabei zu gehen, als er Nick auf sich zukommen sah.

»Wir wollen noch was essen gehen. Hast du einen Vorschlag?«

Auf die Frage war Robert nicht vorbereitet. »Ich … ich war lange nicht in dieser Gegend.«

Nick runzelte die Stirn. Er würde doch wohl irgendein Restaurant kennen, das man zu Fuß erreichen konnte.

Robert fing an zu schwitzen. »Ißt du gern türkisch?«

»Mir ist das ganz egal. Ich habe sowieso keinen Hunger. Es geht um die anderen.« Er deutete auf ein paar Leute, die jetzt auf sie zukamen, unter anderem auch die Italienerin.

Robert hoffte, daß ihn niemand nach seiner Einschätzung des Vortrags fragen würde.

»Das ist Robert Wagner«, sagte Nick mit gelangweilter Stimme.

Robert überlegte noch, ob Amerikaner einem die Hand schütteln, wenn sie einen zum ersten Mal sehen, als ihm eine der Frauen ihre Hand entgegenstreckte.

»Carol O'Sullivan.«

Er lächelte sie erleichtert an und gab dann auch den anderen die Hand. Die Italienerin unterbrach kaum ihr Gespräch mit dem Mann, der Steve Hellman hieß und nach Rasierwasser roch. Joanna Jackson war der Name der dritten Frau; sie hatte einen festen Händedruck.

Alle sahen ihn erwartungsvoll an.

»Ich schlage vor, daß wir in ein türkisches Lokal gehen«, sagte er leise.

»Wunderbar«, rief Carol O'Sullivan.

Es entstand ein kurzes Schweigen, dem Robert entnahm, daß auch die anderen gegen seinen Vorschlag nichts einzuwenden hatten. Also setzte er sich in Bewegung.

Joanna machte sich nicht viel aus türkischem Essen, aber sie hatte Hunger. Außerdem tat ihr dieser Bekannte von Nick leid. Er schien nicht damit gerechnet zu haben, ein Restaurant für sie auswählen zu müssen.

Sie hätte am liebsten eine Weile geschwiegen, aber Steve wich nicht von ihrer Seite. Er wollte wissen, warum sie so begeistert von Paolas Vortrag war. Klar gegliederte Aussagen, interessante Thesen und anschauliche Beispiele ließ er als Begründung nicht gelten. Ob sie denn nicht den theoretischen Überbau vermißt habe? Nein, habe sie nicht. Im übrigen gäbe es noch ein weiteres Plus: Paolas überaus lebendige Art vorzutragen.

»Das ist doch wohl nicht dein Ernst.«

»Monotone Vorträge machen mich aggressiv«, sagte Joanna.

»Aha«, sagte Steve und beschleunigte seinen Schritt, um die beiden Männer einzuholen.

Joanna wußte, daß ihn dieser Satz gekränkt hatte. Steve änderte die Tonlage seiner Stimme nie, wenn er einen Vortrag hielt. Joanna hätte als Studentin sofort den Dozenten gewechselt, vor allem, wenn er sich, wie Steve, auch noch ausschließlich mit höchst komplizierten Theoriegebäuden beschäftigte, ohne jemals auf den Punkt zu kommen. Doch Steves Vorlesungen und Seminare waren sehr beliebt. Eine Studentin hatte Joanna neulich erzählt, daß es eine Herausforderung für sie sei, die Theorien zu verstehen und zu lernen, sie anzuwenden, was natürlich nur möglich sei, wenn man auch die entsprechende Sprache beherrsche. Sie sei bereit, viel Zeit in das Erlernen dieser Sprache zu investieren, denn sie habe das Gefühl, dadurch selber an Bedeutung zu gewinnen. Schließlich gehöre sie nun gewissermaßen zu einem auserwählten Kreis; dadurch bekäme das Studium für sie erst einen Sinn. Joanna hatte vorsichtig versucht zu fragen, ob bei all der theoretischen Auseinandersetzung die Beschäftigung mit literarischen Texten nicht zu kurz komme. Die Studentin hatte sie fast mitleidig angesehen und verkündet, nur wer ein fundamentales Theoriegebäude verinnerlicht habe, könne sich überhaupt sinnvoll mit Literatur beschäftigen. Bei dem Wort »verinnerlichen« war Joanna zusammengezuckt. Sie hatte sich immer noch bei Steve erkundigen wollen, ob er von seinen Studenten erst ein theoretisches Glaubensbekenntnis verlange, bevor er sie in seinem erlauchten Kreis mitarbeiten lasse.

Das türkische Lokal lag in einer schmalen Seitenstraße mit Kopfsteinpflaster. Die renovierten alten Häuser hatten vier, teilweise fünf Stockwerke und Balkone, auf denen Leute saßen und Wein tranken. In einer Wohnung gegenüber wurde ein Fest gefeiert. Es war immer noch sehr warm. Joanna spürte, wie zum ersten Mal an diesem Tag die Spannung von ihr abfiel.

Carol schlug vor, draußen zu sitzen. Bevor die Männer sich zu einer Entscheidung durchringen konnten, hatten Paola und sie auch schon einen gerade frei werdenden Tisch belegt. Joanna setzte sich neben Carol. Es fiel ihr auf, daß sowohl Steve als auch Nick den freien Platz neben ihr mieden. Steve hatte Nick offensichtlich gerade einen Witz erzählt, über den dieser nur grinsen konnte; Steve dagegen lachte so laut, daß Joanna ihm am liebsten gesagt hätte, sie fände es alles andere als komisch, wenn jemand über seine eigenen Witze lache. Es war, als ob er ihr demonstrieren wollte, daß er trotz seines monotonen Vortragsstils ein hervorragender Unterhalter war.

Nicks Bekannter lachte nicht. Er wartete, bis alle saßen und nur noch der Platz neben ihr frei war. Dann setzte er sich lautlos auf seinen Stuhl, so als ob er zu spät in ein Konzert gekommen sei und jede Aufmerksamkeit vermeiden wolle.

Robert war schon wochenlang nicht mehr in einem Restaurant gewesen. Zuletzt hatte er in Marburg mit Lotte zusammen Bratkartoffeln gegessen, die viel zu fettig waren. Lotte hatte fast alles stehengelassen und ihm erklärt, daß sie lieber zu McDonald's ginge.

Der Rauch von Nicks Zigarette wehte ihm direkt ins Gesicht. Er rückte ein Stück mit seinem Stuhl zurück und griff nach der Speisekarte, hauptsächlich, um beschäftigt zu wirken und unauffällig die Gespräche der anderen mit anhören zu können. Die Italienerin unterhielt sich mit Carol O'Sullivan über ein früheres Buch von Margaret Atwood, das er nicht kannte. Nick und Steve stritten sich über eine Theorie, die von Steve als postmodern beschrieben wurde, was Nick veranlaßte, sich über postmodernistische Moden zu mokieren. Joanna Jackson sagte nichts. Als der Kellner kam, um die Bestellung zu notieren, entschied sie sich für Auberginen in Joghurtsauce. Die hatte Robert auch nehmen wollen, aber er hätte es als anbiedernd empfunden, dasselbe zu essen wie sie. Also bestellte er sich nach kurzem Zögern einen Salat.

»Und was trinken wir?« fragte Carol. »Wein?«

Robert sah, wie alle nickten. »Ich nehme ein Mineralwasser«, sagte er leise.

»Früher hast du aber Wein getrunken«, rief Nick. »Sag bloß, du bist einer von diesen Gesundheitsfanatikern geworden!«

Robert antwortete nicht. Er begann wieder zu schwitzen, obwohl jetzt endlich eine leichte Brise aufgekommen war.

»Woher kennt ihr euch eigentlich?« fragte Carol, nachdem sie einen Liter Rotwein und ein Mineralwasser bestellt hatte.

Nick zündete sich eine neue Zigarette an. »Roberts Frau hat mal ein Jahr bei mir studiert, das heißt … seine Ex-Frau. Sie ist Übersetzerin. Oder macht sie mittlerweile was anderes?«

Robert schüttelte den Kopf, ohne Nick anzusehen. Ihm widerstrebte es, schon wieder über Claudia reden zu müssen, noch dazu vor vier Menschen, die er erst seit einer halben Stunde kannte.

»Sie sprechen sehr gut Englisch«, sagte Carol. »Sind Sie auch Übersetzer?«

Diese Frage hatte er befürchtet. »Nein«, murmelte er, »ich bin Lehrer.«

»Aha«, sagte Carol. Die anderen schwiegen.

Aus früheren Begegnungen mit Claudias Übersetzerkollegen oder Jochens Journalistenfreunden kannte er diese Reaktion nur zu gut. Wann immer er gesagt hatte, er sei Lehrer, war das Gespräch verebbt. Robert hatte sich öfter gefragt, ob es daran lag, daß er sich in diesen Kreisen unterlegen fühlte und daher seine Stimme unsicherer klang als sonst, oder ob Lehrer bei diesen Leuten grundsätzlich solche Reaktionen auslösten. Daß sein Auftreten so wenig selbstbewußt war, ärgerte ihn. Es ärgerte ihn vor allem deshalb, weil er gern Lehrer war, sehr gern sogar. Aber das war etwas, was er nur Schülern und anderen Lehrern gegenüber zugegeben hätte.

Zum Glück wurden jetzt die Getränke gebracht. Nick und Steve nahmen ihre Theoriediskussion wieder auf, und Carol fragte die Italienerin nach ihrem neuesten Buch. Joanna Jackson schwieg noch immer. Robert starrte auf die Speisekarte und überlegte, was er zu ihr sagen könnte.

»Haben Sie Kinder?« fragte sie ihn da plötzlich.

Er war so überrascht, daß er einen Moment brauchte, bevor er antworten konnte. »Eine Tochter, Lotte. Sie ist zwölf.«

»Lebt sie bei ihrer Mutter?«

Es lag etwas in ihrer Stimme, was ihn aufhorchen ließ, etwas Ernstes, Trauriges. Ohne genau zu wissen warum, begann er zu erzählen. Von Marburg. Wie weit weg das sei. Daß er Lotte deshalb nur alle sechs bis acht Wochen sehen könne. Nein, nicht nur deshalb. Claudia wünsche nicht mehr Kontakt, beziehungsweise Lotte habe keine Lust, ihn zu sehen. Was ja auch kein Wunder sei. Sie kenne ihn kaum. Ihm sei sie manchmal richtig unheimlich, wenn sie ihn so von der Seite ansehe, als überlege sie, ob er wirklich ihr Vater sei. Ja, er vermisse sie. Was für eine Frage. Natürlich vermisste er sie.

Das Essen wurde serviert, und die Einzelgespräche brachen ab. Er hätte doch Auberginen in Joghurtsauce bestellen sollen.

Joanna tunkte das Fladenbrot in die Joghurtsauce und biß ein Stück ab. Sie konnte sich beim besten Willen nicht an den Namen von Nicks Bekannten erinnern. Und jetzt, nachdem er ihr so viel über seine Tochter erzählt hatte, wollte sie ihn auch nicht mehr danach fragen.

Am Nachbartisch war ein Streit ausgebrochen. Ein Betrunkener beschimpfte den Kellner und drohte ihm schließlich mit der Faust, woraufhin der Besitzer des Lokals dazukam und versuchte, begütigend auf den Betrunkenen einzureden.

»Robert, was ist da los?« fragte Nick.

Joanna sah, wie Robert sein Essen unterbrach und irritiert hochblickte. Es kam ihr beinahe so vor, als ob er Angst vor Nick habe. Aber wenigstens wußte sie jetzt seinen Namen. Und nun fiel ihr auch der Nachname wieder ein. Wagner, wie der Komponist, dessen Musik sie nicht mochte.

»Es geht darum, daß …«

»Der Typ meint, er müsse zuviel bezahlen«, unterbrach Steve ihn ungeduldig und ging dann gleich dazu über, sich kritisch zu Paolas Vortrag zu äußern.

Joanna hätte Robert gern gesagt, daß Steve den Menschen öfter so über den Mund fahre und er sich nichts daraus machen solle. Doch in diesem Moment begann Robert ihr mit leiser Stimme zu erklären, daß der Betrunkene sich abfällig über Türken geäußert habe und vom Besitzer aufgefordert worden sei zu gehen.

Der Betrunkene stand langsam auf und torkelte davon, ohne überhaupt etwas bezahlt zu haben. Der Kellner schien dies nicht richtig zu finden. Er zeigte auf seinen Rechnungsblock und redete auf den Besitzer ein, türkische Sätze voller Üs und Is. Der Besitzer klopfte dem Kellner auf die Schulter und ging wieder ins Haus.

Während Joanna sich auf die Suche nach einer Toilette begab, dachte sie an den Türken, der um jeden Preis Ärger vermeiden wollte, und an Robert, der dies sicher gut verstehen konnte.

Robert schenkte sich den Rest seines Mineralwassers ein. Noch hatte Nick keinen Versuch gemacht, ihn nach seiner Meinung zum Vortrag der Italienerin zu befragen, und er hoffte, daß es dazu auch nicht mehr kommen würde, zumindest nicht hier, vor allen anderen.

Als er sich umdrehte, um zu sehen, wo Joanna blieb, sah er sie vor dem Eingang zum Lokal stehen und zu den Balkonen der gegenüberliegenden Häuser hinaufschauen, auf denen Leute saßen und sich laut unterhielten. Sie stand reglos da und schien ihnen zuzuhören. Plötzlich, als ob sie geahnt hätte, daß er sie beobachtete, blickte sie zu ihm hinüber. Dann kam sie langsam zum Tisch zurück.

»Ich hätte auch gern einen Balkon«, sagte sie beinahe verlegen, als sie sich setzte.

Robert glaubte nicht, daß es wirklich die Balkone waren, die sie so beeindruckt hatten, aber das behielt er für sich. Statt dessen faßte er kurz die Vor- und Nachteile seines Wintergartens zusammen, was sie jedoch nicht sonderlich zu interessieren schien.

»Mögen Sie *Cat's Eye*?« fragte er nach einer Weile.

Sie sah ihn verblüfft an. »Ja, sehr.«

»Und was mögen Sie daran?«

Joanna lehnte sich zurück. »Mir gefällt die Geschichte mit ihren in sich so widersprüchlichen und deshalb so lebensnahen Figuren. Das ist schon sehr gekonnt, wie dieses komplizierte Beziehungsgeflecht geschildert wird. Und dann geht mir das Thema einfach sehr nahe.« Sie hielt einen Moment lang inne, als habe sie zuviel verraten.

Robert bemerkte, daß ihre Stimme viel distanzierter klang, als sie fortfuhr zu sagen, die Autorin habe etwas geschafft, was sehr schwierig sei: eine Geschichte für Erwachsene zu schreiben, sie aber aus der Perspektive eines Kindes und später einer Jugendlichen zu erzählen. »Die Gefahr bei so einem Projekt besteht darin, entweder in die Sprache, die Denkweise eines Erwachsenen zu verfallen, der viel mehr weiß, als das Kind wissen kann, oder letztendlich ein Kinderbuch zu schreiben und damit die eigentliche Zielgruppe zu verfehlen.«

»Aber es gibt doch auch Passagen, in denen die Hauptfigur bereits erwachsen ist«, wandte er ein.

»Ja, natürlich. Aus dieser Mischung bezieht das Buch seine besondere Spannung.« Joannas Augen leuchteten. »Ich sehe, Sie interessieren sich auch für Erzählperspektiven.«

»Das kommt ganz darauf an. Mich interessiert bei einem Buch zuallererst die Geschichte.«

»Aber wie können Sie das voneinander trennen? Ein Inhalt gleich welcher Art wird doch erst dadurch zu einer Geschichte, daß eine Figur oder ein über allem schwebender Erzähler sie auf eine bestimmte Art erzählt.«

»Da ist was dran«, gab Robert zu. Es entstand eine Pause. Dann sagte er leise, daß ihn die Erfahrungen der Hauptfigur sehr an das erinnert hätten, was er als Kind erfahren habe. Und er sei genauso hilflos gewesen.

Joanna erwiderte, daß es ihr ganz anders ergangen

sei. Ja, sie fände es selbst beschämend, eingestehen zu müssen, wie sehr sie es als Kind genossen habe, andere zu quälen.

»Später tauschen die beiden ihre Rollen«, sagte Robert. »Die Unterdrückte wird zur Unterdrückerin.«

»Stimmt«, murmelte Joanna.

In diesem Augenblick verkündete Nick, daß er ins Bett müsse. Robert hoffte, daß die anderen ihn überreden würden, noch etwas zu bleiben, doch außer Joanna schienen alle müde zu sein.

Steve bestellte ein Taxi. Während der Kellner kassierte, überlegte Robert, ob er Joanna seine Adresse geben sollte, aber da kam das Taxi auch schon. Sie lächelte zum Abschied und sagte, er solle sich den neuesten Roman von Michael Ondaatje besorgen. *Der englische Patient.* Darin gäbe es ebenfalls eine sehr interessante Erzählperspektive, Thema ihres Vortrages hier in Hamburg.

Robert sah hinter dem Taxi her; er hatte plötzlich einen Kloß im Hals.

»Kommst du?« rief Nick. Er war schon ein Stück vorgegangen.

Robert lief hinter ihm her. Als er ihn eingeholt hatte, sagte Nick:

»Laß bloß die Finger von dieser Frau. Ich spreche aus Erfahrung.«

Robert stammelte etwas von einem Gespräch über Literatur. Und wie Nick überhaupt auf so eine Idee käme?

»Ich kenne Joanna ja gar nicht.«

»Eben«, sagte Nick. »Ich habe dich gewarnt.«

»Freunde sind das nicht«, sagte Carol, als sie im Taxi saßen. »Wenn Nick diesen Robert nur anspricht, zuckt der ja schon zusammen.«

Steve gähnte. »Ein Langweiler.«

Joanna schwieg. Robert kam ihr vor wie jemand, der eine Hautschicht weniger hatte als andere; vielleicht machte ihn das zu einem so guten Zuhörer. Er war der erste Mann, mit dem sie sich darüber unterhalten konnte, warum *Cat's Eye* ein wichtiges Buch für sie war. Sie verstand nicht, warum sie ihm nicht wenigstens ihr Hotel genannt hatte.

8.

In dieser Nacht schlief Robert fast überhaupt nicht. Er dachte an sein Gespräch mit Joanna, an den Moment, als ihre Stimme sich verändert hatte, weil ihr etwas herausgerutscht war, was sie als zu privat empfunden hatte. Joanna war, wie er, auf der Hut.

Gegen Morgen hörte er, wie Nick in den Wintergarten umzog. Er konnte sich nicht vorstellen, daß Joanna jemals eine Beziehung mit einem Zyniker wie Nick gehabt hatte, der den Spott brauchte, um sich vor anderen behaupten zu können. Dennoch mußte Nick etwas an sich haben, was ihn für Frauen so attraktiv machte. Auch Claudia hatte sich zu ihm hingezogen gefühlt. Ob sie jemals mit ihm geschlafen hatte, wußte er nicht; er hatte sie nie danach gefragt.

Robert stand auf, noch bevor der Wecker klingelte. Er hatte leichte Kopfschmerzen, direkt über den Augen, wie immer nach einer schlaflosen Nacht. Aber heute beunruhigte ihn dies nicht so wie sonst.

Als er unter der Dusche stand, begann er zu überlegen, wie er herausfinden konnte, in welchem Hotel Joanna wohnte. Nick wollte er auf keinen Fall fragen. Vielleicht würde er im Sekretariat der Anglisten anrufen und sich nach dem Namen desjenigen erkundigen, der die Tagung organisiert hatte. Oder er würde einfach zur Uni fahren und vor dem Raum warten, in dem die Tagung stattfand. Nein, er wußte, das würde er nicht tun.

Er trank seinen Tee im Stehen, schrieb Nick einen Zettel, daß er jetzt in die Schule müsse, Nick habe ja einen Schlüssel, er könne sich zu essen nehmen, was er wolle, vielleicht würden sie sich später sehen. Dann zerriß er den Zettel wieder und verließ die Wohnung.

Kaum hatte er das Lehrerzimmer betreten, als Erwin Meyer auf ihn zutrat und ihn fragte, ob er wisse, wo das Klassenbuch der 9a geblieben sei. Robert zeigte auf seine Aktentasche. Erwin Meyer klappte seinen Mund auf und zu wie ein Fisch und teilte ihm dann mit, wenn das noch einmal passiere, müsse er dies dem Direktor melden. Es sei unzulässig, daß das Lehrpersonal die Klassenbücher aus dem Unterrichtsgebäude entferne.

»Ich sehe, Sie können die Vorschriften Wort für Wort auswendig«, sagte Robert.

»Wie bitte?« fragte Erwin Meyer.

Robert ließ ihn einfach stehen. Er warf einen Blick auf den Vertretungsplan, dann ging er in seine Klasse. Uwe war der einzige, der fehlte. Der habe die Schule satt, sagte Max, der immer neben ihm gesessen hatte. Und nicht nur die Schule.

Es war ganz still in der Klasse. Robert fragte, ob jemand etwas dazu sagen wolle. Niemand rührte sich. Niemand sah ihn an.

Joanna fühlte sich zerschlagen, als sie aufwachte. Sie hatte geträumt, daß sie in einem riesigen Hörsaal stand, der bis auf den letzten Platz gefüllt war. Alle blickten sie an. Sie probierte das Mikrophon aus, trank einen Schluck Wasser und fing an zu erklären, worum es ihr in diesem Vortrag ginge. Da rief jemand von hinten: »Reden Sie gefälligst lauter.« Carol gab ihr ein Zeichen, daß sie sich nicht irritieren lassen solle. Robert war nirgendwo zu sehen. Sie versuchte, weiterzureden, bekam jedoch kein Wort mehr heraus.

Joanna richtete sich auf. Das Bett neben ihr war leer. Auf ihrem Nachttisch lag eine Nachricht von Carol, daß sie an die Alster gegangen sei und Joanna später beim Frühstück treffen werde. Joanna strich sich über ihren verspannten Nacken. Sie würde heute versuchen, Roberts Telefonnummer herauszufinden.

Steve aß bereits Rührei, als Joanna sich zu ihm an den Tisch setzte.

»Tut mir leid wegen gestern.«

Er blickte kurz von seinem Teller auf und sagte, daß er sich in Zukunft bemühen werde, in jede Vorlesung ein paar Witze einzubauen. Im übrigen könne sie ihm heute überhaupt nichts anhaben. Er sei bester Laune. Sein Koffer sei vor einer halben Stunde gebracht worden, und es sei noch alles drin.

»Was hast du erwartet?« fragte Joanna. »Daß der Zoll dein Gepäck klaut?«

Man könne ja nie wissen, meinte Steve. Seiner Mutter sei neulich auf dem Flug von San Francisco nach Mailand ein Kostümrock abhanden gekommen. Nur der Rock, nicht die Jacke. So liefe das heute. Die Leute würden sich nehmen, was sie bräuchten.

Es entstand eine Pause, die Joanna merkwürdig gespannt vorkam, so als ginge es plötzlich um mehr als nur einen Kostümrock. Was seine Mutter in Mailand gewollt habe, fragte sie schließlich, ohne wirklich eine Antwort hören zu wollen. Sie habe eine Modemesse besucht. Ob Joanna nicht wisse, daß seine Mutter Mode entwerfe? Nein, das habe sie bisher nicht gewußt. Aber nun könne sie sich endlich sein ausgeprägtes Interesse an jeglicher Art von Bekleidung erklären. Vielleicht sei seine Mutter so gut und würde ihm dieses gräßliche Senfgelb ausreden, das er seit Monaten bevorzuge.

Steve versuchte zu grinsen, doch es gelang ihm nicht. »Findest du dein ewiges Schwarz eigentlich originell?« fragte er nach einer Weile.

»Es steht mir. *Warum trägst du immer Schwarz? Ich trauere um mein Leben.*«

»Was soll das denn heißen?«

Joanna schenkte sich eine zweite Tasse Kaffee ein. »Das ist der Anfang von Tschechows Stück *Die Möwe*.«

Steve gab ein leichtes Stöhnen von sich. »Kein Wunder. Ich habe Tschechow noch nie gemocht.«

In diesem Augenblick setzte Carol sich zu ihnen und erzählte von den Segelbooten auf der Alster und wie herrlich es sei, wenn eine Stadt an einem See läge. Joanna sah aus dem Fenster und dachte an Robert. Zehn nach acht. Wenn sie sich beeilte, würde sie es noch schaffen, seine Telefonnummer herauszubekommen.

An der Rezeption saß der Mann, der ihr gestern den Stadtplan gegeben hatte. »Haben Sie ein Café gefunden?«

Joanna nickte und bat um das Telefonbuch. Sie brauche den Buchstaben W.

Es gab fünf Einträge auf den Namen Robert Wagner. Sie notierte sich alle fünf Nummern und die dazugehörigen Straßen, dann fuhr sie mit dem Fahrstuhl nach oben, um vom Zimmer aus zu telefonieren.

Bei den ersten drei Nummern nahm niemand ab, bei der vierten lief ein Anrufbeantworter. Die Stimme hätte die von Robert sein können, aber sie war sich nicht sicher. Bei der fünften meldete sich ein alter Mann, der sie für seine Tochter hielt. Sie würde also doch Nick nach dem Namen der Straße fragen müssen, in der Robert wohnte.

Robert schwamm auf dem Rücken. Alle paar Sekunden drehte er sich um, weil er Angst hatte, daß er mit jemandem zusammenstoßen könnte. Gleich nach Ende der Schule hatte er in der anglistischen Fakultät angerufen und war von der Sekretärin mit der Bemerkung abgekanzelt worden, ob er im Ernst glaube, daß sie einem Wildfremden das Hotel eines der Tagungsteilnehmer nennen werde.

Zwei Jungen fingen an, Wasserball zu spielen, und zogen damit den Zorn einiger älterer Damen auf sich, die in Ruhe ihre Bahnen schwimmen wollten. Robert zählte die Sekunden, bis der in der Sonne dösende Bademeister einschreiten würde. Als er bei sieben angekommen war, hörte er von der Straße jenseits der Hecke quietschende Bremsen und einen dumpfen Knall, dann war es still.

Die Jungen waren die ersten an der Hecke, die älteren Damen und der Bademeister folgten.

»Einen Radfahrer hat es erwischt«, schrie einer der Jungen. Er schrie so laut, als ob er sämtliche Schwimmbadbesucher informieren müsse. Obwohl das Becken jetzt beinahe leer war, hatte Robert plötzlich keine Lust mehr zum Schwimmen.

Er trocknete sich ab und legte sich in den Halbschatten. Viertel nach zwei. In weniger als achtundvierzig Stunden war die Tagung zu Ende. Und wenn er nun doch vor dem Tagungsraum auf Joanna wartete? Er würde darauf gefaßt sein müssen, daß sie keine Zeit hatte. Wahrscheinlich gefiel es ihr auch gar nicht, daß jemand sie so unvermutet abpaßte. Er jedenfalls wurde nicht gern überraschend abgeholt. Ja, war es nicht geradezu anmaßend, einer zufälligen Tischbekanntschaft in dieser Weise nachzustellen? Natürlich war es das. Robert wunderte sich über sich selbst, daß er diese Möglichkeit überhaupt in Erwägung gezogen hatte. Nur weil Claudia ihm immer vorgeworfen hatte, er sei ein antriebsarmer Mensch, würde er noch lange nicht eine fremde Frau aus Amerika belästigen.

Als er aus dem Schwimmbad kam, sah er einen Notarztwagen hinter einem leicht eingebeulten Renault stehen. Auf der Straße lag ein zusammengedrücktes Fahrrad, daneben eine unter einem weißen Tuch verborgene Gestalt. Er blickte weg.

Erst in der Kaffeepause gelang es Joanna, Nick beiseite zu ziehen.

»Siehst du nicht, daß ich mich unterhalte?« Seine Stimme klang wie die eines Vaters, der sein ungezogenes Kind zur Räson bringen will.

»Ich hätte gern die Adresse deines Bekannten Robert Wagner.«

Nick schüttelte ungläubig den Kopf. »Joanna, der gute Mann ist Lehrer. Lehrer hast du noch nie leiden können.«

»Nick, bitte.«

Er grinste.

»Ich brauche nur die Straße.«

»Was kriege ich dafür?«

»Du bist ein Ekel.«

»Hefte dich heute nacht an meine Fersen. Dann wirst du die Wohnung schon finden.«

»Deine Fersen stinken.«

Nicks Grinsen verschwand. Joanna drehte sich um und ging zu ihrem Platz zurück. Jetzt blieb ihr nur noch Nicks Adreßbuch.

Ihr Vortrag war der nächste auf der Tagesordnung. Während sie sprach, hatte sie das Gefühl, als ob ihre Zuhörer durch eine gläserne Wand von ihr getrennt seien. Der Beifall und die sich anschließende kontroverse Diskussion ließen sie merkwürdig kalt.

»Was war mit dir los?« fragte Carol, als sie sich auf der Toilette trafen.

Ihre Blicke begegneten sich im Spiegel. Joanna war die erste, die wegsah.

»Du warst nicht so präsent wie sonst.« Carol begann, sich die Hände zu waschen.

Joanna zuckte mit den Achseln und zog sich die Lippen nach.

Robert saß im Wintergarten und wartete darauf, daß Johann Dreiser seine Maschinen abstellte. Die Hitze machte ihn schläfrig. Er hätte doch das Buch kaufen sollen, mit dem sich Joannas Vortrag beschäftigte. Auf dem Rückweg vom Schwimmbad hatte er es im Schaufenster einer Buchhandlung gesehen. Aber neununddreißig Mark achtzig waren ihm zu teuer erschienen.

Das Klingeln des Telefons weckte ihn. Zwanzig vor sechs. Seine Mutter konnte es nicht sein; sie führte vor achtzehn Uhr keine auswärtigen Gespräche.

Er spürte einen leichten Schwindel, als er aufstand, um in den Flur zu laufen und den Hörer abzunehmen. »Hallo?«

Es war Nick, der ankündigte, daß er erst spät zurückkommen werde. Leider habe er den Schlüssel vergessen und müsse deshalb klingeln.

Robert zögerte einen Moment lang, dann erkundigte er sich, wie die Tagung lief, doch da hatte Nick schon aufgelegt.

Wenn er sich beeilte, würde er es noch schaffen, vor Ladenschluß in die Buchhandlung zu kommen.

Kurz nach halb sechs. Seit über einer halben Stunde ließen sie jetzt schon den langweiligen Vortrag eines Amerikaners von der Westküste über sich ergehen. Joanna hoffte, daß Nick bald aufstehen und eine Zigarette rauchen würde.

Fünf Minuten später war es soweit. Joanna wartete, bis sich die Tür hinter ihm geschlossen hatte, dann öffnete sie unauffällig seinen Aktenkoffer. Außer den Vortragstexten, zwei Büchern von William Faulkner und der gestrigen *New York Times* fand sie nur eine unbenutzte Spucktüte, die Nick aus dem Flugzeug mitgenommen haben mußte.

»Was suchst du?« flüsterte Steve.

Joanna klappte den Aktenkoffer wieder zu. Langsam wurde die Sache lächerlich.

»Kann ich dir helfen?«

Joanna schüttelte den Kopf.

Als Nick zurückkam, sah sie, daß er nicht nur seine Zigaretten, sondern auch sein Adreßbuch in der Hand hatte. Er legte beides vor sich auf den Tisch und begann, etwas aufzuschreiben. Joanna tat so, als ob ihre ungeteilte Aufmerksamkeit dem Westküstenamerikaner galt, der allmählich mit seinem Vortrag zum Ende kam. Sie prüfte, ob sie Geld und etwas zum Schreiben in ihrer Hosentasche hatte, dann griff sie zielsicher nach dem Adreßbuch und stand auf. Nick machte eine Bewegung, als ob er sie festhalten wollte, doch sie war schneller. Joanna sah, daß verschiedene Leute sich nach ihnen umdrehten. Der Westküstenamerikaner geriet ins Stocken, fing sich aber wieder. Das Ganze kam ihr plötzlich so vor, als sei sie in der Schule.

Es dauerte eine Weile, bis sie eine Telefonzelle fand. Im Innern der Zelle roch es so stark nach Urin, daß sie die Tür einen Spaltbreit offenlassen mußte. Sie wählte Roberts Nummer und ließ es mindestens zwanzig Mal klingeln. Daß jemand heutzutage keinen Anrufbeantworter hatte, war ihr unbegreiflich. Sie wählte noch einmal, für den Fall, daß sie sich beim ersten Mal verwählt hatte, doch auch dieses Mal nahm niemand ab. Beim Notieren der Anschrift fragte sie sich, ob sie einfach zu ihm nach Hause fahren sollte, aber das schien ihr dann doch etwas übertrieben.

Auf dem Rückweg von der Buchhandlung beschloß Robert, sich Kirschen zu kaufen, ein Pfund große, dunkelrote, fast schwarze Kirschen, die mehr kosteten, als er jemals zuvor für Kirschen ausgegeben hatte. Er konnte es kaum abwarten, bis er wieder zu Hause war und die gewaschenen Kirschen in einer Schüssel vor ihm auf dem Küchentisch standen. Langsam aß er eine nach der anderen. Die Kerne spuckte er in seine hohle Hand, die violette Flecken von dem Fruchtfleisch bekam, das noch an den Kernen hing. Er ertappte sich dabei, wie er die Augen zumachte, wenn seine Zähne eine Kirsche zerbissen und der süße Saft sich in seinem Mund verteilte. Claudia hatte kurz vor ihrer Trennung einmal zu ihm gesagt, daß er sich nichts gönnen könne und folglich auch die Menschen in seiner Umgebung kurzhielte, wenn nicht durch Worte, dann durch Blicke. Darin sei er genau wie seine Mutter. Robert hatte entgegnet, daß sie nur teilweise recht habe. Seine Mutter gönne zwar anderen nichts, sich selbst aber alles. Vielleicht wurde er seiner Mutter mit den Jahren immer ähnlicher.

Nachdem er sich die Hände gewaschen hatte, versuchte er, den Anfang von Michael Ondaatjes Roman zu lesen. Die Sprache erschien ihm schwierig, beinahe wie Lyrik. Er klappte das Buch nach wenigen Seiten wieder zu.

Kurz vor der *Tagesschau* rief seine Mutter an. Robert hatte zunächst gar nicht abnehmen wollen. Es ärgerte ihn, daß sie es immer wieder schaffte, seine abendliche Routine durch den Zeitpunkt ihres Anrufs zu unterbrechen.

Heute war sie außergewöhnlich gut gelaunt, weil sie eine alte Bekannte getroffen hatte. Robert nahm das Telefon mit in die Küche und begann, nebenbei den Leitartikel in der *Frankfurter Rundschau* zu lesen.

»Hörst du mir überhaupt zu?«

»Natürlich«, murmelte Robert.

»Ich verstehe nicht, wie du diesen Amerikaner bei dir

aufnehmen konntest. Das war doch ein Freund von Claudia.«

Robert bat sie, sich in diese Dinge nicht einzumischen.

»Es gefällt mir nicht, wie du dich ausnutzen läßt. Das werde ich dir doch wohl noch sagen dürfen.«

»Nun hast du es gesagt.«

Was folgte, waren abfällige Bemerkungen über Claudia, die Robert schon unzählige Male gehört hatte. Er beendete das Gespräch schließlich damit, daß er erklärte, er habe noch nichts gegessen.

Seitdem er allein lebte, aß er entweder Tiefkühl- oder Dosengerichte. Heute entschied er sich für Nasigoreng.

Er setzte sich mit seinem Teller vor den Fernseher und fing hastig an zu essen. In den letzten Jahren sah er fast jeden Abend fern, am liebsten Krimis, aber zur Not auch Talkshows.

Es war schon Viertel nach elf, als das Telefon wieder klingelte. Robert dachte sofort an Nick, der nun womöglich von ihm verlangte, daß er ihn aus irgendeiner Kneipe abholte.

Doch anstatt Nick meldete sich Joanna, die fragte, ob er morgen abend schon etwas vorhabe. Falls nicht, könnten sie vielleicht zusammen essen gehen. Robert war so verblüfft, daß er kein Wort herausbrachte.

»Sind Sie noch da?«

Robert schluckte ein paarmal. Dann bat er sie um den Namen ihres Hotels und versprach, sie um acht Uhr abzuholen.

9.

Joanna saß mit Carol und Steve am Ende eines langen Tisches und aß eine lauwarme Gemüselasagne. Es war nicht ihre Absicht gewesen, in einer großen Gruppe Mittagessen zu gehen; Nick hatte sich ihnen unaufgefordert mit acht weiteren Kollegen angeschlossen.

Seit gestern abend ließ er keine Gelegenheit aus, sie auf die Geschichte mit dem Adreßbuch anzusprechen. Ob sie ihn schon erreicht habe, den sanften Robert, der so aussähe, als könne ihn kein Wässerchen trüben. Ob sie gar schon eine Verabredung getroffen hätten. Er könne eventuell mit ein paar hilfreichen Informationen über Roberts Intimleben aufwarten. Claudia habe ihm vor vierzehn Jahren so mancherlei Interessantes erzählt, ja, sie habe geradezu ihr Herz bei ihm ausgeschüttet. Er solle sein Wissen für sich behalten, hatte sie ihm entgegnet; sie wolle ihre eigenen Erfahrungen machen. Aber es schien ihm großes Vergnügen zu bereiten, immer wieder aufs neue auf Robert zu sprechen zu kommen. In der Kaffeepause hatte sie ihm schließlich erklärt, daß sie seiner neuesten Errungenschaft, dieser fünfundzwanzigjährigen Doktorandin, einiges wenig Schmeichelhafte über ihn erzählen werde, wenn er nicht augenblicklich aufhöre, seinen Gastgeber zu verunglimpfen. Nick hatte sie ausgelacht, und Joanna hatte es sofort bereut, sich auf diese Gesprächsebene begeben zu haben. Warum gelang es ihr nicht, Menschen wie Nick einfach an sich abtropfen zu lassen, wie Katie es nannte? Katie beherrschte diese Fähigkeit; sie ließ mehr Menschen an sich abtropfen, als gut für sie war.

Auf dem Rückweg zur Universität eröffnete Carol ihr, daß Steve und sie sich überlegt hätten, abends Fisch essen zu gehen, damit sie als Vegetarierin endlich auch mal auf ihre Kosten käme. Am Hafen solle es ein paar ausgezeichnete Restaurants geben.

»Ich ... bin heute abend schon verabredet«, sagte Joanna und ärgerte sich über die leichte Unsicherheit in ihrer Stimme.

Carol antwortete nicht. Aber Joanna sah aus den Augenwinkeln, wie sie die Stirn runzelte. »Mit Robert. Du erinnerst dich?«

Carol nickte. »Verrenn dich da nur nicht.«

»Du kennst ihn doch gar nicht.«

»Ich denke an die Entfernung.«

Joanna beschleunigte ihre Schritte. Carol hatte gut reden. Sie war seit über dreißig Jahren glücklich verheiratet.

Sie wolle sich wirklich nicht einmischen, sagte Carol und lief jetzt auch schneller, aber sie habe den Eindruck, daß Joanna dabei sei, einen Fehler zu machen. Es sei nicht nur die Entfernung. Nick habe ihr erzählt, daß dieser Robert ein sehr problematischer Mensch sei.

»Laß Nick aus dem Spiel!« fauchte Joanna. Im übrigen müsse sie ihr ja wohl nicht sagen, daß sie mit zweiundvierzig Jahren alt genug sei, um selber entscheiden zu können, mit wem sie sich treffen wolle.

»Tut mir leid«, murmelte Carol und blieb stehen.

Joanna drehte sich nicht nach ihr um. In all den Jahren, die sie sich kannten, hatten sie sich noch nie gestritten. Joanna verstand nicht, wie es kam, daß Carol plötzlich diese gluckenhafte Art an den Tag legte, die sie beide bei anderen Frauen immer abgelehnt hatten.

Robert saß vor dem Telefon und dachte darüber nach, wer ihn bei der Auswahl des Restaurants beraten könne. Kollege Bernd, der gern gut aß und mit dem er sich einmal im Monat zum Schachspielen traf, hatte es fertiggebracht, schon drei Tage vor Ferienbeginn nicht mehr in der Schule zu erscheinen. Angeblich machte ihm sein Rücken wieder Probleme. Robert jedoch wußte, daß er bereits am Dienstag abend mit seinem Motorhome in Richtung Arcachon gestartet war.

Er blätterte in seinem Adreßbuch, das er längst gegen ein neues hatte eintauschen wollen, weil es unzählige Namen und Anschriften von Leuten enthielt, die er seit Jahren nicht mehr gesehen hatte. Wolfgang Rabe, Claudias Bruder, war hier mit einer Eimsbütteler Telefonnummer eingetragen. Wolfgang war schon als Student ein Feinschmecker gewesen. Natürlich wohnte er längst nicht mehr in Eimsbüttel, sondern in der Heilwigstraße, wie Robert durch einen Blick ins Telefonbuch feststellte. Er hatte Wolfgang zuletzt bei der Einweihung seiner Rechtsanwaltskanzlei kurz nach Lottes Geburt gesehen.

Eine Frau nahm den Hörer ab; sie klang jünger, als Wolfgangs Freundin Susanne jemals geklungen hatte. Im Hintergrund schrie ein Baby.

Rabe, hörte er wenige Sekunden später Wolfgangs strenge Stimme sagen. Robert erklärte sein Anliegen. Am anderen Ende entstand eine Pause. Das sei ja eine ungewöhnliche Art der Kontaktaufnahme nach mehr als zehn Jahren. Robert bestätigte dies. Was für eine Richtung er sich denn vorstelle, französisch, deutsch, italienisch? Das sei ihm egal. Um so besser. Wolfgang dachte nach. Sein Lieblingslokal sei im Augenblick das *Rive;* es läge direkt an der Elbe und serviere wunderbaren Fisch. Das *Rexrodt* in Uhlenhorst biete eine interessante Mischung aus westfälischer und französischer Küche, was Robert sich überhaupt nicht vorstellen konnte. Für einen lauen Sommerabend sei auch immer *Da Paolino* an der Alster zu empfehlen. Robert schrieb mit, so schnell er konnte. Wolfgang hätte Touristenführer werden sollen. Und dann gäbe es natürlich noch *Le Provençal.* Wolfgang hielt kurz inne, um dann mit gesenkter Stimme fortzufahren, es handele sich hierbei um ein Lokal, welches besonders geeignet sei für ein intimes Essen zu zweit. Er wisse ja nicht, was Robert vorhabe. Robert überging diese Bemerkung. Er bedankte sich für die ausführlichen Hinweise und wollte Wolfgang gerade ein schönes Wochenende wünschen, als dieser ihn fragte, was er denn dazu sage, daß Claudia wieder schwanger sei.

»Ach«, entfuhr es Robert.

»Sie ist schon im sechsten Monat«, sagte Wolfgang stolz, als sei er der werdende Vater.

Robert legte langsam den Hörer auf. Ende Mai war er zuletzt in Marburg gewesen; Claudia hatte ausgesehen wie immer. Lotte hatte mit keinem Wort erwähnt, daß sich Veränderungen in der Familie anbahnten. Dabei hätte es Gelegenheiten genug gegeben; sie waren den halben Tag allein unterwegs gewesen. Lotte hatte die meiste Zeit geschwiegen und nur gelangweilt vor sich hin gestarrt. Schließlich hatte Robert vorgeschlagen, ins Kino zu gehen, obwohl es ein heißer Nachmittag war und er viel lieber schwimmen gegangen wäre. Sie hatten sich irgendeinen albernen Film angesehen, dessen Titel Robert schon wieder vergessen hatte. Aber Lotte hatte zumindest ein paarmal gelacht.

Robert begann, die Straßen herauszusuchen, in denen die Restaurants lagen. Montag in einer Woche würde Lotte mit Claudia und Jochen nach Irland fahren. Vorher mußte er sie noch einmal besuchen; das gehörte zu den Abmachungen, die sie bei der Scheidung getroffen hatten. Aber seitdem Claudia ihm mitgeteilt hatte, daß Lotte nicht mit ihm verreisen wolle, fiel es ihm noch schwerer, sie anzurufen und ein Treffen mit ihr zu vereinbaren.

Viertel nach zwei. Er könnte es einmal versuchen. Vielleicht hatte er Glück, und es war niemand zu Hause. Dann würde er eine Nachricht auf dem Anrufbeantworter hinterlassen, und es wäre an Claudia, ihn zurückzurufen.

Es hatte erst einmal geklingelt, als Lotte abnahm.

»Hallo, Lotte, ich bin's«, sagte Robert.

»Hallo.«

Er konnte sich genau ihr Gesicht vorstellen, wie sie dieses müde Hallo herausbrachte.

»Was hältst du davon, wenn ich am nächsten Wochenende nach Marburg komme?«

»Muß ich Claudia fragen.«

Die Muschel wurde zugehalten. Robert hörte nur ein lautes Auf und Ab von Stimmen, dem er entnahm, daß Lotte und Claudia nicht derselben Meinung waren.

Dann kam Claudia an den Apparat. »Wann willst du Lotte besuchen?«

»Nächsten Sonnabend oder Sonntag. Ich …«

»Ja?«

»Ich könnte auch irgendwo übernachten und sie an beiden Tagen sehen.« Er wußte nicht, warum er das plötzlich vorschlug.

»Sonnabend paßt uns besser«, sagte Claudia, ohne auf den letzten Satz einzugehen.

Robert trug den Sonnabend in seinen Terminkalender ein und legte auf. In Momenten wie diesen wünschte er sich, kein Kind zu haben, oder zumindest keines, dem er so gleichgültig war.

Sein Blick fiel auf die Restaurant-Notizen. Wenn er sich jetzt nicht zusammenriß, würde er heute abend nicht in der Lage sein, mit Joanna essen zu gehen. Wie oft schon war er nach Gesprächen oder Treffen mit Lotte in diesen Zustand der Lähmung verfallen, in dem er sich endlose Vorwürfe machte, was für ein erbärmlicher Vater er sei, der es geschehen lasse, daß seine Tochter sich immer mehr von ihm abwandte. Meistens endeten diese Zustände damit, daß er viel zuviel Whiskey trank.

Je öfter er Wolfgangs Beschreibungen durchlas, desto belangloser erschienen sie ihm. Ohne die Restaurants gesehen zu haben, konnte er nicht entscheiden, welches das richtige war.

Robert hatte kaum die Tür zum *Rive* geöffnet und den mit Säulen, Spiegeln und Blumenbouquets ausgestatteten Saal gesehen, als ihm klar war, daß er niemals die Sicherheit besitzen würde, durch ein so großes Lokal zu laufen.

Da Paolino war aufgrund seiner weitaus niedrigeren Decke etwas stickig. Um draußen einen Tisch zu bekommen, sei es ratsam, spätestens um neunzehn Uhr dreißig zu erscheinen, wurde ihm gesagt. Reservierungen für die Terrasse würden nicht entgegengenommen.

Das *Rexrodt* hatte noch geschlossen. Robert blickte durch das Fenster, das ihm wie ein Schaufenster vorkam, und sah, daß die Wände gekachelt waren. Er bezweifelte, ob es Joanna gefallen würde, in einem Restaurant zu essen, das in den Räumen einer ehemaligen Schlachterei untergebracht war.

Le Provençal hatte ebenfalls noch geschlossen, und es war teuer, aber das waren die anderen Lokale vermutlich auch, nur war er dort gar nicht bis zu den Preisen vorgedrungen. Irgend etwas ärgerte ihn an der Tatsache, daß Wolfgangs Tip für ein »intimes Essen zu zweit« genau seinen Vorstellungen entsprach; andererseits war es bereits fast fünf, und er konnte nicht noch stundenlang durch die Gegend fahren.

Er dachte darüber nach, wie er seine Tischbestellung formulieren wollte, dann betrat er eine Telefonzelle. Nachdem er aufgelegt hatte, fragte er sich, ob er nicht beide Namen hätte angeben müssen, um zu vermeiden, daß sie mit Herr und Frau Wagner begrüßt würden. Doch er hatte kein Kleingeld mehr, und die Angelegenheit erschien ihm nicht dringend genug, um den Aufwand des Geldwechselns zu rechtfertigen.

Zu Hause begann er zu überlegen, was er anziehen sollte. Jeans paßten nicht zu dem Lokal, seine blaue Kordhose war zu warm, er würde also die helle Sommerhose bügeln müssen.

Kaum hatte er damit angefangen, als er hörte, wie Nick zurückkam. Wie er nur bei dieser Hitze bügeln könne, rief Nick noch vom Flur aus. Robert hoffte, daß er ihn nicht nach seinen Plänen für den Abend fragen würde.

Nick ging in den Wintergarten und kam mit einer Flasche Jack Daniel's zurück. »Die habe ich dir mitgebracht. Hatte ich neulich ganz vergessen. Wahrscheinlich trinkst du dies Zeug gar nicht mehr.«

»Doch«, antwortete Robert. »Ab und zu schon.«

Nick zeigte auf die Hose. »Ich nehme an, du bist für heute abend schon verabredet.«

Robert nickte.

»Schade. Ich hatte gedacht, wir könnten zusammen was unternehmen.«

»Das glaube ich dir nicht, daß du das wirklich gedacht hast.« Der Satz rutschte Robert so raus, bevor er sich bremsen konnte.

»Was?« Nick sah ihn an, als hätte er ihn angespuckt.

Robert spürte, wie plötzlich eine ungeheuere Wut in ihm aufstieg, auf Nicks Arroganz, auf seine demütigende Haltung ihm gegenüber, auf die Art, wie er vor vierzehn Jahren einen Keil zwischen ihn und Claudia getrieben hatte. »Du wohnst doch nur hier, um die Hotelkosten zu sparen, nicht weil du mich besuchen willst. Besuchen wolltest du allenfalls Claudia.«

»Das ist ja unglaublich.« Nick stand auf und ging in den Wintergarten.

»Gib es wenigstens zu«, rief Robert hinter ihm her.

Wenige Minuten später schmiß Nick ihm den Schlüssel vor die Füße und verschwand ohne ein weiteres Wort. Robert hätte am liebsten die Flasche Whiskey hinter ihm hergeworfen.

Als er sich hinsetzte, merkte er, daß er am ganzen Körper zitterte. Schon lange nicht mehr hatte ihm etwas solche Genugtuung verschafft. Es war eine Flucht nach vorn gewesen. Er wußte, daß Nick über kurz oder lang begonnen hätte, sich mit seiner bösen Zunge über Joanna herzumachen, und daß er ihm ausgeliefert gewesen wäre. Was Nick zerstören wollte, zerstörte er, auf gemeine, subversive Weise. Ein zweites Mal wollte Robert dies nicht erleben.

Auf dem Weg zum *Dänischen Hof* mußte er an seine letzte Verabredung mit einer Frau denken. Stefanie. Vor knapp zwei Jahren hatte sie eine Stelle an seiner Schule bekommen; die erste junge Kollegin nach jahrelangem Einstellungsstop. Stefanie unterrichtete Deutsch und Englisch und bat ihn oft um Rat, was sie seiner Meinung nach gar nicht nötig hatte, dennoch schmeichelte es ihm. Irgendwann im Herbst fragte sie ihn, ob er nicht Lust hätte, mit ihr einen Film im British Council anzusehen, *Drowning by Numbers* von Peter Greenaway. Er kannte den Film schon, sagte aber trotzdem zu. Bereits nach den ersten zehn Minuten legte Stefanie ihre Hand auf sein Bein. Alles in ihm verkrampfte sich. Als sie versuchte, ihn zu küssen, stand er auf und verließ den Raum. Noch tagelang grübelte er darüber nach, ob er Stefanie mit irgendeiner Bemerkung Anlaß geboten hatte, zu vermuten, er wünsche eine intimere Beziehung. Er war sich absolut sicher, dies nicht getan zu haben, und kam schließlich zu der Überzeugung, daß sie einfach darauf aus war, sich einen Mann zu angeln, was ihr kurz darauf auch gelang. Noch vor Weihnachten zog sie bei Bernd ein; seitdem kam Bernd zum Schachspielen zu ihm.

Er parkte um die Ecke vom *Dänischen Hof* und wollte gerade aussteigen, als er im Rückspiegel Nick, Carol und den gefönten Steve Hellman über die Straße gehen sah. Nick lief wie immer zwei Schritte voraus.

Um zwei Minuten vor acht betrat Robert die Hotellobby; Joanna war nirgendwo zu sehen. Er überlegte noch, ob er sich in einen der Ledersessel setzen sollte, als der Mann an der Rezeption ihn fragte, ob er ihm helfen könne. Er wolle jemanden abholen, sagte Robert. In diesem Augenblick stieg Joanna aus dem Fahrstuhl.

»Hi«, rief sie und gab ihren Schlüssel ab.

Robert öffnete Joanna die Tür. Er fragte sich, ob sie schon erfahren hatte, daß Nick nicht mehr bei ihm wohnte.

Joanna hatte sich im letzten Moment für ihr schwarzes Leinenkleid entschieden. Sie war erleichtert gewesen, als Carol endlich aufgebrochen war, um mit Steve und Nick essen zu gehen. Bisher hatte keine von ihnen den Versuch einer Versöhnung gemacht; sie hatten sich nur kurz gemeinsam über Nick gewundert, der, laut Steve, um Viertel vor sieben mitsamt Gepäck bei ihm im Zimmer aufgetaucht war.

Als sie im Auto saßen, teilte Robert ihr mit, daß er ein französisches Lokal ausgewählt habe. Es klang, als habe er den Satz ein paarmal vorher geübt.

»Gut«, antwortete Joanna und hoffte, daß es ein Fischgericht geben würde. Die Franzosen waren so fleischfixiert in ihrem Essen.

Nachdem Robert den Wagen gewendet hatte, wartete er nun darauf, sich in den Verkehr auf der Hauptstraße einzufädeln. Joanna wäre längst gefahren, doch Robert schien kein Risiko eingehen zu wollen. Er fuhr genauso vorsichtig, wie er sprach.

»Wie läuft die Tagung?« fragte er, als sie an einer Ampel hielten.

Joanna spürte, daß er sie von der Seite ansah. Sie erzählte ihm von der positiven Reaktion auf ihren Vortrag, allerdings ohne zu erwähnen, daß sie sich nur schlecht habe konzentrieren können, weil sie damit beschäftigt gewesen sei, seine Telefonnummer herauszufinden. Erst jetzt wurde ihr bewußt, daß die zwei Dinge in keinem Verhältnis zueinander standen. Wochenlang hatte sie an diesem Vortrag geschrieben, um dann im entscheidenden Augenblick darüber nachzudenken, wie sie einen bestimmten Mann treffen konnte. Sie wußte nicht einmal, ob Robert ihr wirklich gefiel. Als sie aus dem Fahrstuhl gestiegen war und ihn so verloren in der Hotellobby hatten stehen sehen, hatte sie das deutliche Gefühl gehabt, die Verabredung sei ein Fehler gewesen.

Auf dem Eingangstresen des Restaurants stand ein Strauß bunter Sommerblumen. Sie durften wählen, ob sie draußen oder drinnen sitzen wollten, und entschieden sich für drinnen, weil Robert im Wetterbericht gehört hatte, daß ein Gewitter im Anzug sei. Ihr Tisch stand am Fenster, als Aperitif gab es Kir, auf der Tageskarte stand Seeteufel, der zu Joannas Lieblingsfischen gehörte. Vielleicht war Robert doch nicht so weltfremd, wie sie gedacht hatte.

Nachdem sie bestellt hatten, verschwand Joanna auf die Toilette. Robert lehnte sich erleichtert zurück. Der Abend hatte einen guten Anfang genommen.

»Der Koch ist Franzose«, sagte Joanna, als sie zurückkam.

»Das will ich aber auch schwer hoffen«, antwortete Robert und dachte an die gepfefferten Preise.

»Kochen Sie gern?«

»Früher ja. Aber für einen allein macht es keinen Spaß.«

Joanna nickte und nahm einen Schluck von ihrem Kir. Dann fragte sie, ob er schon mal in Frankreich gewesen sei.

»Vor vielen Jahren.« Robert blickte aus dem Fenster. Die Luft schien zu stehen, das Licht hatte eine graugrüne Färbung angenommen, wie auf einem schlecht belichteten Foto. Bald würde das Gewitter losbrechen. »Lotte war noch nicht mal ein Jahr alt. Ich weiß nicht, wie wir auf die Idee kommen konnten, mit einem zahnenden Säugling in der Bretagne zu zelten. Es hat die meiste Zeit geregnet.«

»Ich war mit zwanzig einen Monat lang in der Auvergne, weil ich glaubte, mich unsterblich in einen Architekten verliebt zu haben. Marcel hieß der Gute; er war doppelt so alt wie ich.«

Joanna trank ihren Kir in einem Zug aus und hielt dann das Glas dicht an die Kerze. Robert sah deutlich die Spur ihres Lippenstifts.

»Ich war so naiv zu glauben, daß er das, was er mir in meiner winzigen Wohnung in New York ins Ohr geflüstert hatte, auch tatsächlich meinte. Daß wir zurückgezogen in den Bergen leben und uns lieben würden. Dabei hatte er zu Hause eine Frau und vier Kinder.«

In diesem Moment wurde die Vorspeise serviert. Während Robert seine Fischsuppe löffelte, fragte er sich, ob Joanna wohl jetzt mit jemandem zusammenlebte.

»Neulich hatte ich den Eindruck, Sie trinken keinen Alkohol«, sagte Joanna, als sie den ersten Schluck Sancerre probiert hatten.

»An dem Abend war mir nicht danach.«

Joanna sah ihn erstaunt an.

»Manchmal bekommt mir Alkohol nicht. Deshalb

trinke ich lieber Wasser in Gesellschaft von Menschen, die ich nicht gut kenne.«

»Das heißt, Sie rechnen mich zu denen, die Sie schon besser kennen.«

»Etwas besser.«

Joanna lächelte. »Und Nick?«

Robert zuckte mit den Achseln. »Nick und ich verstehen uns nicht.«

»Immerhin haben Sie ihn aufgenommen.«

»Er hat mich am Telefon überrumpelt. Ich konnte nicht nein sagen.«

»Ohne Nick hätten wir uns nicht kennengelernt.«

»Stimmt.« Robert sah, daß Joannas Wangen glühten. Vielleicht hätten sie an einem so heißen Tag wie heute keine Suppe bestellen sollen.

Sie aßen schweigend weiter. »Ich habe gestern den Roman von Michael Ondaatje gekauft«, sagte Robert schließlich. »Die ersten Seiten fand ich ziemlich schwierig.«

»Ja«, gab Joanna zu, »aber bald wird Sie die Geschichte nicht mehr loslassen. Da werden auf kunstvolle Weise die Perspektiven von vier Figuren miteinander verwoben, um so ein Bild davon entstehen zu lassen, wie Menschen durch das Trauma des Krieges beschädigt werden.«

Robert hoffte, daß sie nicht den ganzen Abend über Bücher reden würden. Er hatte dieses Thema nur angeschnitten, weil er vermeiden wollte, über Nick zu sprechen. Die Szene kurz vor Nicks überstürztem Aufbruch stand ihm immer noch lebhaft vor Augen, und er hätte Joanna am liebsten berichtet, daß Nick nicht mehr bei ihm wohnte. Aber dann hätte er auch den Grund der Auseinandersetzung nennen müssen, und er konnte es nicht über sich bringen, ihr zu sagen, daß er ihre gerade erst im Entstehen begriffene Beziehung nicht durch Nick gefährden wollte.

Auch der Seeteufel war vorzüglich. Joanna wunderte sich, daß Robert ihr Nicks Auszug verschwiegen hatte. Sie konnte sich das nur so erklären, daß er ihr nicht den Eindruck vermitteln wollte, seine Wohnung sei frei für ein anschließendes intimes Beisammensein. Nicht daß sie ein solches beabsichtigt hätte, aber sie war doch etwas enttäuscht, daß ihm offensichtlich auch nicht der Sinn danach stand.

»Haben Sie Geschwister?« fragte Robert, nachdem sie beide wieder minutenlang geschwiegen hatten.

»Einen Bruder. Ron. Wir sehen uns kaum.«

Robert sah sie fragend an. Wollte er wirklich wissen, daß Ron ein Macho war, der sich dafür interessierte, viel Geld zu verdienen, eine angepaßte Ehefrau und vorzeigbare Kinder zu haben, und der in seinen Ansichten ihrem Vater immer ähnlicher wurde? Oder fragte Robert sie nur, um das Gespräch in Gang zu halten?

Ein Windstoß wehte einen der Plastikstühle um, die draußen vor der Tür standen. Die wenigen Menschen, die auf der Straße unterwegs waren, hasteten zu ihren Autos oder verschwanden in Hauseingängen. Joanna mußte an Katie denken, die eine unglaubliche Angst vor Gewittern hatte. Neulich nachts hatte sie bei ihr geklingelt und gefragt, ob sie sich in ihren Flur setzen dürfe. Nachdem sie sich vergewissert hatte, daß alle Zimmertüren geschlossen waren, hatte sie sich Ohrstöpsel in die Ohren gesteckt und sich neben Jupiter auf den Fußboden gesetzt. Sie hatte Katie ausgelacht, bis sie das Entsetzen in ihren Augen gesehen hatte.

Das Beerengratin wurde serviert, und Robert fing an, über seinen bevorstehenden Campingurlaub in Dänemark zu sprechen. Daß er eigentlich gar nicht mehr fahren wolle, seitdem Lotte erklärt habe, sie komme nicht mit. Und er erzählte von seiner Mutter, die im Augenblick eine Kur absolviere, obwohl sie vollkommen gesund sei. Ihm graue jetzt schon davor, sie in der nächsten Woche besuchen zu müssen.

Je länger er sprach, desto stockender wurde sein Englisch. Joanna blickte verstohlen auf ihre Uhr. Es war erst kurz nach zehn. Dabei kam es ihr so vor, als säßen sie seit Stunden an diesem Tisch.

»Wann fliegen Sie zurück?« fragte Robert.

»Morgen um kurz vor zwölf.«

Robert nickte. Sein Gesicht schien eine Spur blasser geworden zu sein. Aber vielleicht bildete sie sich das auch nur ein.

Sie tranken schweigend ihren Kaffee; dann bat Robert um die Rechnung. Der Wind hatte nachgelassen; das Gewitter zog vielleicht noch einmal vorbei. Joanna wollte sich zur Hälfte an den Kosten beteiligen, doch er hatte sich schon vorher überlegt, daß er das auf gar keinen Fall zulassen würde.

Es war erst halb elf. Einen Moment lang war er versucht, vorzuschlagen, daß sie noch in eine Kneipe gehen könnten, aber Joanna wirkte erschöpft, genauso erschöpft wie er. Irgendwann war ihnen die Nähe verlorengegangen, die er zu Beginn des Abends gespürt hatte. Jetzt gab es nichts mehr zu sagen, was ihn in gewisser Weise erleichterte, weil es ihm immer schwerer fiel, Englisch zu sprechen. Er beschloß, auf dem schnellsten Weg zum Hotel zurückzufahren.

»Danke«, sagte Joanna, als sie dort angekommen waren.

Wenn der Abend anders verlaufen wäre, würden sie sich jetzt noch nicht trennen, dachte Robert und wünschte, er könnte die Zeit bis zu jenem Punkt zurückdrehen, an dem es den Bruch gegeben hatte. Ihre Fischsuppe war gerade serviert worden …

»Also dann«, sagte Joanna und öffnete die Autotür.

»Warten Sie.«

Sie drehte sich zu ihm herum. »Worauf?«

»Machen Sie die Tür wieder zu.«

Robert wendete den Wagen und fuhr mit quietschenden Reifen aus der Hoteleinfahrt heraus. Er verstand selbst nicht, was in ihn gefahren war, und hoffte nur, Joanna würde nicht an der nächsten Ampel aussteigen.

»Wohin fahren wir?«

»An die Alster.«

Er parkte in der Nähe des Anlegestegs und bat sie, mit ans Wasser zu kommen.

»Ich weiß ehrlich gesagt nicht …«

»Bitte.«

Sie kam langsam hinter ihm her und blieb dann neben ihm stehen. Robert blickte zum anderen Ufer hinüber, wo eine Vielzahl von Lichtern leuchtete. Er war froh, daß sie im Dunkeln standen und Joanna nur die Umrisse seines Gesichts erkennen konnte.

»Nick und ich haben uns vorhin gestritten«, sagte er leise. »Er mischt sich in alles ein. Ich habe damals mit Claudia erlebt, wohin das führen kann; ich wollte es nicht noch einmal erleben.«

Joanna schwieg.

»Zum Schluß habe ich ihm gesagt, daß er ja nur bei mir wohnt, um Hotelkosten zu sparen, nicht um mich zu besuchen.«

»Im Ernst?«

Robert nickte.

»Nick ist letztlich eine arme Sau. Ich weiß es; ich habe drei Jahre lang mit ihm zusammengelebt.«

Robert starrte auf einen hellen Gegenstand, der auf der Wasseroberfläche dahintrieb. Es stimmte also doch, was Nick gesagt hatte.

»Trotzdem war es richtig, ihm die Meinung zu sagen.

Ich kann mir schon vorstellen, daß er sich unmöglich benommen hat.«

Jetzt sah Robert, daß es sich um einen aufgedunsenen Fisch handelte, der vor ihnen auf und ab schwappte. Er nahm Joannas Arm und wollte sie weiterziehen, um ihr den Anblick zu ersparen. Da drehte sie sich zu ihm herum und lehnte ihren Kopf an seine Schulter.

Er wußte nicht, wie lange sie so dagestanden hatten, ohne sich zu rühren. Irgendwann nahm er sie in den Arm und strich mit seinem Gesicht vorsichtig über ihren Kopf. Ihre Haare rochen nach Zitronenmelisse.

Joanna fühlte, wie Roberts Finger ihre Schulterblätter streichelten und dann langsam an ihrem Rücken hinabglitten. Er nahm ihr Gesicht in seine beiden Hände und küßte ihre Augenlider, ihre Nase, ihr Kinn. Sein Mund wanderte über ihre Haut, als ob er diese erst genau ertasten müßte, bevor er ihre Lippen berühren durfte. Joanna war noch nie so geküßt worden.

Seine Wohnung lag in einem Hinterhaus. Joanna erkannte sofort den Geruch von Nicks filterlosen Zigaretten. Noch Monate nach ihrer Trennung hatten ihre Gardinen nach diesen Zigaretten gerochen.

»Möchtest du was trinken?«

Joanna schüttelte den Kopf.

Als sie sich gegenseitig auszogen, bemerkte sie zum ersten Mal, daß Robert eine Narbe auf dem rechten Handrücken hatte. Sie nahm seine Hand und fuhr mit dem Mund über die schmale, weiße Linie und dann weiter über die knotigen Fingergelenke bis zu den gewölbten Nägeln. Robert rührte sich nicht, seine Augen waren geschlossen, unter ihren Fingerspitzen schlug sein Puls.

Sein Körper zitterte ein wenig, als sie sein Glied berührte. Es glitt in sie hinein, ohne daß sie irgendeinen Schmerz verspürte. Während sie langsam begannen, sich zu bewegen, erschien vor ihren Augen ein Strand, der Strand von Cape Cod. Sie sah, wie die hohen Wogen auf sie zurollten, die hintere manchmal die vordere einholte, bevor dann beide mit voller Wucht auf den Strand aufschlugen. Das Wasser spritzte hoch auf, Kinder rannten vor und zurück und kreischten vor Vergnügen, wenn der Schaum über ihre Zehen lief.

Robert wurde davon wach, daß jemand in der Nachbarwohnung Frank Sinatra hörte. Zwanzig nach acht. Joanna schien noch tief zu schlafen. Er stand leise auf, zog sich seinen Bademantel über und trat in den Hausflur. Seit zwanzig Jahren waren Herta Köhler und er Nachbarn; sie hatte noch nie Frank Sinatra gehört. Er klingelte Sturm. Nach einer Weile öffnete ihm ein Mann von Mitte Fünfzig, der einen grauen Anzug und eine gestreifte Krawatte trug. Er sah Robert von oben bis unten an und wollte die Tür schon wieder schließen, als Robert seinen Fuß dazwischenstellte und in scharfem Ton verlangte, daß die Musik augenblicklich leiser gestellt werde. Das sei eine bodenlose Unverschämtheit, am Sonntagmorgen seine Nachbarn auf diese Weise zu wecken. Wer er überhaupt sei und was er in der Wohnung von Herta Köhler wolle.

»Meine Mutter ist tot. Sie hat schon gestunken«, antwortete der Mann. Robert zog sofort seinen Fuß zurück, und die Tür fiel ins Schloß.

Wie betäubt ging er zurück in seine Wohnung. Er erinnerte sich nicht genau, wann er Herta Köhler zum letzten Mal gesehen hatte. Irgendwann Anfang der Woche mußte es gewesen sein, als er ihre Einkäufe nach oben getragen hatte. In all den Jahren hatte sie nie erwähnt, daß sie einen Sohn hatte.

Einen Moment lang war es still, dann ertönte erneut die Stimme von Frank Sinatra, nicht etwa leiser, eher lauter als vorher. Robert sah durch die halbgeöffnete Schlafzimmertür, daß Joanna sich immer noch nicht gerührt hatte. Er würde duschen und sie dann wecken.

Als er das Wasser an sich ablaufen ließ, dachte er an den Moment, als Joanna eingeschlafen war. Sie lag leicht zusammengerollt auf der Seite, er lag hinter ihr, berührte mit seiner Brust ihren Rücken. Plötzlich ging ein Zucken durch ihre Beine, so als ob sie rennen würde; gleich darauf entspannten sich ihre Glieder, und er hörte nur noch ihren gleichmäßigen Atem.

Joanna wachte auf und wußte zuerst nicht, wo sie war. Von irgendwoher schien Musik zu kommen. Eine alte Aufnahme mit Frank Sinatra. Sie drehte sich auf den Rücken und sah Roberts blaukariertes Hemd über der Stuhllehne hängen. Kurz vor neun. In drei Stunden ging ihr Flug. Bei der Vorstellung zog sich etwas in ihrem Innern zusammen. Vielleicht war es möglich, mit einer anderen Maschine zurückzufliegen, morgen oder übermorgen. Sie hatte keine dringenden Termine in New York. Natürlich wartete Bruno auf sie, aber wenn sie Katie anrief und ihr die Situation erklärte, würde sie Bruno auch noch ein paar Tage länger versorgen. Joanna merkte, wie ihre Gedanken zu rasen begannen. Sie schlug die Decke zurück und stand auf.

Im Wintergarten war es angenehm kühl. In einer Ecke lag eine Matratze, auf der Nick geschlafen haben mußte. Er hatte die Spucktüte aus dem Flugzeug dort liegengelassen.

Roberts Gesicht war noch naß, als er die Arme um sie legte und sie küßte. Joanna fühlte, wie es in ihrer Kehle brannte.

»Tee oder Kaffee?«

»Tee.«

Sie ging ins Badezimmer und drehte die Dusche auf.

Bevor Robert sie fragte, was sie jetzt tun sollten, mußte sie für sich eine Entscheidung gefällt haben. Wenn sie heute nicht zurückflog, warum sollte sie dann morgen fliegen, oder übermorgen? Sie spürte, daß sie von einem Sog erfaßt wurde, sich ganz und gar den Geschehnissen zu überlassen, doch je länger sie darüber nachdachte, was dies für ihr Leben, ihre Arbeit in New York bedeuten würde, um so klarer wurde ihr, daß sie mit einem solchen Bruch niemals leben könnte. Im Grunde hätte sie sich schon an diesem Anlegesteg von Robert verabschieden müssen. Während ihr das Wasser übers Gesicht lief, beschloß sie, wie geplant die Maschine um fünf vor zwölf zu nehmen.

Sie frühstückten, ohne ein Wort zu sagen. Ab und zu sah Robert sie an, doch sie wich seinem Blick immer wieder aus. Als sie sich ein Taxi bestellen wollte, bestand er darauf, sie zu fahren.

In ihrem Hotelzimmer fand sie einen Zettel von Carol vor. Sie seien bereits zum Flughafen gefahren und hofften, sie dort zu treffen. Joanna packte ihren Koffer, überlegte kurz, ob sie Robert ihre Adresse geben sollte, und fuhr dann mit dem Fahrstuhl wieder nach unten. Robert stand genauso verloren in der Hotellobby wie gestern abend, und einen Moment lang dachte Joanna, sie habe die falsche Entscheidung gefällt.

Auf der Fahrt zum Flughafen fragte er sie, ob sie sich jemals wiedersehen würden. Seine Stimme klang merkwürdig fremd. Sie gab ihm ihre Visitenkarte und sagte, sie wisse es nicht.

Robert kam es so vor, als sei sein Kopf in feuchte Watte gehüllt. Er sah und hörte alles nur ganz undeutlich, und im nachhinein wußte er nicht, wie er es überhaupt geschafft hatte, Auto zu fahren. Sein Hirn schien von einem einzigen Gedanken ausgefüllt zu sein: daß er

Joanna niemals zu jenem Anlegesteg hätte bringen dürfen.

Kaum hatten sie die Abflughalle betreten, als Carol O'Sullivan aufgeregt auf sie zugelaufen kam. »Endlich!« rief sie. »Wir fliegen in einer halben Stunde.«

»Ich weiß«, sagte Joanna. »Warum gehst du nicht schon vor?«

Nachdem sie eingecheckt hatte, begleitete Robert sie bis zu dem Punkt, von dem an nur noch Fluggäste weitergehen durften. Sie nahm ihn für ein paar Sekunden in die Arme, gab ihm einen flüchtigen Kuß auf die Wange und verschwand im Gedränge, ohne sich noch einmal umzudrehen.

Robert ging langsam zurück zu seinem Wagen. Auf dem Beifahrersitz lag ein zerknülltes Stück Papier. Die Quittung für einen Viertelliter Rotwein und einmal Auberginen in Joghurtsauce.

Joanna hatte wieder nur einen Platz in der Raucherzone bekommen, aber zumindest war es ein Platz am Gang, und neben ihr war sogar noch etwas frei, so daß sie die Füße hochlegen konnte. Nick saß direkt vor ihr, tat jedoch so, als würde er sie nicht sehen.

»Hast du deine Hotelrechnung bezahlt?« fragte Joanna, während sie ihr Handgepäck verstaute.

Nick antwortete nicht. Joanna zog einen Krimi aus ihrer Tasche, ließ sich auf ihren Sitz fallen und fing an zu lesen.

»Würde es Ihnen was ausmachen, den Platz mit mir zu tauschen?«

Joanna blickte hoch. Vor ihr stand eine junge Frau im braunen Wildlederminirock und sah sie bittend an. Sie stammelte etwas von Beklemmungen und daß sie unbedingt am Gang sitzen müsse. Joanna schüttelte den Kopf. Heute brauchte sie selbst einen Platz am Gang.

»Wir können doch tauschen«, meldete sich Nick da von vorn. »Du bekommst meinen Platz, und die junge Dame und ich sitzen dort, wo du jetzt sitzt.«

»Ich bleibe, wo ich bin«, sagte Joanna, ohne von ihrem Krimi hochzusehen. Das fehlte noch, daß sie Nick dazu verhalf, sich den Flug zu versüßen. »Gib ihr doch deinen Platz.«

»Dann muß ich ja neben dir sitzen.«

»Sie sehen, die Sache ist kompliziert«, sagte Joanna.

Die Frau eilte nach vorn zur Stewardeß und erzählte irgendeine dramatische Geschichte, was bewirkte, daß sie einen Platz in der Business class bekam. So muß man es machen, dachte Joanna. Die Frau im Lederrock hätte sich niemals zwischen zwei dicke, schwitzende Männer gesetzt.

Beim Start las Joanna immer wieder den ersten Abschnitt ihres Krimis, ohne zu begreifen, worum es ging. Plötzlich fiel das Licht der Mittagssonne direkt auf ihr Gesicht, und sie wandte sich geblendet zur Seite. Unter ihr erstreckte sich der Hafen; in der Ferne leuchtete die Elbe wie flüssiges Blei. Dann drehte die Maschine ab.

Robert verbrachte den Nachmittag damit, in seinem Wintergarten zu sitzen und in den Himmel zu schauen. Einmal versuchte er, einen Blick in den Roman von Michael Ondaatje zu werfen, doch die Erinnerung an das, was Joanna ihm über dieses Buch erzählt hatte, war mehr, als er ertragen konnte. Gegen Abend öffnete er die Flasche Jack Daniel's und begann zu trinken. Vor ihm auf dem Tisch lag eine Schachtel mit Zigaretten, die Nick in der Eile vergessen hatte mitzunehmen. Es waren fünfzehn Stück. Er rauchte eine nach der anderen, spürte den stechenden Schmerz, der über den Augen begann und sich allmählich über den ganzen Kopf verbreitete, und rauchte dennoch weiter.

10.

Als Joanna unter sich Queens und den John-F.-Kennedy-Flughafen auftauchen sah, hätte sie nicht sagen können, wieviel Zeit seit ihrem Abflug aus Hamburg verstrichen war. Es kam ihr so vor, als hätte sie gerade eben noch mit Robert im Wintergarten gestanden; andererseits schien der Abschied von ihm schon Tage zurückzuliegen.

Alles in ihr sträubte sich dagegen, gleich mit den anderen an der Paßkontrolle und der Gepäckausgabe warten zu müssen und anschließend eine Stunde mit dem Flughafenbus in die Stadt zu fahren. Ein normales Taxi kostete ein Vermögen. Sie hätte eben doch auf Katie hören und sich eine dieser billigen Limousinen an den Flughafen bestellen sollen. Katie tat dies seit ihrem zwölften Lebensjahr. Ja, sie wußte überhaupt nicht, daß es auch einen Bus gab.

»Seht ihr Gerry irgendwo?« fragte Carol, als sie die Ankunftshalle betraten.

Solange Joanna denken konnte, war Carol immer von ihrem Mann abgeholt worden. Sie hatte sich oft darüber gewundert, daß ein Philosophieprofessor zeitlich so flexibel war. »Für mich tut er alles«, hatte Carol einmal erklärt. »Wie schön«, hatte Joanna geantwortet und gewünscht, so jemand möge ihr auch mal begegnen.

Als sie aus dem Flughafengebäude kamen, schlug ihnen die feuchte New Yorker Hitze entgegen. Joanna spürte, wie es in ihren Ohren zu rauschen begann. Nicht weit entfernt sah sie Steve und Nick, die auf die Bushaltestelle zugingen; sie wunderte sich, warum sie so seltsam hin- und herschwankten, dann wurde es dunkel um sie.

»Joanna!« hörte sie jemanden rufen. Sie öffnete die Augen und sah, wie Carol sich über sie beugte und sie erschrocken ansah.

»Es ist nichts«, flüsterte Joanna, »nur die Hitze.«

Später saßen sie schweigend nebeneinander im Bus. Joanna bemerkte erst jetzt die Aufschürfung an ihrem linken Handballen, die sie sich bei ihrem Sturz zugezogen haben mußte. In der Wunde steckten winzige, schwarze Asphaltsplitter, die sich mit den Fingern nicht entfernen ließen.

Hinter ihnen unterhielten sich zwei junge Amerikaner über ihre Erfahrungen an der Hamburger Uni, wo sie beide gerade ein Jahr studiert hatten. Joanna hätte am liebsten den Platz gewechselt, doch es gab keine freien Plätze mehr. Also starrte sie nach draußen auf das staubige Queens und wartete darauf, daß in der Ferne die ersten Türme von Manhattan erschienen.

»Es tut mir leid wegen gestern«, sagte Carol plötzlich; ihre Stimme klang unsicher.

Joanna schluckte.

»Ich hatte kein Recht, so mit dir zu reden. Nichts ist unmöglich, selbst auf diese Entfernung hin.«

»Ich rufe dich an«, sagte Joanna leise und zeigte auf Nick und Steve, die in der Reihe vor ihnen saßen.

Carol nickte und schwieg, bis der Bus die 42nd Street erreichte und sie alle ausstiegen, um mit getrennten Taxen weiterzufahren. »Bis bald«, sagte Carol und nahm sie zum Abschied in den Arm.

Joanna wohnte im siebten Stock eines alten Hauses auf der Upper West Side, nicht weit vom Central Park und gleich hinter dem *Museum of Natural History*. Vor fünfzehn Jahren, als sie die Stelle an der *New York University* bekommen hatte, war sie hier eingezogen, in diese Zweizimmerwohnung, die viel mehr kostete, als sie sich leisten konnte. Dennoch war sie entschlossen gewesen, keinen Untermieter bei sich aufzunehmen. Daß sie später Nick drei Jahre bei sich hatte wohnen lassen, begriff sie bis heute nicht.

Im Briefkasten fand sie außer der üblichen Reklame nur eine Rechnung ihrer Haftpflichtversicherung. In ihrer Wohnung hatte sich die Hitze von vier Tagen gestaut. Sie stellte die Klimaanlage an, brachte ihren Koffer ins Schlafzimmer und hörte den Anrufbeantworter ab. »Herzlich willkommen in Amerika«, hörte sie Katie sagen. Sonst hatte niemand angerufen. Joanna sah sich etwas unschlüssig um, warf ein paar verfaulte Weintrauben in den Mülleimer und verließ die Wohnung, um Bruno abzuholen.

Katie spielte Bach, als sie an ihrer Tür klingelte. Jupiter fing sofort an zu bellen, und Joanna hörte, wie er aufgeregt an der Tür scharrte. Bruno bellte nie, wenn jemand klingelte. »Typisch Irish Setter«, sagte Ron, wann immer er Gelegenheit dazu bekam. Seine beiden Dobermänner bellten schon, wenn in der Ferne ein Auto vorbeifuhr.

Die Tür wurde aufgerissen, und Katie fiel ihr um den Hals. »Komm rein. Ich koch uns einen Tee.«

Bruno kam ihr schwanzwedelnd entgegengelaufen und stupste sie mit seiner Schnauze an. Sie hockte sich hin und vergrub ihr Gesicht in seinem dichten, rotbraunen Fell. Dann stand sie auf und ging in die Küche.

»Was hast du da gemacht?« fragte Katie und zeigte auf ihren aufgeschürften Handballen.

»Ich bin gestürzt.«

Katie deutete mit einer Kopfbewegung an, daß sie sich setzen solle. Sie ging ins Badezimmer, wusch sich ausgiebig die Hände und kam mit einer Pinzette, Jodsalbe und Heftpflaster zurück.

Joanna beobachtete, wie sich kleine Schweißperlen auf Katies Stirn bildeten, während sie die Asphaltsplitter aus ihrer Wunde entfernte. Als sie auf ihre Hände blickte, war ihr einen Moment lang so, als seien es die Hände einer Fremden. Sie hatte ihre Finger nicht so lang und dünn in Erinnerung.

»Tut das weh?«

Sie nickte. Wieso sie gestürzt sei, wollte Katie wissen und ließ die Hitze keineswegs als Erklärung gelten.

»Es war eine anstrengende Reise.«

»Und du hast dir wieder keine Limousine bestellt?«

»Nächstes Mal.«

Wann sie denn plane, wieder zu verreisen, fragte Katie und begann, Jodsalbe auf die Wunde zu tupfen. In Joanna stieg ein Gefühl der Übelkeit auf. Sie drehte den Kopf weg und sagte, das sei genug.

»Was?«

»Ich kann Jodgeruch nicht ausstehen.«

»Schon vorbei«, verkündete Katie und klebte ein Pflaster über den Handballen. Dann goß sie den Tee auf und holte ihr hauchdünnes Geschirr aus dem Schrank. »Wie haben die Leute auf deinen Vortrag reagiert?«

»Es gab eine kontroverse Diskussion.«

»Hat dir das gefallen?«

»Klar.«

»Ich mag keine Kontroversen.«

Sie gingen ins Wohnzimmer, wo Katie den Tee eingoß und über jenen Martin zu reden begann. Joanna war sich plötzlich nicht mehr sicher, ob sie mit Katie Tee trinken und sich irgendeine lange Beziehungsgeschichte anhören wollte.

Sie nahm ihre Tasse und trat ans Fenster. Die Abendsonne lag auf den Dächern der Stadt und ließ die Konturen deutlicher hervortreten als zu jeder anderen Tageszeit. Katie und sie hatten beinahe denselben

Ausblick. Es war dieser Blick bis hin zum Empire State Building und dem World Trade Center, der sie damals sofort für ihre Wohnung eingenommen hatte.

»Ist irgendwas mit dir?« hörte sie Katie hinter sich fragen.

Joanna schüttelte den Kopf, ohne sich umzudrehen.

»Diese blöde Bemerkung am Telefon hat dich doch gekränkt.«

»Ich bin müde. Laß uns morgen weiterreden.« Beim Abstellen ihrer Teetasse merkte sie, wie ihre Hand zitterte. »Danke, daß du Bruno versorgt hast.«

Katie lief ihr in den Flur nach. »Schön, daß du wieder da bist.«

Joanna ließ die Wohnungstür hinter sich ins Schloß fallen, ohne zu antworten.

In ihrer Wohnung war es immer noch drückend heiß. Sie holte sich ein Bier aus dem Kühlschrank und ging dann ins Badezimmer, um zu duschen. Beim Ausziehen stellte sie fest, daß sie auch aufs Knie gefallen war. Es brannte, als die aufgeschürfte Haut mit dem Wasser in Berührung kam. Sie mußte daran denken, daß sie als Kind ständig aufgeschlagene Knie gehabt hatte, von ihren Stürzen beim Eislaufen und Rollschuhfahren. Die Wunden hatten oft angefangen zu eitern, doch das hatte ihr nichts ausgemacht; sie hatte nur die gestopften Strumpfhosen gehaßt.

Als sie sich abtrocknete, fiel ihr Blick in den Spiegel. Sie war blaß und hatte dunkle Schatten unter den Augen. Ihr rechtes Lid zuckte in unregelmäßigen Abständen, wie immer, wenn sie dringend mal ausspannen mußte.

Nachdem sie mit Bruno einen kurzen Gang gemacht hatte, holte sie sich eine Tüte Chips aus der Küche und probierte verschiedene Fernsehprogramme durch. Schließlich landete sie bei einer Talkshow, in der Frauen darüber sprachen, welchen Einfluß ihre Väter auf sie gehabt hätten. Das war das letzte, worüber Joanna im Augenblick nachdenken wollte. Sie beschloß, ins Bett zu gehen, auch wenn es erst halb neun war.

Stundenlang drehte sie sich von einer Seite auf die andere, lauschte den Geräuschen im Haus und dachte an Robert, wie er in jenem Hamburger Vorlesungssaal stand und mit leiser Stimme vorschlug, in ein türkisches Lokal zu gehen. Alles an Robert war leise und unauffällig, ein Hintergrundmensch, für den es nichts Wichtigeres gab, als nicht stören zu wollen. Mut gehöre nicht gerade zu seinen Stärken, hatte Robert irgendwann in jener Nacht zu ihr gesagt. Da hatte er wohl recht; er war ja nicht mal in der Lage, um sein Kind zu kämpfen oder sich gegenüber seiner herrschsüchtigen Mutter zu behaupten.

Es war schon hell, als sie endlich einschlief.

Sie frühstückte im Coffee-Shop nebenan und fuhr dann zur Bibliothek, wo sie auf Steve traf, der ihr erzählte, daß Carols Mann am Abend zuvor einen Kollaps erlitten habe und jetzt im Krankenhaus liege; wahrscheinlich sei es ein Herzinfarkt. Deshalb hatte er sie nicht vom Flughafen abgeholt, dachte Joanna und griff nach der neuesten Ausgabe der *Southern Review*. Carols Mann mußte schon so etwas wie einen Herzinfarkt haben, um seine Frau mit dem Bus fahren zu lassen.

»Hast du alles gut überstanden?« fragte Steve augenzwinkernd.

»Wieso?«

»Na, immerhin hast du beinahe die Maschine verpaßt wegen dieses … wie heißt er noch?«

»Robert«, antwortete Joanna leise, stellte die *Southern Review* an ihren Platz zurück und verließ die Bibliothek.

Sie beeilte sich, in ihr Büro zu kommen, setzte sich an

den Schreibtisch und öffnete die Post der letzten fünf Tage. Neuigkeiten, die sie sonst in beste Stimmung versetzt hätten, nahm sie heute gleichgültig zur Kenntnis. Ein Aufsatz von ihr war für eine Veröffentlichung in einem Sammelband akzeptiert worden, ein Verlag bat sie, das Buchmanuskript eines Kollegen kritisch zu begutachten, eine ehemalige Studentin teilte ihr mit, daß sie eine Stelle an der Universität von Toronto bekommen habe. Joanna erinnerte sich, wie sie jener Studentin in ihrem ersten Studienjahr wochenlang gut zureden mußte, bis diese schließlich den Mut fand, einen exzellenten Vortrag zu halten.

»Ausgeschlafen?« Nick stand in der Tür und grinste.

Joanna drehte sich zu ihm um und sah ihn an, ohne die Miene zu verziehen. »Kannst du nicht anklopfen?«

»Carols Mann ist schwer erkrankt.«

»Ich weiß.«

»Von wem?«

»Von Steve. Den habe ich vorhin in der Bibliothek getroffen. Da hast du wahrscheinlich noch geschlafen.«

Nick ließ seinen Blick über ihr Bücherregal schweifen. »Du hast es also doch in das Bett dieses Lehrers geschafft.«

»Verschwinde!«

»Ich hätte dir mehr Geschmack zugetraut.«

»Raus, sagte ich!«

»Eines Tages wirst du es bereuen.« Nick schloß die Tür mit einem lauten Knall.

Dieser Satz hätte von ihrem Vater stammen können. Joanna hatte nie zuvor darüber nachgedacht, daß sowohl Nick als auch ihr Vater zu der Kategorie von Menschen gehörten, die immer das letzte Wort haben müssen und darauf bedacht sind, es so bedeutsam oder drohend wie möglich klingen zu lassen. Was ihren Vater betraf, war dessen Betätigungsfeld zwar deutlich eingeschränkt, seitdem Ron und sie erwachsen waren, aber bis vor fünf Jahren hatte er immerhin noch seine Position als Richter nutzen können, um letzte Worte zu sprechen. Außerdem war er über dreißig Jahre lang mit einer Frau verheiratet gewesen, die es bis zu ihrem Tod geduldig ertragen hatte, wenn er ihr besserwisserisch über den Mund gefahren war. Nun blieb ihm auf seine alten Tage nichts anderes übrig, als seine um Jahrzehnte jüngeren Freundinnen zurechtzuweisen.

Joanna war einen Moment lang versucht, ihn anzurufen, um sich zurückzumelden; dann jedoch beschloß sie, daß sie an einem Tag wie heute darauf verzichten konnte, auch noch seine nörgelige Stimme zu hören.

Nachdem sie sich einen Kaffee geholt hatte, wandte sie sich einem Stapel fotokopierter Aufsätze über die Romane von Michael Ondaatje zu. Sie repräsentierten den aktuellen Stand der literaturwissenschaftlichen Forschung und hatten den Ausgangspunkt für ihren Hamburger Vortrag gebildet. Joanna hatte vor einiger Zeit begonnen, ein Buch über die Erzählstrukturen im Werk Michael Ondaatjes zu schreiben. Es gab sogar bereits einen Verlag, der ihr auf der Grundlage einer dreißig Seiten langen Projektbeschreibung angeboten hatte, das Buch zu veröffentlichen. Der Vertrag sollte demnächst unterschrieben werden; als Abgabedatum für das Manuskript war der 31. August 1995 vereinbart worden. Das hieß, daß sie noch über ein Jahr Zeit hatte, was andererseits nicht viel war, wenn sie bedachte, daß sie während der Vorlesungszeit fast nie zum Schreiben kam. Sie würde in diesem Sommer mindestens zwei ihrer geplanten sechs Kapitel schaffen müssen.

Bei dem Gedanken an die bevorstehende Arbeit spürte sie plötzlich, wie müde sie war. Ihr fehlte nicht nur der Schlaf der letzten Nacht, sie hatte auch den Jetlag noch nicht überwunden. Ihr Kopf sank auf den

Schreibtisch, und die Augen fielen ihr zu. Das letzte, was sie hörte, war Nick, der im Flur einer Studentin zu verstehen gab, daß sie ihr Studium besser gleich abbrechen solle, um nicht noch mehr Zeit zu vergeuden.

Joanna wurde vom Klingeln des Telefons geweckt. Viertel vor eins. Sie hatte fast anderthalb Stunden lang geschlafen. »Hallo?«

Es war Carol, die aus dem Krankenhaus anrief, um zu sagen, daß ihr Mann immer noch bewußtlos sei. Dann knackte es ein paarmal in der Leitung, und es entstand eine Pause. Joanna befürchtete schon, daß das Gespräch unterbrochen worden sei, als sie hörte, daß Carol weinte. Die Ärzte hätten sie darauf vorbereitet, daß er die kommende Nacht vermutlich nicht überleben werde. Wieder gab es eine Pause. Joanna wollte etwas sagen, aber sie wußte nicht was. Irgend etwas hielt sie davon ab, Carol zu trösten. Vielleicht war es der Gedanke, daß ihr dies peinlich sein könnte. Carol war eine souveräne Frau, die immer alles unter Kontrolle zu haben schien. Seitdem sie sie kannte, hatte sie noch nie Hilfe gebraucht. Sie könne es einfach nicht fassen, fuhr Carol fort und putzte sich die Nase. Am Donnerstag morgen hätte Gerry ihr noch Frühstück gemacht und sie zum Flughafen gebracht; er sei wohlauf gewesen wie immer. Joanna fragte, ob sie kommen solle, doch Carol schien ihr gar nicht zuzuhören. Nein, das stimme nicht. Jetzt erinnere sie sich. Am Abend vor ihrer Abreise habe er über ein leichtes Unwohlsein geklagt. Wäre sie nur nicht weggefahren, dann hätte sie ihn sofort in die Klinik bringen können, und er hätte nicht stundenlang bewußtlos in der Wohnung gelegen.

»Können denn die Ärzte so genau sagen, wann es passiert ist?«

»Nein, irgendwann gestern abend.«

»Na also. Du hättest genausogut im Theater sein können.«

Carol antwortete nicht.

»Ich komme«, sagte Joanna und ließ sich beschreiben, wo sich die Intensivstation des *St. Luke's Roosevelt Hospital* befand.

»Danke«, murmelte Carol und legte auf.

Joanna packte ihre Sachen zusammen, teilte der Sekretärin mit, daß sie heute nicht mehr zu erreichen sei, und verließ das Gebäude.

Sie begann zu laufen. Um diese Zeit war es schneller, mit der U-Bahn zu fahren, als ein Taxi zu nehmen. An der Straßenecke stieß sie mit einem jungen Mann zusammen, der etwas Obszönes hinter ihr herrief. Sie rannte die Treppen zur U-Bahn-Station hinunter und konnte sich gerade noch in die schon übervolle Bahn zwängen, bevor sich die Türen schlossen und sie nicht nur den Mundgeruch der neben ihr stehenden alten Frau, sondern auch noch das penetrante After-shave des von hinten gegen sie drückenden Mannes ertragen mußte.

Carol saß in sich zusammengesunken auf einem hellgrünen Plastikstuhl direkt neben dem Eingang zur Intensivstation; Joanna setzte sich neben sie und legte ihr den Arm um die Schultern. Carol hob langsam den Kopf; ihr Gesicht war aschfahl, ihre Hände zitterten. Es kam Joanna so vor, als sei sie seit gestern um zehn Jahre gealtert.

»Gehen Sie mit ihr was essen«, sagte eine Schwester im Vorbeigehen, »sonst kippt sie noch um.«

»Ich könnte keinen Bissen runterbekommen«, murmelte Carol.

»Wie wär's mit einem Kaffee?«

Als Carol nicht reagierte, faßte Joanna sie am Arm und ging langsam mit ihr in Richtung Fahrstuhl. Sie fand es seltsam, daß Simon nicht hier war, dann jedoch erinnerte sie sich, daß Carol ihr vor einiger Zeit erzählt hatte, ihr Sohn wolle mit seinem Motorrad ein paar Monate durch Südamerika reisen.

»Kannst du Simon irgendwo erreichen?« fragte Joanna, als sie sich in der Cafeteria gegenübersaßen.

Carol schloß einen Moment lang die Augen. »Ich habe heute morgen eine Rundfunkstation in Lima angerufen, um eine Suchmeldung durchzugeben. Aber vielleicht ist er auch schon längst in Chile oder Ecuador. Außerdem hört er so gut wie nie Radio.«

Eine Viertelstunde später saßen sie wieder auf den hellgrünen Plastikstühlen. Carol schwieg; irgendwo tickte eine Uhr. Alle Patienten, die im Eiltempo an ihnen vorbeigeschoben wurden, hatten Schläuche im Mund oder in der Nase. Joanna starrte auf die beige gemusterten PVC-Quadrate, die gerade gewischt worden waren und nach einem scharfen Desinfektionsmittel rochen.

Irgendwann wurde die Tür der Intensivstation geöffnet und ein Arzt winkte Carol zu sich heran; dann verschwanden beide hinter der Tür.

Joanna wartete, die Uhr tickte. Das Licht schien immer heller zu werden, es flimmerte und brannte in ihren Augen, gelbrote, ineinanderfließende Ringe ...

»Mrs. O'Sullivan läßt Ihnen ausrichten, daß Sie nach Hause gehen sollen. Sie wird sich morgen früh bei Ihnen melden.«

Die Stimme schien von weit her zu kommen. Joanna öffnete die Augen und sah vor sich einen Pfleger stehen, der sie freundlich anlächelte. Sie hatte einen trockenen Mund und spürte, wie der dünne Stoff ihres Rocks an dem Plastikstuhl festklebte, so sehr hatte sie im Schlaf geschwitzt.

»Wie geht es ihm?«

»Unverändert.«

Es war beinahe halb sieben, als das Taxi an ihrer Straßenecke hielt. Sie stieg aus und blickte nach oben, um zu sehen, ob Katies Wohnung erleuchtet war. Der schwache Lichtschein kam entweder von der Klavierlampe oder vom Deckenlicht im Flur, das Katie immer brennen ließ, auch wenn sie nicht da war. Joanna hoffte, daß es das Deckenlicht war, was brannte.

Sie kaufte ein, ging mit Bruno in den Hundeauslauf und wollte gerade eine Pizza in den Ofen schieben, als es an der Tür klingelte.

»Hast du Zeit?« fragte Katie.

Joanna zögerte.

»Ich muß dir was erzählen, was dich aufmuntern wird.«

»Wieso muß ich aufgemuntert werden?«

Katie zog die Augenbrauen hoch. »Darf ich nun reinkommen oder nicht?«

Joanna trat beiseite und ließ Katie herein.

»Also«, hob diese an, nachdem sie sich aufs Sofa hatte fallen lassen. »Halt dich fest.«

Joanna ahnte schon, was Katie ihr gleich an Aufregendem mitteilen würde. Warum hatte sie nicht gesagt, daß sie Kopfschmerzen habe, daß sie arbeiten wolle, daß ihr heute nicht nach reden zumute sei?

»Er heißt Paul, ist zweiundfünfzig und unterrichtet Komposition.«

»Na und?«

»Joanna, das ist genau dein Typ.«

»Katie, vergiß es.«

»Aber wieso denn?«

»Ich habe keine Lust mehr zu diesem Spiel.«

Katie starrte sie fassungslos an. »Joanna, das ist nicht dein Ernst. Du bist über Vierzig. Wie stellst du dir die Zukunft vor?«

»Laß das mal meine Sorge sein.«

»Paul ist ein sehr netter Mann. Außerdem ist er unverheiratet.«

Joanna holte tief Luft. »Begreifst du das nicht? Ich will ihn nicht, deinen Paul. Ich will überhaupt keinen dieser Männer.«

Katie sah aus, als ob sie jeden Moment anfangen würde zu weinen. »Ich habe ihm schon einen Termin für ein Treffen vorgeschlagen.«

»Du hast was gemacht?«

»Tut mir leid.«

Joanna stand auf und ging zur Tür. »Am besten gehst du jetzt.«

»Es war gut gemeint.«

»Ich weiß. Aber tu's nie wieder.«

Katie verließ die Wohnung ohne ein weiteres Wort.

Joanna wäre fast hinter ihr hergelaufen und hätte sie um Verzeihung gebeten. Das einzige, was sie davon abhielt, war die Vorstellung, daß nach einer solchen Entschuldigung eine Erklärung dafür folgen müßte, warum das Spiel für sie beendet war.

Bruno lief zur Tür und wedelte mit dem Schwanz. Dann kam er zu ihr zurück und sah sie mit seinen großen, braunen Augen vorwurfsvoll an, als wolle er sagen, daß sie Katie doch nicht so gehen lassen könne. Joanna setzte sich neben ihn auf den Boden und kraulte ihm den Bauch. Morgen würde sie anfangen, eine Gliederung für ihr Buch zu entwerfen. Sie würde ihre Korrespondenz aufarbeiten und ihren Vater anrufen. Sie würde sich um Carol kümmern und Katie eine Tafel ihrer Lieblingsschokolade vorbeibringen. Alles würde so sein wie vorher.

11.

In der Nacht zu Montag träumte Robert, daß Joanna und er einen Berg in Paris bestiegen, sich oben in einen Sessellift setzten und mit hoher Geschwindigkeit zu Tale fuhren. Ihre Füße streiften beinahe die Dächer der Häuser, über die sie hinwegglitten, und Robert hatte Angst, daß sie sich ihre Zehen brechen könnten. Außerdem beunruhigte es ihn, daß sie die einzigen Fahrgäste zu sein schienen. Die Strecke war voller Kurven, so daß ihr Doppelsessel mal zur einen, mal zur anderen Seite geschleudert wurde. Joannas Haare wehten im Wind, sie lachte, und dann lachte auch er. Als er wieder nach unten blickte, schwebten sie bereits hoch über einem italienischen Dorf, dessen terrakottafarbene Dächer in der Abendsonne glänzten. Erleichtert drehte er sich zu Joanna herum, um sie zu fragen, ob sie schon einmal in Italien gewesen sei, doch Joanna war verschwunden …

Robert wachte auf und dachte als erstes, daß er heute unmöglich nach Bad Pyrmont fahren könne. Er drehte sich auf die Seite und versuchte, noch einmal einzuschlafen, doch es gelang ihm nicht. Seine Gedanken kreisten um den Moment, in dem er Joanna im Gedränge der Flugpassagiere aus den Augen verloren hatte. Warum hatte er sie nicht festgehalten, nachdem er sie schon beim Frühstück und auf der Fahrt zum Hotel nicht gefragt hatte, ob sie noch bei ihm bleiben könne? Er hätte sie wenigstens fragen sollen.

In der Nachbarwohnung wurden jetzt Möbel gerückt, ein Mann und eine Frau stritten sich, die Stimme der Frau überschlug sich. Dann gab es einen dumpfen

Schlag, und etwas Schweres fiel zu Boden. Robert spürte das Beben der Holzdielen und wünschte, Herta Köhler in ihren Stiefelpantoffeln wäre noch am Leben.

Viertel nach neun. Seine Mutter erwartete ihn um zwölf zum Mittagessen, das war bereits nicht mehr zu schaffen. Robert legte die Hände auf sein Gesicht und drückte die Fingerkuppen in die schmerzenden Augenhöhlen. Sein Mund fühlte sich pelzig an, und in seinem Kopf war nichts als ein dumpfes Dröhnen. Bis fünf Uhr morgens hatte er im Wintergarten gesessen und sich immer wieder Joannas Nähe vergegenwärtigt. Ihr Geruch, ihr Gesicht, ihre Hände waren in seinem Gedächtnis gespeichert; nur an den Klang ihrer Stimme konnte er sich nicht genau erinnern.

Robert richtete sich auf. Durch den Gardinenspalt fiel ein Sonnenstrahl, der das Zimmer in zwei Teile schnitt, sich an der unteren Ecke des alten Wandspiegels brach und einen Lichtstreifen auf seine Hände zurückwarf. Wenn er die Augen schloß, spürte er noch Joannas Mund auf seinen Fingernägeln, den Gelenken, der Narbe auf seinem Handrücken. Was das für eine Narbe sei, hatte sie in jener Nacht gefragt. Ein Unfall, hatte er gemurmelt und ihr dann doch die Geschichte seiner gescheiterten Mutprobe erzählt, wie er sich als Fünfjähriger beim Äpfelklauen die Hand in einer rostigen Gartenpforte geklemmt hatte, wie seine Mutter die Wunde mit dem Spruch »Gottes Strafe folgt eben immer gleich auf dem Fuße« kommentierte und ihn dann im Badezimmer einsperrte, wie die Nachbarskinder ihn noch wochenlang hänselten. »Mut gehört nicht gerade zu meinen Stärken«, hatte er gesagt und gelacht. Joanna hatte nicht gelacht. Vielleicht hatte sie in diesem Augenblick gehofft, daß er genug Mut haben würde, sie nicht einfach gehen zu lassen.

Unsinn! Robert setzte sich auf die Bettkante und strich sich über den Kopf. Dies war keine Frage von

Mut, sondern eine der freien Entscheidung, und zwar ihrer Entscheidung. Wenn Joanna hätte bleiben wollen, wäre sie geblieben.

Als er unter der Dusche stand, kam es ihm so vor, als ob der gestrige Tag wie eine poröse Haut von ihm abglitt; die darunterliegende Hautschicht fühlte sich roh und verletzlich an. Doch es war nur eine Frage der Zeit, bis auch sie die nötige Widerstandskraft besitzen würde, die er brauchte, um weiterzuleben wie bisher.

Die Autobahn in Richtung Hannover war bereits bei Thieshope verstopft. In einer Verkehrsmeldung hieß es, daß es einen Unfall gegeben habe und die Polizei folgende Umleitung empfehle. Es überraschte Robert nicht im geringsten, daß die entscheidende Ausfahrt bereits hinter ihm lag. Mittlerweile war es so heiß im Wagen, daß es keinen Unterschied machte, ob die Seitenfenster geöffnet oder geschlossen waren. Robert nahm einen Schluck aus seiner Wasserflasche, lehnte sich zurück und begann ein inneres Zwiegespräch mit seiner Mutter.

Was? Du willst morgen schon wieder fahren?

Es geht nicht anders.

Du hast doch versprochen, bis zum Wochenende zu bleiben.

Nein, habe ich nicht. Das war deine Idee.

Ich bin mir sicher, daß du gesagt hast …

Es gibt vor der Reise noch viel zu erledigen.

Was heißt viel zu erledigen?

Du weißt doch, das Übliche: Wagen zur Inspektion bringen, grüne Versicherungskarte besorgen, Zeltausrüstung überprüfen.

Robert, deine Mutter ist krank.

Aber du bist hier in guten Händen.

Ich verstehe nicht, wie mein einziges Kind so selbstsüchtig sein kann.

Mutter.

Das habe ich nicht verdient.

Nun hör mir mal gut zu.

Wenn du so schreist, lasse ich den Arzt kommen.

Wer schreit denn hier?

Ich habe ein krankes Herz.

Dein Herz ist vollkommen in Ordnung.

Fahr nur in Urlaub.

Mutter, das ist nicht fair.

Du wirst schon sehen, was du davon hast.

Wenn es dir wirklich schlechtgeht, fahre ich natürlich nicht.

Was heißt hier wirklich schlecht? Hältst du mich etwa für eine Hypochonderin?

Der Stau begann sich langsam aufzulösen. Robert wischte sich den Schweiß von der Stirn und nahm noch einen Schluck aus der Wasserflasche. Er wußte nicht, wann er angefangen hatte, diese inneren Zwiegespräche zu führen, vermutlich schon als Kind. Zu seinem eigenen Erstaunen gelang es ihm immer häufiger, die Auseinandersetzungen mit seiner Mutter bis aufs Wort genau vorherzusagen. Was seinen Part anging, mußte er sich in den tatsächlichen Gesprächen ja nur an das halten, was er sich vorher zurechtgelegt hatte. Schwieriger war ihr Part. Er hatte ständig darauf zu achten, ob auch sie sich an ihren Text hielt, der genaugenommen sein Text war. Wenn er Erfolg hatte, bereitete ihm dies nicht nur ein unerhörtes Vergnügen, es war darüber hinaus auch die einzige Art und Weise, die es ihm ermöglichte, die Gegenwart seiner Mutter zu ertragen, ohne die Fassung zu verlieren.

Im Laufe der Jahre hatte er es sich angewöhnt, auch mit anderen Menschen innere Zwiegespräche zu führen, aber da er niemanden so gut kannte wie seine Mutter, erreichten sie nicht denselben Grad an Perfektion.

Dennoch waren sie als Übungen nicht ungeeignet, denn sie gaben ihm Gelegenheit, verschiedene Varianten durchzuspielen, Beiträge zu verwerfen, andere zu riskieren. Der einzige Mensch, bei dem dies alles überhaupt nichts half, war Lotte. Mit Lotte schwieg er am liebsten. Und Joanna? Robert atmete tief durch. An Joanna wollte er jetzt nicht denken.

Von der Autobahnraststätte Allertal aus rief er seine Mutter an, um ihr zu sagen, daß sie mit dem Essen nicht auf ihn warten solle, er sei in einen Stau geraten. Das habe sie sich schon gedacht, er fahre ja nie rechtzeitig los. Was seine Abfahrtszeit mit dem Stau zu tun habe. Heutzutage müsse man ständig mit einem Stau rechnen, den plane man vernünftigerweise gleich mit ein, aber er habe ja noch nie planen können.

»Wir sehen uns später«, sagte Robert und legte auf. Er kaufte sich ein Käsebrötchen und zwei Hanuta, teilte einem Tramper mit, daß er grundsätzlich keine Fremden in seinem Wagen mitnähme, und fuhr weiter.

Als er in Bad Pyrmont ankam, war es kurz nach halb drei. Seine Mutter saß mit einer spindeldürren Frau von höchstens fünfzig auf der Veranda ihres Sanatoriums und aß Kirschtorte mit Schlagsahne. Sobald er sich gesetzt hatte, beeilte sich die Frau, ihre Torte aufzuessen und sich zu verabschieden, als habe seine Mutter ihr Instruktionen gegeben, daß sie sich zu verdrücken habe, sobald er auftauche.

Seine Mutter sah ihr kopfschüttelnd nach. Lungenkrebs, ein hoffnungsloser Fall.

»Nicht so laut«, sagte Robert.

In der nächsten Dreiviertelstunde mußte er sich die Krankengeschichten unzähliger Menschen anhören, die er noch nie in seinem Leben gesehen hatte und auch nicht sehen wollte.

»Du hörst mir nicht zu.«

»Doch, Mutter.«

»Mit der Bauchspeicheldrüse ist nicht zu spaßen«, fuhr sie fort und erläuterte ihm, daß das diesbezügliche Organ der Dame, mit der sie morgens ihre Kneippschen Anwendungen absolviere, nicht mehr die nötigen Verdauungssäfte produziere.

Robert fand, daß es an der Zeit war, sein vorbereitetes Gespräch abzuspulen, was auch mühelos gelang.

»Hältst du mich etwa für eine Hypochonderin?« rief seine Mutter textgemäß und tupfte sich mit der Serviette die Stirn ab. Dabei senkte sie die Augenlider und atmete ganz flach.

Genauso hatte Robert sich die Situation vorgestellt. »Um ehrlich zu sein, ja«, hörte er sich sagen.

Seine Mutter schnappte nach Luft, griff nach ihrer Handtasche und rauschte davon.

Robert hatte nicht zum ersten Mal eine derartige Bemerkung gemacht. Wann immer die Forderungen seiner Mutter ein bestimmtes Maß überschritten und er sich mit Argumenten nicht mehr zur Wehr setzen konnte, ging er zum Angriff über, den sie wahlweise mit Türenschlagen, Höreraufknallen oder überstürztem Aufbruch quittierte. Doch dann war immer sie diejenige, die nach Stunden oder Tagen den Kontakt mit ihm wiederaufnahm, als habe sie Angst, daß er sich letztlich ganz und gar aus ihrem Leben davonschleichen könnte. Um ihr Gesicht nicht zu verlieren, verlangte sie in forschem Ton eine Entschuldigung für sein ungehöriges Betragen, welche er ohne jegliche innere Anteilnahme aussprach, um dann auf den Kern der Auseinandersetzung zurückzukommen und entweder seine Position zu behaupten oder sich auf einen milden Kompromiß einzulassen. Niemals ließ er es zu, daß sie ihren Willen durchsetzte, nicht seit jenem Herbst, in dem sein Vater gestorben war und sie es ihm unmöglich gemacht hatte, nach England zurückzukehren.

»Dann bleib wenigstens bis Mittwoch«, sagte seine Mutter, als sie abends ihr Schinkenbrot auf der Veranda einnahmen.

»Ist gut«, antwortete Robert und biß in eine Gewürzgurke, aber um eins müsse er spätestens los, nur damit sie Bescheid wisse.

Er hatte etwas außerhalb von Bad Pyrmont ein kleines Zimmer gefunden, das ohne Dusche und WC vierzig Mark pro Nacht kostete, teuer genug, wie er fand.

»Das nennst du teuer?«

»Mutter …«

»Wieso wohnst du nicht in der Stadt?«

»Hier war alles ausgebucht.«

Seine Mutter schüttelte verständnislos den Kopf, als sei es ihr ein Rätsel, warum es so viele Leute nach Bad Pyrmont zog.

»Was zieht dich denn hierher?«

Sie warf ihm einen ihrer Wie-kannst-du-nur-so-etwas-fragen-Blicke zu und schaute dann an ihm vorbei in eine unbestimmte Ferne. Um ihre Nasenflügel herum zuckte es. »Im Gedenken an deinen Vater.«

»Der hat Bad Pyrmont doch gehaßt wie die Pest.«

»Was weißt du schon«, seufzte seine Mutter, »seinen Nieren hat es geholfen.«

»Aber seinem Gehirn nicht.«

»Robert, bitte!«

Wenn Robert an die Ehe seiner Eltern dachte, sah er seine Mutter vor sich, wie sie in ihrem grüngeblümten Kittel auf seinen Vater einredete, der im Wohnzimmersessel saß und Zeitung las. Meist ging es um irgendeine Ungerechtigkeit, die ihr im Laufe des Tages widerfahren war. Jemand hatte sich im Gemüseladen vorgedrängelt, Frau Gräweling von oben hatte das Treppenhaus mal wieder nicht geputzt, Frau Brüggemann von unten hatte bis zum Einbruch der Dunkelheit ihre hellblauen Bettvorleger auf der Teppichstange hängengelassen, so daß sie ihre Flurläufer nicht klopfen konnte. »Dann machst du es eben morgen.« – »Darum geht es nicht; es geht ums Prinzip.« – »Margot, ich bin müde«, pflegte sein Vater nach einer Weile zu sagen, »bitte laß mich lesen.« – »Ich sehe schon, du interessierst dich nicht für die Sorgen deiner Frau.« – »Doch, Margot, später.« Je schriller ihre Stimme wurde, um so leiser wurde seine. Wenn er sich dann beim Abendbrot lächelnd zu ihr umwandte und sich nach dem Verlauf ihres Tages erkundigte, saß sie mit zusammengepreßten Lippen da und rührte mechanisch in ihrem Hagebuttentee. Ihm war als Ausweg schließlich nur der Gehirnschlag geblieben.

In dieser Nacht schlief Robert zehneinhalb Stunden ohne Unterbrechung, und das, obwohl es in seinem Pensionszimmer heiß und stickig war. Bevor er ins Bett gegangen war, hatte er sich noch bei der Wirtin über den strengen Domestos-Geruch beschwert, der aus seinem Teppichboden zu kommen schien. Sie hatte zuerst so getan, als wisse sie nicht, wovon er rede; dann hatte sie ihm achselzuckend erklärt, daß vor einigen Monaten ein Gast seinen jungen Hund mit aufs Zimmer geschmuggelt habe, und der habe dann … na ja, er wisse schon. Wenn ihm der Geruch nicht passe, könne er ja wieder gehen. Sie müsse ihm allerdings das Zimmer in Rechnung stellen, da sie um diese Zeit keinen neuen Gast mehr bekäme. »Und ich kein Zimmer«, hatte er gemurmelt und sich die Nase zugehalten, als er die Tür zu seinen höchstens elf Quadratmetern wieder aufschloß. Er hatte versucht, den Hund zu vergessen, und war tatsächlich fast sofort eingeschlafen. Das letzte, worüber er nachgedacht hatte, war die Frage gewesen, wie eigentlich eine Bauchspeicheldrüse aussah.

Nachdem er ein karges Frühstück zu sich genommen hatte, bot die Wirtin ihm für die zweite Nacht ein anderes Zimmer an, doch er lehnte ab. Immerhin hatte er in den Domestos-Dämpfen gut geschlafen.

Am späten Vormittag holte er seine Mutter ab, um mit ihr einen Spaziergang durch die Kuranlagen zu machen. Sie war ungewöhnlich still, und er begann bereits zu befürchten, daß tatsächlich etwas mit ihr nicht in Ordnung war, als sie plötzlich stehenblieb, ihn zu sich herumdrehte und sagte, daß es ihr überhaupt nicht gefiele, wie blaß er aussehe, und er ihr endlich erzählen solle, was mit ihm los sei.

»Ich bin ferienreif«, antwortete er, ohne sie dabei anzusehen.

»Mir kannst du nichts vormachen. Wahrscheinlich hat der Besuch dieses Amerikaners alte Wunden aufgerissen.«

»Mutter …«

»Liebst du sie etwa immer noch, diese Frau, die dein Leben zerstört hat?«

»Mein Leben ist nicht zerstört.«

»Nein, nein, natürlich nicht. Die Frau ist dir weggelaufen, dein Kind ist dir fremd, du lebst in einem stinkenden Hinterhof, bist unsicher und menschenscheu. Ein Wunder, daß sie dich überhaupt verbeamtet haben.«

»Hör auf!«

»Du wirst auch nicht jünger. Mein Gott, wenn ich daran denke, was anderen Frauen in meinem Alter für ein Leben beschieden ist: weltgewandte Söhne, liebevolle Schwiegertöchter, reizende Enkelkinder …«

»Du hast dich nie für Lotte interessiert, auch vor unserer Scheidung nicht.«

»Lotte ist ein sonderbares Kind.«

»Du kennst sie ja gar nicht.«

»Und du? Willst du mir erzählen, daß du sie kennst?«

Robert seufzte. »Komm.«

Seine Mutter hakte sich bei ihm unter, und sie gingen schweigend weiter. Robert haßte es, wenn sie so untergehakt nebeneinander herliefen und er seinen Schrittrhythmus an den ihren anpassen mußte, dennoch brachte er es nicht über sich, ihr zu sagen, daß er lieber allein ginge. Er konnte sich schon vorstellen, was für Kommentare er dann wieder zu hören bekäme.

Wie kann ein Sohn etwas dagegen haben, daß seine alte Mutter sich bei ihm unterhakt!

Mußt du denn wie eine Klette an mir kleben?

Robert, ich will dir helfen. Du hast doch niemanden außer mir.

Woher willst du das wissen?

Wie soll ich das verstehen?

Glaubst du, daß ich dir über alles Rechenschaft ablege?

Seiner Mutter verschweigt man nichts.

Steht das schon in der Bibel?

Robert, was ist los mit dir?

Das geht dich nichts an, hörst du? Dies ist mein Leben, mein menschenscheues Leben im stinkenden Hinterhof, verlassen von Frau und Kind, jawohl, aber es ist meins, meins ganz allein.

»Ich wette, Lotte freut sich gar nicht auf den Urlaub mit dir«, sagte seine Mutter nach einer Weile.

»Sie kommt nicht mit.«

»Was?«

»Sie fährt mit Claudia und Jochen nach Irland.«

»Und das läßt du zu?«

»Mutter, da ist nichts, was ich …«

»Du hast einfach kein Rückgrat.«

Robert spürte, wie sich plötzlich etwas in ihm verselbständigte. Er riß sich von seiner Mutter los, schrie ihr ins Gesicht, daß er es satt habe, sich von ihr demütigen zu lassen, solle sie doch sehen, wie sie ihre verdammte Kur, ihr verdammtes Leben hinter sich bringe, es sei ihm egal, er habe ein für allemal genug. Ihn könne sie nicht bis aufs Blut aussaugen, so wie sie es mit seinem Vater gemacht habe, er wolle leben, endlich leben. Und dann rannte er los, und während er rannte, sah er ihr Gesicht vor sich, wie es langsam in seine Bestandteile zerfiel, und er rannte und hörte ihre Schreie und rannte weiter, rannte, ohne sich noch einmal umzudrehen.

12.

Als Joanna am Dienstag morgen aufwachte, hatte Carol bereits angerufen und eine Nachricht auf ihrem Band hinterlassen. Ihr Mann sei zwar nach wie vor bewußtlos, habe aber immerhin die Nacht überlebt. Zurückrufen sei sinnlos; sie werde sich wieder bei ihr melden.

Joanna kochte sich einen Kaffee und starrte auf das Telefon. Nach einer halben Stunde beschloß sie, zum Broadway hinüberzulaufen, um bei *Zabar's* Delikatessen eine Tafel Lindt-Pralinéschokolade für Katie und ein Stück Pekannußtorte für sich selbst zu besorgen.

Sie hatte sich genau überlegt, was sie sagen würde, wenn Katie ihr die Tür öffnete. Daß sie einen schlechten Tag gehabt habe und sich für ihre Kühle entschuldige. Robert würde sie nicht erwähnen.

Doch als sie vor Katies Wohnungstür stand und klingelte, machte ihr niemand auf. Dabei war dies die Zeit, in der Katie sonst immer ihre Läufe übte. Sie tat es mit einer eisernen Disziplin und ließ von dieser Übungszeit nur ab, wenn sie eine wichtige Veranstaltung an der Musikhochschule besuchen wollte. Aber jetzt, mitten in der Sommerpause, gab es dort keine Veranstaltungen. Was Joanna fast noch mehr erstaunte, war die Tatsache, daß kein scharrender Jupiter zu hören war.

Von ihrer Wohnung aus wählte sie Katies Telefonnummer, um wenigstens auf ihren Anrufbeantworter zu sprechen, doch der war nicht eingeschaltet. Das hatte Joanna bei Katie noch nie erlebt. Sie dachte einen Moment lang darüber nach, ob dies eine Situation war, der sie nachgehen müsse, dann entschied sie sich dagegen.

Katie hatte sich über sie geärgert und war vermutlich noch gestern abend aufs Land gefahren. Sie würde schon wieder auftauchen, versuchte Joanna sich zu beruhigen und wählte die Nummer ihres Vaters.

»Hallo?« hörte sie ihn sagen. Seine Stimme klang, als ob er bei einer wichtigen Sitzung unterbrochen worden sei.

»Ich bin's, Joanna.«

»Ist was passiert?«

»Wieso?«

»Du hast mich noch nie um diese Zeit angerufen.«

»Ich wollte nur sagen, daß ich wieder zurück bin.«

»Zurück? Ach so, ja.«

Joanna mußte sich beherrschen, nicht den Hörer aufzulegen. »Wie geht es dir?«

»Ich glaube, ich habe eine Bronchitis.« Es folgte ein anhaltendes Husten.

»Hast du schon Dr. Shields angerufen?«

»Dieser Quacksalber kann mir gestohlen bleiben.«

»Immerhin war er derjenige, der darauf gekommen ist, daß Mutter Leukämie haben könnte.«

»Und jetzt soll er wohl bei mir Lungenkrebs feststellen, was?«

»Vater ...«

»Na ja, Spaß beiseite. Willst du am Wochenende nicht mal zu uns rauskommen?«

Es entstand eine Pause, in der Joanna ihr Bett aufschüttelte.

»Sagen wir, Sonnabend gegen drei, oder besser halb vier.« Wieder hustete er direkt ins Telefon.

»Wird Ron dasein?«

»Warum nicht? Wenn du willst, kannst du auch deinen Hund mitbringen.«

»Ich werde darüber nachdenken.«

»Bis dann«, sagte er und legte auf.

Joanna fand es immer wieder bemerkenswert, daß ihr Vater nie wissen wollte, wie es ihr ging. Vor einigen Jahren hatte sie sich einen Ruck gegeben und Ron gefragt, ob das bei ihm auch so sei. Ron hatte sie verständnislos angesehen und geantwortet, daß er niemals warte, bis er nach irgendwas gefragt werde. Er rede, und Vater höre zu. So sei das bei ihnen. So war es natürlich früher auch schon gewesen. Im nachhinein hatte Joanna sich über sich selbst gewundert, daß sie auch nur einen Moment lang hatte glauben können, Ron und sie hätten irgendwas gemeinsam.

Der Appetit auf die Pekannußtorte war ihr vergangen. Wieder starrte sie aufs Telefon. Hatte Carol womöglich in der Zwischenzeit versucht, bei ihr anzurufen? Schon beim Aufwachen hatte sie insgeheim gehofft, den Tag mit Carol verbringen zu können und darum herumzukommen, allein im Büro zu sitzen und in ihren Papieren zu blättern.

Bruno schien ihre Unschlüssigkeit zu spüren. Er lief in den Flur, schnappte sich seine Leine und kam damit ins Wohnzimmer zurück.

»Bruno, wir waren doch schon draußen. Außerdem habe ich keine Zeit.«

Er legte den Kopf schräg und sah sie an, als ob er sagen wolle, daß sie dringend einen Spaziergang brauche. Also brachen sie auf in Richtung Central Park.

Sobald sie dort ankamen, begann Bruno an der Leine zu ziehen. Katie ließ die Hunde hier immer schon frei laufen, anstatt mit ihnen bis zum *Dog Hill* zu gehen. Hundert Dollar Strafe hatte sie neulich dafür zahlen müssen. Das sei es ihr wert, hatte sie grinsend verkündet. Joanna schluckte. Katie ging ihr nicht aus dem Kopf. Sie ertappte sich dabei, daß sie jedesmal zusammenzuckte, wenn sie einen Golden Retriever sah. Vielleicht war Katie einfach nur mit Jupiter spazierengegangen. Es wäre das erste Mal in zwei Jahren, daß sie von ihrer Routine abließ, aber schließlich hatte sie ihr selbst immer wieder gesagt, sie solle nicht so hart mit sich sein.

Weder Carol noch sonst irgend jemand hatte angerufen, als sie vom Spaziergang zurückkam. Sie schrieb Katie einen kurzen Brief, schob ihn unter ihrer Tür durch und fuhr zum *St. Luke's Roosevelt Hospital*.

Der freundliche Pfleger von gestern abend teilte ihr mit, daß Mrs. O'Sullivan mit niemandem sprechen wolle. Nein, ihr Mann sei noch nicht gestorben. Mehr könne er nicht sagen.

Den Rest des Tages verbrachte Joanna damit, in der Bibliothek die neuesten Ausgaben der literaturwissenschaftlichen Fachzeitschriften durchzusehen. An den Entwurf einer Gliederung für ihr Buch war nicht zu denken.

Mittwoch und Donnerstag vergingen schleppend. Keine Post, keine Anrufe. Joanna zwang sich, in ihr Büro zu fahren und am Schreibtisch zu sitzen. Wenn sie nicht an Carol oder Katie dachte, dachte sie an Robert. Das einzige, was sie kurzfristig aufzuheitern vermochte, war Nicks Mitteilung, daß er aufgefordert worden sei, sich auf einen Lehrstuhl in Harvard zu bewerben, und dies auch tatsächlich tun wolle.

Am Freitag nachmittag rief Simon in ihrem Büro an, um ihr zu sagen, daß sein Vater morgens gestorben sei. Joanna schloß die Augen und brachte mühsam heraus, wie leid ihr das täte. Als sie soweit war, Simon zu fragen, ob es irgend etwas gebe, was sie für Carol tun könne, hatte er bereits aufgelegt.

Sie schrieb Carol eine Karte, daß sie jederzeit für sie da sei und sie sich nur melden solle. Wie gut, daß Simon wenigstens die Suchmeldung gehört habe und rechtzeitig zurückgekommen sei. Sie warf die Karte noch auf dem Weg zur U-Bahn ein, kaufte sich eine *New York Times* und brach in Tränen aus. Ein kleiner Junge starrte sie entsetzt an, dann rannte er zu seiner Mutter und zeigte aufgeregt mit dem Finger auf sie, als sei sie ein Wesen, vor dem man sich in acht nehmen müsse.

Zu Hause machte sie sich eine Tomatensuppe heiß und legte eine Ballade von Chopin auf. Sie hatte Carols Mann kaum gekannt und wußte, daß sie nicht wirklich seinen Tod beweinte. Es ging eher um Carol und Gerry, eines der wenigen glücklichen Paare, die sie je in ihrem Leben kennengelernt hatte. Und letztlich ging es auch nicht um die beiden, sondern darum, daß sie für sie eine Art Hoffnung verkörpert hatten.

In dieser Nacht schlief sie neun Stunden lang, ohne zu träumen oder zumindest, ohne sich am nächsten Morgen an einen Traum erinnern zu können.

Die Straßen waren noch fast leer, als sie in ihren Wagen stieg und nach Norden in Richtung Westchester County fuhr. Sie würde mit Bruno einen Spaziergang in der Nähe von Pound Ridge machen und anschließend bei Ron vorbeifahren, sich über seine verwöhnten Kinder ärgern und eine Runde in seinem nierenförmigen, hellgrünen Pool schwimmen. Und dann würde sie Katies Vater aufsuchen, um ihn zu fragen, ob er seine Tochter in den letzten Tagen gesehen habe. Er wohnte nur zehn Minuten von Ron entfernt, wie sie gestern abend zu ihrem Erstaunen festgestellt hatte.

Sie parkte am Rande eines Waldgeländes nicht weit von Pound Ridge. Nachdem sie zweieinhalb Stunden kreuz und quer durch den Wald gelaufen war und unzählige Male ein und dasselbe Stöckchen geworfen hatte, das Bruno ihr stets mit großem Eifer zurückbrachte, beschloß sie, daß sie reif war für ein Bad.

Die Einfahrt zu Rons Villa war wie immer zugeparkt.

Für Joanna war es bis heute unbegreiflich, wie ein Ehepaar, das keine Kinder im fahrtüchtigen Alter hatte, vier Autos besitzen konnte. Wahrscheinlich entschieden sich Ron und seine Frau Isabelle je nach Wetter und Laune, ob sie den BMW, den Range Rover, den Sportwagen oder den Mini Cooper nehmen wollten.

Im Zwinger standen Rons schwarze Dobermänner und bellten. Der zitternde Bruno versuchte sich zwischen Joannas Beinen zu verstecken; bei ihrem letzten Besuch war eins dieser beiden Ungetümer frei herumgelaufen und hatte ihm fast ein Ohr abgebissen.

Die Tür wurde geöffnet, und eine in cremefarbenen Leinenshorts und passender Bluse gekleidete Isabelle sah sie irritiert an. »Was machst du denn hier?«

»Willst du mich nicht begrüßen?«

»Hast du angerufen?«

»Nein. Wieso?«

Isabelle fuhr sich durch ihre dichten, schwarzen Haare, die Joanna immer an den Mop erinnerten, den sie früher zu Hause hatten. »Wir sind es nicht gewohnt, daß man einfach so bei uns hereinschneit.«

»Hereinschneit? Wir haben über dreißig Grad im Schatten.«

»Ach, wirklich?« Isabelle mit ihrem perfekten Make-up machte immer noch keine Anstalten, sie ins Haus zu bitten. »Den Hund läßt du am besten im Auto.«

»Bei der Hitze? Ich dachte, du seist Mitglied im örtlichen Tierschutzverein.«

Isabelle drehte sich um und schlug die Tür hinter sich zu.

»Ron?« hörte Joanna sie durch ein Fenster rufen. »Du hast Besuch.«

Eine Weile geschah gar nichts, dann stand Ron auf einmal hinter ihr; er schien direkt aus dem Pool gekommen zu sein. Joanna stellte erstaunt fest, daß sich über seiner knappen, schwarzen Badehose ein kleiner Bauch abzeichnete.

»Ist was passiert?«

»Du redest genau wie Vater.«

»Wochenlang läßt du nichts von dir hören, und dann stehst du auf einmal vor der Tür.«

»Schon seit über zehn Minuten.«

»Was?«

»Du könntest mir wenigstens etwas zu trinken anbieten. Bruno hätte auch nichts gegen einen Schluck Wasser.«

Ron sah Bruno kopfschüttelnd an. »Ich verstehe nicht, wie du dir jemals einen Irish Setter kaufen konntest. Das sind die dümmsten Hunde, die es gibt.«

»Du hast zugenommen.«

»Was willst du hier?«

»In deinem Alter wird man die Pfunde nicht so schnell wieder los.«

»Joanna, ich habe dich etwas gefragt.«

»Also, wie wär's, wenn ich ein paar Runden in deinem Pool schwimme und mir dann bei einem Glas Bitter Lemon mit Eis und Zitrone meine entzückenden Nichten und Neffen anschaue?«

»Die sind im Tennisclub.«

»Wie schade.«

»Sie haben dich noch nie vermißt.«

»Ich sie auch nicht.«

Ron runzelte die Stirn, dann gab er ihr mit dem Kopf ein Zeichen, daß sie ihm folgen solle. Auf dem Weg zum Pool sprach er kurz mit dem Gärtner, einem älteren Schwarzen, der immerzu lächelte und dabei aussah, als ob er sich verschluckt habe.

»Wir haben die Angewohnheit zu duschen, bevor wir den Pool benutzen.«

»Diese Angewohnheit ist mir vertraut; schließlich stamme ich aus derselben Familie wie du.«

»Man sollte es nicht für möglich halten.«

»Da hast du allerdings recht.«

Joanna band Brunos Leine an einem Baum fest und betrat das grün-weiß gestrichene Badehäuschen, in dem jedes der vier Kinder einen eigenen Haken mit seinem Namensschild hatte. Solche Schilder hatten Ron und sie früher auch zu Hause; an Rons Stelle hätte sie wenigstens das Badehäuschen in anderen Farben streichen lassen.

Als sie wenige Minuten später wieder nach draußen kam, war Ron verschwunden. Sie wäre liebend gern ungeduscht ins Wasser gesprungen, aber Ron stand vermutlich wie ein Bademeister hinter irgendeinem Pfeiler und wartete nur darauf, daß sie diesen Regelverstoß beging und er sie von seinem Grundstück verweisen konnte. Also duschte sie lang und ausgiebig und schwamm bis zur Erschöpfung in Rons riesigem Pool, dem größten privaten Swimmingpool, den Joanna kannte. Ron wußte schon, warum er den Beruf des Richters gewählt hatte; überhaupt schien es keinen einzigen Bereich in seinem Leben zu geben, in dem Ron nicht in die Fußstapfen des Vaters getreten war. Vermutlich hatte er auch längst eine Geliebte, die er zwei- bis dreimal in der Woche aufsuchte, um anschließend seiner Isabelle zu erzählen, er habe wieder bis zum Umfallen gearbeitet.

Nachdem Joanna sich abgetrocknet und umgezogen hatte, entdeckte sie, daß auf dem Terrassentisch tatsächlich ein Getränk für sie bereitstand. Und nicht nur das; Ron hatte sich überwunden und Bruno einen Napf mit Wasser hingestellt. Sie setzte sich unter die Markise und sah Bruno zu, wie er hastig sein Wasser schlürfte; zwischendurch blickte er sich immer wieder um, als ob er befürchtete, einer der Dobermänner könnte kommen und ihm das Wasser streitig machen. Joanna kam sich plötzlich vor wie eine Bettlerin, die man zwar nicht hinauswerfen, aber dennoch so schnell wie möglich loswerden möchte.

»War's recht so?« Ron trug jetzt Bermudashorts und ein weites T-Shirt, das seinen Bauch kaschierte.

»Danke.«

»Darf ich dir eine Frage stellen?«

»Bitte.«

Ron begann zu grinsen. »Bist du immer noch alleinstehend, wie man so schön sagt?«

»Was geht dich das an?«

»Pa macht sich so seine Gedanken. Wir verstehen ja beide bis heute nicht, warum du Arthur damals nicht geheiratet hast.«

»Spar dir deine Worte.«

»Ein erfolgreicher Rechtsanwalt.«

»Für euch zählen auch nur Juristen, was?«

»Arthur wäre in der Lage gewesen, dir ein anderes Leben zu ermöglichen.«

Joanna spürte, wie eine altbekannte Wut in ihr hochstieg. »Ich kann mich gerade noch beherrschen, dir zu sagen, was ich von deinem Leben halte.« Sie stand auf und legte Bruno an die Leine.

»Ich begleite dich.«

»Bemüh dich nicht. Ich finde den Weg auch allein.«

»Wir besuchen Pa wohl besser ein andermal«, rief Ron hinter ihr her.

Joanna verzichtete auf eine Antwort. Sie stieg in ihren Wagen und ließ den Motor an. Das letzte, was sie hörte, war das Gebell der beiden Dobermänner.

Das Anwesen von Katies Vater war von einer so hohen Hecke umgeben, daß das Haus selbst nicht zu sehen war. Joanna parkte auf der gegenüberliegenden Straßenseite und ging auf das Eingangstor zu. Sofort fingen mehrere Hunde an zu bellen. Sie drückte auf die Klingel und wartete.

»Wer ist da?« fragte eine ihr unbekannte Frauenstimme.

»Joanna Jackson. Ich möchte zu Katie Baker.«

Am anderen Ende knackte es ein paarmal, dann war es still.

Joanna war schon wieder zum Auto zurückgegangen, als sie sah, wie eine junge Frau das Tor öffnete. Sie trug ein schwarzes Kleid mit einer weißen Schürze und hatte ein Häubchen auf dem Kopf.

»Miss Baker läßt Ihnen ausrichten, daß Sie sie nicht mehr belästigen sollen.«

»Belästigen?«

Die junge Frau zuckte verlegen mit den Achseln. »Sie war ganz außer sich.«

»Bestellen Sie ihr einen schönen Gruß von mir. Sie soll sich nicht so anstellen. Ich wollte mich nur bei ihr entschuldigen.«

Die junge Frau starrte sie an, dann verschwand sie hinter dem Tor.

Sie wird niemals wagen, ihr das zu bestellen, dachte Joanna und brach einen Riegel von der Pralinéschokolade ab, die sie Katie hatte schenken wollen. Was für ein verwöhntes, kleines Biest.

Wenn sie es genau bedachte, hatte sie für heute genug von Westchester County. Dennoch würde sie sich jetzt zusammenreißen und auch noch den Besuch bei ihrem Vater hinter sich bringen.

Vor der Villa in Pound Ridge, in der sie aufgewachsen war, gab es keine zugeparkten Einfahrten. Das Grundstück war so weitläufig, daß ihr Vater irgendwann in den sechziger Jahren beschlossen hatte, neben den drei Garagen einen Gästeparkplatz einzurichten. Soweit reichte Rons Gehalt noch nicht, daß er sich diese Großzügigkeit hätte leisten können.

Es war erst halb drei, als sie vor der massiven Eingangstür mit dem schlangenförmigen Türklopfer stand. Vorsichtig fuhr sie mit dem Zeigefinger über den Kopf der Messingschlange, von der sie früher immer gedacht hatte, sie würde nachts lebendig werden und unter der Tür hindurch ins Haus kriechen und weiter die gewundene Treppe hoch bis in ihr Schlafzimmer.

In diesem Augenblick wurde die Tür geöffnet, und ihr Vater stand vor ihr. Er trug einen Morgenmantel, seine Haare waren zerzaust, und sein Blick besagte, daß er nicht gerade erfreut war, sie zu sehen. »Hatten wir nicht halb vier gesagt?«

»Tut mir leid.«

»Hier schleicht niemand unbeobachtet ums Haus.«

»Ich weiß, du hast eine perfekte Videoüberwachung fürs gesamte Grundstück. Allerdings bin ich nicht irgendein Niemand, sondern deine Tochter.«

Er murmelte irgend etwas Unverständliches und begann zu husten.

»Warst du immer noch nicht beim Arzt?«

Anstatt ihr eine Antwort zu geben, hustete er weiter, ein merkwürdig gepreßtes Husten, so als huste er nur bei Bedarf.

Joanna zeigte auf die Eingangstür. »Dürfen Bruno und ich nun dein wertes Haus betreten, oder müssen wir warten, bis es halb vier ist?«

Sie spürte deutlich seinen Widerwillen, als er beiseite trat, um sie hereinzulassen. Er öffnete die Tür zum Wohnzimmer und deutete auf einen der Ohrensessel. »Wenn du dort bitte Platz nehmen würdest.« Bevor er die Tür wieder zumachte, wartete er, bis sie sich in den für sie vorgesehenen Sessel gesetzt hatte.

Alles schien unverändert zu sein. Auf dem Bücherregal stand die Totenmaske von William Jackson, ihrem Großvater, der über hundert geworden war; die Ölporträts der Jackson-Vorfahren hingen an ihren gewohnten

Plätzen; auf dem Kaminsims prangte ein silbergerahmtes Foto von Ron nebst Gattin, vier Kindern und zwei Hunden. Ein Foto von ihr, mit oder ohne Bruno, hatte dort noch nie gestanden.

Sie griff nach einer der Modezeitschriften, die auf dem Teewagen lagen, und begann, darin zu blättern. Zu Lebzeiten ihrer Mutter hätte niemals eine derartige Zeitschrift im Wohnzimmer herumgelegen.

Um Punkt halb vier öffnete sich die Tür, und ihr Vater kam herein. Er trug jetzt ein leuchtend blaues Polohemd und eine blau-weiß gestreifte Hose. Joanna versuchte, die Hose zu ignorieren; schmalgestreifte Gegenstände lösten einen merkwürdigen Schwindel bei ihr aus, den sie sich nur so erklären konnte, daß die Augen durch den ständigen Farbwechsel überfordert waren. Abgesehen davon, zeugten gestreifte Hosen von schlechtem Geschmack.

Ihr Vater deutete auf die geöffnete Tür, setzte ein strahlendes Lächeln auf und sagte: »Hier kommt Ruth.«

Beim Anblick der schlanken, dunkelhaarigen Ruth, die kaum älter war als sie selbst, mußte Joanna immer an eine Gazelle denken. Sie wußte nicht, warum dieser Frauentyp ein solches Mißtrauen in ihr hervorrief, aber sie war sich sicher, daß es Ruth mit ihr ebenso ging.

»Wie schön, dich zu sehen«, rief Ruth und küßte sie auf beide Wangen.

»Ron hat eben angerufen, um zu sagen, daß er heute leider nicht kommen kann«, sagte ihr Vater und hustete wieder. »Ich verstehe nicht, wie du es immer wieder schaffst, Ron zu verärgern. Er ist ein so friedliebender Mensch.«

Joanna beschloß, diesen Satz unbeantwortet zu lassen. »Du solltest mit Vater zum Arzt gehen«, sagte sie statt dessen und warf Ruth einen vorwurfsvollen Blick zu.

Ruth lächelte nur, nahm Joanna am Arm und ging mit ihr in Richtung Terrassentür. »Wir dachten, wir nehmen den Tee im Garten ein.«

Bruno schien darüber genauso erleichtert zu sein wie sie. Während er über den Rasen rannte, berichtete Ruth von den vielen gesellschaftlichen Verpflichtungen, die sie in der nächsten Zeit wahrzunehmen hätten. Dazu käme noch das Golfturnier, bei dem Norman ja große Chancen habe zu gewinnen. Sie lächelte Joannas Vater zu, und er lächelte zurück.

»Kurzum, wir haben beschlossen, erst in drei Wochen nach Cape Cod zu fahren«, sagte er, immer noch lächelnd.

Joanna verabschiedete sich nach einer Dreiviertelstunde. Als sie im Auto saß, jaulte Bruno einmal kurz auf, bevor er sich zusammenrollte und einschlief. Joanna fuhr langsam die gewundene Auffahrt zur Straße zurück. Die Kieselsteine knirschten unter ihren Reifen, und sie fragte sich, ob hier wohl immer noch jeden Tag geharkt wurde.

13.

Nach seiner Rückkehr aus Bad Pyrmont fuhr Robert als erstes in die Stadt, um einen Anrufbeantworter zu kaufen. Er wollte künftig Kontrolle darüber haben, wer bei ihm anrief, und somit verhindern können, daß seine Mutter ihn am Telefon mit Vorwürfen überschüttete und er ihr Rede und Antwort stehen mußte. Natürlich wäre es auch möglich, einfach den Hörer aufzulegen, für den Fall, daß sie am Apparat war, aber dann würde er das, was sie ihm zu sagen hatte, nicht zu hören bekommen, und es interessierte ihn eben doch, zu erfahren, wie sein Ausbruch auf sie gewirkt hatte. Vielleicht saß sie auch schon längst im Zug nach Hamburg und würde demnächst bei ihm vor der Haustür stehen. Ihr war alles zuzutrauen.

Es war kurz vor fünf, als er nach Hause kam. Johann Dreiser winkte ihm aufgeregt zu. Ob er's schon gehört habe. Herta Köhler … Robert nickte.

»Wußten Sie, daß sie einen Sohn hatte? Ich kann Ihnen sagen, ein ziemlich brutaler Typ. Der hat mir vorhin lauter Schrott aus der Wohnung seiner Mutter auf den Hof gekippt. Als ich ihn deswegen zur Rede gestellt habe, hat er mich angeschrien, ich solle die Klappe halten, sonst würde er seine Kumpel vorbeischicken. Kein Wunder, daß Herta Köhler ihn nie erwähnt hat.«

»Was wird aus der Wohnung?«

»Keine Ahnung. Ist Ihr Besuch wieder weg?«

»Was? Ach so, ja. Der war nur ein paar Tage hier.«

»Na denn.« Johann Dreiser nickte ihm zu und wünschte ihm noch einen schönen Feierabend.

»Gleichfalls«, murmelte Robert und fand plötzlich den Gedanken unerträglich, den Abend allein in seinem Wintergarten verbringen zu müssen.

Die Wohnung roch, als sei sie seit Wochen nicht gelüftet worden. Robert ging von Zimmer zu Zimmer und riß die Fenster auf, dann vertiefte er sich in die Bedienungsanleitung seines Anrufbeantworters. Er hatte schon im voraus gewußt, daß es ihn große Überwindung kosten würde, so ein Band zu besprechen. Seine Stimme klang dünn und flach, außerdem verhaspelte er sich immer wieder. Nach einer knappen halben Stunde beschloß er, sich den Text aufzuschreiben und ihn dann abzulesen. Jede Ansage der Post war lebhafter als das, was er schließlich zustande brachte, aber das würde die wenigen Leute, die bei ihm anriefen, auch nicht weiter überraschen.

Er hatte gerade Teewasser aufgesetzt, als das Telefon klingelte. Ihm war alles andere als wohl bei dem Gedanken, daß er möglicherweise in wenigen Sekunden die erboste Stimme seiner Mutter hören würde. Doch es war nur Claudia, die ihm mitteilte, daß er am Sonnabend nicht vor zwölf kommen solle, da Lotte morgens ein Tennismatch habe. Das sei schon alles. Im übrigen wundere es sie, daß auch er jetzt ein Band habe; er sei doch fast immer zu Hause. Robert ärgerte der ironische Unterton, den er so gut von früher her kannte, und er hätte sie am liebsten zurückgerufen, um ihr zu sagen, daß sie sich ihre herablassenden Bemerkungen in Zukunft sparen könne. Was ihn davon abhielt, war die Vorstellung, daß Lotte den Hörer abnehmen könnte und er sich mit ihr unterhalten müßte, wodurch alles noch komplizierter würde, als es sowieso schon war.

Robert nahm seinen Tee und ging in den Wintergarten, um zum ersten Mal seit Tagen wieder in Ruhe Zeitung zu lesen. Doch schon nach kurzer Zeit merkte er, daß er das Gelesene nicht in sich aufnehmen konnte; seine Gedanken kreisten ständig um die Geschehnisse der letzten Tage, um diese Kette von Zufälligkeiten, die alles verändert hatte. Er hätte sich genausogut entscheiden können, nicht mit zu dem Vortrag über Margaret Atwood zu gehen. Und wenn im türkischen Lokal der Platz neben Joanna nicht frei gewesen wäre, hätten sie am nächsten Tag nicht solche Anstrengungen gemacht, Kontakt miteinander aufzunehmen. Von da an hatte alles seinen Lauf genommen.

In New York war es jetzt Mittag. Sollte er Joanna anrufen? Und was sollte er sagen, wenn nicht sie, sondern ein Mann sich meldete? Aus irgendeinem Grund war Robert davon überzeugt, daß Joanna mit jemandem zusammenlebte, auch wenn sie vielleicht nicht verheiratet war.

Im Hinterhof hatten zwei Katzen begonnen, sich zu jagen. Robert sah, daß die kleinere von beiden bereits am Rücken verwundet war. Ohne daß er wußte, wie ihm geschah, schien auf einmal jene Nacht in eine unendliche Ferne zu rücken. Nichts hatte sich durch diese Begegnung für ihn verändert, absolut gar nichts.

Sein Blick fiel auf den Stapel mit Dänemark-Unterlagen, die er seit Wochen hatte durcharbeiten wollen, doch irgend etwas war ihm immer dazwischengekommen. Im Augenblick konnte er sich weniger denn je vorstellen, wie geplant am nächsten Montag loszufahren. Jahrelang war er allein mit dem Zelt verreist und hatte es nie genossen. Die Familienzelturlauber gingen ihm auf die Nerven, die Kinderlosen waren etwa halb so alt wie er und nahmen ihn nicht einmal wahr, die Alten saßen vor ihren Wohnwagen und hatten auch nicht auf einen wie ihn gewartet. Es gab keine Zeiten in seinem Leben, in denen er so viel geschwiegen hatte wie auf jenen Reisen durch Dänemark, Österreich und die Schweiz.

Nach der *Tagesschau* wärmte er sich eine Bohnensuppe auf und studierte das Fernsehprogramm. Er ertappte sich dabei, wie er immer wieder zum Telefon hinübersah; daß seine Mutter noch nicht angerufen hatte, begann ihn langsam zu beunruhigen. Wenn Claudia nicht vorhin eine Nachricht auf dem Band hinterlassen hätte und er sich somit sicher sein konnte, daß der Anrufbeantworter funktionierte, würde er ihn jetzt wieder ausstöpseln.

Als er aufwachte, war es zehn nach zehn, im Fernsehen lief eine Talkshow, und aus dem Flur ertönte die Stimme seiner Mutter, die ihm verkündete, daß er vierundzwanzig Stunden Zeit habe, um sich bei ihr zu entschuldigen, andernfalls sehe sie sich gezwungen, gewisse irreversible Schritte einzuleiten. Die Aussprache des Wortes »irreversibel« bereitete ihr deutliche Schwierigkeiten. Robert war überzeugt, daß sie einen Anwalt aufgesucht hatte, um sich zu erkundigen, wie sie es anstellen solle, ihren Sohn zu enterben und ihr Oststeinbeker Reihenhaus dem Johanniter-Orden zu vermachen. Sein Vater hatte dort in der Verwaltung gearbeitet; Grund genug für seine Mutter, dem Orden regelmäßig größere Geldbeträge zukommen zu lassen.

Es gab immer wieder Streit um jenes pastellgrüne Haus mit dem Mottenpulvergeruch, den gehäkelten Mützchen fürs Toilettenpapier und den Plastikschonbezügen auf den Wohnzimmersesseln. Vor einigen Jahren hatte seine Mutter tatsächlich von ihm verlangt, daß er ein Schreiben aufsetzen solle, in dem er sich verpflichte, nach ihrem Tod in sein Elternhaus zurückzuziehen. Seine Weigerung führte dazu, daß sie ihm androhte, ihn zu enterben. Was er wohl meine, für wen sie das Haus so tipptopp erhalten habe? Doch nicht für Krethi und Plethi, sondern für ihren einzigen Sohn, dem sie nichts mehr wünsche, als daß er irgendwann eine liebevolle

Ehefrau finden möge, mit der er weitere Kinder, vielleicht sogar einen Sohn, haben werde. Und was gebe es dann Schöneres für diese junge Familie als ein eigenes Haus mit Garten? Am liebsten würde sie sich auch den Stammhalter schriftlich von ihm zusichern lassen, hatte Robert damals geantwortet, was dazu führte, daß seine Mutter sofort die doppelte Anzahl ihrer Herztropfen benötigte. Danach hatte er sich angewöhnt, schlicht und einfach das Thema zu wechseln, wann immer sie auf das Haus zu sprechen gekommen war.

Er setzte sich an seinen Schreibtisch, zog einen Bogen Papier aus der Schublade und begann, seiner Mutter einen Brief zu schreiben, in dem er ihr erklärte, wie sehr sie ihn mit ihren Bemerkungen verletzt habe, daß er eine Weile keinen Kontakt mit ihr wünsche und sie ruhig ihre irreversiblen Schritte einleiten solle; er habe nichts zu verlieren.

Noch nie zuvor hatte er ihr derartiges gesagt oder geschrieben und konnte deshalb nicht beurteilen, wie sie darauf reagieren würde. Auf jeden Fall schien es ihm ratsam, den Brief so schnell wie möglich abzuschicken, bevor ihm Zweifel kamen und er es sich anders überlegte.

Es war kurz nach elf und immer noch warm, als er vor die Haustür trat. Er sah etwas Dunkles über den Hinterhof huschen und zwischen den Mülltonnen verschwinden und hoffte nur, daß es keine Ratte war. Vor zwei Jahren hatten sie eine regelrechte Rattenplage gehabt, die den Vermieter jedoch nicht weiter interessierte, so daß Johann Dreiser in seiner Verzweiflung schließlich Gift legte, und als das nichts half, Fallen aufstellte. Tags darauf schleppte sich eine blutende Ratte samt Falle durchs Treppenhaus. Die Blutspur war bis heute auf der Holztreppe zu sehen, hatte sich allerdings längst in ein unauffälliges Braun verwandelt.

Auf dem Weg zum Briefkasten kam Robert an der Eckkneipe vorbei, wo der Wirt seit Wochen jeden Abend Tische und Stühle nach draußen stellte und die Leute mit ihren Biergläsern sogar auf den Betonpfeilern saßen, die den Gehweg zur Straße hin abgrenzten. Robert meinte, inmitten einer Gruppe von Schlägertypen den Sohn von Herta Köhler erkennen zu können. Er trug wieder einen grauen Anzug und eine gestreifte Krawatte; neben sich hatte er einen Aktenkoffer aus schwarzem Leder stehen. Es kam Robert so vor, als ob er auch ihn erkannt habe, und bei dem Gedanken war ihm alles andere als wohl.

Gegen drei Uhr morgens weckte ihn ein lautes Stöhnen, das von kurzen Schreien unterbrochen wurde, die wie Hilferufe klangen. Er brauchte eine Weile, bis er begriff, daß in der Nachbarwohnung zwei Leute miteinander schliefen. Es hörte sich an wie ein Kampf, und dann war es plötzlich still.

Er stand auf und ging in die Küche, um sich ein Glas Wasser zu holen. Durchs Fenster sah er, daß draußen auf den Mülltonnen ein paar Männer saßen und rauchten. Nach einer Weile fuhr ein größerer Wagen vor, eine junge Frau stieg aus und begann, sich mit den Männern zu unterhalten. War es möglich, daß der Sohn von Herta Köhler nebenan ein Bordell eröffnet hatte? Robert beschloß, sich Oropax in die Ohren zu stecken und gleich morgen früh mit Johann Dreiser zu sprechen.

Das wundere ihn überhaupt nicht, sagte Johann Dreiser, allerdings bräuchten sie Beweise, bevor sie sich an den Vermieter wenden könnten. Robert sah sich bereits hinter seiner Wohnungstür stehen und dem Sohn von Herta Köhler auflauern. Fotos, Tonbänder und dergleichen müßten sie sich beschaffen. Vielleicht hätten ja auch die anderen Mieter etwas gehört. Von denen sei keine Hilfe zu erwarten, sagte Robert und dachte an den alten Hinrichs, der unterm Dach wohnte und stocktaub war. Die Studenten aus der zweiten Etage waren schon verreist, und die polnische Familie, die vor ein paar Monaten die Wohnung daneben bezogen hatte, würde sich hüten, Beweise gegen jemanden wie den Sohn von Herta Köhler zu erbringen.

»Wieso brauchen wir überhaupt Beweise? Es ist bestimmt unzulässig, nach dem Tod seiner Mutter deren Wohnung zu beziehen. Schließlich lautet der Mietvertrag doch auf ihren Namen.«

»Da haben Sie auch wieder recht«, sagte Johann Dreiser und sah Robert erstaunt an, so als hätte er ihm diesen Gedanken niemals zugetraut. »Ich werde Herrn Biermann anrufen.«

Robert war froh, daß Johann Dreiser so bereitwillig anbot, mit dem Vermieter zu sprechen. Die wenigen Gespräche, die er in den letzten zwanzig Jahren mit Herrn Biermann geführt hatte, waren höchst unbefriedigend gewesen, da Herr Biermann keinen Hehl daraus machte, daß Robert seiner Ansicht nach nicht schnell genug auf den Punkt kam und Robert dann vollends ins Stocken geriet.

Nachmittags teilte Johann Dreiser ihm mit, daß Herr Biermann bis Ende Juli verreist sei und sie sich mit ihrer Beschwerde also noch etwas gedulden müßten.

Aus der Nachbarwohnung drang unvermindertes Stöhnen und Schreien. Robert beschloß, die Geräusche mit Beethovens Klavierkonzerten zu übertönen; danach spielte er die Symphonien, das lauteste, was er an Musik besaß. Nach dem Abendessen machte er den Versuch, mit dem Ordnen der Belege für seine Steuererklärung anzufangen, doch er konnte sich nicht konzentrieren. Wenn Bernd jetzt nicht mit seiner Stefanie an der französischen Atlantikküste säße, würde er ihn anrufen, um sich mit ihm zu einer Partie Schach zu verabreden. Ja, er ertappte sich dabei, wie er in Gedanken den Kreis seiner Kollegen durchging und überlegte, mit wem er sich statt dessen treffen könnte. Er fand es selbst etwas erschreckend, daß von achtundvierzig Kollegen niemand in Frage kam. Uwe hätte er gern getroffen, den Uwe, der ihn mochte, aber den gab es nicht mehr.

Er legte sich ins Bett und versuchte sich vorzustellen, wie er die nächsten fünfeinhalb Wochen verbringen wollte. Der Zeitraum erschien ihm so lang und unübersichtlich, daß er sich schließlich damit abfand, nur ein Programm für die kommenden Tage zu entwickeln. Gleich morgen früh würde er Wandfarbe besorgen und endlich anfangen, die Küche zu streichen. Wenn er sich nicht zu ungeschickt anstellte, würde er damit fertig werden, bevor er am Sonnabend morgen nach Marburg fuhr.

Donnerstag und Freitag vergingen, ohne daß sich seine Mutter oder sonst jemand bei ihm meldete. Die Küche sah auch weiß gestrichen nicht wohnlicher aus als vorher. Was er brauchte, waren neue Küchenschränke, eine vernünftige Arbeitsplatte, besseres Licht; doch allein der Gedanke an Möbelläden und die dort zu fällenden Entscheidungen ließ ihn gleich wieder Abstand nehmen von derlei Überlegungen.

Am Sonnabend wachte er mit dem Gefühl auf, diesen Tag so schnell wie möglich hinter sich bringen zu wollen. Er wußte nicht, was er mit Lotte unternehmen sollte, und hatte auch nicht die geringste Lust, darüber nachzudenken. Eines jedoch stand für ihn fest: Wenn er sich schon an einem heißen Tag wie diesem von Hamburg nach Marburg und wieder zurück quälte, wollte er wenigstens schwimmen gehen, mit oder ohne Lotte.

Als er in Marburg ankam, war es erst kurz vor elf. Er setzte sich in ein Café, bestellte ein Stück Käsesahnetorte und eine Tasse Schokolade und fragte sich, ob Lotte heute mit ihm darüber reden würde, daß Claudia wieder schwanger war. Er würde von sich aus das Thema jedenfalls nicht anschneiden, auch wenn die Schwangerschaft mittlerweile sicher nicht mehr zu übersehen war. Bei dem Gedanken an Claudias Bauch verspürte Robert einen Stich; er empfand es als überaus ungerecht, daß sie mit diesem Mann, mit dem sie anscheinend so viel teilte, nun auch noch ein Kind haben mußte.

Die Wohnung, in der Claudia mit Jochen und Lotte lebte, lag in einem renovierten Altbau in der Innenstadt. Gleich nach der Trennung hatte Claudia ihm stolz erzählt, daß Jochen hier bereits als Student mit seiner Wohngemeinschaft gehaust habe, im Gegensatz zu ihm, der es vorgezogen hätte, die Studienjahre im pastellgrünen Haus seiner Mutter in Oststeinbek zu verbringen.

Robert betrat den Hausflur und konnte nicht umhin, in den geschliffenen Spiegel zu blicken, der links von der Eingangstür hing und in dem er immer so aussah, als habe er sich verlaufen. Er überlegte einen Moment lang, ob er mit dem Fahrstuhl fahren oder zu Fuß gehen sollte, und entschied sich dann fürs Laufen, obwohl die Wohnung im vierten Stock lag und er immer etwas außer Atem geriet, aber dafür gewann er Zeit.

Jochen stand in der geöffneten Wohnungstür und bat ihn herein. Er war einer dieser Männer mit Schnauzbart und Pfeife, die nicht viele, dafür aber um so wohlgesetztere Worte machten.

»Hallo, Robert«, rief Claudia vom anderen Ende des Flurs her. Sie war damit beschäftigt, einen Nagel in die Wand zu schlagen, und schien nicht vorzuhaben, ihre Tätigkeit zu unterbrechen.

»Tag«, sagte Robert und ging zögernd auf sie zu, wobei er versuchte, seinen Blick von ihrer weiten Bluse abzuwenden.

Claudia hängte ein Bild an den Nagel, trat einen Schritt zurück und betrachtete es mit gerunzelter Stirn. »Meinst du, es hängt gerade?«

»Ich glaube ja.«

»Gefällt es dir?«

Robert konnte mit diesen schwarzen und roten Strichen auf weißem Grund nichts anfangen, und er wußte, daß auch sie das wußte. Warum also die Frage?

»Nicht dein Fall, was?«

Robert schüttelte den Kopf.

»Möchtest du etwas trinken?« fragte Jochen und lächelte, als ob er sagen wollte, daß es nicht weiter schlimm sei, wenn er von Kunst nichts verstünde. »Vielleicht ein Mineralwasser?«

»Gern.«

»Mit Kohlensäure?«

Robert nickte. Natürlich gab es in diesem Haushalt zweierlei Mineralwasser, wie es auch naturtrüben Apfelsaft und mindestens einmal am Tag frisch ausgepreßten Orangensaft gab. Lotte hatte ihm erzählt, daß bei ihnen fast alles im Reformhaus eingekauft wurde, selbst der Rotwein war biologisch-dynamisch, wie er zufällig bei seinem letzten Besuch festgestellt hatte.

Claudia schlug vor, auf den Balkon zu gehen. Lotte müsse jeden Moment zurückkommen.

Robert folgte Claudia durch das geräumige Wohnzimmer, das er zuletzt vor mehreren Jahren betreten hatte und in dem mittlerweile auch überall Kunst an den Wänden hing. Ehe Robert sich's versah, stieß er an etwas Hartes und hätte beinahe eine kleine Marmorskulptur von einem Sockel gerissen.

»Vorsicht«, sagte Jochen und reichte ihm sein Mineralwasser. Dann verschwand er wieder in Richtung

Flur, wahrscheinlich in sein mit Tausenden von Büchern gefülltes Arbeitszimmer, in dem er Artikel fürs überregionale Feuilleton verfaßte.

Robert sah verstohlen auf die Uhr. Viertel nach zwölf. Es ärgerte ihn, daß Lotte es nicht schaffte, pünktlich zu sein, zumal seine Besuchszeit heute sowieso schon eine Stunde kürzer war als sonst.

»Wolfgang hat erzählt, daß du ihn neulich angerufen hast«, sagte Claudia, als sie zwischen Bambusstauden und Margeritenbäumchen Platz genommen hatten. »Ich wußte gar nicht, daß du plötzlich Wert aufs Essengehen legst.«

»Es war eine Ausnahme«, murmelte Robert und hätte sich sofort auf die Zunge beißen können.

Claudia zupfte ein paar verwelkte Margeritenblüten ab und warf sie in einen kleinen, für Blumenabfälle vorgesehenen Eimer. »Wie ich hörte, hat er ausgeplaudert, daß ich wieder schwanger bin.«

»Ich hätte es ja spätestens heute gesehen.«

»Jochen wünscht sich seit Jahren ein Kind«, sagte Claudia leise, und es klang wie eine Entschuldigung.

Robert starrte auf das Mineralwasser, das im Glas perlte, und hätte es am liebsten in die Bambusstauden geschüttet. Warum erzählte sie ihm das? Erwartete sie, daß er Jochen bedauerte, weil er zehn Jahre lang mit einem fremden Kind hatte vorliebnehmen müssen?

Claudia seufzte. »Du verstehst das nicht.«

»Weißt du«, sagte Robert und sah auf Claudias Hände, die sich schon wieder an den Margeritenbäumchen zu schaffen machten, »wenn du so redest wie eben, bin ich dir im nachhinein sogar noch dankbar dafür, daß du dich von mir getrennt hast.«

Claudia schob ruckartig ihren Stuhl zurück und stand auf. »Entschuldige bitte, ich darf mich nicht aufregen.«

Robert hatte plötzlich das Gefühl, diese Szene schon einmal erlebt zu haben. Aber vielleicht lag es auch nur daran, daß Claudia damals, als sie Lotte erwartete, Auseinandersetzungen auf dieselbe Art und Weise aus dem Weg gegangen war. Heute gab es allerdings jemanden, der sich ihrer voll und ganz annahm und nun mit ernster Miene auf den Balkon trat.

»Hör mal«, sagte Jochen, »es geht nicht, daß du hierher kommst und deinen Groll an Claudia ausläßt. Sie muß sich schonen.«

Robert erhob sich langsam, griff nach seinem Glas und schüttete das Wasser in die Bambusstauden. »Ich warte draußen.«

»He, Moment mal«, rief Jochen hinter ihm her.

Ohne sich noch einmal umzudrehen, lief Robert an der Marmorskulptur vorbei und auf die Wohnungstür zu. Als er dort ankam, spürte er Jochens festen Griff an seinem Arm.

»Laß uns doch vernünftig miteinander reden.«

»Das hat mit dem keinen Zweck«, hörte er Claudia von irgendwoher rufen.

Er riß sich los, öffnete die Tür und rannte die vier Treppen hinunter, ohne stehenzubleiben. Unten kam ihm Lotte mit ihrer Tennistasche entgegen und sah ihn erstaunt an.

»Was ist denn mit dir los?«

»Ich weiß es nicht«, antwortete Robert und lehnte sich erschöpft an die Wand.

»Hast du dich mit Mama gestritten?«

»Deine Mutter und ich können nicht miteinander reden.«

Lotte drückte auf den Fahrstuhlknopf. »Und was willst du jetzt machen?«

Robert hätte am liebsten gesagt, daß er gleich wieder nach Hause fahren würde. »Ich warte hier auf dich.«

Er sah ihr nach, wie sie im Fahrstuhl verschwand, schmal und braungebrannt, mit derselben hohen Stirn wie er. In drei Monaten wurde sie dreizehn; vielleicht sollte er ihr zum Geburtstag eine Rückfahrkarte nach Hamburg schenken. Sie hatte ihn noch nie besucht, hatte immer schnell das Thema gewechselt, wenn er sie zu sich eingeladen hatte. Irgendwann war er mal aus der Haut gefahren und hatte sie angeschrien, daß er doch kein Aussätziger sei. Was sie dagegen habe, ihn zu besuchen. Ohne zu zögern hatte sie geantwortet, sie habe von Claudia gehört, daß er in einer schlechten Gegend wohne, wo sie allein gar nicht auf die Straße gehen könne. Das sei doch Unsinn, hatte er gerufen. Und was mit den Junkies sei, die bei ihm um die Ecke herumlungerten? Ratten im Hinterhof fände sie übrigens auch ziemlich eklig.

Zehn vor eins. Oben schien es eine längere Diskussion zu geben. Robert beschloß, draußen auf den Treppenstufen weiterzuwarten, und schaffte es diesmal sogar, nicht in den geschliffenen Spiegel zu blicken.

Verschiedene Hausbewohner kamen von ihren Markteinkäufen zurück und sahen ihn befremdet an. Offensichtlich gehörte es sich in dieser Gegend nicht, vor dem Haus zu sitzen.

»Ich dachte, du wärst schon weg«, sagte Lotte und setzte sich neben ihn.

»Du hältst auch nicht gerade viel von mir, was?«

Lotte grinste. »Geht so.«

»Wollte Claudia, daß du hierbleibst?«

»Die kann mir gar nichts befehlen.«

»Müssen Sie hier so den Eingang versperren?« ereiferte sich ein Mann mit schneeweißen Haaren, der einen Pudel auf dem Arm hatte.

Lotte stand auf. »Komm.«

»Gegrüßt wird heute wohl auch nicht mehr«, rief der Mann hinter ihnen her.

»Wo fahren wir hin?« fragte sie, als sie auf Roberts Wagen zugingen.

»Sag du mal.«

»Ins Schwimmbad?«

Robert nickte. »Hast du Badezeug dabei?«

Lotte zeigte auf ihren Rucksack.

»Dann nichts wie los.« Robert kam es so vor, als ob ihn jemand mit frischer Energie versorgt hätte. Zum ersten Mal seit langem war Lotte nicht mehr so mürrisch ihm gegenüber. Wahrscheinlich mußte sie sich mit Claudia streiten, um mit ihm versöhnter sein zu können.

Es war über ein Jahr her, daß Robert zuletzt mit Lotte schwimmen gegangen war. Damals hatte sie ihm gezeigt, wie sie mit zugehaltener Nase vom Dreimeterbrett springen konnte. Heute machte sie bereits einen Kopfsprung vom Fünfer, mit Anlauf und dem vorgeschriebenen Knick in der Luft, der sie aussehen ließ wie ein springender Fisch. Robert wußte nicht, von wem sie diese Begabung hatte; er war in seinem ganzen Leben noch nicht mal vom Beckenrand ins Wasser gesprungen, und Claudia schwamm grundsätzlich nur mit aus dem Wasser gereckten Kopf, um zu vermeiden, daß ihre Haare naß wurden.

»Wie war der Sprung?«

»Toll.«

»Ich bin jetzt Mitglied bei der DLRG.«

Robert sah ihr nach, wie sie loszog, um sich ein Eis zu kaufen; dann legte er sich auf den Rücken, schloß die Augen und versuchte sich vorzustellen, wie es wäre, wenn Lotte bei ihm leben würde. Wahrscheinlich müßte er sich eine andere Wohnung suchen. Plötzlich dachte er an Joanna, die sicher auch Feineres gewöhnt war, aber der Wintergarten hatte ihr gefallen. Er sah sie am Fenster stehen und in den Hinterhof blicken, während er die Arme um sie legte. Tagelang hatte er es geschafft, jeden Gedanken an Joanna zu unterbinden, doch jetzt wurde er dieses Bild nicht mehr los.

»Ich hab dir auch eins mitgebracht.«

Robert riß die Augen auf. Vor ihm stand Lotte und hielt ihm ein Magnum-Mandel-Eis entgegen.

»Danke.«

»Du kriegst einen Sonnenbrand.«

»Sei froh, daß du die Haut deiner Mutter geerbt hast«, sagte Robert und stand auf, um sein Handtuch in den Schatten zu ziehen.

Lotte zuckte mit den Achseln und setzte sich neben ihn ins Gras. »Habt ihr euch eigentlich mal geliebt?«

Robert versuchte, in eine andere Richtung zu blicken. Lotte hatte ihn noch nie nach seiner Beziehung zu Claudia befragt, und er hatte immer gehofft, daß es dazu auch nicht kommen würde. »Ich glaube schon«, antwortete er leise. »Das heißt, ich ...« Er schluckte, weil seine Kehle sich auf einmal so rauh anfühlte.

»Was?«

»Ich habe Claudia sehr geliebt. Wie es umgekehrt war, kann ich dir nicht sagen.«

»Mama behauptet, daß es ein Fehler war, dich zu heiraten.«

»Aha.«

»Sie hat es nur getan, weil sie schwanger war.«

»Vielleicht stimmt das sogar.«

»Hättet ihr nicht besser aufpassen können?«

Aufpassen? Robert spürte, wie seine Gedanken zu rasen anfingen. Hatte Claudia Lotte gegenüber etwa behauptet, daß sie ungeplant schwanger geworden sei?

»Ihr wart doch schließlich erwachsen.«

»Aber Lotte, es war kein Versehen. Wir haben uns ein Kind gewünscht.«

»Davon weiß ich nichts. Ich weiß nur, daß Claudia

und Jochen seit Jahren ein Kind haben wollen. Und jetzt kriegen sie ja auch eins.«

Robert überlegte noch, was er antworten sollte, als Lotte aufsprang und auf das Schwimmbecken zurannte. Er sah, wie sie, ohne sich vorher abzukühlen, mit dem Kopf voran ins Wasser sprang, und es fiel ihm schwer, nicht hinter ihr herzulaufen.

Wie sollte er mit Lotte über Claudia sprechen, ohne all seine Verbitterung einfließen zu lassen? Was ihm Unbehagen bereitete, war die Tatsache, daß er vorhin einen gewissen Triumph empfunden hatte, als deutlich wurde, daß Lotte sich mit Claudia gestritten hatte. Dabei hatte er sich nach der Scheidung geschworen, immer zuerst an Lottes Wohl zu denken und sich niemals von seiner Wut auf Claudia hinreißen zu lassen. Folglich mied er im Zusammensein mit Lotte alle Themen, die auch nur im entferntesten mit Trennung zu tun hatten. Aber je älter Lotte wurde, desto schwieriger wurden diese unverfänglichen Unterhaltungen. In den letzten ein oder zwei Jahren war ihnen immer schon nach kurzer Zeit der Gesprächsstoff ausgegangen; dann schwiegen sie, bis seine Besuchszeit abgelaufen war, manchmal drei oder vier Stunden lang. Robert atmete jedesmal auf, wenn es vorbei war und er wieder sechs Wochen lang für sich sein konnte.

Er sah, wie Lotte aus dem Wasser stieg, ihre nassen Haare schüttelte und sich dann zu jemandem umwandte, der ihr anscheinend vom Beckenrand aus etwas zugerufen hatte. Robert hoffte einen Moment lang, sie möge eine Freundin getroffen haben, die sie jetzt mitbringen würde, was hieße, daß sie das Thema von vorhin nicht wiederaufnehmen müßten. Aber entweder war es keine Freundin, oder Lotte hatte nicht dasselbe Bedürfnis wie er. Auf jeden Fall kam sie allein zurück, breitete wortlos ihr Handtuch aus und legte sich auf den Bauch. Sie drehte ihr Gesicht in die andere Richtung, und Robert dachte schon, sie sei eingeschlafen oder wieder schlecht gelaunt, als sie sich plötzlich aufrichtete und ihn unverwandt ansah.

»Willst du noch Kinder?«

»Ich?« fragte Robert, als ob noch andere Personen anwesend seien, die Lotte gemeint haben könnte.

»Du bist doch erst fünfundvierzig; Jochen ist schon über Fünfzig.«

Robert schüttelte den Kopf. Wie sie sich das denn vorstelle. Schließlich sei dabei doch nicht in erster Hinsicht das Alter entscheidend, zumindest nicht bei einem Mann, sondern die Beziehung zu einer Frau, und eine solche sei in seinem Leben nicht vorhanden. Im übrigen reiche es ihm, bereits einmal als Vater versagt zu haben.

Lotte ging über die letzte Bemerkung hinweg, ohne die Miene zu verziehen. Ob er sie damals gern behalten hätte, wollte sie als nächstes wissen. Natürlich. Was für eine Frage. Aber das sei völlig aussichtslos gewesen. Bei einem so kleinen Kind würde das Sorgerecht fast immer der Mutter zugesprochen, es sei denn, diese habe Alkoholprobleme oder ähnliches.

»Ehrlich? Wenn Mama gesoffen hätte, wäre ich zu dir gekommen?«

»Klar.«

Lotte band sich grinsend die Haare zu einem Zopf zusammen, wobei Robert sich fragte, was sie absurder fand, die Vorstellung, daß Claudia Alkoholikerin wäre, oder daß sie bei ihm leben würde.

Später, als sie vor einem Schnellimbiß standen und auf ihre Currywurst mit Pommes frites warteten, fragte Lotte, warum er keine Freundin habe.

»Jetzt klingst du genau wie Oma.«

»Quatsch«, sagte Lotte. »Oma hat keine Ahnung.«

Sie suchten sich einen Platz unter einer schattigen Weide am Ufer der Lahn und begannen zu essen. Ob Oma ihr manchmal schreibe, wollte Robert wissen. Zum Geburtstag und zu Weihnachten. Aber ihretwegen könne sie das genausogut auch lassen. Sie wisse ja nicht mal, wie diese Frau aussah, so lange hätten sie sich schon nicht mehr gesehen.

»Würdest du sie gern besuchen?«

»Claudia sagt, sie spinnt.«

»Da könnte sie recht haben«, murmelte Robert und dachte daran, daß er möglicherweise schon enterbt war.

In diesem Augenblick ruderten zwei junge Frauen an ihnen vorbei; sie hatten einen Einkaufskorb mit einer Flasche Sekt zwischen sich stehen, aus der sie abwechselnd einen Schluck nahmen. Als sie Robert und Lotte sahen, prosteten sie ihnen zu.

»Kennst du die?« fragte Robert.

Lotte schüttelte den Kopf. »Das gibt's hier öfter. Die haben wahrscheinlich gerade irgendeine Prüfung bestanden.«

Robert schaute Lotte von der Seite an und fragte sich, was es noch alles für Dinge gab, von denen er nichts wußte und die für sie selbstverständlich waren. Er erinnerte sich an einen Moment wenige Tage nach ihrer Geburt, als sie auf dem Wickeltisch lag und mit weitgeöffneten Augen um sich blickte. Damals hatte er sich ausgemalt, wie dieses winzige Wesen eines Tages seine eigenen Wege gehen würde. Er wollte diese Entwicklung genau beobachten, wollte teilhaben an der schrittweisen Loslösung, so schwer sie auch sein mochte. Niemals hätte er es für möglich gehalten, daß sie bereits nach zweieinhalb Jahren durch einen abrupten Schnitt voneinander getrennt werden könnten.

»Woran denkst du?« fragte Lotte.

»An die Zeit, als du ganz klein warst.«

»Der Adventskranz hing bei uns an der Decke.«

»Das weißt du noch?«

»Mehr auch nicht.«

»Du solltest nicht an die brennenden Kerzen fassen.«

»Jochen redet jetzt schon ständig davon, daß wir Kindersicherungen in unsere Steckdosen einbauen müssen.«

Robert sah, wie Lotte langsam ihre Pappschale zerdrückte, wobei ein Rest Currysauce auf ihre grünen Bermudashorts tropfte, ohne daß sie es zu bemerken schien. »Seit wann weißt du, daß Claudia schwanger ist?« fragte er nach einer Weile.

»Noch nicht so lange. Irgendwann vor fünf oder sechs Wochen hat Claudia mich abends beiseite genommen und es mir gesagt. Weil ich es ja von selbst anscheinend nicht sehen wollte.«

Auf dem Weg zum Auto rechnete Robert nach, daß sie es bei ihrem letzten Treffen noch nicht gewußt haben konnte, sonst wäre sie vielleicht auch da schon nicht mehr so feindselig ihm gegenüber gewesen. Andererseits hatte sie erst vor zehn Tagen erklärt, daß sie nicht mit ihm verreisen würde.

»Warum seufzt du?« fragte Lotte.

»Habe ich geseufzt?«

»Ja, ich hab's deutlich gehört.«

Robert erklärte zögernd, daß er an die Sommerferien gedacht habe.

»Du bist sauer, daß ich nicht mit nach Dänemark komme.«

Robert schüttelte den Kopf. Nein, sauer sei er nicht. Aber er hätte sich eben doch darauf gefreut.

»Claudia und Jochen sollen nicht glauben, daß sie mich so schnell loswerden können.«

»Was?«

Lotte machte eine Handbewegung, als ob es nicht der

Mühe wert sei, weiter über dieses Thema zu reden. Da erst begriff Robert, daß ihre Absage weniger mit ihm als mit den beiden zu tun hatte.

Pünktlich um sechs hielten sie vor dem Haus, in dem Lotte gleich wieder verschwinden würde. Sie gab ihm einen Kuß auf die Wange; dann stieg sie aus, warf ihren Rucksack über die Schulter und drehte sich noch einmal kurz nach ihm um. Robert wartete, bis sie nicht mehr zu sehen war. Ihm war nach Lachen und Weinen gleichzeitig zumute, und er hätte viel darum gegeben, jetzt nicht sechs Wochen lang ohne Lotte auskommen zu müssen.

14.

Joanna saß auf dem Sofa und versuchte, den Krimi weiterzulesen, den sie im Flugzeug begonnen hatte. Nach zehn Minuten stand sie auf, um sich ein Glas Rotwein und ein paar Oliven zu holen. Ihr Blick fiel aufs Telefon. Sollte sie Robert anrufen? Im nächsten Moment verwarf sie den Gedanken schon wieder. In Deutschland war es jetzt vier Uhr morgens, und abgesehen davon konnte sie ihr Leben hier nicht einfach über Bord werfen, nur weil sie einem dünnhäutigen Deutschen begegnet war.

Gegen halb zehn rief Katies Vater an, um zu sagen, daß Katie auf dem Weg nach Manhattan sei. Es täte ihr leid, daß sie sie nachmittags nicht ins Haus gebeten habe. Joanna hatte noch nie mit Mr. Baker gesprochen und fand es sonderbar, daß er ihr gegenüber einen so vertraulichen Ton anschlug. Er bat sie, sich um Katie zu kümmern und sie nicht wieder zurückzuweisen, wie neulich, als sie sie aus der Wohnung geworfen habe. Joanna spürte, wie ihre Hände feucht wurden. Sie würde sich kein schlechtes Gewissen machen lassen, schon gar nicht von einem Mann, den sie überhaupt nicht kannte. Katie sei völlig verzweifelt gewesen, fuhr Mr. Baker fort, sie hänge doch so an ihr.

»Ich werde mit ihr reden.«

»Erwähnen Sie bitte nicht, daß ich Sie angerufen habe.«

Joanna legte den Hörer auf. Das hätte er wohl gern, dieser Mr. Baker, daß sie die Verantwortung für seine Tochter übernahm. Er schien es gewohnt zu sein, daß seine Anordnungen widerspruchslos befolgt wurden, aber in diesem Fall biß er auf Granit. Sie würde sich niemals erpressen lassen, Katies Mutter zu spielen, nur weil sie eine befreundete Nachbarin war. Katie war schließlich ein erwachsener Mensch, auch wenn es manchmal nicht den Anschein hatte. Das einzige, was sie sich vorzuwerfen hatte, war die Tatsache, daß sie zuviel Nähe zwischen ihnen beiden zugelassen hatte, eine Nähe, die, wie sie zugeben mußte, auch ihr nicht unangenehm gewesen war.

Eine knappe Stunde später klingelte es an ihrer Wohnungstür. Als sie öffnete, stand Katie mit einem Strauß wilder Rosen vor ihr und erklärte mit belegter Stimme, daß sie sich wie ein störrisches Kind benommen habe. Joanna nahm ihr die Rosen ab und bat sie, hereinzukommen. Bereits nach wenigen Minuten klang Katies Stimme wieder wie immer. Während sie über die Reichen in Westchester County lästerte, spürte Joanna, wie erleichtert sie war, nicht mehr allein in ihrer Wohnung zu sitzen. Aber dann begann Katie plötzlich zu weinen, weil sie sich bei ihrem Vater so einsam gefühlt hatte. Joanna wußte, daß sie aufpassen mußte, nicht noch tiefer in diese Geschichte hineinzugeraten. Dennoch hörte sie ihr weitere anderthalb Stunden lang zu. Und als Katie sagte, daß sie die Nacht nicht allein in ihrer Wohnung verbringen wolle, brachte sie es nicht über sich, sie trotzdem dorthin zurückzuschicken. Gegen zwei Uhr morgens klappte sie ihr das Sofa aus und fiel dann selbst todmüde in ihr Bett.

Robert saß im Wintergarten und dachte darüber nach, wie er den Sommer verbringen wollte. Seit seinem gestrigen Treffen mit Lotte hatte er noch weniger Lust zum Zelten als vorher, denn er wußte, daß er die ganze Zeit den Gedanken nicht loswerden würde, wieviel schöner es gewesen wäre, mit ihr zusammen zu verreisen.

Es war erst Viertel nach acht und schon beinahe so

heiß wie in anderen Sommern nur während der Mittagszeit. Wenn er jetzt gleich zum Schwimmbad fuhr, konnte er noch einige Bahnen auf dem Rücken schwimmen, ohne ständig mit jemandem zusammenzustoßen.

Als er den Bademeister sah, mußte er plötzlich an den Unfall denken, zu dem es neulich auf der anderen Seite der Hecke gekommen war und bei dem ein Radfahrer sein Leben verloren hatte. Es war an einem Freitag gewesen, jenem Tag, an dem er sich von der Sekretärin der anglistischen Fakultät hatte abkanzeln lassen und nicht den Mut gefunden hatte, Joanna direkt von der Universität abzuholen. Er rechnete ein paarmal nach, weil er einfach nicht glauben konnte, daß seit jenem Freitag erst neun Tage vergangen waren. Das hieß, daß er Joanna heute vor zehn Tagen kennengelernt hatte. Es erstaunte ihn, wie lange er gebraucht hatte, um zu merken, daß seitdem alles anders geworden war. Nie zuvor hatte er seiner Mutter so deutlich die Meinung gesagt, nie zuvor war ein Treffen mit Lotte so ungezwungen verlaufen. Vielleicht wäre all das auch passiert, wenn er Joanna nicht getroffen hätte, doch Robert hielt dies für äußerst unwahrscheinlich. Irgendeine Blockade, eine Verrenkung in seinem Inneren hatte sich gelöst, wie ein Gelenkkopf, der in seine Gelenkpfanne zurückspringt und sich nun wieder mühelos bewegen läßt. Das Merkwürdige war nur, daß er keine Erinnerung daran hatte, sich jemals zuvor in seinem Leben mühelos bewegt zu haben. Es ging also nicht darum, daß irgendein Normalzustand wiederhergestellt worden war, sondern darum, daß sich etwas Grundlegendes verändert hatte. Er wußte auf einmal, daß es ihm unmöglich sein würde, so weiterzuleben wie bisher.

Zu Hause holte er Joannas Visitenkarte aus seiner Schreibtischschublade und ging zum Telefon. Er überlegte noch, was er sagen sollte, wenn sich nicht Joanna, sondern jemand anderes meldete, als ihm einfiel, daß es in New York jetzt erst vier Uhr morgens war und er mindestens sechs Stunden warten mußte, bis er dort anrufen konnte.

Enttäuscht griff er nach der Zeitung und ging in den Wintergarten. Er spürte sofort, daß Warten das Schlimmste war, was ihm in dieser Situation passieren konnte. Wie der feine Sand, der durch ein Stundenglas läuft, zerrann sein Mut allmählich zu Zweifeln.

In dieser Nacht träumte Joanna, daß Mr. Baker bei ihr vor der Tür stand und sie bat, seine Frau zu werden. Er gehe davon aus, daß sie einverstanden sei. Für alle, nicht zuletzt für Katie, sei dies die beste Lösung.

Als das Telefon klingelte, war es kurz nach zehn. Joanna lief schlaftrunken ins Wohnzimmer und nahm den Hörer ab.

»Hallo?«

»Hier ist Robert.«

Joanna stockte der Atem. Langsam ließ sie sich auf einen Stuhl sinken, ohne den Blick von Katie abzuwenden, die ebenfalls wach geworden war.

»Bist du noch da?«

»Ja.«

»Störe ich?«

»Ich ruf dich später wieder an.«

»Wer war das?« murmelte Katie, als sie aufgelegt hatte.

Joanna zögerte. »Carol, eine Kollegin von mir.«

Katie drehte sich auf die Seite und schlief wieder ein. Während Joanna in ihr Schlafzimmer zurückging, fragte sie sich, wann Katie wohl ihre Wohnung verlassen würde.

Warum hatte er nicht auf seine innere Stimme gehört und auf diesen Anruf verzichtet? Jetzt wußte er, was er so genau nie hatte wissen wollen: Joanna lebte mit jemandem zusammen, und diesem Jemand hatte sie natürlich nichts von ihrer Nacht mit einem Deutschen erzählt. Wer weiß, ob sie in der letzten Woche überhaupt noch daran gedacht hatte. Durch seinen Anruf war sie nun vermutlich in die höchst unangenehme Situation geraten, etwas erklären zu müssen, was sie nicht erklären wollte. Einen Moment lang versuchte Robert sich vorzustellen, was er tun würde, wenn die Rollen vertauscht wären, doch es wollte ihm nicht gelingen, sich in Joannas Lage zu versetzen. Im Gegenteil, der Gedanke an ein Leben mit einem anderen Menschen löste eine seltsame Traurigkeit in ihm aus, so als ob ihm die Bedeutung der Tatsache, daß er seit mehr als zehn Jahren allein lebte, erst heute in ihrer ganzen Tragweite bewußt wurde. Wahrscheinlich würde sie nicht mal zurückrufen.

Nachdem Joanna sich eine Stunde lang in ihrem Bett hin- und hergewälzt hatte, stand sie leise auf und ging mit Bruno und Jupiter nach draußen. Dann begann sie, nach Roberts Telefonnummer zu suchen. Sie wußte, sie hatte sie auf einem Stück Papier notiert, als sie an jenem Freitag in der stinkenden Telefonzelle in Hamburg stand und sich darüber ärgerte, daß Robert keinen Anrufbeantworter besaß.

»Was suchst du?«

Joanna drehte sich erschrocken um. Gerade eben noch meinte sie, Katies leichtes Schnarchen gehört zu haben.

»Oder darf ich das nicht wissen?«

»Ich suche eine Telefonnummer.«

»Von wem?«

Joanna antwortete nicht, aber gab ihre Suche erst einmal auf. Sie kochte Kaffee, wärmte Milch auf und schob ein weich gewordenes Baguette in den Ofen.

Dann saßen sie schweigend am Tisch und tunkten ihr Brot in den Milchkaffee.

»Was hast du heute vor?« fragte Katie nach einer Weile.

»Ich muß arbeiten. Und du?«

»Eugene kommt nachher vorbei.«

»Aha.«

»Der studiert mit mir zusammen«, fügte Katie erklärend hinzu.

Joanna hörte zum ersten Mal von der Existenz dieses Eugene, aber mittlerweile wunderte sie sich nicht mehr über Katies plötzlich auftretende Freunde, die oft nach wenigen Tagen oder Wochen genauso plötzlich wieder verschwanden. Es sei ihr ganz recht so, hatte Katie ihr irgendwann erklärt. Nach einer gewissen Zeit gingen ihr die meisten Männer auf die Nerven. Nur mit jenem Martin schien es anders gewesen zu sein.

Als Katie endlich aufbrach, war es kurz vor eins. Joanna setzte ihre Suche nach Roberts Telefonnummer fort und fand sie schließlich zwischen den Blättern ihres Hamburger Vortrags. Sie hatte sich in der Zwischenzeit überlegt, daß sie Robert sagen würde, es täte ihr leid, wenn sie ihm durch ihr Verhalten vor einer Woche den Eindruck vermittelt habe, sie sei an einer weiteren Beziehung mit ihm interessiert. Sie wisse nicht, was in jener Nacht über sie gekommen sei; auf jeden Fall habe es keine tiefere Bedeutung gehabt. Ihr Leben sei hier in New York. Aus diesem Grund bitte sie ihn, nicht wieder bei ihr anzurufen.

Aus Angst, einen Anruf von Joanna zu verpassen, hatte Robert sich den ganzen Nachmittag nicht aus seiner Wohnung gerührt. Schließlich konnte er nicht davon ausgehen, daß sie eine Nachricht auf seinem Band hinterlassen würde; sie kannte seine Lebensumstände genauso wenig wie er die ihren. Wenn bei ihr vorhin ein Anrufbeantworter angesprungen wäre, hätte er sofort wieder aufgelegt.

Mittlerweile war es kurz nach neun. Robert hatte zum Abendbrot zwei kalte Bockwürstchen gegessen und verschiedene Fernsehprogramme durchprobiert, bis er bei einem Film mit Humphrey Bogart gelandet war. Seine Nerven waren schon längst nicht mehr zum Zerreißen gespannt wie noch vor ein paar Stunden; eigentlich spürte er nichts außer einem stechenden Schmerz über den Augen, gegen den auch Tabletten nichts halfen.

Als Robert die Schreie hörte, dachte er zuerst, daß in der Nachbarwohnung wieder Geld angeschafft wurde. Doch dann kamen die Schreie plötzlich aus dem Treppenhaus; eine Frau schrie um Hilfe. Robert stand auf und ging auf Zehenspitzen in den Flur. Zwei Menschen schienen miteinander zu kämpfen, das Schreien war jetzt in Schimpfen übergegangen. Ein Mann stöhnte laut auf, und im nächsten Moment prallte etwas Schweres gegen Roberts Wohnungstür. Er machte die Tür einen Spalt auf und sah gerade noch, wie der Sohn von Herta Köhler sich erhob und einem nackten Mann mit Bürstenschnitt einen solchen Kinnhaken verpaßte, daß dieser rückwärts die Treppe hinunterfiel.

»Danke, Harry«, sagte eine junge Frau, die an der Wand lehnte und ihren Hals mit beiden Händen umfaßt hielt. Sie hatte kurze, blondierte Haare und trug nichts weiter als einen schwarzen Strumpfgürtel.

»Scheißkerl«, fluchte Harry und wollte gerade in die Wohnung zurückgehen, als er Robert bemerkte. »Machen Sie die Tür zu. Das hier geht Sie nichts an.«

Robert zeigte auf den Mann, der am Fuße der Treppe lag und sich nicht mehr rührte.

»Um den kümmern wir uns schon. Sie haben nichts gesehen.«

Es lag etwas in Harrys Stimme, was Robert den Eindruck vermittelte, daß es besser sei, nicht zu widersprechen; der Mann im Treppenhaus würde schon wieder zu sich kommen. Er schloß leise die Tür und wischte sich den Schweiß von der Stirn. Morgen früh würde er Johann Dreiser von dem Vorfall erzählen und ihn fragen, ob es nicht an der Zeit sei, die Polizei zu benachrichtigen.

Robert holte sich ein Bier aus dem Kühlschrank und trat ans Küchenfenster. Aus der Ferne drang das Gegröle eines Betrunkenen, doch unten im Hof war alles still. War er nicht verpflichtet, einen Krankenwagen zu rufen? Vielleicht hatte sich der Mann bei dem Sturz schwer verletzt, und er würde später belangt werden wegen unterlassener Hilfeleistung, ganz zu schweigen davon, daß die Polizei in einem solchen Fall wahrscheinlich eine sofortige Zeugenaussage erwartete und kein Verständnis dafür haben würde, daß sich jemand zuerst mit seinem Nachbarn beraten wollte.

In diesem Augenblick klingelte das Telefon. Robert ging in den Flur und nahm den Hörer ab. Er brauchte eine Weile, bis er begriff, daß es Joanna war, die sich am anderen Ende der Leitung befand.

»Soll ich später noch mal anrufen?«

»Nein, nein, ich ...« Er nahm das Telefon mit in die Küche und begann zu erzählen, was gerade passiert war. Während er sprach, sah er, daß unten im Hof ein Wagen hielt. Zwei Männer stiegen aus und verschwanden im Treppenhaus.

»Macht dir das gar nichts aus, in so einer Gegend zu wohnen?«

Beinahe hätte er geantwortet, daß Claudia ihm diese Frage auch schon öfter gestellt habe. »Bis zum Einzug von Harry Köhler fand ich die Gegend vollkommen in Ordnung.« Es entstand eine Pause, in der Robert sich fragte, ob seine Stimme vielleicht etwas zu scharf geklungen hatte.

»Bist du noch da?«

Robert holte tief Luft. »Joanna?«

»Ja?«

»Ich vermisse dich.« Nun war es heraus. Was immer sie auch antworten würde, er hatte gesagt, was er zu sagen hatte.

Es knackte ein paarmal in der Leitung, und Robert dachte schon, daß Joanna aufgelegt hätte. Allerdings fehlte der dumpfe Signalton, der darauf hindeutete, daß ein Gespräch einseitig beendet worden war. Aber möglicherweise gab es diesen Ton bei Transatlantikgesprächen gar nicht.

Die zwei Männer trugen jetzt den Nackten aus dem Haus und legten ihn auf den Rücksitz ihres Wagens. Dann breiteten sie eine Decke über ihm aus. Es kam Robert so vor, als ob bereits mehrere Minuten vergangen seien, und er konnte sich nur mühsam beherrschen, nicht in den Apparat hineinzufragen, ob da überhaupt noch jemand sei.

»Willst du nach New York kommen?«

»Wie bitte?«

»Du hast doch Ferien, oder?«

Die Männer stiegen in den Wagen und setzten langsam zurück. Dann war es wieder still im Hof. Robert hatte das Gefühl, alles nur geträumt zu haben. Er starrte auf den Telefonhörer und versuchte zu begreifen, was Joanna ihm gerade vorgeschlagen hatte.

»Hallo?«

»Wann soll ich kommen?« hörte Robert sich fragen.

»So bald wie möglich. Warum nicht schon morgen?«

»Morgen?« Sein Mund war plötzlich ganz trocken.

»Wenn du ein Ticket kriegen kannst.«

»Ich werde es versuchen.«

Nachdem er aufgelegt hatte, lief er wie in Trance durch seine Wohnung. Der Gedanke, morgen zu Joanna nach New York zu fliegen, kam ihm absurd, ja geradezu lächerlich vor. Gleichzeitig jedoch hatte er das Gefühl, daß es genau das war, was er tun sollte, wenn ihm überhaupt noch daran gelegen war, jemals in seinem Leben mehr zu empfinden als diese Mischung aus Langeweile und Einsamkeit.

Sollte er anfangen zu packen, obwohl er nicht wußte, ob er morgen oder übermorgen oder irgendwann in der nächsten Woche fliegen würde? Und wie lange sollte er bleiben? Die Schule begann erst wieder in fünf Wochen, aber er konnte unmöglich fünf Wochen lang in New York bleiben. Oder doch? Joanna hatte mit keinem Wort angedeutet, daß er nach ein oder zwei Wochen wieder abreisen müsse. Nur was sollte er machen, wenn sie sich nicht verstanden und er früher als geplant zurückfliegen wollte? Billigflüge ließen sich nicht umbuchen. Robert sank erschöpft in einen Sessel. Daran hatte er noch gar nicht gedacht, daß er natürlich so kurzfristig gar keinen Billigflug mehr bekommen würde, sondern wahrscheinlich Tausende von Mark für einen Flug in der Business class ausgeben mußte.

Er holte seinen Koffer vom Schrank herunter und begann zu packen. Aus der Nachbarwohnung drangen wieder laute Frank-Sinatra-Klänge. Robert hielt inne. Über all dem hätte er fast den Nackten mit dem Bürstenschnitt vergessen.

Er setzte sich an seinen Schreibtisch und entwarf einen Brief an Johann Dreiser, in dem er genau beschrieb, was er gehört und gesehen hatte. Dann zerriß er den Brief wieder, weil ihm auf einmal nicht mehr klar war, was diese Beschreibung eigentlich bezwecken sollte. Johann Dreiser würde sofort die Polizei benachrichtigen, und er könnte möglicherweise noch am Hamburger Flughafen aufgefordert werden, mitzukommen und eine Aussage zu machen. Für den Fall, daß er das Land bereits verlassen hätte, machte er sich vielleicht sogar noch verdächtig.

Als nächstes beschäftigte ihn die Frage, wieviel Geld er für die Reise brauchte und wie er an dieses Geld herankommen sollte. Seit seiner Verbeamtung vor mehr als sechzehn Jahren hatte er die Angewohnheit, jeden Monat den größten Teil seines Gehalts auf sein Sparbuch zu überweisen, von dem sich dann monatlich immer nur eine begrenzte Summe abheben ließ. Er war noch nie in die Verlegenheit geraten, einen größeren Betrag zu benötigen, ohne dies vorher geplant zu haben. Und zum ersten Mal bereute er es, das Angebot seiner Sparkasse ausgeschlagen zu haben, ihren Kreditkartenservice in Anspruch zu nehmen.

Es war kurz nach halb zwölf, und sein Koffer war immer noch nicht fertig gepackt. Robert spürte, wie er von einer ungeheuren Unruhe erfaßt wurde. Bevor er ins Bett ging, mußte er Lotte und seiner Mutter wenigstens eine Postkarte schreiben und sie auf die Möglichkeit vorbereiten, daß er erst zum Schulanfang wieder zurücksein würde. Nachdem er eine halbe Stunde lang vergeblich versucht hatte, einen Text zu entwerfen, der offenließ, wohin er reisen wollte, beschloß er, ihnen ohne Umschweife mitzuteilen, daß er vorhabe, die nächsten fünf Wochen bei Freunden in New York zu verbringen. Nach kurzem Zögern setzte er unter den Gruß an Lotte noch ein PS mit Joannas Telefonnummer.

Er stellte seinen Wecker auf Viertel vor sieben, steckte sich Oropax in die Ohren und versuchte an Joanna zu denken. Doch immer wieder sah er den reglosen Mann vor sich, der zusammengekrümmt am Fuße der Treppe lag. Wäre er zur Polizei gegangen, wenn Joanna nicht angerufen hätte? Er bezweifelte es.

Um zehn nach vier wurde er davon wach, daß jemand an seiner Wohnungstür klingelte. Robert stand leise auf und ging zum Fenster. Unten im Hof saßen zwei Männer auf den Mülltonnen und rauchten. War es möglich, daß die Kunden des Bordells jetzt schon die Wohnungen verwechselten? Er legte sich wieder ins Bett und zog die Decke über den Kopf. Wenn er Glück hatte, war er morgen um diese Zeit bereits in New York.

Joanna lief ruhelos in ihrer Wohnung auf und ab und dachte darüber nach, was während des Telefongesprächs mit ihr geschehen war. Bruno sprang immer wieder aufgeregt an ihr hoch, weil er hoffte, daß sie mit ihm spazierengehen würde. Irgendwann schrie sie ihn an, daß er sie endlich in Ruhe lassen solle, woraufhin Bruno den Schwanz einkniff, sich unter den Tisch verzog und auch nicht durch Hundekekse wieder hervorzulocken war. Joanna wußte nicht, was in sie gefahren war; sie hatte Bruno noch nie zuvor angeschrien.

Als Carol anrief und sie fragte, ob sie Zeit habe, zu ihr zu kommen, war sie beinahe erleichtert über die Ablenkung.

Carol wohnte direkt neben einem Kaffeespeicher in Jay Street, TriBeCa, nicht weit von der Südspitze Manhattans entfernt. Bei ihrem ersten Besuch, vor mehr als vierzehn Jahren, hatte Joanna sich gewundert, wie ein älteres Professorenehepaar in eine solche Gegend ziehen konnte. Mittlerweile war aus TriBeCa ein zweites SoHo geworden, Leute wie Robert de Niro eröffneten hier teure Restaurants, und Carol beklagte sich über die ständig steigenden Supermarktpreise.

»Wer ist da?« fragte eine Männerstimme.

»Joanna.« Ohne genau zu wissen, warum, hatte sie gehofft, daß Simon nicht dasein würde.

Sie fuhr mit dem Fahrstuhl in den fünfzehnten Stock und lief erst in die falsche Richtung, bevor sie Stimmen vom entgegengesetzten Ende des Flurs hörte.

Carol saß an ihrem Schreibtisch und starrte aus dem Fenster. Joanna folgte ihrem Blick und erschrak, als sie die riesigen Türme des Financial District aus dieser unmittelbaren Nähe vor sich sah. Sie war bisher immer nur bei Dunkelheit hier zu Gast gewesen und konnte sich an keine Aussicht erinnern.

»Danke, daß du gekommen bist«, sagte Carol und drehte langsam den Kopf zu ihr herum.

Joanna sah erst jetzt, daß sie nicht ihre normale Brille, sondern eine Sonnenbrille trug.

»Möchtest du Tee oder Kaffee?«

»Tee.«

Simon verschwand wortlos in der Küche. Joanna hörte, wie er Wasser in einen Kessel laufen ließ, den Gasherd anzündete und Geschirr aus einem Schrank holte.

»Was soll ich jetzt machen?« fragte Carol und nahm die Sonnenbrille ab.

Joanna zwang sich, Carol anzusehen, obwohl sie den Anblick ihrer leeren Augen beinahe unerträglich fand.

»Übermorgen ist die Beerdigung, am Mittwoch reist Simon wieder ab.«

»Warum schon am Mittwoch?«

Carol schien ihre Frage nicht gehört zu haben.

»Kannst du Simon nicht bitten, länger zu bleiben?«

»Er hat das Recht, auf seine Weise mit dem Tod seines Vaters fertig zu werden.«

»Will er wieder nach Südamerika?«

Carol nickte.

»Das versteh ich nicht.«

»Ich habe Angst vor dem Alleinsein.«

»Er ist dein einziges Kind.«

»Als er ankam, lag Gerry bereits im Krankenhauskeller. Es war alles umsonst.«

»Muß ich mir das anhören?« fragte Simon und stellte das Tablett so ruckartig auf dem Wohnzimmertisch ab, daß der Tee aus der Kanne schwappte.

»Wenn du willst, kannst du auch schon heute wieder

fahren.« Carol setzte ihre Sonnenbrille auf und begann, den Tee einzuschenken.

Simon verließ wortlos das Zimmer. Joanna hielt einen Moment die Luft an. Sie wußte nicht, wie lange sie es in diesem Raum noch aushalten würde.

Carol lehnte sich zurück und rührte mechanisch in ihrer Teetasse. »Ich möchte dich um etwas bitten«, sagte sie nach einer Weile.

Joanna spürte, daß die Augen hinter der Sonnenbrille sie genau beobachteten.

»Wärst du bereit, ein paar Tage mit mir irgendwohin zu fahren?«

»Ich kann nicht. Es tut mir leid. Ich ...«

»War ja auch nur eine Frage.«

Joanna stand auf und ging ans Fenster. »Wenn du mich vor zwei oder drei Stunden gefragt hättest ...«

»Wieso? Gab es da mehr Platz in deinem Leben?«

»Ich hatte zumindest Robert noch nicht eingeladen, morgen nach New York zu kommen.«

»Was?«

Zögernd erzählte Joanna, wie sie am Telefon genau das Gegenteil von dem gesagt hatte, was sie eigentlich hatte sagen wollen.

Carol schwieg.

»Wahrscheinlich willst du das alles im Augenblick gar nicht hören.«

»Doch, wieso nicht?«

Joanna sah erst jetzt, daß Carols Wangen vor Feuchtigkeit glänzten. Sie weinte, ohne einen Laut von sich zu geben.

Plötzlich stand Simon wieder im Wohnzimmer und wollte wissen, wo der Taschenrechner sei. Carol deutete auf ihren Schreibtisch.

»Kannst du nicht diese lächerliche Sonnenbrille abnehmen?«

»Geh in dein Zimmer«, sagte Carol und wandte sich zu Joanna um. »Und du gehst am besten auch. Ich rufe dich irgendwann an.«

Als Joanna aus dem Haus trat, wünschte sie, sie hätte nicht geredet, sondern Carol in den Arm genommen.

Um kurz nach acht betrat Robert zum ersten Mal seit Jahren wieder ein Reisebüro. Wie er vermutet hatte, waren in den nächsten Wochen alle Billigflüge nach New York ausgebucht. Auf seine Bitte hin rief die Angestellte im Flughafen an, um sich nach Stand-by-Möglichkeiten zu erkundigen. Die Antwort lautete, daß er mindestens ein paar Tage warten müsse, und auch dann sei ihm kein Platz sicher. Da entschied er sich für ein extrem teures Ticket in der Business class, das allerdings den Vorteil hatte, daß er den Rückflug bei Bedarf umbuchen konnte. Ein Visum brauche er nicht, sagte die Angestellte zum Abschied. Robert nickte. An so etwas wie ein Visum hatte er noch gar nicht gedacht.

Die Vorstellung, in spätestens zweieinhalb Stunden am Flughafen sein zu müssen, löste einen leichten Schwindel in ihm aus, setzte aber andererseits soviel Adrenalin frei, daß er in seiner Sparkasse den Filialleiter verlangte und gegen Bezahlung einer geringen Gebühr durchsetzte, fünftausend anstatt der sonst zulässigen viertausend Mark von seinem Sparbuch abheben zu dürfen. Anschließend kaufte er die ersten Reiseschecks seines Lebens. Vor vierzehn Jahren hatte Claudia derlei Dinge übernommen und sich anschließend darüber lustig gemacht, daß er nicht wußte, was Reiseschecks waren, obwohl er schon über Dreißig war.

Auf der Treppe zu seiner Wohnung begegnete ihm Harry Köhler, der ihn ansah, als sei er eine unerwünschte Person in diesem Haus. Robert ärgerte sich, daß er seinem Blick nicht standhalten konnte.

»Wo fahren Sie hin?« rief Johann Dreiser ihm zu, als er mit seinem Koffer wieder nach unten kam.

»Nach New York.«

Johann Dreiser kam kopfschüttelnd näher. »Wollen Sie Ihren Freund besuchen?«

Robert brauchte einen Moment lang, um zu begreifen, daß Johann Dreiser von Nick sprach. »Nein, nein, ich …« Er merkte, wie er rot wurde. Johann Dreiser schien zu glauben, er sei neuerdings schwul.

»Na ja. Viel Vergnügen.«

»Danke.«

»Wann Sie sind wieder zurück?«

»Wahrscheinlich erst in fünf Wochen.«

Johann Dreiser schmunzelte, als wisse er nun vollends Bescheid.

»Hoffentlich wohnt dieser Harry Köhler dann nicht mehr hier.«

»Woher wissen Sie, daß er Harry heißt?«

Robert schluckte. »Eine der Damen hat ihn gestern im Treppenhaus so genannt.« Wenn sein Flug nicht um kurz vor zwölf ginge, hätte er Johann Dreiser jetzt vielleicht noch alles erzählt.

So nickte er nur zum Abschied und lief so schnell er konnte zum Altonaer Bahnhof. Eine S-Bahn fiel aus, der Flughafenbus fuhr ihm vor der Nase weg, und trotzdem schaffte er es, eine Stunde und fünf Minuten vor Abflug seiner Maschine den Koffer einzuchecken. Er warf die Postkarten an Lotte und seine Mutter ein und überlegte, ob er Joanna anrufen sollte. Doch in New York war es erst zwanzig nach fünf.

Während er auf sein Abfluggate zuging, spürte er wieder diesen leichten Schwindel. Er schloß ein paar Sekunden lang die Augen und versuchte, an nichts anderes zu denken als an einen Langstreckenflug in der Business class. Was danach kommen würde, war völlig offen.

15.

Joanna wachte um kurz nach sechs auf und dachte als erstes daran, daß sie mit Robert nicht darüber gesprochen hatte, wie lange er in New York bleiben wollte. Die Vorstellung, daß er möglicherweise erst am Ende seiner Schulferien wieder nach Hamburg zurückfliegen würde, versetzte sie in leichte Panik. Wenn sie es auf die Dauer nicht ertrug, ihn bei sich in der Wohnung zu haben, müßte sie ihn woanders einquartieren, zum Beispiel bei Nicks jüngerem Bruder Andy, der früher manchmal Freunden von Nick das kleine Zimmer in seiner Wohnung in SoHo untervermietet hatte. Es hatte sich um Freunde gehandelt, von denen sie wußten, daß sie sich kein Hotel leisten konnten. Warum sie Robert mit seinem deutschen Lehrergehalt zu dieser Gruppe von Menschen zählte, konnte sie sich auch nicht erklären. Vielleicht weil er in einer Gegend lebte, die nicht besonders renommiert war. Aber selbst wenn Robert seit vielen Jahren mehr verdiente, als er ausgab, würde er niemals für längere Zeit in ein Hotel ziehen; dessen war sie sich sicher.

Sie zog sich an, griff nach einem Apfel und ging mit Bruno in Richtung Central Park. Die Luft war noch kühl, es wehte ein leichter Wind, um diese Zeit brauchte sie nicht einmal eine Sonnenbrille. Die wenigen Male, an denen es ihr in den letzten Jahren gelungen war, früh aufzustehen, hatte sie sich stets vorgenommen, ihren Schlafrhythmus zu ändern und spätestens um halb elf im Bett zu liegen. Doch meist hatte sie diesen Vorsatz schon am selben Abend wieder fallengelassen.

Bruno entdeckte Jupiter, bevor Joanna begriffen hatte, daß es Katie war, die eng umschlungen mit einem Mann auf der Wiese stand.

Sie machte kehrt, in der Hoffnung, daß Katie sie noch nicht gesehen hatte. Aber da hörte sie sie bereits rufen, wo sie denn hinwolle. Sie solle doch rüberkommen.

Joanna seufzte innerlich, als sie über die Wiese auf die beiden zulief. Katie hatte immer etwas Übergeschnapptes an sich, wenn sie frisch verliebt war.

»Das ist Eugene«, verkündete Katie stolz. »Und das ist meine Nachbarin Joanna Jackson.«

Seine Hand berührte die ihre nur für den Bruchteil einer Sekunde. Eugene mit seinen langen, dunklen Locken und seinen stahlblauen Augen war offensichtlich alles andere als begeistert darüber, daß Katie darauf bestanden hatte, ihn ihrer Nachbarin vorzustellen.

»Eugene spielt Klarinette und Saxophon.«

Joanna versuchte interessiert zu lächeln, was ihr morgens um zehn vor sieben nicht gerade leichtfiel.

»Er ist der beste Klarinettist in unserem Jahrgang. Aber noch lieber spielt er Saxophon in seiner Jazzband. Er ist toll; ich hab ihn gestern abend gehört. Und stell dir vor, er hat eine schalldichte Wohnung.«

»Wie rücksichtsvoll den Nachbarn gegenüber.«

Eugene sah sich hilfesuchend um, als ob er erwartete, einer der vorbeilaufenden Jogger könnte ihn aus dieser Situation befreien.

»Ich muß jetzt weiter«, sagte Joanna und rief nach Bruno.

»Kommst du heute abend bei mir vorbei?«

»Ich habe schon was vor«, antwortete Joanna und nickte Eugene versöhnlich zu. Gleich würde er seine Katie wieder für sich haben.

»Was denn?«

»Erzähl ich dir ein andermal.«

Joanna atmete tief durch, als sie sich von den beiden verabschiedet hatte und nach Hause zurücklief. Erst jetzt wurde ihr bewußt, daß sie schon die ganze Zeit fest davon ausging, daß Robert tatsächlich auf dem Weg nach New York war.

Seitdem Robert vor vierzehn Jahren von seiner New-York-Reise zurückgekommen war, hatte er in keinem Flugzeug mehr gesessen. Es war nicht die Angst vorm Fliegen, die ihn davon abgehalten hatte, sondern eher ein Mangel an Gelegenheiten. Aber auch unabhängig davon stellte er sich unter Reisen etwas anderes vor, als sich mit solcher Geschwindigkeit von einem Ort zum anderen zu begeben. Claudia hatte ihm im letzten Jahr erklärt, daß dies eine überaus spießige Einstellung sei. »In der heutigen Zeit fliegt schließlich jeder. Nimm dir ein Beispiel an deiner Tochter; die ist sogar schon allein geflogen.« Diese Bemerkung führte damals zu einem längeren Streit, in dem er Claudia vorwarf, daß sie ihn wenigstens hätte fragen können, ob es ihm recht sei, wenn Lotte allein von Berlin nach Frankfurt fliege, nur weil ihre beruflich so engagierte Mutter und deren beruflich noch engagierterer Ehemann es nicht einrichten konnten, mit ihr zusammen zu fliegen. »Als alleinige Erziehungsberechtigte darf ich solche und noch ganz andere Dinge entscheiden, ohne daß du etwas mitzureden hast.« Aber er wäre trotzdem gern gefragt worden; vielleicht hätte er Lotte in Berlin abgeholt und nach Frankfurt oder Marburg oder sonstwohin gebracht. »Das sieht dir mal wieder ähnlich.« Was sie damit sagen wolle? »Daß du dich auf eine völlig sinnlose Autofahrt begeben würdest, nur weil du so rückständig bist.« Wieso sinnlos? Vielleicht hätte es Lotte gutgetan, zu sehen, daß er einspringe, wenn sie wichtigere Dinge zu tun hätten, als sie zu begleiten. »Das ist doch Unsinn.

Willst du dich etwa im nachhinein als der bessere Elternteil aufspielen?« Auf so eine Idee konnte auch nur sie kommen. »Ich kann dir versichern, daß du dir etwas vormachst, wenn du glaubst, eine Autofahrt von Berlin nach Frankfurt könnte die Beziehung zu deiner Tochter verbessern.« Als er Lotte später von der Auseinandersetzung erzählt hatte, hatte sie ihn nur gelangweilt angesehen und ihm mitgeteilt, sie sei gern allein geflogen. Bei langen Autofahrten würde ihr immer schlecht.

»Huhn oder Rind?«

»Wie bitte?«

»Es gibt etwas zu essen«, sagte der Mann neben ihm und lächelte nachsichtig.

Robert entschied sich für Huhn.

»Fliegen Sie zum ersten Mal nach New York?«

»Nein.« Robert mochte dieses nachsichtige Lächeln nicht, das ihn an Jochen erinnerte. Wahrscheinlich hatte der Mann sofort durchschaut, daß er noch nie zuvor in der Business class gereist war.

»New York! Was für eine Stadt! Ich könnte dort leben. Sie auch?«

»Ich weiß nicht. Vielleicht.«

»In welchem Hotel wohnen Sie?«

»Ich wohne in New York immer bei Freunden«, hörte Robert sich sagen und wunderte sich, wie arrogant seine Stimme klingen konnte. Anstelle seines Nachbarn hätte er es spätestens jetzt aufgegeben, dieses Gespräch noch länger fortzusetzen; doch das Gegenteil war der Fall. New Yorker Freunde lösten bei diesem Mann größtes Interesse aus. Robert blickte plötzlich auf eine ausgestreckte Hand, die er zögernd ergriff. Struck sei sein Name. Schon wurde eine Visitenkarte gezückt. Dr. Hartmut Struck, Rechtsanwalt. Seine Kanzlei lag in der Isestraße, gleich um die Ecke von der Heilwigstraße. Wahrscheinlich kannte er Claudias Bruder und aß ebenfalls am liebsten im *Rive*.

»Ich reise mindestens einmal im Monat geschäftlich nach New York«, erklärte Dr. Struck, ohne daß Robert ihn darum gebeten hatte. Es folgten lange Ausführungen über das, was die Tätigkeit eines Wirtschaftsanwalts umfaßt. Wenn es darauf ankam, reiste Dr. Struck bis nach Japan, um einen seiner Großkunden zu beraten.

»Entschuldigen Sie«, sagte Robert und verschwand auf die Toilette. Er blieb etwas länger als nötig, um sicherzugehen, daß Dr. Struck seinen Gesprächsfaden nicht ohne weiteres wiederaufnehmen konnte.

Als er an seinen Platz zurückkam, waren die Tabletts bereits abgeräumt, und sein Nachbar schnarchte.

Robert ließ sich in seinen Sessel fallen und schloß die Augen. Er wußte, er würde niemals einschlafen können, nicht mit diesem Gedankenrasen, das nun wieder eingesetzt hatte. Stundenlang war es ihm gelungen, nicht darüber nachzudenken, wie die Begegnung mit Joanna verlaufen würde. Und jetzt auf einmal wäre er am liebsten wieder umgekehrt. Er sah sich schon in irgendeinem Hotel sitzen und tagelang vergeblich auf einen Anruf von Joanna warten. Schließlich würde er einen Brief erhalten, in dem sie ihm so schonend wie möglich beibrachte, daß ihr langjähriger Lebensgefährte in der Zwischenzeit von der Sache erfahren und ihr das Versprechen abgerungen habe, den Kontakt zu ihm auf der Stelle abzubrechen.

Joanna stand am Fenster ihres Büros und sah hinunter auf den Washington Square, wo ein Feuerschlucker die Leute unterhielt. Soeben hatte sie von der Flughafenauskunft erfahren, daß um kurz vor vier eine Maschine aus Hamburg auf dem John-F.-Kennedy-Flughafen gelandet war. Jetzt war es halb fünf.

»Hi.«

Joanna drehte sich erschrocken um. Vor ihr stand Nick und grinste so häßlich wie immer.

»Seit wann bist du so schreckhaft? Hast du jemand anderen erwartet?«

»Was willst du?«

Nick setzte sich auf ihren Besuchersessel und zog eine Schachtel Zigaretten aus seiner Hemdtasche.

»Hier wird nicht geraucht.«

Wortlos steckte er die Schachtel wieder weg.

»Wenn du dich schon ungebeten auf meinem Sessel niederläßt, erzähl mir wenigstens, was dich zu mir führt.«

»Ich wollte wissen, ob du morgen zu der Beerdigung von Carols Mann gehst.«

»Ja, natürlich. Du etwa nicht?«

Nick antwortete nicht. Er saß einfach nur da und sah sie an.

Joanna stand auf und holte zwei Gläser und eine Flasche Wasser aus ihrem Regal. Während sie einschenkte, murmelte Nick, daß er Beerdigungen hasse.

»Wer tut das nicht?«

Nick nickte mechanisch und blickte in irgendeine unbestimmte Ferne. Auf einmal wünschte Joanna, sie könnte ihre letzten Worte wieder zurücknehmen. Sosehr ihr Nick auch zuwider war, er hatte es dennoch nicht verdient, daß sie darüber hinwegsah, was ihm vor beinahe zwanzig Jahren zugestoßen war. Seine Frau und seine zwei Monate alte Tochter waren eines Nachts in einem Haus am Strand von Long Island verbrannt, vermutlich weil Nick an jenem Abend seine letzte Zigarette nicht richtig ausgedrückt hatte, bevor er nach Manhattan zurückgefahren war. Während ihrer Beziehung mit Nick hatte sie sich oft gefragt, ob es diese Erfahrung war, die ihn zu einem solchen Menschenverachter gemacht hatte, der nicht nur eine Zumutung für seine Umgebung war, sondern vor allem sich selbst im Wege stand. Joanna kannte niemanden, der seine Gesundheit so systematisch zugrunde richtete wie Nick. Sie hätte ihm gern zu verstehen gegeben, daß es ihr leid tat, was damals geschehen war, und daß er sich nicht bis ans Ende seiner Tage mit dem Gedanken quälen durfte, schuld an dem Tod dieser beiden Menschen zu sein. Aber sie brachte kein Wort heraus.

Nick trank sein Wasser in einem Zug aus und stand auf. Er schien es auf einmal sehr eilig zu haben. »Ich wäre dir dankbar, wenn du Carol ausrichten könntest, daß ich sie demnächst anrufen werde.«

Joanna sah ihm nach, wie er ihr Büro verließ, ohne sich noch einmal umzuschauen. Sie mußte plötzlich an den Tag denken, an dem sie sich von Nick getrennt hatte. Bei einem Essen in einem kleinen italienischen Restaurant auf der Columbus Avenue hatte sie ihm ihren Entschluß mitgeteilt. Nick reagierte so fassungslos, wie sie es niemals für möglich gehalten hätte. Vielleicht hatte sie insgeheim gehofft, er hätte längst gespürt, wie sehr sie sich von ihm entfernt hatte, und sie müßte ihm nichts mehr erklären. Doch Nick wollte alles ganz genau wissen. Ob sie einen anderen habe, warum sie ihm keine Chance geben wolle, wie er ohne sie leben solle. Und dann wurde ihm schlecht. Joanna würde nie vergessen, wie sich sein Erbrochenes über den Tisch verteilte und ihr gegrillter Fisch plötzlich aussah, als sei er mit Sauce serviert worden. Niemals zuvor hatte sie solchen Ekel empfunden. Sie sprang auf und lief auf den Ausgang zu. Dort stieß sie mit einem Ober zusammen, der sein Tablett fallen ließ und etwas Unflätiges hinter ihr herrief. Sie hatte gerade ein Taxi herbeigewunken, als sie Nicks harten Griff an ihrem Arm spürte. Er schrie, daß sie sich doch jetzt nicht einfach davonmachen könne. Bevor sie wußte, was sie tat, hatte sie ihm mit voller Wucht ins Gesicht geschlagen und war dann ins Taxi gestiegen. Sie erinnerte sich genau an das erstaunte Gesicht des Portiers in ihrem Haus, der sie fragte, ob alles in Ordnung sei. Nick war noch in derselben Nacht zu seinem Bruder gezogen; bis er wieder mit ihr sprach, verging fast ein halbes Jahr.

Zehn vor fünf. Joanna schenkte sich ein zweites Glas Wasser ein und sah wieder aus dem Fenster. Die Vorführung des Feuerschluckers war beendet. Jetzt lief er mit seiner roten Baseballmütze zwischen den Leuten umher und sammelte Geld ein. Joanna ging zum Telefon und prüfte nach, ob der Hörer richtig auf der Gabel lag; sie hatte das Gefühl, daß ihr die Dinge schon jetzt über den Kopf wuchsen.

Als das Telefon klingelte, versuchte sie daran zu denken, wie viele Menschen es gab, die sie um diese Zeit in ihrem Büro anrufen konnten. Daß es tatsächlich Robert war, der ihr mitteilte, er sei jetzt in New York, kam ihr so unwirklich vor, daß sie einen Moment lang nicht wußte, was sie sagen sollte.

»Du hast nicht damit gerechnet, daß ich komme.« Seine Stimme klang unsicher, genauso unsicher wie an jenem Abend in Hamburg, als er sie vom Hotel abgeholt hatte.

»Doch, das habe ich.« Sie machte die Augen zu und fragte sich, warum es ihr nicht gelang, einen klaren Gedanken zu fassen.

»Ich könnte den Flughafenbus nehmen ...«

»Ja, genau«, unterbrach sie ihn, erleichtert darüber, daß er ihr ein Stichwort gegeben hatte. »Du fährst bis zur 42nd Street. Und von dort nimmst du dir ein Taxi zu meiner Wohnung.«

»Bis nachher.«

Sie wollte noch sagen, daß sie sich auf ihn freue, aber da hatte er bereits aufgelegt.

Robert saß im Bus und schwitzte. Er schien nicht in der Lage zu sein, sich für seine Reisen nach New York einen kühleren Monat als den Juli auszusuchen. Nach ein paar Stunden merke man die Treibhausluft nicht mehr, hatte Claudia vor vierzehn Jahren gesagt, als sie ihn vom Flughafen abholte. Aber er konnte sich die ganze Woche lang nicht daran gewöhnen; ständig hatte er das Gefühl, einen Kreislaufkollaps zu bekommen. Das sei rein psychosomatisch, lautete Claudias Diagnose. Er wehre sich innerlich gegen das New Yorker Chaos, weil es sich nicht mit seinen zwanghaften Strukturen vertrage. Warum er sich nicht einfach mal treiben lasse. Er wußte nicht, was die Hektik, der Verkehr, der Lärm und was immer Claudia unter Chaos verstehen mochte, mit der Hitze und der hohen Luftfeuchtigkeit zu tun hatten. Ihn erstaunte diese Sicht der Dinge um so mehr, als Claudia sonst immer ein sehr logisch denkender Mensch gewesen war. Ob er etwa behaupten wolle, er verstehe was von Logik, hatte sie geantwortet und ihm dann vorgehalten, er sei unglaublich deutsch in seiner Art, an überkommenen Maßstäben zu kleben. Im Grunde hätte er spätestens an diesem Punkt abreisen müssen.

Bald würden in der Ferne die ersten Wolkenkratzer auftauchen. In all den Jahren hatte Robert diesen Blick nie vergessen. Er spürte, wie sein Herz anfing zu klopfen. Als Kind hatte er genau dieses Herzklopfen gehabt, wenn er im Sommer mit seinen Eltern nach Scharbeutz gefahren war und zwischen den Hügeln der Holsteinischen Schweiz plötzlich das Meer entdeckt hatte. Jahr für Jahr wartete er auf dieses erste, blaue Meeresdreieck und wurde oft enttäuscht, wenn bei bedecktem Wetter das Grau des Himmels alle Konturen verschluckte und es keinen Unterschied machte, ob sie durch die Holsteinische Schweiz oder durchs Sauerland fuhren. Dann in Scharbeutz anzukommen und bis zum Horizont nichts als ein kabbeliges Meer vor sich liegen zu sehen, konnte ihn nicht entschädigen für das Ausbleiben jenes ersten, blauen Meeresdreiecks. Im Gegenteil, der Anblick dieser unendlichen Wassermassen machte ihm angst, seitdem er im Alter von acht Jahren in eine Strömung geraten und abgetrieben worden war. Zwei Jugendliche zogen ihn schließlich in ihr Boot und brachten ihn an den Strand zurück. Seine Mutter lag in der Sonne und hatte nichts bemerkt. Wo sein Vater war, wußte er nicht mehr. Er hatte nie begriffen, wieso, trotz dieser Erfahrung, das Meer als blauer Ausschnitt für ihn weiterhin eine solche Anziehungskraft besaß. Es mußte etwas damit zu tun haben, daß das Wasser auf diese Entfernung hin nur eine farbige Fläche war, die nichts von den in ihr lauernden Gefahren verriet.

Er hatte nie mit jemandem über diese Gefühle gesprochen. Seine Mutter hätte vermutlich gar nicht verstanden, wovon er redete, und sein Vater hätte ihn ausgelacht, so wie er ihn an jenem nebligen Sonntag im November ausgelacht hatte, als sie mit dem Bus nach Teufelsbrück gefahren waren, um an der Elbe spazierenzugehen. Er war vier. Seine Mutter hatte, wie so oft, wegen irgendeiner Unpäßlichkeit zu Hause bleiben müssen. Außer ihnen war niemand unterwegs, oder zumindest schien es so, da alles vom Nebel verschluckt wurde. Ja, der Nebel war so dicht, daß Robert nicht einmal das Wasser der Elbe sehen konnte. Schon nach wenigen Minuten merkte er, wie sich die feuchte Luft auf seine Haut legte und er zu frieren begann. Da ragte plötzlich neben ihm eine riesige, graue Wand auf, die sich langsam vorwärts bewegte. Er erinnerte sich, wie ihm einen Moment lang der Atem stockte; dann fing er an zu schreien. Sein Vater sah die Wand und lachte. Das sei doch bloß ein Öltanker. Seit wann fürchte sich denn ein richtiger Junge vor einem Öltanker?

Merkwürdig, daß er ausgerechnet jetzt, in dieser schwülen Hitze, an jenen Nachmittag im November denken mußte.

Kurz darauf sah er sie, die Skyline von Manhattan. Sie hatte etwas Unwirkliches, so als ob jemand eine Kulisse in die Landschaft geschoben hätte, die jederzeit wieder entfernt werden konnte. Aber als sie näher kamen und zwischen all den Türmen das in der Sonne schillernde, geschuppte Dach des Chrysler-Building sichtbar wurde, brach Robert plötzlich der Schweiß aus, weil sich die Kulisse in eine so übermächtige Wirklichkeit verwandelt hatte, daß er glaubte, den Anblick nicht ertragen zu können. Er lehnte sich zurück, schloß die Augen und dachte darüber nach, ob Joanna wohl jemals Angst vor dem Meer gehabt habe.

Joanna lief durch *Zabar's* Delikatessen und füllte in Windeseile ihren Einkaufskorb. Als Vorspeise würde es ein lockeres Lachsmousse geben, als Hauptspeise hausgemachte, mit Ricotta gefüllte Spinat-Tortellini, dazu eine scharfe Tomatensauce und zum Nachtisch Himbeertorte. Sie hatte nach Roberts Anruf kurz überlegt, ob sie ihre Krabbensuppe kochen sollte, das einzige Gericht, das sie selbständig zubereiten konnte. Aber nachdem ihr auch das neulich angebrannt war, hatte sie beschlossen, an einem Tag wie heute lieber auf *Zabar's* Kochkünste zurückzugreifen.

Zu Hause vergewisserte sie sich, daß eine Flasche Pinot Grigio im Kühlschrank stand, bevor sie ihre Bettwäsche wechselte und ausgiebig duschte. Nach einigem Hin und Her zog sie das schwarze Leinenkleid an, das sie an jenem Abend in Hamburg getragen hatte, legte ein spätes Streichquartett von Beethoven auf und stellte eine Schale mit Oliven auf den Tisch. Dann zog sie das schwarze Leinenkleid wieder aus und entschied sich statt dessen für einen weiten, schwarzen Seidenrock und ein langes T-Shirt. Nach weiteren fünf Minuten schien ihr die Haffner-Symphonie von Mozart für diesen Anlaß besser geeignet zu sein als alles, was sie von Beethoven besaß. Schließlich stellte sie die Musik ganz ab, setzte sich auf ihr Sofa und wartete.

Als der Taxifahrer in die West 81st Street einbog und vor dem überdachten Eingang des Hauses mit der Nummer 51 hielt, bemerkte Robert als erstes eine lange Reihe altmodischer, gelber Busse, die auf der gegenüberliegenden Straßenseite parkten. Er reichte dem Taxifahrer, der bisher noch kein Wort mit ihm gesprochen hatte, einen Zwanzigdollarschein und fragte ihn, was das für Busse seien.

»Schulbusse.«

Robert überlegte noch, wo er diesen Akzent schon einmal gehört hatte, als der Taxifahrer ihm sein Wechselgeld in die Hand drückte und auf das hinter den gelben Bussen liegende große Gebäude zeigte.

»Museum.«

Robert bedankte sich und stieg aus. Er war noch nie auf der Upper West Side gewesen und wußte nicht, was das für ein Museum war, in das offensichtlich unzählige amerikanische Schulkinder geführt wurden. Ursprünglich wollte er sich im Flugzeug belesen, in was für einem Viertel Joanna lebte, mußte dann aber feststellen, daß er in der Aufregung weder seinen alten Stadtplan noch den New-York-Führer eingepackt hatte.

Er nahm seinen Koffer und ging langsam auf den Eingang zu. Doch bereits nach wenigen Schritten blieb er wieder stehen, weil er spürte, daß er noch Zeit brauchte. Selbst auf die Gefahr hin, daß Joanna ihn vom Fenster aus beobachtete, überquerte er die Straße und betrachtete das Haus, in dem sie wohnte. Elf Stockwerke aus rotbraunen Ziegeln und hellem Stein, hier und da ein Balkon, erbaut 1903. Über dem Säuleneingang stand in verwitterten Buchstaben *Hotel Colonial*.

Die Ampel wurde Grün, Robert griff nach dem Koffer und dachte an seine Wohnung in einem Hinterhaus aus dem Jahre 1905.

Der Portier fragte ihn in gebrochenem Englisch, zu wem er wolle. Robert nannte Joannas Namen. Für den Bruchteil einer Sekunde wanderten die Augen des Portiers über den Koffer; dann deutete er mit dem Kopf auf die gegenüberliegende Wand, an der sich unzählige Klingeln aus Messing befanden.

Robert mußte zweimal sämtliche Schilder durchgehen, bis er die Aufschrift *Jackson* entdeckte. Er klingelte, hörte Joannas Stimme, sagte leise, daß er es sei, und ließ sich von ihr erklären, daß er in den siebten Stock fahren und dann rechts und gleich wieder links bis zum Ende des Gangs gehen solle.

»Da sind die Fahrstühle«, murmelte der Portier und wies mit dem Daumen in die linke, hintere Ecke des Hausflurs.

Robert versuchte, mit möglichst festen Schritten an ihm vorbeizugehen. Er zögerte einen Moment lang, auf welchen der beiden Knöpfe er drücken sollte, den mit dem Pfeil nach unten, weil er den Fahrstuhl zu sich herunterholen wollte, oder den mit dem Pfeil nach oben, weil er vorhatte, nach oben zu fahren. Es war nicht das erste Mal, daß er sich mit dieser Frage konfrontiert sah. Schließlich drückte er auf den Knopf mit dem Pfeil nach oben. Dann drehte er sich um und erschrak, als er in einen meterhohen, goldumrandeten Spiegel blickte.

Joanna stand in ihrer offenen Wohnungstür und wartete auf das ruckartige Bremsen des Fahrstuhls, das sich deutlich von dem im sechsten und dem im achten Stock unterschied, weil es immer eine leichte Erschütterung mit sich brachte. Da war es, dieses Beben unter ihren Füßen. Die Türen wurden aufgeklappt und wieder zugeklappt, dann fuhr der Fahrstuhl weiter nach oben.

Als Robert um die Ecke bog, war ihr, als habe sie ihn schon oft so den Gang entlangkommen sehen. Er lächelte, stellte seinen Koffer ab und nahm sie in die Arme. Bruno bellte einmal kurz auf und versuchte, sich zwischen ihre Beine zu drängen. Joanna erklärte, daß dies Bruno sei und sie etwas Geduld mit ihm haben müßten, weil er es nicht gewohnt sei, daß sie jemand anderen umarme als ihn. Bruno schnüffelte an Roberts Füßen und ließ sich dann bereitwillig von ihm kraulen. Joanna fühlte, wie etwas von ihr abfiel, eine Schale, in die sie sich seit ihrem Abschied von Robert zurückgezogen hatte, ohne daß ihr dies bewußt gewesen war. Erst jetzt merkte sie, wieviel Kraft es sie all die Tage gekostet hatte, in dieser Schale zu leben.

Sie nahm seine Hand und führte ihn in ihre Wohnung. Bruno umkreiste sie aufgeregt, und es war plötzlich so eng in ihrem kleinen Flur, daß sie Roberts Koffer am liebsten sofort in ihr Schlafzimmer gebracht hätte. Was sie davon abhielt, war der Gedanke, daß es ihm vielleicht unangenehm sein könnte, ihr Schlafzimmer betreten zu müssen, um sich etwas aus seinem Koffer zu holen. In diesem Augenblick drehte Robert sich zu ihr herum und küßte sie. Dann strich er ihr über die Stirn, und sie erzählte ihm von ihren Koffergedanken. Er lachte und sagte, sie kenne ihn schon besser, als er es für möglich gehalten hätte. Als sie ihn fragte, ob er etwas zu trinken wolle, bat er um ein Glas Wasser.

Während sie in ihrer Kochecke die Eiswürfel aus der gefrorenen Schale löste und Zitronenscheiben abschnitt, sah sie, wie Robert sich vorsichtig umblickte und dann zum Fenster ging. Sie hatte ihn nicht so groß in Erinnerung und auch nicht so dünn. Dabei wäre sie gestern noch so weit gegangen, zu behaupten, seine Silhouette unter Tausenden erkennen zu können.

Sie reichte ihm sein Glas, und ihr Blick fiel kurz auf die schmale, weiße Linie, die sich über seinen Handrücken zog; plötzlich kam es ihr so vor, als läge jene Nacht schon Jahre zurück.

Robert stand unter der Dusche und roch an Joannas hellbrauner Seife. Obwohl ihm diese Geruchsmischung aus Honig und Leder nicht unangenehm war, beschloß er, noch einmal aus der Duschwanne zu steigen und aus seinem Waschbeutel seine eigene Seife zu holen, die nach gar nichts roch. Jahrelang hatte er sich mit parfümierten Seifen abgefunden, bis er irgendwann bei seinem Kollegen Bernd auf diese geruchlose Seife gestoßen war, die es nur in Apotheken zu kaufen gab, aber längst nicht in jeder. Um nicht alle paar Monate erneut auf Seifensuche gehen zu müssen, hatte er vor einiger Zeit begonnen, sich einen größeren Seifenvorrat anzulegen.

Er drehte den Hahn wieder auf, seifte sich ein und versuchte sich vorzustellen, wie Joanna reagieren würde, wenn er ihr von diesem Seifenvorrat erzählte. Sie vermittelte ihm nicht den Eindruck, daß sie zu den Menschen gehörte, die Vorräte anlegten; vermutlich entschied sie von einem Moment zum anderen, was sie brauchte, und besorgte es sich dann.

Nachdem er sich abgetrocknet hatte, öffnete er leise den kleinen, weißen Schrank über dem Waschbecken, und erst als er auch dort keinen zweiten Zahnputzbecher entdecken konnte, war er sich sicher, daß sie allein lebte.

Joanna saß auf einem Stein und wartete darauf, daß Bruno zu ihr zurückkam. Er schien es ihr übelzunehmen, daß sie nur in den Hundeauslauf gegangen waren, anstatt, wie sonst um diese Zeit, einen längeren Gang durch den Park zu machen.

Als sie wieder in die Wohnung zurückkamen, lief er direkt ins Schlafzimmer, um an Roberts Koffer zu schnüffeln. Joanna hätte niemals gedacht, daß er so eifersüchtig sein könnte.

Sie deckte den Tisch, zündete eine Kerze an und legte dasselbe späte Streichquartett auf wie vorhin.

Robert stand plötzlich hinter ihr, küßte sie auf den Nacken und murmelte, wie glücklich er sei, daß sie ihn gestern zurückgerufen habe. Joanna dachte an das, was sie ihm eigentlich in jenem Gespräch hatte sagen wollen und dann doch nicht hatte sagen können. Davon würde sie ihm ein andermal erzählen.

Sie holte die Weinflasche aus dem Kühlschrank, schenkte ein, hob ihr Glas und stieß mit ihm an. Seine Augen wichen ihr nicht aus. Nur seine Hand zitterte ein wenig, als er das Glas wieder abstellte.

Robert aß mit einem Appetit, über den er sich selbst nur wundern konnte. Während es ihm in all den Jahren des Alleinlebens beim Essen ausschließlich darum gegangen war, satt zu werden, genoß er jetzt die verschiedenen Geschmacksrichtungen und die Beschaffenheit der einzelnen Speisen: das aus geräuchertem und gekochtem Lachs erstellte Mousse, die tatsächlich nach Spinat schmeckenden Tortellini in der mit Basilikum verfeinerten Tomatensauce, den mit einer Schokoladenschicht glasierten Mürbeteigboden, auf dem dicht an dicht, in einer cremigen Schicht, die Himbeeren lagen. Daß Joanna ihm schließlich von diesem Laden erzählte, in dem es all das fertig zu kaufen gab, was sie ihm hier auftischte, vermochte seine Freude nicht zu trüben. Er hatte die Lust am Essen wiederentdeckt; vielleicht würde er bald sogar selbst wieder kochen.

Während Joanna den Kaffee zubereitete, ging ihm durch den Kopf, wie er die ganze Woche lang versucht hatte, jeden Gedanken an den Moment zu unterdrücken, in dem Joanna und er sich so nah gewesen waren, wie er dies nie zuvor mit einer Frau erlebt hatte. Daran zu denken, hätte bedeutet, sich der Tatsache zu stellen, daß er etwas, wonach er sich schon immer gesehnt hatte, nicht hatte bewahren können. Er hatte seine Chance vertan, eine zweite würde er nicht bekommen. Erst jetzt wurde ihm bewußt, daß er nach dem Abschied von Joanna so gelebt hatte, als sei ein Stück von ihm gestorben.

Als er später ihre Hände auf seinem Körper spürte, waren sie ihm sofort so vertraut, daß er sich ihnen völlig überlassen konnte. Im Gegensatz zu ihrer Stimme, die ihn immer wieder überraschte, schien er ihre Hände schon lange zu kennen.

Kurz nachdem sie sich voneinander gelöst hatten, hörte er Joannas gleichmäßigen Atem und sah, daß sie eingeschlafen war. Er schaute in ihr Gesicht, dessen Züge jetzt so verändert waren, daß er nicht wußte, ob er diese schlafende Joanna überall wiedererkennen würde. Aus der sonst oft gerunzelten Stirn war alle Skepsis gewichen, ihr Mund schien beinahe zu lächeln, die Nasenflügel bebten nicht, nur ihr rechtes Augenlid zuckte ab und zu, als habe sie einen unruhigen Traum. Ihre Hand, die ihn eben noch gestreichelt hatte, lag unter ihrer Schläfe; der Ring, den sie am kleinen Finger trug, würde dort ein Muster hinterlassen.

Er stand auf, um etwas zu trinken und sich die Zähne zu putzen. Es war bereits halb zwölf, was für ihn soviel bedeutete wie frühmorgens halb sechs, doch er war nicht müde. Im Gegenteil, er fühlte sich so hellwach wie schon lange nicht mehr.

Bruno lag in seinem Hundekorb und schlief. Robert

mußte zugeben, daß er etwas Gutmütiges an sich hatte, was ihn um so mehr erstaunte, als ihm Hunde eigentlich nie ganz geheuer waren.

Als er ins Schlafzimmer zurückkam, lag Joanna immer noch an derselben Stelle. Was er vorher nicht bemerkt hatte, war ihr glühend rotes Ohrläppchen. Vorsichtig nahm er es zwischen Daumen und Zeigefinger, und auch da wachte sie nicht auf.

Joanna blickte auf ihren Wecker. Viertel nach sieben. Robert lag auf dem Bauch und rührte sich nicht, als sie aufstand und sich anzog, um mit Bruno eine Runde durch den Park zu laufen.

Sie hätte viel darum gegeben, heute nicht auf eine Beerdigung gehen zu müssen, zumal es um mehr ging als nur darum, Gerry in Queens unter die Erde zu bringen. Sie hätte Carol gern angeboten, daß sie anschließend mit zu ihr kommen könnte, weil sie wußte, daß weder Gerry noch sie Verwandte hatten, außer Simon, der aber unter Umständen bereits nicht mehr im Lande war. Natürlich würden Gerrys Kollegen und vielleicht auch Freunde von ihm dasein, aber Joanna war sich nicht sicher, ob diese eventuellen Freunde auch Carols Freunde waren. Je länger sie über diese Frage nachdachte, um so deutlicher wurde ihr, daß sie Carol eigentlich kaum kannte. Und dennoch hatte Carol sie vorgestern gefragt, ob sie einige Tage mit ihr verreisen wolle.

Als Robert um neun immer noch schlief, beschloß sie, ihm einen Zettel zu schreiben, daß sie diesen Tag gern mit ihm allein verbracht hätte, sich aber verpflichtet fühle, zu der Beerdigung von Carols Mann zu gehen. Er erinnere sich doch an Carol? Nachher würden sie vielleicht zusammen hierherkommen, da Carol sonst niemanden habe. Bruno sei schon draußen gewesen, aber wenn er Lust habe, könne er ihn gern mit in den Park nehmen.

Joanna faltete den Zettel zusammen und legte ihn auf Roberts Frühstücksteller. Im Flur machte sie noch einmal kehrt, faltete den Zettel wieder auseinander und setzte ein PS unter ihren Namen. Sie hoffe, es ging ihm so gut wie ihr.

Erst unten auf der Straße fiel ihr ein, daß Robert keinen Schlüssel zu ihrer Wohnung hatte. Der einzige Zweitschlüssel, den sie besaß, war bei Katie.

Joanna fuhr wieder nach oben. Schon als sie aus dem Fahrstuhl stieg, hörte sie, daß Katie Klavier übte. Sie machte erst beim dritten Klingeln auf.

»Wieso willst du den Schlüssel haben?« fragte sie, während sie verschiedene Schubladen ausleerte.

Joanna blickte auf ihre Uhr. Wenn Katie den Schlüssel nicht bald fand, würde sie zu spät in die Friedhofskapelle kommen.

»Hast du plötzlich Angst, ich könnte deine Wohnung ausrauben?«

»Quatsch. Ich brauche ihn für einen Freund.«

Katie richtete sich auf und sah sie mit offenem Mund an. »Was für einen Freund?«

»Bitte stell jetzt keine Fragen, sondern gib mir den Schlüssel. Ich muß zu einer Beerdigung.«

»Wer ist gestorben?«

»Ein Mann, den du nie in deinem Leben gesehen hast.«

»Wie hieß er?«

Joanna holte tief Luft. »Gerry O'Sullivan.«

»Da ist er!« Katie hielt triumphierend den Schlüssel hoch.

»Nun gib schon her. Ich muß los.«

»Nur, wenn du versprichst, daß du mir nachher von deinem Freund erzählst.«

»Du gehst mir manchmal wirklich auf die Nerven«, rief Joanna, riß Katie den Schlüssel aus der Hand und lief aus der Wohnung.

Sie schloß so leise wie möglich bei sich auf, schaute nicht nach, ob Robert noch schlief, sondern legte nur den Schlüssel neben den Zettel, strich Bruno kurz über den Kopf und ging.

Der Priester hatte bereits mit seiner Ansprache begonnen, als sie die Kapelle betrat, in der es so stark nach Weihrauch roch, daß sie sich beherrschen mußte, nicht sofort wieder hinauszulaufen. Sie blieb an der Tür stehen, bis sich ihre Augen an die Dunkelheit gewöhnt hatten und sie sich einen Platz suchen konnte. Obwohl sie beinahe damit gerechnet hatte, daß nicht viele Leute kommen würden, erschrak sie, als sie sah, daß nur die ersten beiden Reihen besetzt waren. Carol saß neben einem alten Mann, den Joanna nicht kannte; Simon konnte sie nirgendwo entdecken.

Sie setzte sich neben Steve, der ihr zuflüsterte, er hätte nie gedacht, daß Carol praktizierende Katholikin sei. Joanna zuckte mit den Achseln. Sie schloß nicht aus, daß Gerry religiös gewesen war. Seine Veröffentlichungen zur marxistischen Philosophie legten dies zwar nicht gerade nahe, aber wann waren Gerrys Hauptwerke erschienen? Vor zwanzig oder dreißig Jahren. Möglicherweise hatte er in der letzten Zeit nicht mehr zu dem stehen können, was ihn einmal berühmt gemacht hatte. Sie erinnerte sich an eine Äußerung von Carol vor einigen Jahren, daß Gerry sich mehr und mehr vom Schreiben zurückgezogen habe, etwas, was sie nicht nur bedauerlich, sondern auch beunruhigend fand. Aber selbst wenn Gerry bis zum Schluß an gar nichts geglaubt hatte – vielleicht brauchte Carol in dieser Situation einfach jemanden, der das Beerdigen übernahm.

Joanna merkte erst jetzt, daß der Priester aufgehört hatte zu sprechen und die Trauergäste sich langsam in Bewegung setzten. Während sie hinter dem Sarg herzogen, dachte Joanna daran, daß sie seit dem Tod ihrer Mutter vor über zehn Jahren auf keiner Beerdigung mehr gewesen war. Sie hatte gefroren an jenem Tag Anfang März, hatte buchstäblich mit den Zähnen geklappert, bis Ron ihr den Arm um die Schultern legte. Es war einer der seltenen Momente in ihrem Leben, in denen sie es hilfreich fand, einen Bruder zu haben. Ganz uneigennützig war diese Geste natürlich nicht, auch Ron brauchte Trost. Aber er hatte dennoch erkannt, daß sie die Bedürftigere war; sie hatte ihrer Mutter immer nähergestanden als er, der sich eher am Vater orientierte. Weder Ron noch sonst jemand wußte, daß sie bis zum Schluß geglaubt hatte, ihre Mutter werde diese Krankheit überleben. Sie hatte sich beurlauben lassen und war Tag und Nacht nicht von ihrem Bett gewichen, als ob sie meinte, sie durch ihre Anwesenheit am Leben erhalten zu können. Eines Morgens hatte ihre Mutter sie immer wieder gedrängt, in den Krankenhausgarten zu gehen, um frische Luft zu schnappen. Zwanzig Minuten war sie draußen gewesen, und genau in dieser Zeit war sie gestorben. Jahrelang war Joanna der festen Überzeugung gewesen, ihre Mutter habe es ihr ersparen wollen, sie sterben zu sehen. Doch dann hatte sie eines Tages begriffen, daß sie allein sein mußte, um sterben zu können.

Carol verzog keine Miene, als der Sarg in die Erde gesenkt wurde. Es waren fast alles ältere Männer, die nacheinander an ihr vorbeizogen und ihr die Hand gaben; Joanna war die einzige, die sie in die Arme nahm. Steve murmelte etwas von einer dringenden Verpflichtung und verabschiedete sich. Da Carol offensichtlich niemanden aufgefordert hatte, die nächsten Stunden gemeinsam mit ihr zu verbringen, standen sie plötzlich allein da.

»Mußt du nicht auch los?«

Joanna schüttelte den Kopf.

»Ich dachte, du hättest Besuch.«

»Wann ist Simon gefahren?«

»Gestern morgen.« Carol nahm ihre Sonnenbrille ab und warf einen letzten Blick auf das offene Grab. »Ich möchte nicht über ihn sprechen.«

Joanna nahm sie am Arm und ging mit ihr zum Ausgang des Friedhofs. Sie stiegen in ein Taxi, und Joanna wollte schon ihre Adresse nennen, als Carol sie bat, mit ihr nach Greenwich Village zu kommen. Joanna dachte an Robert und bestand nicht darauf, Carol mit zu sich nach Hause zu nehmen.

Sie landeten schließlich im *Taste of India*, einem billigen, etwas heruntergekommenen Restaurant, das Joanna allein niemals betreten hätte. Carol schien hier bekannt zu sein; der Besitzer kam sofort auf sie zu und erklärte, wie leid es ihm täte, daß Gerry nicht mehr am Leben sei. Carol fing an zu weinen; sie stand mitten im Raum und weinte, ohne auch nur den geringsten Versuch zu machen, ihre Tränen vor dem Inder oder vor den Gästen zu verbergen.

In diesem Augenblick öffnete sich die Tür zur Küche, und zwei Frauen in bunten Baumwollsaris liefen auf Carol zu. Sie hakten sie unter und führten sie zu einem freien Tisch, wo sie rechts und links von ihr Platz nahmen, ihr immer wieder über den Kopf strichen und in einer fremden Sprache leise auf sie einredeten. Joanna hatte sich schon lange nicht mehr so überflüssig gefühlt.

Sie war kurz davor zu gehen, als der Besitzer ihr zulächelte und sie aufforderte, sich an Carols Tisch zu setzen. Er brachte ein Tablett mit vier Gläsern Lassi und fragte, ob sie seine Gemüse-Samosas probieren wollten. Joanna war alles andere als hungrig, doch als sie sah, daß Carol nickte, nickte sie auch.

Robert wachte davon auf, daß eine Tür ins Schloß fiel. Er wäre sofort wieder eingeschlafen, wenn da nicht dieses seltsame Geräusch gewesen wäre. Es klang, als ob im Wohnzimmer jemand über die Holzdielen rutschte. Während er noch überlegte, ob er nachsehen sollte, was es mit dem Geräusch auf sich hatte, bekam er einen Stups in die Rippen. Er drehte sich um und sah Bruno vor dem Bett stehen und mit dem Schwanz wedeln. Bruno schien nicht gewillt zu sein, ihn noch länger schlafen zu lassen. Wann immer er seine Augen schloß, legte Bruno ihm seine kalte Schnauze auf den Arm. Robert versuchte ihm zu erklären, wie müde er sei. Dies bereitete ihm gewisse Schwierigkeiten, da er noch nie mit einem Hund gesprochen hatte. Es war auch vollkommen sinnlos; bei seinem nächsten Einschlafversuch fuhr Bruno ihm mit der Zunge durchs Gesicht, und an Schlafen war nicht mehr zu denken.

Er stand auf, fand Joannas Zettel und den Wohnungsschlüssel und setzte Teewasser auf. Die Vorstellung, den Tag für sich zu haben, hatte etwas Beruhigendes. Es bedeutete immer noch eine ungewohnte Anstrengung für ihn, ständig einen anderen Menschen um sich zu haben. Er konnte sich dem inneren Druck nicht entziehen, entweder reden oder zuhören zu müssen.

Joanna schien zum Frühstück nur Cornflakes zu essen. Wenn Robert etwas nicht mochte, dann waren es Cornflakes. Er öffnete verschiedene Schränke, um zu sehen, wo sie Brot und Marmelade aufbewahrte, doch er fand nichts als ein paar Tütensuppen und eine Flasche Olivenöl. In ihrem Kühlschrank stand ein Joghurt, dessen Verfallsdatum der fünfte Juli gewesen war; im

Gemüsefach lagen zwei angeschimmelte Tomaten und ein verwelkter Blattsalat. Robert machte den Kühlschrank wieder zu und beschloß, in den Coffee-Shop zu gehen, den er gestern beim Aussteigen aus dem Taxi gesehen hatte. Er stellte das Teewasser ab, zog sich an, versprach Bruno, daß er später, aber nicht jetzt mit ihm in den Park gehen werde, und verließ die Wohnung.

Der Portier nickte ihm zu; fast sah es für Robert so aus, als habe er ihm auch zugezwinkert.

Der Coffee-Shop lag im Haus nebenan und war nur durch den Eingang des *Excelsior Hotels* zu erreichen. Robert zögerte, weil er nicht wußte, ob man im Hotel wohnen mußte, um hier frühstücken zu dürfen. Außerdem ließ ihn der Name *Excelsior* an unbezahlbare Preise denken. Aber nachdem er durchs Fenster die abwischbaren Tische und die mit einem plastikartigen Stoff bezogenen, schon etwas schäbigen Sitzbänke gesehen hatte, gab er sich einen Ruck und betrat das Hotel. An der Rezeption teilte man ihm mit, der Coffee-Shop habe mit dem Hotel nichts zu tun; im Hotel werde überhaupt kein Frühstück serviert.

Bei seinem Blick durchs Fenster war ihm entgangen, daß alle Bänke an den Wänden besetzt waren. Es blieb ihm somit nichts anderes übrig, als sich an einen der kleinen Mitteltische zu setzen oder wieder zu gehen. Solange er denken konnte, hatte er Mitteltische gemieden, doch heute würde er eine Ausnahme machen, weil er zu faul war, um in einer ihm unbekannten Gegend nach einem Café mit Randplatz zu suchen.

Der Kellner hatte denselben Akzent wie der Taxifahrer. Wenn seine Miene nicht so verschlossen gewesen wäre, hätte Robert ihn vielleicht gefragt, wo er herkäme. So beschränkte er sich darauf, einen French Toast mit Ahornsirup und eine Tasse Tee zu bestellen.

Daß niemand rauchte, fiel Robert erst auf, als er das

Rauchverbotsschild sah. Vorausgesetzt, daß hier schon länger nicht mehr geraucht werden durfte, hatte Nick sich in den Jahren seines Zusammenlebens mit Joanna einen anderen Ort zum Frühstücken suchen müssen, falls er überhaupt frühstückte. Der Gedanke, daß Nick in eben jener Wohnung gelebt hatte, in der er jetzt zu Gast war, hatte etwas Beklemmendes. Es war, als gäbe es zwischen ihnen eine unsichtbare Verbindung, die er nicht lösen konnte. Zum Glück roch es wenigstens bei Joanna nicht mehr nach Nicks Zigaretten, anders als bei ihm zu Hause im Wintergarten, wo sich der schale Geruch vermutlich noch Monate halten würde.

Sein French Toast wurde serviert und schmeckte vorzüglich. Claudia hatte ihm damals dieses in Eiermilch getauchte und in Butter gebratene Weißbrot empfohlen, damit er wenigstens in Amerika morgens mal etwas anderes aß als Brot mit Marmelade.

Als er in Joannas Wohnung zurückkam, war es Viertel nach elf. Bruno sprang an ihm hoch, um dann loszulaufen und seine Leine zu holen. Robert ging dieser Eifer auf die Nerven, zumal er unentschlossen war, wie er die nächsten Stunden verbringen wollte. Joannas Zettel hatte etwas Uneindeutiges, was ihm vorhin noch nicht aufgefallen war. Schlug sie ihm indirekt vor, er möge sich tagsüber woanders aufhalten, damit sie mit Carol in der Wohnung allein sein konnte? Oder kündigte sie ihm an, daß sie einen Teil des Tages zu dritt und nicht zu zweit verbringen würden?

Bin mit Bruno im Park schrieb er unten auf den Zettel und notierte daneben die Uhrzeit: *11 Uhr 25.*

Bruno schien genau zu wissen, wohin er wollte. Er zog ihn an verschiedenen Felsgruppen und an einem See vorbei und weiter über eine Wiese auf ein großes Reservoir zu. Schließlich sah Robert das Schild mit der Aufschrift *Dog Hill.* Nachdem er sich vergewissert hatte, daß alle Hunde hier frei herumliefen, nahm er Bruno die Leine ab. Er konnte nur hoffen, daß er zu ihm zurückkommen würde.

Nach einer Weile sah er, wie Bruno auf eine junge Frau mit einem Golden Retriever zulief. Sie streichelte ihm den Kopf, sah sich dann suchend um und hockte sich neben ihn hin. Sobald Bruno bemerkte, daß er näherkam, rannte er auf ihn zu, umkreiste ihn einmal und rannte wieder zu der Frau zurück. Beim zweiten Mal folgte ihm der Golden Retriever und begann ihn zu beschnüffeln.

»Jupiter!« rief die Frau.

Robert wußte nicht, wie er reagieren sollte. Die beiden Hunde kannten sich offensichtlich; aber wer garantierte ihm, daß dieser riesige Jupiter genauso harmlos war wie Bruno?

Erleichtert stellte er fest, daß die junge Frau nun auf ihn zukam, Jupiter von ihm wegzog und ihn hinter Bruno herschickte, der in Richtung Reservoir gelaufen war.

»Der tut nichts«, sagte sie und lächelte.

Robert zuckte mit den Achseln. Dies war eine Äußerung, die er auch von deutschen Hundebesitzern kannte und die ihn meist nur noch mißtrauischer machte, als er sowieso schon war.

»Sie müssen der Freund von Joanna sein«, sagte die junge Frau, als er gerade weitergehen wollte. »Ich bin Katie Baker, Joannas Nachbarin.« Sie streckte ihm ihre Hand entgegen und lächelte wieder.

»Robert Wagner«, murmelte Robert, während er die Hand ergriff. Er fand es etwas befremdlich, daß Joanna bereits mit ihren Nachbarn über ihn gesprochen hatte

»Sind Sie Deutscher?«

Robert nickte.

»Ah«, sagte Katie Baker. »Jetzt wird mir manches klarer.«

Robert hatte nicht die geringste Ahnung, was sie damit meinte, und es interessierte ihn auch nicht.

»Wie gefällt Ihnen New York?«

»Gut«, antwortete er, während er sich nach Bruno umsah, der plötzlich verschwunden war.

»Sind Sie zum ersten Mal hier?«

»Nein.« Er fragte sich, wie er dieses Gespräch beenden sollte. Katie Baker gehörte bestimmt nicht zu den Menschen, die sich leicht abschütteln ließen.

In diesem Moment tauchte Bruno in der Ferne auf. Robert rief mehrmals laut seinen Namen, doch er schien ihn nicht zu hören. Auf Katie Baker hörte er allerdings sofort, was Robert ihm beinahe ein wenig übelnahm.

»Alle Hunde mögen mich«, sagte sie, während sie Brunos Kopf streichelte. »Ich nehme an, Sie haben noch nie einen Hund gehabt, oder?«

Robert verzichtete auf eine Antwort und versuchte statt dessen, Bruno an die Leine zu legen, damit er nicht noch länger hier herumstehen mußte. Doch Bruno wich ihm immer wieder aus, wofür Katie Baker vollstes Verständnis zu haben schien.

»Auf dem *Dog Hill* leint eigentlich niemand seinen Hund an«, sagte sie mit einem leicht spöttischen Unterton.

»Darauf kann ich leider keine Rücksicht nehmen«, antwortete Robert. »Sie haben ja gesehen, daß er nicht auf mich hört.«

»Vielleicht gefällt ihm der Ton in Ihrer Stimme nicht, wenn Sie ihn rufen. Hunde sind sehr musikalisch.«

Robert hätte ihr am liebsten gesagt, daß ihm der Ton in ihrer Stimme auch nicht gefiel, aber solange er den Karabinerhaken nicht an Brunos Halsband befestigt hatte, wollte er es sich mit Katie Baker nicht verderben.

»Geben Sie mal her«, sagte sie schließlich, und schon saß der Haken.

Kaum hatte er sich in Bewegung gesetzt, als sie hinter ihm herrief, ob er nicht Lust habe, einen Kaffee mit ihr zu trinken.

»Nein, danke«, rief er, ohne sich umzudrehen. Er mußte sich beherrschen, nicht zu rennen.

Sobald sie außer Sichtweite waren, setzte er sich mit Bruno unter einen Baum. Vor seinen Augen flimmerte es. Er brauchte dringend eine Kopfbedeckung, sonst bekam er noch einen Stich.

Als er durch die Tür der Nummer 51 trat, erschien der Anflug eines Lächelns auf dem Gesicht des Portiers. Offensichtlich gehörte es zu seinem Berufsverständnis, jedem, der das Haus betrat oder es verließ, durch seine Mimik zu vermitteln, wie er ihn einschätzte. Robert fand es alles andere als angenehm, ständig so gemustert zu werden, auch wenn dieses Lächeln bereits ein Fortschritt war und so gedeutet werden konnte, daß der Portier ihn als vorübergehenden Hausgast akzeptiert hatte.

Er wunderte sich darüber, wie kühl es in der Wohnung war, und merkte erst jetzt, daß Joanna eine Klimaanlage hatte, die wahrscheinlich seit seiner Ankunft ununterbrochen in Betrieb war. Er hatte bisher geglaubt, das gleichförmige Geräusch käme aus der Nachbarwohnung.

Während er noch diesen merkwürdigen Apparat betrachtete, brachte Bruno ihm seinen gelben Napf. Nach einigem Hin und Her verstand Robert, daß dies der Trink- und nicht der Freßnapf war. Er füllte ihn bis zum Rand voll mit Wasser und stellte ihn vor Bruno auf den Boden. Dann sah er ihm zu, wie er hastig anfing zu schlürfen. Daß er deutsch mit ihm sprach, schien Bruno nicht zu stören, solange er das bekam, was er haben wollte.

Im Kühlschrank stand zum Glück noch eine halbe

Flasche Mineralwasser. Robert hätte nicht gewagt, das New Yorker Leitungswasser zu probieren. Er erinnerte sich, daß vor vierzehn Jahren in der *New York Times* von mehreren Typhusfällen die Rede war, was Claudia natürlich nicht daran hinderte, direkt aus dem Wasserhahn zu trinken. Ob jemand Abwehrkräfte habe oder nicht, hätte unter anderem etwas mit der inneren Einstellung zu tun, behauptete sie und belächelte seinen Vorrat an Mineralwasserflaschen. Kurz nachdem sie wieder in Hamburg waren, bekam sie eine Nierenbeckenentzündung und lief wochenlang mit einem vorwurfsvollen Gesicht durch die Gegend, so als ob sie ihn, stellvertretend für das Land, in das sie nie hatte zurückkehren wollen, für die Erkrankung verantwortlich machte.

Er nahm sein Glas und ging zum Fenster. Unter ihm lag das Museum, auf das ihn der Taxifahrer aufmerksam gemacht hatte, ein riesiger Komplex aus alten und neuen Gebäuden. *American Museum of Natural History* stand in weißen Buchstaben auf einer der Seitenwände. Das war ihm gestern nicht aufgefallen, bei seinem ersten Blick aus Joannas Fenster. Außer den in der Ferne liegenden Wolkenkratzern hatten ihn da vor allem die zu jedem Haus gehörigen, zylindrischen Wasserbehälter interessiert, die auf so dünnen Stelzen standen, daß es aussah, als ob sie über den Dächern schwebten. Plötzlich sehnte er sich nach Joanna, nach ihrer Art, ihm ein Glas zu reichen und dabei so zu lächeln, als wolle sie sagen, daß sie nicht vorhabe, ihn ständig zu bedienen.

Er holte sich den Rest des Mineralwassers aus dem Kühlschrank und trank es in einem Zug aus. Langsam wanderten seine Augen über die wenigen Gegenstände in diesem Raum: das Sofa, den Fernsehapparat, die Bücherregale, Brunos Hundekorb. Hier stieß er nirgendwo an.

Nachdem er Joannas Sammlung klassischer CDs und ihre vielen Bücher betrachtet hatte, unter denen sich zu seiner Überraschung auch eine Übersetzung vom *Zauberberg* befand, nahm er sich ein Exemplar des *New Yorker* und setzte sich aufs Sofa. Nach den riesigen Stapeln zu urteilen, die im Regal und auch im Schlafzimmer lagen, schien Joanna seit Jahren den *New Yorker* abonniert zu haben. *European Night Journey* lautete der Titel der Kurzgeschichte eines gewissen John Berger, von dem Robert noch nie gehört hatte. Es gab viele Dialoge in dieser Geschichte; wahrscheinlich fiel es ihm deshalb so leicht, den Text zu verstehen. Schon nach wenigen Sätzen spürte er, wie er immer mehr in die Geschichte hineingezogen wurde und dabei fast vergaß, daß er etwas auf englisch las. Er sah sie vor sich, diese zwei Fremden auf einer Busreise von Bratislava nach Venedig, mit Zwischenhalt in Prag und Triest. Ein glatzköpfiger Mann in einem altmodischen Anzug. Eine Frau mit kurzen, lockigen Haaren und einer singenden Stimme. In Prag beginnen sie miteinander zu reden, nicht wie Fremde, die Konversation machen, sondern wie zwei, die im jeweiligen anderen jemanden gefunden haben, der ihnen Vertrauen einflößt. So entfliehen sie, für ein paar Stunden, ihrer Einsamkeit.

Robert schlug das Heft zu. Vielleicht hatte Joanna die Geschichte gelesen, bevor sie ihn eingeladen hatte, nach New York zu kommen. Vielleicht hatte sie dieselbe Nähe zu den Figuren empfunden wie er. *25. Juli 1994* stand in der linken, oberen Ecke des Titelblatts. Er brauchte eine Weile, bis er begriff, daß diese Ausgabe erst gestern erschienen war und Joanna von der Existenz der *European Night Journey* möglicherweise noch gar nichts wußte.

Kurz nach halb zwei. Er zog einen kleinen Schreibblock und einen Bleistift aus seiner Hosentasche und begann aufzuschreiben, was er einkaufen wollte. Im Grunde hätte er eine Liste für einen Großeinkauf machen können, aber da er kein Auto hatte und alles durch die Hitze schleppen mußte, würde er sich auf die Dinge beschränken, die sie heute abend und morgen früh zum Essen brauchten. Er erinnerte sich nicht mehr an den Namen des Ladens, in dem Joanna das gestrige Abendessen besorgt hatte und in dem sie anscheinend auch sonst häufig einkaufte. Vermutlich handelte es sich um eine Art Delikatessengeschäft, das er sowieso nicht betreten würde, weil ihm solche Läden viel zu teuer waren. Abgesehen davon, war er schon immer gern in Supermärkte gegangen, weil er dort, unbehelligt von irgendwelchen Verkäufern, seine eigene Wahl treffen konnte.

Sloan's in der Columbus Avenue hatte eine große Fleischabteilung. Während Robert noch zwischen Lammkoteletts und Schweinesteak schwankte, kamen ihm auf einmal Zweifel, ob Joanna überhaupt Fleisch aß. Im *Provençal* hatte sie Seeteufel gegessen; gestern abend hatte es fleischlose Tortellini gegeben. Also würde er zur Sicherheit lieber Fisch besorgen. Enttäuscht stellte er fest, daß *Sloan's* nur tiefgefrorene Forellen und einen ihm unbekannten Fisch in einer undefinierbaren Sauce verkaufte. Doch ein paar Straßen weiter fand er ein Fischgeschäft, in dem er für viel Geld frischen Lachs erstand, genug für drei Personen – für den Fall, daß diese Carol mitkam, was er nicht hoffen wollte.

Joanna lief zum Sheridan Square und stieg dort in die U-Bahn. Sie hatte es nicht länger ertragen, im *Taste of India* zu sitzen und Carol beim Essen zuzusehen. Immer wieder wurden neue Schüsseln aufgetragen, immer wieder mußte sie ihre Hände über den Teller halten, um nicht noch mehr aufgefüllt zu bekommen. Sie habe seit

Tagen nichts gegessen, hatte Carol irgendwann gemurmelt. Ansonsten hatten sie nicht miteinander gesprochen. Als sie aufgestanden war, um sich zu verabschieden, hatte Carol weitergegessen, ohne sie auch nur anzusehen. Joanna fragte sich, ob sie dabei war, den Verstand zu verlieren.

Sie war so erschöpft, daß sie sich nach nichts anderem sehnte, als in ihre Wohnung zurückzukehren, das Telefon auszustöpseln und zu schlafen. Die Vorstellung, daß Robert jetzt womöglich auf ihrem Sofa saß und nur darauf wartete, gemeinsam mit ihr Manhattan zu erkunden, hatte etwas Beklemmendes. Sie würde ihm erklären müssen, daß sie erst in ein paar Stunden wieder ansprechbar war, ja, daß sie auch an Tagen ohne Beerdigungen viel Zeit und Raum für sich allein brauchte.

Das erste, was sie sah, als sie ihr Wohnzimmer betrat, war ein Strauß Teerosen, der in einem Gurkenglas stand. Daneben lag ein Zettel. Was sie davon halte, wenn es heute abend gegrillten Lachs, Porreegemüse und gratinierte Kartoffeln gäbe? Er habe von allem reichlich eingekauft, so daß auch Carol mitessen könne. Bruno und er seien auf dem *Dog Hill* gewesen, danach habe er ihm einen Napf voll Wasser zu trinken gegeben. Jetzt wolle er ins *Guggenheim Museum* und plane, gegen achtzehn Uhr zurück zu sein. Hoffentlich habe die Beerdigung sie nicht zu sehr mitgenommen. Er freue sich auf später. *Gruß, Robert. 15 Uhr 10.*

Sie hätten sich fast vorm Haus begegnen können. Einen Moment lang war Joanna versucht, ihm nachzulaufen, dann jedoch besann sie sich darauf, daß sie gerade eben noch hatte allein sein wollen. Außerdem kam es ihr so vor, als ob Robert, genau wie sie, zu den Menschen gehörte, die es nicht mochten, wenn ihnen jemand nachlief.

Ihre Müdigkeit war verflogen. Sie betrachtete die gefüllte Obstschale, wusch sich einen Pfirsich ab und öffnete den Kühlschrank, um zu sehen, wo Robert eingekauft hatte. Beim Anblick der Sloanschen Preisschilder mußte sie gegen eine plötzliche Übelkeit ankämpfen. Seitdem ihr dort vor Jahren eine Ratte über die Füße gelaufen war, hatte sie den Laden nicht mehr betreten. Das konnte Robert natürlich nicht wissen, und sie würde sich hüten, es ihm heute zu erzählen.

Als das Telefon klingelte, dachte sie sofort an Carol, die nach ihrer Völlerei nun vielleicht doch noch das Bedürfnis hatte zu reden. Aber es war ihr Vater, der ihr mitteilte, daß er mit Fieber im Bett liege und Antibiotika gegen seine Bronchitis schlucke.

»Hast du genug zu lesen?«

»Ich habe alles, was ich brauche.«

»Was kann ich also für dich tun?« fragte Joanna und warf ihren Pfirsichkern in den Mülleimer.

Am anderen Ende wurde gehustet. Joanna hielt den Hörer ein Stück von ihrem Ohr weg und wartete.

»Ruth meint, daß du am Sonnabend einen ziemlich überarbeiteten Eindruck gemacht hast.«

»Aha.«

»Was soll das heißen? Bist du überarbeitet oder nicht?«

Joanna fuhr mit dem Finger über die Maserung ihres Kiefernholztisches. »Ich glaube, ja.«

»Vielleicht solltest du dir ein paar Tage frei nehmen.«

»Seit wann bist du so um mein Wohl besorgt?«

»Du könntest das Angenehme mit dem Nützlichen verbinden.«

»Wie meinst du das?«

Wieder folgte ein anhaltendes Husten. Joanna war kurz davor, ihrem Vater zu sagen, daß sie nicht ständig von ihm angehustet werden wolle. Er lege doch sonst soviel Wert auf gute Manieren.

»Die Nachbarn, die für uns in Cape Cod immer nach dem Rechten sehen, haben vorhin angerufen, weil sie überraschend zu ihrem Sohn nach Seattle müssen. Und du weißt ja, daß wir nicht vor Mitte August fahren können.«

»Ihr braucht also jemanden fürs Haus.«

»So ist es.«

»Warum sagst du das nicht gleich?«

»Weil du sofort abgelehnt hättest.«

»Als ich vor zwei Jahren in Cape Cod war, habt ihr euch beklagt, daß der Staubsauger am falschen Platz stand, daß die Geschirrhandtücher nicht richtig zusammengefaltet waren und ein Topf von unten klebte.«

»Du würdest uns einen großen Gefallen tun.«

»Ich werde darüber nachdenken.«

»Entscheide dich bitte bis heute abend.«

»Dachtest du an eine bestimmte Uhrzeit?«

»Wie bitte?«

»Du hast doch immer für alles eine Uhrzeit parat.«

»Spotte nicht über deinen alten Vater.«

Joanna wollte ihm noch gute Besserung wünschen, aber da hatte er bereits aufgelegt.

Sie ging ins Schlafzimmer und legte sich auf das von Robert gemachte Bett. Er hatte offensichtlich nicht gesehen, daß sie einen Bettkasten hatte, in dem das Bettzeug verstaut wurde. Vielleicht gab es in Deutschland keine Bettkästen.

Allein würde sie jetzt niemals nach Cape Cod fahren, nicht um diese Jahreszeit. Beim letzten Mal hatte sie sich inmitten der Familien und Paare, die den Strand bevölkerten, so einsam gefühlt, daß sie schon nach wenigen Tagen wieder abgereist war. Aber mit Robert zusammen war es etwas anderes. In dem geräumigen Holzhaus hätten sie beide den Platz, den sie brauchten. Andererseits konnte sie es sich zeitlich gar nicht leisten, Urlaub zu machen. Sie wußte nicht, wie Robert sich das vorstellte. Vielleicht erwartete er, daß sie alles stehen- und liegenließ, um mit ihm zusammenzusein.

Sie drehte sich auf die Seite und sah seinen abgeschabten, braunen Koffer, der in der Ecke des Zimmers stand. Nein, Robert erwartete nichts dergleichen. Im Gegenteil. Wenn sie ihm sagen würde, daß sie in den nächsten Wochen täglich zehn Stunden arbeiten müßte, würde er ihr wahrscheinlich noch anbieten, sie zu bekochen.

In diesem Moment klingelte es an ihrer Wohnungstür. Bruno kam sofort schwanzwedelnd auf sie zugelaufen; vielleicht hatte er Jupiters Hecheln hinter der Tür gehört.

»Wir machen jetzt nicht auf«, flüsterte Joanna ihm ins Ohr. »Wir wollen unsere Ruhe haben.«

Er schaute sie mit schräggestelltem Kopf an, dann lief er in den Flur zurück.

Sie griff nach ihrem Krimi, merkte jedoch schon nach einer halben Seite, wie ihr die Augen zufielen. Das letzte, was sie vor sich sah, bevor sie einschlief, waren die Dünen von Cape Cod.

Robert hatte sich einen Stadtplan und eine dunkelgrüne Baseballmütze gekauft und war einmal quer durch den Central Park gelaufen. Nun stand er vor dem schnekkenförmigen Gebäude des *Guggenheim Museums* und dachte daran, daß ein Teil der Bilder, die hier für gewöhnlich hingen, zur Zeit in der Hamburger Kunsthalle gezeigt wurden. Wochenlang hatte er vorgehabt, sich die Ausstellung anzusehen, und war doch nicht dazu gekommen.

Während er eine Eintrittskarte löste, erinnerte er sich an das, was Nick vor vierzehn Jahren zu ihm gesagt hatte, als er ihm von seinem Besuch im *Guggenheim Museum* erzählte. Ob er wirklich glaube, eine Stadt kennenzulernen, wenn er ins Museum ginge? Er hatte darauf keine Antwort gewußt und wußte auch jetzt keine. Im Unterschied zu damals stellte ihm nur heute niemand eine solche Frage.

16.

Joanna sah Robert dabei zu, wie er den Porree in Scheiben schnitt und dann begann, ihn zu waschen. Er ließ Wasser ins Spülbecken laufen und drückte mit dem Daumen die Porreeringe auseinander, um sie von dem dazwischenliegenden Sand zu befreien. Ring für Ring wurde gedreht und gewendet, bevor er in einem Sieb landete. Joanna fragte sich, ob es irgendein anderes Gemüse gab, das in der Zubereitung so arbeitsintensiv war wie Porreegemüse.

Robert hatte ihr bei seiner Rückkehr erklärt, daß er für sie kochen wolle und sie sich entspannen solle. Da sie jedoch allmählich Hunger bekam und es bei dieser Gemüseputzgeschwindigkeit noch Stunden dauern würde, bevor das Essen auf dem Tisch stand, schlug sie ihm vor, daß sie die Kartoffeln schälen könne, was er ihr schließlich bereitwillig überließ.

Sie erinnerte sich nicht, wann sie zuletzt Kartoffeln geschält hatte, vermutlich nicht in dieser Wohnung, denn sie war hier noch nie auf den Gedanken gekommen, sich einen Kartoffelschäler anzuschaffen. Aufgrund der Tatsache, daß sie nur ein Küchenmesser besaß und Robert dies benötigte, um noch hier und da eine dunkle Stelle von seinen Porreeringen abzuschneiden, mußte sie sich mit einem stumpfen Obstmesser begnügen.

Robert schien erleichtert zu sein, daß Carol nicht mitgekommen war, und sie war es in gewisser Weise auch. Gleichzeitig jedoch hatte sie Angst, daß Carol sich etwas antun könnte. Diese Gefahr bestand natürlich unabhängig davon, ob sie bei ihnen aß oder nicht, aber Joanna bildete sich ein, daß sie beruhigter wäre, wenn Carol mit ihr gesprochen hätte.

Für seinen ersten Kochversuch nach mehr als zehn Jahren hätte er ein anderes Gemüse auswählen sollen, stellte Robert im stillen fest. Bei derartig sandigem Porree bestand selbst nach sorgfältigem Waschen die Gefahr, daß einem später beim Essen noch Sand zwischen die Zähne geriet, etwas, was er haßte, so gern er auch Porree aß.

Während er die Ringe im Wasser abspülte, dachte er an seine Begegnung mit Katie Baker, von der er Joanna bisher nichts erzählt hatte. Aus irgendeinem Grund befürchtete er, es könnte ihr mißfallen, daß er ihre hundebesessene Nachbarin nicht mochte.

»Kennst du Cape Cod?«

Er drehte sich zu Joanna um, die am Tisch saß und so aussah, als schäle sie zum ersten Mal in ihrem Leben Kartoffeln. »Nein. Wieso?«

»Mein Vater hat dort ein Haus. Wir könnten ein paar Tage Ferien machen.«

Robert erinnerte sich dunkel, irgendwo gelesen zu haben, daß Cape Cod das Sylt der Ostküstenamerikaner war. Da er noch nie das Bedürfnis verspürt hatte, sich an einen Strand zu legen, schon gar nicht inmitten einer Ansammlung von Snobs, zögerte er mit seiner Antwort.

»Es ist eins dieser alten Holzhäuser«, erklärte Joanna. »Du wachst auf und blickst direkt aufs Meer.«

Offensichtlich war Joanna sehr daran gelegen, ihn zu dieser Reise zu überreden. Vielleicht wurde es ihr hier mit ihm schon zu eng.

»Falls du nicht gern in der Sonne liegst, kannst du beruhigt sein. Ich mag es auch nicht.«

»Fährst du öfter dorthin?«

»Nein.«

Als er sie erstaunt ansah, fügte sie hinzu, daß für einen allein das Haus zu groß sei. Robert schüttelte das Sieb, um das restliche Wasser abtropfen zu lassen. Es erstaunte ihn, daß Joanna auf einmal Ferien machen wollte, nachdem sie ihm gestern noch erklärt hatte, wieviel sie in nächster Zeit arbeiten müsse.

»Als mein Vater vorhin angerufen hat, um zu fragen, ob ich in seinem Haus einhüten will, dachte ich plötzlich, daß ich dir gern die Gegend zeigen würde. Dort habe ich als Kind alle meine Sommer verbracht.«

»Wenn das so ist ...«

»Du möchtest lieber hierbleiben.«

»Das habe ich nicht gesagt.«

»Aber gedacht.«

»Nein.«

»Die Fahrt dauert sechs Stunden. Wir könnten am Freitag morgen losfahren und bis Montag nachmittag bleiben.«

Robert nickte. »Solange du nicht von mir verlangst, daß ich auf den Wellen surfe oder Strandtennis mit dir spiele, ist mir alles recht.«

»Was hast du gegen Strandtennis?« fragte Joanna und griff zum Telefon.

Robert deutete mit dem Kopf in Richtung Tür. Vielleicht wollte sie allein sein, wenn sie telefonierte. Doch sie winkte ab. Ihre Stimme klang sehr sachlich, als sie ihrem Vater mitteilte, daß sie bereit sei, ein verlängertes Wochenende in Cape Cod zu verbringen. Ihn erwähnte sie mit keinem Wort.

Als sie sich um Viertel nach neun an den Tisch setzten, um zu essen, war Joanna fast schlecht vor Hunger. Robert meinte, die gratinierten Kartoffeln hätten gut noch zehn Minuten länger im Ofen bleiben können, woraufhin Joanna in scharfem Ton erwiderte, sie hätten schon lange genug gewartet. Danach schwiegen sie beide, bis sie kurz darauf gleichzeitig wieder anfingen zu sprechen und sofort abbrachen. Er bedauere es, keine Vorspeise besorgt zu haben, sagte Robert schließlich, und Joanna widersprach nicht. Danach berichtete er ihr ausführlich von seinem Besuch im *Guggenheim Museum*, wo neben der ständigen Ausstellung zur Zeit auch frühe Bilder von Kokoschka gezeigt würden, die sie sich unbedingt ansehen müsse. Wenn sie wolle, ginge er gern noch mal mit. Joanna wußte nicht, wann sie zuletzt Zeit gehabt hatte, eine Ausstellung zu besuchen. Aber bevor sie sich Bilder von Kokoschka ansah, zog sie lieber durch ein paar Galerien in SoHo, und auch das mußte im Augenblick nicht sein. Ihr fiel es schwer, Robert zuzuhören; sein Englisch schien immer umständlicher zu werden. Ja, sie war so ruhelos, daß es ihr sogar schwerfiel, still zu sitzen.

Der Abend verlief nicht so, wie Robert es sich erhofft hatte. Joanna wirkte abwesend und auf eine merkwürdige Weise unruhig, so als wolle sie jeden Moment aufbrechen. Es kränkte ihn, daß sie noch nichts zu seinem Essen gesagt hatte; dabei waren ihm seiner Meinung nach vor allem der Lachs und das Porreegemüse sehr gut gelungen. Das ausgiebige Waschen hatte sich gelohnt; er hatte bisher auf kein Sandkorn gebissen.

Joanna beobachtete, wie Robert mit dem Messer den Rest des Kartoffelgratins in der Mitte des Tellers zusammenschob und dann Gabel für Gabel in seinen Mund transportierte. Seine Bewegungen hatten etwas so Bedächtiges, daß sie ihn beinahe gefragt hätte, ob es ihm ein besonderes Vergnügen bereite, wenn alles, was er herunterschlucke, schon kalt sei. Weder gestern abend noch in jenem Hamburger Restaurant hatte sie den Eindruck gehabt, daß er langsamer aß als andere Menschen. Es mußte daran liegen, daß er selbst gekocht hatte. Vielleicht konnte er ein Gericht, dessen Zubereitung den halben Abend in Anspruch genommen hatte, nur genießen, wenn er es im Zeitlupentempo verzehrte.

Joanna wartete, bis der letzte Rest Kartoffelgratin in Roberts Mund verschwunden war; dann stand sie auf und verkündete, daß sie jetzt mit Bruno eine Runde um den Block machen werde. Robert begann, das schmutzige Geschirr abzuräumen. Er bot ihr nicht an, sie zu begleiten, wofür sie ihm dankbar war.

Robert versuchte, beim Abwaschen an etwas Angenehmes zu denken, was ihm jedoch nicht gelingen wollte. In den letzten anderthalb bis zwei Stunden war es ihm so vorgekommen, als ob Joanna und er in einem Kasten eingesperrt waren und sich zwischen ihnen eine riesige Holzschraube befand, die von unsichtbaren Kräften langsam, aber stetig festgedreht wurde, bis sie sich schließlich nicht mehr bewegen ließ. An dem Punkt war Joanna gegangen.

Er setzte sich aufs Sofa, wo noch immer der *New Yorker* lag, in dem er mittags gelesen hatte. Beim Gedanken an die Geschichte der zwei europäischen Reisenden sah er plötzlich seinen Wintergarten vor sich, in dem Joanna an jenem Morgen gestanden und hinausgeschaut hatte. Die Erinnerung an diesen Moment löste eine traurige Sehnsucht in ihm aus. Etwas schien zu Ende gegangen zu sein, bevor es richtig angefangen hatte.

Joanna war im Begriff, die 83rd Street zu überqueren, als sie sah, daß auf der anderen Straßenseite zwei junge Männer aufeinander losgingen. Sie nahm Bruno am

Halsband und zog ihn in den Eingang von Luigis kleinem Restaurant, in dem Katie und sie manchmal Nudeln aßen. Ob sie wirklich das Aufblitzen eines Messers gesehen hatte, konnte sie später nicht mehr mit Bestimmtheit sagen. Innerhalb weniger Sekunden sank einer der Männer stöhnend zu Boden, während der andere in Richtung Central Park davonlief. Sie bat Luigi, die Polizei und einen Krankenwagen zu verständigen. Der Mann war bereits von einer Menschenmenge umstellt, als der Krankenwagen eintraf. Die Sanitäter schoben die Menschen beiseite und legten den Mann auf eine Trage. Er schien viel Blut verloren zu haben. Auf ihre Frage hin, ob er die Verletzung überleben werde, erhielt sie keine Antwort. Klein und blond sei der Messerstecher gewesen, sagte sie der Polizei gegenüber aus. Anfang Zwanzig, nicht älter. Ja, er habe englisch gesprochen. Nachdem sich die Menschenmenge verteilt hatte, bot Luigi ihr einen Grappa an, den sie in einem Zug austrank. Ihre Stimme zitterte, als sie erklärte, daß sie in dieser Gegend noch nie etwas Derartiges erlebt habe. Er schon, antwortete Luigi. Vor zwei Jahren sei es in der 82nd Street ebenfalls zu einer Messerstecherei gekommen. Das Opfer sei noch am Tatort gestorben.

Joanna beschloß, für heute auf ihren Gang um den Block zu verzichten. Als sie die Tür zu ihrer Wohnung aufschloß, hörte sie, wie sich ein Mann und eine Frau miteinander unterhielten. Im ersten Augenblick glaubte sie, Katie sei zu Besuch gekommen, bis sie begriff, daß Robert sich einen Film ansah.

Er blickte kurz hoch, dann wandte er sich wieder dem Fernseher zu. Sie holte sich ein Glas Wasser und setzte sich zu ihm aufs Sofa. Der Film kam ihr bekannt vor, doch sie brauchte eine Weile, bis sie sich an den Titel erinnerte. *Five Easy Pieces*. Den hatte sie als Studentin, irgendwann Anfang der siebziger Jahre, in einem kleinen

Kino in der Nähe vom Union Square gesehen. Wie sie die Stimme von Jack Nicholson mit der von Robert verwechseln konnte, war ihr allerdings unverständlich. Damals hatte sie sich begeistern können für die Art und Weise, wie Nicholson diesen Mann verkörpert, der unfähig ist, eine tiefere Bindung mit einer Frau einzugehen. Heute empfand sie den Film eher als beklemmend. Als Nicholson zum Schluß an einer Tankstelle alles hinter sich zurückläßt und als Tramper in einen LKW steigt, während seine arglose Freundin sich einen Kaffee holt, stiegen ihr plötzlich Tränen in die Augen.

Sie stand auf und lief ins Badezimmer, um sich die Nase zu putzen. Als sie ins Wohnzimmer zurückkam, stand Robert mit dem Rücken zu ihr am Fenster. Er drehte sich um und sah sie an, ohne die Miene zu verziehen. Sie ging auf ihn zu, nahm ihn in die Arme und erzählte ihm von dem Mann, der niedergestochen worden sei, und davon, daß ihre Gegend lange nicht so sicher sei, wie sie geglaubt habe, ja, vermutlich sei sie um nichts sicherer als seine Gegend.

Robert lag auf dem Rücken und versuchte, seinen Arm unter Joannas Schultern wegzuziehen. Morgen würde er etwas kochen, was keine lange Vorbereitung brauchte, hatte er ihr versprochen, als sie ins Bett gegangen waren. Oder sie würde ihn zum Essen einladen, hatte sie geantwortet und ihren Kopf auf seine Brust gelegt. Er hatte eine Zeitlang seinen Gedanken nachgehangen und sich gerade dazu entschlossen, mit Joanna über die festgedrehte Schraube zu sprechen, als er merkte, daß sie in seinem Arm eingeschlafen war.

Am nächsten Morgen war er derjenige, der zuerst aufwachte. Er betrachtete Joanna, die zusammengerollt auf der Seite lag und ihr Gesicht halb mit der Hand verdeckte, als wollte sie verhindern, daß jemand sie erkannte. Sie waren sich ähnlicher, als er es je für möglich gehalten hatte. Auch sie erschrak vor der Nähe, die sie miteinander erleben konnten. Auch sie meinte, sich schützen zu müssen vor einer möglichen Enttäuschung. So zog sich jeder immer wieder in seine Welt zurück, und es war, als habe es diese Nähe nie gegeben.

Robert küßte Joanna auf die Hand. Sie murmelte etwas Unverständliches und drehte sich auf die andere Seite. Er stand leise auf, holte sich frische Wäsche aus seinem Koffer und verließ auf Zehenspitzen das Zimmer.

Der Geruch nach aufgebackenem Brot weckte sie. Viertel nach neun. Zum ersten Mal seit Wochen fühlte sie sich ausgeschlafen. Sie hatte eine Idee für ihre Gliederung, abends um acht würde sie Robert im *Time Café* treffen, und in zwei Tagen fuhren sie ans Meer.

Als sie ins Wohnzimmer kam, saß er am Tisch und war vertieft in einen *New Yorker*. Es schien ihm nichts auszumachen, daß sie keinen Hunger hatte und ihren Tee im Stehen trank. Sie beschrieb ihm, wo das *Time Café* lag, gab ihm einen Kuß auf den Nacken und verließ die Wohnung.

Robert war damit beschäftigt, das Frühstücksgeschirr abzuwaschen, als er plötzlich an Lotte denken mußte. Spätestens heute hatte sie seine Postkarte bekommen, wahrscheinlich sogar schon gestern. Er warf einen Blick aufs Telefon, als erwarte er, daß es jeden Moment klingeln könnte, weil Lotte ihm etwas Wichtiges zu sagen hätte. Er fand es merkwürdig, daß Joanna sich seit seiner Ankunft in New York noch nicht nach Lotte erkundigt hatte. Ging sie davon aus, daß es nichts Neues zu berichten gab, oder schnitt sie das Thema nicht an, weil sie ihn davor bewahren wollte, in eine traurige Stimmung zu verfallen? Natürlich hätte er auch von sich aus von jenem Besuch in Marburg erzählen können, der so vieles in seiner Beziehung zu Lotte verändert hatte, aber irgend etwas hatte ihn bisher davon abgehalten. Vielleicht befürchtete er, daß sie diesen Veränderungen nicht solche Bedeutung beimessen würde wie er, weil sie nicht wußte, wie es war, ein Kind zu haben.

Joanna wollte gerade in den Fahrstuhl steigen, um zu ihrem Büro hinaufzufahren, als ihr jemand auf die Schulter klopfte. Sie drehte sich um. Es war Steve.

»Hast du Zeit für einen Kaffee?«

»Ich will jetzt arbeiten.«

»Wir machen uns Sorgen um Carol. Nick hat ein paarmal versucht, bei ihr anzurufen, aber sie nimmt nicht ab, und es läuft auch kein Band.«

Joanna blickte auf ihre Uhr. Gleich elf. Spätestens um halb zwölf mußte sie an ihrem Schreibtisch sitzen.

Sie gingen in das kleine Café um die Ecke. Während Steve in der Schlange stand, um Kaffee zu holen, dachte sie an den Nachmittag in den Colonnaden, als er mit schmerzverzerrtem Gesicht durch die Gegend gelaufen war, weil ihn seine neuen Schuhe so drückten. Damals ahnte sie noch nicht, daß sie wenige Stunden später diesem unauffälligen Menschen begegnen würde, der genausowenig darauf eingestellt war, sich zu verlieben, wie sie. Vier Jahre lang hatte sie keinen Partner gehabt. Sie kannte die Spielregeln des Alleinlebens, war weder besonders glücklich noch besonders unglücklich gewesen, hatte sich manchmal einsam gefühlt, aber nie für lange Zeit. Wie sie sich in der Situation darauf einlassen konnte, jemanden in ihre Wohnung einzuladen, der stundenlang Porreeringe wusch und Selbstgekochtes so langsam aß, daß es nicht zu ertragen war, schien nur schwer nachvollziehbar zu sein.

»Carol hat gestern auf mich einen sehr sonderbaren Eindruck gemacht«, sagte Steve, als er mit dem Kaffee zurückkam.

»Sie trauert.«

»Ja, natürlich. Aber es kommt mir so vor, als sei da noch etwas anderes. Ist es nicht seltsam, daß ihr Sohn nicht bis zur Beerdigung geblieben ist?«

»Carol sagt, er habe das Recht, auf seine Weise mit dem Tod seines Vaters fertig zu werden.«

»Deiner Meinung nach gibt es also keinen Grund zur Besorgnis.«

»Doch.« Sie erzählte Steve von ihrem Aufenthalt im *Taste of India* und davon, daß Carol nur gegessen und kaum gesprochen habe. »Ich habe ein schlechtes Gewissen, weil sie mich gebeten hat, ein paar Tage mit ihr zu verreisen, und ich ihr sagen mußte, daß … daß ich leider nicht kann.« Joanna stieß beinahe ihre Kaffeetasse um.

»Was ist?«

»Nichts.«

Es entstand eine Pause, in der Joanna sich fragte, warum sie versuchte, Steve gegenüber zu verheimlichen, daß Robert in New York war.

»Wie wär's, wenn ihr am Freitag abend alle zu mir kommt?« fragte Steve plötzlich. »Das würde Carol guttun. Ich koche was für uns.«

»Am Freitag bin ich nicht da.«

»Dann am Sonnabend.«

»Ich bin bis Montag abend verreist.«

»Wo fährst du hin?«

»Nach Cape Cod.«

»In das Haus deines Vaters?«

Joanna nickte.

»Ich dachte, du haßt dieses Haus.«

»Ich hasse es, dort allein zu sein. Aber ich fahre nicht allein. Ich fahre mit Robert.«

»Was?« Steve starrte sie fassungslos an.

»Er ist seit Montag in New York.«

In diesem Augenblick trat ein bleichgesichtiger, junger Mann an ihren Tisch und verkündete, daß er Steve dringend sprechen müsse. Steve verwies auf seine Sprechzeiten, doch der junge Mann ließ sich nicht abwimmeln. Er zog eine germanistische Fachzeitschrift aus seiner Aktentasche und begann hektisch in dem Heft zu blättern. Dann zeigte er auf einen Artikel, der von Steve verfaßt worden war, und wollte wissen, warum sein Name darin kein einziges Mal erwähnt werde, obwohl er den gesamten Forschungsstand recherchiert habe. Steve rührte in seiner Tasse, ohne die Miene zu verziehen.

Joanna nutzte die Unterbrechung, um ihren Kaffee auszutrinken und aufzustehen. Sie versprach, Steve in der kommenden Woche anzurufen, um ein Treffen zu vereinbaren. Das letzte, was sie hörte, war die erregte Stimme des Studenten, der von einem gemeinsamen Forschungsprojekt sprach und anscheinend noch nicht begriffen hatte, daß er von nun an nicht mehr zu Steves auserwähltem Kreis gehören würde.

Robert erklärte Bruno, daß sie heute auf ihren Gang zum *Dog Hill* verzichten und statt dessen einmal um den See herumlaufen würden, angeleint und ohne sich von irgendwelchen Nachbarinnen oder deren Hunden aufhalten zu lassen.

Joanna hatte ihn nicht darum gebeten, mit Bruno nach draußen zu gehen; sie schien beim Abschied überhaupt nicht an Bruno gedacht zu haben. Aber da es für ihn nicht so aussah, als ob sie zwischendurch noch einmal nach Hause kommen würde, ging er davon aus, daß ihm, dem Nichtarbeitenden, diese Aufgabe stillschweigend zugefallen war. Er hatte an sich nichts dagegen einzuwenden, dennoch wäre er gern gefragt worden.

Als er in die Wohnung zurückkam, hörte er, wie das Telefon klingelte und der Anrufbeantworter ansprang. Nach einem kurzen Husten ertönte die Stimme eines älteren Mannes. Anstatt seinen Namen zu nennen, beklagte er sich über diese Tonbänder, an die er sich niemals gewöhnen werde. Noch bevor die Stimme anhob zu erklären, daß Joanna den Schlüssel für das Haus bei der Post abholen und vor ihrer Abreise dort auch wieder hinterlegen solle, wußte Robert, daß es Joannas Vater war, der da sprach. Der Zettel mit den Hinweisen zur Benutzung des Hauses befinde sich auf dem Küchentisch. Er wünsche, daß sie diese Anleitungen peinlichst genau befolge. Hiernach kam ein undeutliches Gemurmel. Joannas Vater hielt offensichtlich die Hand auf die Muschel und besprach sich mit jemandem. Ruth weise gerade noch einmal darauf hin, fuhr die Stimme jetzt fort, wie wichtig es sei, jedesmal beim Verlassen des Hauses sowohl die vordere als auch die hintere Tür abzuschließen. In den letzten Monaten sei in der Nachbarschaft mehrfach eingebrochen worden. Dann hustete er wieder und legte auf, ohne sich zu verabschieden. Robert hoffte, daß ihm eine Begegnung mit diesem Mann erspart bleiben würde.

Er füllte Brunos gelben Napf mit Wasser, löffelte eine Dose unappetitlich riechendes Hundefutter in einen zweiten Napf und breitete dann seinen Stadtplan aus, um zu überlegen, wo er die nächsten Stunden verbringen wollte. Während seine Blicke von Stadtteil zu Stadtteil wanderten, war ihm plötzlich so, als habe er all dies schon einmal erlebt, in jenem Sommer vor vierzehn Jahren, als er jeden Morgen allein in Nicks Wohnung in Greenwich Village gesessen und seinen Tag geplant hatte. Damals hatte er sich ebenfalls gewünscht, daß ihm jemand, der sich hier auskannte, diese Stadt zeigen möge. Claudia hatte dazu keine Zeit gehabt, und auch Joanna wirkte zu beschäftigt, als daß er sie hätte bitten wollen. Vielleicht sollte er in Nicks alte Wohngegend fahren. Wenn es einen Stadtteil in Manhattan gab, in dem er sich nicht so verloren gefühlt hatte, dann war es Greenwich Village gewesen. Selbst die angespannte Stimmung zwischen Nick, Claudia und ihm hatte dem keinen Abbruch tun können.

Auf dem Weg nach unten fragte er sich, wer Ruth war. Er vermutete, daß es sich nicht um Joannas Mutter handelte. Sie hatte bisher nie von ihrer Mutter gesprochen.

Beim Sortieren ihrer Post fiel Joanna ein, daß sie Bruno morgens nichts zu fressen gegeben hatte und auch nicht mit ihm draußen gewesen war. Dies war ihr in den vier Jahren, seitdem Bruno bei ihr lebte, noch nie passiert.

Sie rief bei sich zu Hause an, um Robert zu bitten, Bruno für heute zu versorgen, doch es lief nur ihr Band. Da wählte sie Katies Nummer.

»Hallo«, hörte sie Katies helle Stimme sagen.

»Ich bin's, Joanna. Tust du mir einen Gefallen?«

»Warum hast du gestern nicht aufgemacht? Ich weiß, daß du zu Hause warst.«

»Wann?«

»Gegen vier.«

»Wahrscheinlich habe ich geschlafen.«

»Mit deinem hundefeindlichen Freund?«

»Wie bitte?«

»Ich habe ihn gestern kennengelernt, diesen Robert. Auf dem *Dog Hill*.«

»Aha.«

»Hat er dir nichts davon erzählt?«

»Nein.«

»Kein Wunder. Ich fand ihn unmöglich.«

»Habe ich dich um deinen Kommentar gebeten?«

»Joanna …«

»Ich erzähle dir ja auch nicht unaufgefordert, was ich von Eugene oder Martin oder sonstwem halte.«

»Jahrelang hast du niemanden, und dann taucht auf einmal so ein verklemmter Typ aus Deutschland auf, der keine Ahnung von Hunden hat. Das verstehe ich nicht.«

»Mußt du auch nicht«, antwortete Joanna und legte auf. Wenn sie vorher daran gedacht hätte, daß Katie keinen Schlüssel mehr zu ihrer Wohnung besaß und sich daher gar nicht um Bruno kümmern konnte, hätte sie sich diesen Anruf sparen können.

Sie sah Bruno vor sich, wie er jaulend zur Tür lief oder seinen leeren Futternapf vor sich her schob, und entschied, jetzt nicht wieder nach Hause zu fahren, sondern darauf zu vertrauen, daß Robert Brunos Signale schon verstehen würde, auch wenn ihm Hunde sonst fremd waren.

Nick hatte damals in der Jones Street gewohnt, einer kleinen Straße, die von der Bleecker Street abging. Robert hätte die Hausnummer nicht mehr gewußt, aber er erkannte das schmale, fünfstöckige Haus mit den Feuerleitern sofort wieder. Es war in der Zwischenzeit renoviert worden.

Er betrat das schräg gegenüberliegende *Café Vivaldi*, setzte sich an einen Tisch am Fenster und bestellte ein Mineralwasser. Am Nebentisch saß ein alter Mann mit einem dünnen, weißen Pferdeschwanz und einem silbernen Knopf im linken Ohr. Er las in einer Zeitschrift; beim Umblättern der Seite zitterten seine Hände.

Nachdem das Mineralwasser serviert worden war, blickte er hoch und sah Robert stirnrunzelnd an, als überlege er, wo er ihn zuletzt gesehen haben könnte.

Robert war kurz davor, ihn zu fragen, ob er in dieser Straße wohne und womöglich auch schon vor vierzehn Jahren hier gewohnt habe, als der Mann sich wieder in seine Zeitschrift vertiefte.

Die Nähe des Hauses, in dem er seine ersten bitteren Auseinandersetzungen mit Claudia gehabt hatte, versetzte ihn in eine merkwürdige Unruhe. Ihm war, als habe er die Nahtstelle vor Augen, an der sein Leben anders hätte verlaufen können, wenn er nur in der Lage gewesen wäre, zu begreifen, wie weit Claudia sich bereits von ihm entfernt hatte. Statt diese Anzeichen wahrzunehmen, hatte er sich eingeredet, sie liebe ihn, so wie er sie liebe. Ein halbes Jahr später war sie schwanger geworden. Vielleicht war es das, was er sich am wenigsten verzeihen konnte: ein Kind gezeugt zu haben, obwohl er wußte, daß Claudia und er kaum eine Chance haben würden, es gemeinsam aufzuziehen. Insofern hatte er Lotte gegenüber neulich nicht die Wahrheit gesagt. Er war derjenige gewesen, der sich damals ein Kind gewünscht hatte, weil er hoffte, es würde sie einander wieder näherbringen. Claudia dagegen war unentschieden gewesen. Als sie schwanger wurde, hatte sie sogar eine Abtreibung erwogen, ein Gedanke, der ihn fast wahnsinnig gemacht hatte. Es war nur deshalb nicht dazu gekommen, weil sie Angst gehabt hatte, danach einem höheren Fehlgeburtsrisiko ausgesetzt zu sein. Auf seine Frage hin, warum sie das so beunruhige, wenn sie sowieso kein Kind haben wolle, hatte sie geantwortet, es komme ganz darauf an, mit wem.

Zum ersten Mal seit ihrer Fahrt nach Hamburg gelang es Joanna, sich wieder auf Erzählperspektiven zu konzentrieren. Ihre einzige Unterbrechung bestand darin, daß sie sich um kurz nach vier unten im Eckladen eine Flasche Wasser und ein Avocado-Sandwich kaufte. Robert meldete sich nicht bei ihr, was für sie ein Zeichen dafür war, daß er gut ohne sie zurechtkam.

Erst gegen Abend, als Robert auf dem Washington Square stand und die Schachspieler beobachtete, erinnerte er sich, daß er bei seinem letzten Besuch in New York noch fotografiert hatte. Auf einem der Bilder spielte eine alte Frau mit einem Jugendlichen Schach. Im Hintergrund jonglierte ein Mann mit vier orangeroten Bällen. Claudia mußte diese Fotos bei ihrem Auszug mitgenommen haben. Seltsam, daß er sie in all den Jahren kein einziges Mal vermißt hatte.

Er setzte sich auf eine Bank und nahm seine Baseballmütze ab, auf der sich schon ein Schweißrand gebildet hatte. Dabei war es ihm heute gar nicht so heiß erschienen. Wahrscheinlich gewöhnte er sich allmählich an das New Yorker Klima. Langsam fielen ihm die Augen zu. Er hörte, wie zwei Männer miteinander stritten, ein Kind weinte; irgendwo spielte jemand Saxophon. Zunächst waren die Klänge ganz schwach, dann wurden sie deutlicher und gleich darauf wieder schwächer, so als bewege sich der Spieler mal auf ihn zu und dann wieder von ihm weg. Es mußte an dem böigen Wind liegen, der jetzt aufgekommen war und innerhalb kürzester Zeit sein Gesicht mit einer feinen Staubschicht überzogen hatte.

Um kurz nach acht betrat Joanna das *Time Café*. Obwohl Robert mit dem Rücken zur Eingangstür saß, erkannte sie sofort seinen fast kahlen Kopf. Als er sie sah, stand er auf und gab ihr einen Kuß. Einen Moment lang dachte sie darüber nach, ob es ihr etwas ausmachen würde, wenn jemand, den sie kannte, sie jetzt beobachtete. Davon konnte sie beinahe ausgehen, bei einem Restaurant, in dem so viele Beschäftigte der *New*

York University aßen. Sonderbarerweise hatte sie morgens daran nicht gedacht, als sie vorgeschlagen hatte, hierherzukommen.

»Magst du es nicht, in der Öffentlichkeit geküßt zu werden?«

»Doch, aber ich …« Sie sah auf ihren Daumennagel, den sie sich vorhin beim Verlassen ihres Zimmers eingerissen hatte. »Es ist nur ungewohnt.«

»Das ist es für mich auch.«

»Hast du Bruno was zu fressen gegeben?«

»Ja, eine Dose Hundefutter. Ich war auch mit ihm draußen, aber nicht auf dem *Dog Hill*. Ich … ich hatte keine Lust, deiner Nachbarin wieder zu begegnen.«

»Katie hat mir erzählt, daß sie dich gesehen hat.«

»Sie wollte mich zum Kaffee einladen.«

»Ach …«

»Ich kann solche Frauen nicht ausstehen.«

»Es passiert Katie nicht oft, daß Männer sie nicht ausstehen können.«

»Warum hast du ihr von uns erzählt?«

»Das habe ich gar nicht. Ich war gestern morgen bei ihr, um den Wohnungsschlüssel abzuholen. Dabei habe ich ihr gesagt, daß ich den für einen Freund brauche.«

Robert nickte und begann, die Speisekarte zu studieren. Joanna legte ihre Hand auf seine. Er blickte hoch und sah sie erstaunt an. Dann lächelte er.

Es erleichterte ihn, daß sie über Katie Baker gesprochen hatten und Joanna ihm seinen Kommentar nicht übelzunehmen schien. Sie war längst zu einem anderen Thema übergegangen, berichtete, wie gut sie heute habe arbeiten können und daß dies etwas mit ihm zu tun habe. Die Gewißheit, daß er da sei und sie ihn abends sehen werde, habe ihr ein Gefühl der Beruhigung gegeben, so als ob alles einen neuen Sinn bekommen hätte.

Robert dachte daran, wie er sich morgens gewünscht hatte, den Tag gemeinsam mit ihr zu verbringen, und das, obwohl er jemand war, der viel Zeit für sich allein brauchte. Joannas Bedürfnisse waren in dieser Hinsicht offensichtlich noch ausgeprägter als seine.

»Ich war heute in der Jones Street«, sagte er, nachdem sie ihr Essen bestellt hatten.

»Nicht gerade meine Lieblingsgegend.«

»Dort ist viel renoviert worden.«

»Das war auch nötig.« Joanna rümpfte die Nase. »Wenn ich an Nicks alte Dachwohnung denke …«

»Von dem Zimmer, in dem wir gewohnt haben, gab es einen schönen Ausblick.«

»Zuletzt war sie vollkommen verrottet. Da ist Nick dann zu mir gezogen. Das war einer der größten Fehler, die ich je gemacht habe. Schließlich waren wir erst seit ein paar Wochen zusammen …«

Sie blickte auf ihre Hände; dann stand sie plötzlich auf und verschwand in Richtung Tresen. Robert hatte ihr gerade sagen wollen, daß sie nicht zu befürchten brauche, ihr könne mit ihm dasselbe passieren. Doch nachdem sie aufgestanden war, wußte er auf einmal nicht mehr, ob das wirklich stimmte.

Die Jazzmusik im Hintergrund erinnerte ihn an die Saxophonklänge auf dem Washington Square. Er war tatsächlich auf jener Bank eingeschlafen und hatte von Claudia geträumt, zum ersten Mal seit Jahren. Sie stand im Wintergarten, hatte den Kopf eingezogen und hielt ihre gespreizten Finger vors Gesicht. Dabei rief sie immer wieder, daß er kein Recht habe, sie zu fotografieren. Als er aufwachte, hatte er einen steifen Hals.

Das Essen wurde serviert, und Joanna war immer noch nicht zurückgekommen. Er drehte sich um und sah, wie sie eine der großen Kakteen betrachtete, die neben dem Tresen standen. Dann schaute sie hoch und lächelte ihn an. Die Situation erinnerte ihn an ihren ersten Abend in Hamburg, als sie in jenem türkischen Restaurant gewesen waren. Er hatte sie dabei beobachtet, wie sie zu den Leuten hinaufsah, die auf den Balkonen saßen. Und plötzlich hatte sie zu ihm hinübergesehen, als ob sie die ganze Zeit gewußt habe, daß er sie beobachtete. Beinahe kam es ihm so vor, als verzögere sie das Zurückkommen, um zu sehen, ob sie auch vermißt werde.

Sie setzte sich und schaute ihn verlegen an, so als fühlte sie sich ertappt. Vielleicht hatte sie ebenfalls an jene Hamburger Situation denken müssen.

»Wenn ich noch Fleisch essen würde, hätte ich auch so was genommen«, sagte sie schließlich und zeigte auf seinen Salatteller mit gebratenen Putenbruststreifen.

»Wann hast du damit aufgehört?«

»Vor vier Jahren, als ich mich von Nick getrennt habe.« Sie spießte einen Austernpilz auf und hielt ihm die Gabel hin.

Er schüttelte den Kopf.

»Ißt du nicht gern von den Tellern anderer Leute?«

»Ich mag keine Austernpilze.«

»Nick hat damals jeden Tag Fleisch gegessen, am liebsten halbrohe Steaks.«

»Warum hast du dich von ihm getrennt?«

»Frag lieber, warum ich jemals eine Beziehung mit ihm begonnen habe. Wir waren beide einsam, aber das reicht eben als Grund nicht aus.«

Eine Weile aßen sie schweigend weiter. Dann erzählte Robert ihr von der Nachricht, die ihr Vater auf dem Anrufbeantworter hinterlassen habe. Er klinge so, als dulde er keinen Widerspruch. Joanna antwortete nicht und sah auch nicht von ihrem Teller hoch; sie war auf einmal sehr damit beschäftigt, Tagliatelle um ihre Gabel zu wickeln, als sei dies ein Vorgang, der ihre ungeteilte Aufmerksamkeit brauchte. Es sei um irgendwelche Listen und Regeln zur Benutzung des Hauses gegangen, fuhr Robert fort. Ihr Vater scheine sehr besorgt zu sein, daß etwas kaputtgehen könne oder eingebrochen würde, falls sie vergäßen, die Türen abzuschließen. Vielleicht sei es ihm gar nicht recht, wenn sie dort hinführen.

»Ich hoffe, er hat beschrieben, wo wir den Schlüssel abholen sollen«, sagte Joanna, ohne auf seinen letzten Satz einzugehen.

Robert nickte.

»Hat er wieder gehustet?«

»Zur Begrüßung und zum Abschied.«

»Wahrscheinlich denkt er immer noch, er könnte mich damit beeindrucken. Seit Wochen hustet er direkt in den Hörer, als ob er nicht genug Aufmerksamkeit bekäme. Dabei hat er ständig irgendeine Geliebte, die ihm ganz und gar ergeben ist. Im Augenblick ist es Ruth.«

»Und deine Mutter?«

»Die ist seit zehn Jahren tot. Aber Geliebte hatte er auch schon vorher.«

Um Joannas Mund erschien ein verächtlicher Zug, den Robert bisher nicht an ihr kannte. Vielleicht war dies ihre Art, Kränkungen durch ihren Vater von sich fernzuhalten. Er dachte an seine Versuche, sich gegenüber seiner Mutter zu behaupten, an die inneren Zwiegespräche und daran, wie er sich oft gewünscht hatte, sie möge einen neuen Partner finden, damit sich ihr Leben nicht ausschließlich um ihn drehte. Nach einigem Zögern beschrieb er Joanna, wie seine Mutter es durch die plötzliche Lähmung ihrer Beine geschafft hatte, seinen Englandaufenthalt zu verhindern. Joanna warf ihm einen mitleidigen Blick zu, und er bereute es sofort, diese Geschichte preisgegeben zu haben.

»Ich möchte niemals in meinem Leben so bedürftig sein, daß ich Lotte in dieser Weise erpressen müßte.«

Joanna schob sich langsam einen Austernpilz in den Mund. »Du hast noch gar nichts von deinem Besuch bei ihr erzählt.«

»Du hast nicht danach gefragt.«

Joanna sah ihn erstaunt an. »Hast du etwa darauf gewartet, daß ich dich frage?«

Robert zuckte mit den Achseln. »Ich war mir nicht sicher, ob dich das Thema interessiert. Du hast schließlich keine Kinder.« Kaum hatte er diese Worte ausgesprochen, als er sie auch schon wieder zurücknehmen wollte.

»Natürlich interessiere ich mich für deine Tochter.« In Joannas Gesicht spiegelte sich eine Mischung aus Verwunderung und Verletztsein. »Ich weiß doch, wie sehr du darunter leidest, getrennt von ihr zu leben. Das war immerhin das erste, worüber wir an jenem Abend in Hamburg miteinander geredet haben.«

Robert bat sie um Entschuldigung. Seine Stimme hatte einen so betretenen Klang, daß Joanna ihre Hand auf seinen Arm legte und sagte, so schlimm sei es nun auch wieder nicht.

Während er von seiner Fahrt nach Marburg berichtete, von Lottes Streit mit Claudia und von der Schwangerschaft, die bereits die Balance in der Familie verschoben habe, wurde er das Gefühl nicht los, daß Joanna ihm nicht so genau zuhörte wie sonst. Ihre Augen wanderten hin und her, folgten ankommenden Gästen oder den Kellnern, die hektisch ihre Bestellungen aufgaben. Er hatte sich doch nicht darin getäuscht, daß für Joanna das Thema Lotte schwieriger war als andere Themen. Sie schien sich auch nicht sonderlich darüber zu freuen, daß er zum ersten Mal die Erfahrung gemacht hatte, mit Lotte reden zu können. Ja, je länger Robert darüber nachdachte, warum Joanna sich so sonderbar verhielt, desto weniger konnte er sich des Gedankens erwehren, daß sie eifersüchtig war auf seine Tochter, eine, wie er fand, geradezu absurde Vorstellung.

Diese Lotte hatte etwas an sich, was Joanna nicht mochte. Es hing damit zusammen, wie sie ihre Eltern gegeneinander ausspielte. Robert schien bisher nichts davon gemerkt zu haben, und vielleicht war es das, was Joanna am meisten ärgerte. Er ließ jegliche kritische Distanz vermissen und war einfach nur dankbar dafür, daß sich dieses launische Kind nach Jahren endlich mal bequemte, freundlich zu ihm zu sein. Er glaubte, es geschehe um seinetwillen; dabei war es für sie ganz offensichtlich, daß Lotte sich ihm nur deshalb zuwandte, weil sie sich zu Hause überflüssig fühlte. Joanna hielt es für besser, ihm diese Überlegungen nicht mitzuteilen. Zum einen wollte sie Roberts Freude nicht trüben, zum anderen sollte bei ihm nicht der Eindruck entstehen, daß sie eifersüchtig sei auf Lotte, denn das war sie nicht.

Sie wartete, bis er mit seinem Bericht fertig war, dann fragte sie ihn, ob er einen Nachtisch wolle. Er wählte Vanilleeis mit heißer Schokoladensauce, während sie sich auf einen Espresso beschränkte.

»Wo sind die Toiletten?«

Stumm zeigte sie auf den Gang neben dem Tresen, dem einzigen Ort, an dem sich in diesem Restaurant eine Toilette befinden konnte.

Nachdem er aufgestanden war, verspürte sie eine große Erleichterung, so als ob es für sie dringend an der Zeit gewesen war, ein paar Minuten allein zu sein. Sie sah ihm nach, wie er sich vorsichtig an Tischen und Menschen vorbeischob, und ertappte sich bei dem Wunsch, er möge mal richtig mit jemandem zusammenstoßen.

Kurz darauf kam er zurück und legte einen Moment

lang seine Hand auf ihre Schulter, als bitte er um Nachsicht. War es diese Geste, die plötzlich die Stimmung zwischen ihnen veränderte? Joanna wußte es nicht. Sie lauschte Robert, der ihr, ausgehend von dem strengen Domestos-Geruch in der Toilette, sein Pensionszimmer in Bad Pyrmont und die möglichen Enterbungsabsichten seiner Mutter schilderte. Seine Art zu erzählen war so komisch, daß Joanna lachte wie schon lange nicht mehr und sich fragte, wieso ihr Roberts selbstironische Seite bisher nicht aufgefallen war.

Auf dem Nachhauseweg revanchierte sie sich damit, daß sie ihm das Badehäuschen ihres Bruders und den geharkten Kiesweg ihres Vaters beschrieb. Roberts Rattenplage war im Grunde alles andere als lustig, genausowenig wie die Sloanschen Ratten, der pfeiferauchende Jochen oder die gazellenwüchsige Ruth, und dennoch lachten sie und lachten noch immer, als sie aus dem Fahrstuhl stiegen und ihnen die erstaunte Katie entgegenkam. Joanna zeigte mit dem Finger auf sie und wollte etwas sagen, doch sie bekam kein Wort heraus. Statt dessen liefen ihr die Tränen übers Gesicht, und sie mußte stehenbleiben und sich den Bauch halten, weil sich ihr Zwerchfell verselbständigt hatte und ein geordnetes Atmen nicht mehr möglich war. Ob sie verrückt geworden sei, murmelte Katie, bevor sie kopfschüttelnd im Fahrstuhl verschwand, was bei Joanna einen erneuten Lachanfall auslöste.

Als sie wieder Luft schöpfen konnte, sah sie, wie Robert mit geschlossenen Augen an der Wand lehnte und sich die Tränen von den Wangen wischte. Sie ging auf ihn zu, nahm ihn in den Arm und küßte ihn. Reglos standen sie da und hörten den Fahrstuhl hoch- und runterfahren. Irgendwann spürte Joanna, wie Roberts Finger über ihren Rücken strichen, und erst da merkte sie, daß sie weinte.

Seit seiner Ankunft in New York hatte Robert bereits mehrmals gedacht, daß er etwas darum geben würde, wenn Joanna keinen Hund besäße. Es fiel ihm schwer, diesen Gedanken für sich zu behalten, als sie sich Joannas Wohnung näherten und hinter der Tür ein aufgeregtes Hecheln hörbar wurde. Anstatt sie in Ruhe fragen zu können, warum sie so geweint habe, mußten sie den von einer gefüllten Blase geplagten Bruno in den Hundeauslauf führen, in dem um diese Zeit unzählige Tiere jeglicher Größe, Farbe und Gestalt wie in einem Käfig hin und her liefen und Neuankömmlinge ansprangen oder zumindest neugierig beschnupperten. Robert fühlte sich wieder einmal darin bestätigt, daß er Hunde nicht mochte, auch wenn er, um Joannas willen, bereit war, bei Bruno eine Ausnahme zu machen.

»Katie traut dir in Bezug auf Hunde nicht viel zu«, sagte Joanna und warf einen Ball ans andere Ende des Auslaufs.

»Ist das wichtig, was Katie mir zutraut?«

»Nein. Aber es hat Zeiten gegeben, in denen sie mir näher war als jeder andere Mensch.«

Robert verstand nicht genau, was Joanna ihm damit sagen wollte; es hörte sich an wie eine Warnung, mit seiner Kritik in Zukunft etwas vorsichtiger zu sein. Sie gebe zu, sagte Joanna, daß Katie nicht gerade so wirke, als sei sie die ideale Freundin für eine Frau von Anfang Vierzig. Ihre Freundschaft sei auch eher aus einer beiderseitigen Bedürftigkeit heraus entstanden.

In diesem Moment kam Bruno mit dem Ball zurück, legte ihn vor Joannas Füße und sah sie erwartungsvoll an. Als sie nicht reagierte, übernahm Robert es schließlich, den Ball zu werfen. Er landete in einem der stacheligen Büsche, und Robert hoffte, daß es etwas länger dauern würde, bis Bruno ihn dort wieder herausbekam.

Joanna zog mit der Spitze ihres rechten Schuhs einen

Pfeil in die staubige Erde. Katies Vater sei sehr reich und kaufe seiner Tochter alles, was sie haben wolle; sonst jedoch kümmere er sich nicht um sie. Ihre Mutter sei schon lange tot. Sie flüchte sich in ständig wechselnde Männerbeziehungen und habe außer ihr niemanden, um sich nach einer gescheiterten Liebe ausweinen zu können.

»Und worin bestand deine Bedürftigkeit?« Seine Stimme klang ungeduldiger, als er beabsichtigt hatte.

»Katies Geschichte langweilt dich.«

»Deine interessiert mich mehr.«

Joanna zertrat plötzlich ihren Pfeil und zog sogleich einen neuen, der in die entgegengesetzte Richtung wies. Und gleich daneben noch einen. Es ärgerte Robert, daß sie mit diesen lächerlichen Pfeilen beschäftigt war und ihn nicht anblickte, obwohl er ihr eine wichtige Frage gestellt hatte. Als er sah, daß jetzt wieder Bruno mit seinem Ball in der Schnauze auf sie zugelaufen kam, verkündete er, er ginge schon mal nach oben. Hier könne er nicht reden.

Joannas Blicke folgten Robert, wie er die Pforte des Hundeauslaufs hinter sich schloß, die Straße überquerte und im Hauseingang verschwand. Wieso hatte sie angefangen, über Katie zu sprechen? Um nicht erklären zu müssen, warum sie geweint hatte? Sie hatte sich Robert so nah gefühlt, und gleichzeitig war ihr in aller Schärfe bewußt geworden, daß sie noch nie in ihrem Leben eine solche Nähe empfunden hatte und vielleicht auch nicht mehr damit gerechnet hatte, etwas Derartiges zu erleben. Sie war findig darin geworden, Techniken zu entwickeln, um für eine gewisse Zeit mit einem Kompromiß leben zu können. Die Beziehung mit Nick war ein solcher Kompromiß gewesen; sie wußte von vornherein, daß sie sich immer fremd bleiben würden.

Ebenso hatte sie in den letzten vier Jahren Wege gefunden, nicht ständig unter der Tatsache zu leiden, daß sie ohne Partner war. Katie hatte dabei eine wichtige Rolle gespielt. Wenn sie ehrlich war, würde sie Katie kaum vermissen, solange Robert bei ihr war, oder sie bei ihm. Wenn Katie von hier wegzöge, würden sie sich höchstens noch ein- oder zweimal schreiben; wiedersehen würden sie sich nicht. Sie schämte sich, Katie in dieser Weise ausgenutzt zu haben, obwohl sie wußte, daß sie umgekehrt ebenfalls ausgenutzt worden war. Oder war diese Beschreibung zu harsch für das, was sie getan hatten? Schließlich war es um nichts anderes gegangen als darum, sich gegenseitig zu helfen, das Alleinsein besser zu ertragen. Sie sei nicht allein, würde Katie jetzt sagen. Sie habe unzählige Freunde. Joanna schüttelte den Kopf. Zwei Jahre lang hatte sie versucht, Katies innere Einsamkeit aufzufangen; geholfen hatte es ihr nicht. Was Katie brauchte, war professionelle Hilfe, keine besorgte Nachbarin.

Nachdem sie Bruno an die Leine gelegt hatte, sah er sich suchend um und blickte sie dann fragend an. Robert würde staunen, wenn er sehen könnte, daß er als Hundeunkundiger bereits vermißt wurde.

Robert saß am Tisch und blätterte in einem alten *New Yorker*. Da er nicht in der Lage war, sich auf irgendeinen der Artikel zu konzentrieren, überflog er nur die Überschriften und betrachtete die Cartoons, wobei er sich mehrmals fragte, worin der Witz bestehen sollte. Auf einem Cartoon waren ein Mann und eine Frau abgebildet, die an den äußersten Enden eines Sofas saßen. Er starrte mit unbewegter Miene in eine Zeitung; sie hielt mit ebenso unbewegter Miene einen Telefonhörer in der Hand. Der Text lautete: *This summer, we decided to stay home and complain.*

Während Robert noch darüber nachdachte, ob dieser Satz möglicherweise eine tiefere Bedeutung haben könnte, hörte er, wie die Wohnungstür aufgeschlossen wurde. Bruno kam schwanzwedelnd auf ihn zugelaufen und stupste ihn mit seiner Schnauze an.

»Der hat dich vermißt«, sagte Joanna und grinste. »Du kannst dich nicht einfach so davonmachen. Das fällt uns auf, nicht wahr, Bruno?«

Robert protestierte. So sei es nicht gewesen. Er habe ihr klar und deutlich gesagt, warum er gehen müsse. Dieser Hundeauslauf sei kein Ort für ihn. Joanna zog ihn lachend aufs Sofa und küßte ihn. Er war so überrascht, daß er vollkommen vergaß, was er Ernstes mit ihr hatte besprechen wollen. Aber später, als sie im Bett lagen, fragte er sie doch, warum sie vorhin im Flur geweint habe. Sie gab ihm keine Antwort und rührte sich auch nicht, so daß er schon dachte, sie sei eingeschlafen. Da spürte er plötzlich ihren Mund an seinem Ohr, und einen Moment lang war ihm, als habe sie geflüstert, sie sei glücklich.

Joanna wachte gegen vier Uhr morgens auf, weil sie meinte, ein klopfendes Geräusch gehört zu haben. Sie stand auf, holte sich ein Glas Wasser und ging ans Fenster. Über dem Central Park war bereits ein schmaler, orangeroter Streifen zu sehen; in weniger als einer Dreiviertelstunde würde es hell sein. Da war es wieder, dieses dumpfe Klopfen, das sie geweckt hatte. Es klang, als ob jemand unaufhörlich mit dem Kopf gegen die Wand schlug. Sie griff nach ihrem Schlüssel und verließ auf Zehenspitzen die Wohnung. Als sie im Treppenhaus stand, war sie sich sicher, daß das Klopfen aus Katies Wohnung kam. Sie klingelte ein paarmal kurz an ihrer Tür, doch Katie öffnete nicht. Das Klopfen hielt unvermindert an.

Joanna ging in ihre Wohnung zurück und überlegte, ob sie Katie anrufen sollte, entschied sich jedoch dagegen. Sie konnte ihr nicht helfen; sie hatte ihr auch vor anderthalb Jahren nicht helfen können, als Katie sich die Arme aufgeritzt hatte. Bei den Verletzungen, die sie sich zufügte, achtete sie immer darauf, sich nicht in Lebensgefahr zu bringen. Durch langjährige Erfahrung kannte sie diese Grenze genau.

Der orangerote Streifen war bereits doppelt so breit wie vorhin. Es würde wieder heiß werden. Plötzlich wußte sie, daß sie den heutigen Tag nicht damit verbringen wollte, am Schreibtisch zu sitzen und Erzählperspektiven zu analysieren. Sie würde noch ein oder zwei Stunden schlafen; dann würde sie Robert wecken und ihm vorschlagen, schon heute nach Cape Cod zu fahren.

17.

Sie waren bereits über drei Stunden unterwegs, als Joanna auf einen Parkplatz fuhr, um ihren Vater anzurufen. Er solle doch wissen, daß sie einen Tag eher als geplant in seinem Haus ankommen werde.

Wieder hat sie den Singular benutzt, dachte Robert, während er die Heckklappe öffnete, um Bruno herauszulassen. Er verstand nicht, wieso eine erwachsene Frau ihrem Vater gegenüber nicht offen sagen konnte, daß sie nicht allein, sondern mit ihrem Freund reiste oder mit ihrem Geliebten, auch wenn Robert sich noch nie zuvor als Geliebten betrachtet hatte. Für ihn war mit diesem Wort immer etwas Anrüchiges oder gar Verbotenes verbunden gewesen. Es schien für Männer reserviert zu sein, die mit verheirateten Frauen liiert waren, etwas, was Robert nie erlebt hatte. Bevor er Claudia kennenlernte, hatte er hier und da mal ein Mädchen ins Kino eingeladen. Seit seiner Trennung von Claudia war er keiner Frau begegnet, der er hätte nah sein wollen.

Er sah Joanna wild gestikulierend in der Telefonzelle stehen und beschloß, bei dem Wort Freund zu bleiben. Einem Geliebten haftete nicht nur etwas Verbotenes, sondern auch etwas Vorübergehendes an. Geliebte wechselten. Das war nicht das, was Robert sich vorstellte. Im Grunde hatte er sich bis jetzt gar nichts Genaues vorgestellt. Er war viel zu sehr mit der Gegenwart beschäftigt gewesen, als daß er sich Gedanken über die Zukunft hätte machen können. Nur daß Joanna zu dieser Zukunft gehörte, das wußte er.

Sie verließ die Telefonzelle, lief mit zusammengepreßten Lippen an ihm vorbei und riß die Autotür auf.

»Was ist los?«

»Es paßt ihm nicht.«

»Soll ich fahren?«

»Wieso?«

»Damit du nicht die ganze Strecke allein fahren mußt.«

Sie sah ihn an, als überlege sie, ob sie ihm zutraue, ihren fast neuen Golf zu steuern.

»Ich habe bisher niemandem mein Auto überlassen.«

»Wenn du nicht willst, dann nicht.«

Sie kam zögernd zu ihm herüber und reichte ihm den Schlüssel.

»Und warum paßt es ihm nicht?« fragte er, nachdem sie gestartet waren.

»Es entspricht nicht der Planung; das ist alles. Er haßt jegliche Spontaneität. Für ihn sind Pläne dazu da, eingehalten zu werden.«

»Wollen wir in einer Pension übernachten?«

»Bist du verrückt? So weit kommt das noch.«

Eine Stunde später hielten sie an einem Café, weil es, laut Joanna, nirgendwo bessere Muffins gab als hier. Robert, der noch nie von Muffins gehört hatte, aß gleich drei hintereinander, was nicht dazu führte, daß ihm schlecht wurde, wie er befürchtet hatte. Im Gegenteil; es breitete sich eine ungewohnte Entspanntheit in ihm aus.

Sie erreichten Cape Cod in der größten Mittagshitze. Die Straßen waren verstopft; überall waren braungebrannte Menschen unterwegs zum Strand oder kamen zurück vom Strand, mit um die Hüften geknoteten Handtüchern und Surfbrettern unter dem Arm. Es war noch schlimmer, als Robert befürchtet hatte.

»Dort, wo wir hinfahren, ist es nicht so voll«, sagte Joanna und reichte ihm die Wasserflasche.

Er trank hastig ein paar Schlucke und fuhr beinahe auf einen plötzlich bremsenden metallicblauen Jaguar auf. Joanna bot an, das Steuer wieder zu übernehmen, womit Robert sofort einverstanden war. Menschen- und Autoansammlungen dieser Art machten ihn aggressiv.

Über weite Strecken konnten sie auch außerhalb der Ortschaften nur im Schrittempo fahren. Joanna schien dies nichts auszumachen. Sie erzählte ihm von den Leuten in den alten Dörfern und davon, daß sie als Kind nie verstanden hatte, warum ihre Eltern nicht ganz hierherzogen. Sie nannte ihm die Namen der einzelnen Strände, Seen und Moore und erklärte ihm, welche seltenen Vogelarten in der Marsch lebten. Es kam Robert so vor, als habe sie ihr halbes Leben hier verbracht. Sie zeigte ihm einen Pinienwald, in dem Ron als Fünfjähriger verlorengegangen war. Stundenlang hätte die Polizei nach ihm gesucht; ihr Vater sei kurz davor gewesen durchzudrehen, während sie insgeheim gehofft hatte, Ron möge nie wieder auftauchen.

Auf dem letzten Stück ihrer Fahrt gab es kaum noch Bäume, dafür um so mehr Dünen, zwischen denen ab und zu der Blick frei wurde auf die geschützte Bucht von Cape Cod, in der das Meer sich nur leicht kräuselte wie die Ostsee an einem fast windstillen Tag. Auf der Atlantikseite dagegen rollten riesige Wellen auf die Strände zu oder schlugen mit solcher Wucht gegen die steilen Klippen, daß die Gischt meterhoch aufspritzte.

In Provincetown kauften sie Brot, Käse, Pfirsiche und Mineralwasser und holten bei der Post den Schlüssel fürs Haus ab. Dann fuhren sie eine schmale Straße entlang, die von der Bucht weg zum Atlantik führte. Versteckt zwischen zwei Dünen lag ein altes, silbergraues Holzhaus, in dem, so Joanna, schon ihr Vater als Kind seine Sommerferien verbracht hatte.

Drinnen war es dunkel und kühl. Bruno begann sofort aufgeregt in den Ecken herumzuschnüffeln, als erwarte er, dort eine tote Maus zu finden. Es roch merkwürdig, nach einer Mischung aus Holz und Mottenpulver, die Robert an das Schrebergartenhäuschen erinnerte, das seine Eltern besaßen, bevor sie ihr pastellgrünes Reihenhaus in Oststeinbek bezogen und sein Vater sich in seinem neuen Garten dem Gemüseanbau widmen konnte.

Joanna stieß die Fensterläden auf und schimpfte auf Ruth, die es eingeführt hatte, überall Mottenkugeln zu verteilen. Roberts Blicke wanderten über die antiken Bauernmöbel, die wertvollen alten Teppiche und Bilder, die Schalen und Kerzenleuchter aus Messing. Außer dem Geruch hatte das Haus nicht die geringste Ähnlichkeit mit jenem Schrebergartenhäuschen, in dem auf einem Rest grünmelierten Linoleums ein Campingtisch mit Resopalplatte und drei Plastikklappstühle gestanden hatten.

Sie holten ihre Sachen aus dem Wagen und bezogen eines der geräumigen Schlafzimmer im ersten Stock, von dem Joanna sagte, daß sie immer hier geschlafen habe. Sie öffnete das Fenster und zeigte auf den in der Ferne gelegenen rot-weiß gestreiften Leuchtturm, zu dem sie unbedingt eine Radtour machen müßten, gleich morgens früh oder abends kurz vor Sonnenuntergang. Robert fragte sich, wie es möglich war, daß er vor zwei Wochen um diese Zeit noch nichts von Joannas Existenz wußte. Er hatte gerade das quälende Gespräch mit Nick hinter sich gebracht und war so müde gewesen, daß er sich hatte hinlegen müssen. In seinem Schlafzimmer war es heiß und stickig gewesen, und er hatte einen unangenehmen Traum gehabt, an den er sich jedoch nicht mehr entsinnen konnte. Er schloß die Augen und lauschte dem Rauschen der Brandung. Und erst als er das keckernde Lachen einer Möwe hörte, fiel ihm ein, daß er an jenem Nachmittag von Lotte geträumt hatte und von der Ratte, die das Entenküken verschluckte.

Er drehte sich zu Joanna um, die auf dem Bett lag und die Arme hinter ihrem Kopf verschränkt hatte. Aus ihrem Gesicht war jegliche Anstrengung gewichen. Sie lächelte ihn an und sagte, daß sie zum ersten Mal seit Jahren ein Gefühl von Ferien habe. Robert ging zu ihr hinüber und beugte sich über sie. Sie umarmte ihn und hielt ihn fest, als wolle sie ihn nie wieder loslassen.

Die Strömung war so stark, daß Joanna ein Stück weit abgetrieben und schließlich von einer hohen Welle zurück auf den Strand geschleudert wurde. Sie schlug so hart auf dem Rücken auf, daß ihr einen Moment lang die Luft wegblieb. Robert kam auf sie zugelaufen und sah sie mit weit aufgerissenen Augen an. Es sei alles in Ordnung, murmelte sie. Sie habe sich nur zu weit hinausgewagt.

Später, als sie mit Bruno am Strand entlanglief, dachte sie darüber nach, welcher Tag heute war, Freitag, Sonnabend oder Sonntag. Sie wußte noch, daß sie an einem Donnerstag angekommen waren. Wenn ihr jemand gesagt hätte, daß es Donnerstag vor einer Woche gewesen sei, hätte sie das nicht in Frage gestellt. Jeder Tag war länger als ein gewöhnlicher Tag; gemeinsam und getrennt verbrachte Stunden lösten einander ab, ohne daß dies verhandelt werden mußte. Sie brauchten nicht einmal das geräumige Haus; die Küche und das Schlafzimmer reichten ihnen völlig. Bei ihren Spaziergängen schwiegen sie oft; es war ein einvernehmliches Schweigen, wie sie es bisher mit niemandem erlebt hatte.

Er hatte Angst gehabt, als sie von der Welle erfaßt wurde. Sie riskierte mehr als er, beim Schwimmen, beim Autofahren, beim Überqueren einer Straße. Daß er sich sorgte um sie, schien ihr nichts auszumachen; vielleicht gefiel es ihr sogar.

Sie hatten beschlossen, ihren Aufenthalt um zwei Tage zu verlängern. Für Joanna war dies das Äußerste, was sie sich an Ferien gestatten konnte; wenn es nach Robert gegangen wäre, hätten sie den Rest des Sommers hier verbracht. Es erstaunte ihn immer wieder von neuem, wie unkompliziert das Zusammenleben sein konnte. Jeder Urlaub mit Claudia war eine Katastrophe gewesen. Sie hatten die ständige Anwesenheit des anderen nicht ertragen, ohne über alles und jedes zu streiten. Nach Lottes Geburt war es nur noch schlimmer geworden. Manchmal, wenn diese winzige Lotte nichts essen wollte oder nach zehn Minuten alles wieder ausspuckte und einen ihrer Schreianfälle bekam, dachte er, daß sie auf diese Weise versuchte, ihre Eltern wieder zusammenzubringen. Am Ende schrien sie alle, schrien, bis sie heiser waren und erschöpft auf ihre Luftmatratzen sanken.

Für den letzten Abend hatte Joanna vorgeschlagen, in den *Red Inn* zu gehen, um Hummer zu essen. Sie saßen an einem Tisch am Fenster und blickten aufs Meer. Es war immer noch hell; Joanna meinte, am Horizont ein Schiff erkennen zu können.

»Hast du dir jemals ein Kind gewünscht?« fragte Robert plötzlich, ohne daß sie zuvor über Lotte oder irgendein anderes Kind gesprochen hatten.

Joanna wußte nicht, warum ihr diese Frage einen solchen Stich versetzte. Das Thema Kinder war für sie seit langem erledigt. »Es hat sich nicht ergeben. Kannst du dir einen Mann wie Nick als Vater vorstellen?«

Robert schüttelte den Kopf. »Dennoch wäre es denkbar, daß du ...«

»Nein.«

Er wollte nach ihrer Hand greifen, doch sie zog sie weg. Warum setzte er diese mitleidige Miene auf? Es gab nichts zu bemitleiden. Sie war vollauf zufrieden mit der Wahl, die sie getroffen hatte. Oder hielt er seine Situation etwa für so beneidenswert? Alle sechs Wochen seine mehr oder weniger entfremdete Tochter aus einer anderen Familie abholen zu müssen und für einen Tag den Vater zu spielen?

Sie war so erregt, daß sie ihr Weinglas umstieß, was dazu führte, daß der Kellner trotz ihres Protests darauf bestand, ihnen ein frisches Tischtuch zu holen. Joanna nutzte diesen Moment des Hin- und Herräumens, um nach draußen zu gehen und ein paarmal tief durchzuatmen. Es war eine harmlose Frage gewesen. Sie würde sich dadurch nicht das Hummeressen verderben lassen.

Robert überlegte, ob er hinter Joanna herlaufen sollte, um ihr zu sagen, daß er sie nicht verletzen wollte. Dann hielt er inne und fragte sich, was er sich eigentlich vorzuwerfen habe. Nach einer Woche wie dieser mußte es möglich sein, ein solches Thema anzusprechen, ohne daß sie deshalb den Raum verließ.

Nach wenigen Minuten kam Joanna zurück, als sei nichts geschehen, und begann, von einem Segelausflug zu erzählen, bei dem sie als Vierzehnjährige beinahe ertrunken wäre. Ein Freund ihres Vaters habe sie und ihre Freundin Leah auf seiner Hochseeyacht mitgenommen. Es sei ein strahlend schöner Tag gewesen; sie hätten an Deck gelegen und sich gesonnt. Dann sei auf einmal das Wetter umgeschlagen. Die Yacht sei gekentert; mit Müh und Not hätten sie sich ins Schlauchboot gerettet.

Dabei sei Leah ausgerutscht und ins Wasser gefallen. Ihre Leiche habe man nie gefunden.

Obwohl dies zugegebenermaßen eine tragische Geschichte war, ließ sie Robert merkwürdig kalt. Daß Joanna auf diese Weise eine Freundin verloren hatte, interessierte ihn im Augenblick weniger als die Frage, warum sie ausgerechnet diesen Moment gewählt hatte, um ihm davon zu berichten. Es kam ihm so vor, als habe sie nach einer möglichst drastischen Geschichte gesucht, um von dem Kinderthema abzulenken.

Die feuerroten Hummer wurden genauso serviert, wie Joanna dies von früheren Besuchen im *Red Inn* in Erinnerung hatte, auf ovalen Tellern, mit Zitrone und hausgemachter Mayonnaise. Robert erklärte, daß dies der erste Hummer seines Lebens sei und er keine Ahnung habe, wie ein solches Tier zerlegt würde.

»Essen die Deutschen keinen Hummer?«

»Die Deutschen, die ich kenne, nicht.«

In seiner Stimme lag etwas Defensives, was sie bisher nicht von ihm kannte. Dabei hatte sie ihn gar nicht angegriffen; es ging nur um ein Schalentier, um nichts anderes.

Sie zeigte ihm, wofür die unterschiedlich großen Spieße, Zangen und nußknackerähnlichen Gerätschaften gedacht waren; dann machte sie sich daran, ihren eigenen Hummer zu knacken, bevor er noch kälter wurde. Als sie sah, wie Robert mit den Scheren kämpfte, wünschte sie, sie hätten doch etwas anderes bestellt.

Was er aß, schmeckte gut, rechtfertigte jedoch seiner Meinung nach nicht den hohen Preis. Warum hatte Joanna diese herablassende Bemerkung gemacht? Um ihm das Gefühl zu geben, er kenne sich nicht aus in der

Welt derjenigen, die als Hummeresser aufwuchsen? Sie hatte ja recht, aber trotzdem wäre es nicht nötig gewesen, ihn das in dieser Weise fühlen zu lassen.

Roberts Gesicht entspannte sich erst wieder, nachdem die Teller abgeräumt worden waren.

»Tut mir leid«, sagte Joanna.

»Was?«

»Ich dachte, es würde dir Spaß machen.«

»Das dachte ich auch.«

Sie nahm seine Hand in ihre beiden Hände und lächelte ihn an. »Es war gut gemeint.«

»Ich weiß.«

»Nachtisch?«

Er schüttelte den Kopf. »Ich würde viel darum geben, wenn wir morgen nicht nach New York zurückfahren müßten.«

»Ich auch«, murmelte Joanna, ohne seine Hand loszulassen.

»Und warum bleiben wir dann nicht?«

»Muß ich das wirklich noch mal erklären?«

Als sie das Restaurant verließen, war es fast dunkel. Sie gingen zum Hafen hinunter, wo ein paar Jugendliche saßen und sich über einen Betrunkenen lustig machten. Robert zog Joanna weiter.

»Wohin gehen wir?«

»Zum Ende der Mole.«

Die Steine waren noch warm. In der Ferne blinkte der Leuchtturm, zu dem sie morgens früh geradelt waren. Unterwegs hatte er überlegt, was passieren müßte, damit Joanna sich erlauben könnte, noch länger hierzubleiben. Es war ihm nichts eingefallen.

»Ich habe mir nie zugetraut, ein Kind großzuziehen«, sagte Joanna plötzlich.

Robert sah sie an. Sie zuckte mit den Achseln, als wolle sie sich für etwas entschuldigen. Er dachte an Lotte und spürte, wie ihm die Tränen in die Augen schossen. Anstatt darüber nachzudenken, was er sich zutraute und was nicht, war er damals blindlings davon ausgegangen, daß er das, was man unter Erziehung verstand, schon nach und nach lernen werde.

»Ich habe als Vater ziemlich versagt.«

Joanna nickte. Robert hatte gehofft, sie würde nicht nicken, sondern ihn daran erinnern, daß sein letzter Besuch bei Lotte besser verlaufen sei als jeder andere zuvor. Doch sie sagte nichts; sie nickte nur.

In jener Nacht träumte Joanna, daß sie auf dem Weg zum Bahnhof war. Unter dem linken Arm hatte sie ein in Decken gewickeltes Neugeborenes. Als sie am Bahnhof ankam, wunderte sie sich, wie leer es überall war. Das Wartehäuschen auf dem Bahnsteig stand zwar noch, aber die Fensterscheiben waren zersprungen, und der Betonfußboden hatte tiefe Risse, in denen Unkraut wuchs. Erst jetzt entdeckte sie, daß viele der Gleise fehlten und die restlichen zugewachsen waren. Dann gab es einen Schnitt. Im zweiten Teil des Traums rannte sie durch eine überfüllte Fußgängerzone, um noch vor Ladenschluß etwas zum Essen zu kaufen. Plötzlich hielt sie inne, weil ihr bewußt wurde, daß sie das Bündel nicht mehr bei sich hatte. Sie mußte es in jenem Wartehäuschen liegengelassen haben.

Joanna wachte in Schweiß gebadet auf. Seit Jahren hatte sie diesen Traum nicht mehr gehabt, hatte gehofft, ihn ein für allemal losgeworden zu sein. Es war, bis in die letzten Einzelheiten hinein, immer derselbe Traum, wie ein Videofilm, der in den Recorder geschoben und abgespult wurde, wieder und immer wieder.

Robert wurde vom Knarren der Treppe wach. Es war noch dunkel; das Bett neben ihm war leer. Er hörte, wie die Kühlschranktür geöffnet und wieder geschlossen wurde. Dann wurde etwas eingegossen, ein Getränk ohne Kohlensäure; entweder Milch oder Orangensaft, dachte Robert, bevor er wieder einschlief.

Als er um kurz nach sechs Uhr aufwachte, lag Joanna zusammengerollt neben ihm und rührte sich nicht. Er stand auf, zog sich leise an und ging nach unten, um Bruno hinauszulassen und das Teewasser aufzusetzen. Dann ging er zurück nach oben und begann, seine Sachen zusammenzupacken. Joanna rührte sich immer noch nicht. Sie hatten vereinbart, um sieben im Wagen zu sitzen; spätestens um zwanzig vor würde er sie wecken.

Während er den Tee aufgoß, fiel sein Blick auf eine leere Weißweinflasche, die in einem Korb neben dem Herd lag. Er erinnerte sich, daß sie gestern abend noch halb voll im Kühlschrank gestanden hatte. Soweit er dies beurteilen konnte, gehörte Joanna nicht zu den Menschen, die nachts regelmäßig aufstanden, um eine halbe Flasche Wein auszutrinken.

»Bist du schon lange wach?«

Er drehte sich erschrocken um. Sie stand auf der Treppe und sah ihn traurig an.

»Nein.«

»Wo ist Bruno?«

»Unten am Strand.«

»Ich beeile mich«, sagte sie und verschwand im Badezimmer.

Er nahm seinen Becher und trat vor die Tür. Die Sonne stand über dem Meer und tauchte es in ein gelbliches Licht. Es war noch kühl, aber schon in wenigen Stunden würde es wieder so heiß sein wie an all den anderen Tagen. Bruno rannte am Wasser entlang, wobei er mit großem Geschick den schäumenden Wellen auswich, die heute höher waren denn je und sich donnernd am Ufer brachen.

Um zehn nach sieben warfen sie den Hausschlüssel in den Briefkasten des örtlichen Postboten, der versprochen hatte, ihn im Postamt zu hinterlegen.

Sie gerieten in keinen einzigen Stau, was Robert zu seinem eigenen Erstaunen bedauerte. Nach genau sechs Stunden und fünf Minuten erreichten sie die West 81st Street, fanden einen Parkplatz, nickten dem Portier zu und bestiegen den Fahrstuhl.

Joanna schloß die Wohnungstür auf und stellte als erstes die Klimaanlage an. Dann hörte sie ihren Anrufbeantworter ab, auf dem Steve die Nachricht hinterlassen hatte, daß er sie für nächsten Freitag zum Essen einlade. Nach einem kurzen Räuspern sagte eine ihr unbekannte männliche Stimme mit deutschem Akzent, daß dies Jochen Teichert sei, der Robert Wagner etwas mitzuteilen habe. Er möge ihn so bald wie möglich zu Hause anrufen. Joanna sah, wie Robert sich erschrocken umdrehte. Sie wollte ihn gerade fragen, wer Jochen Teichert sei, als sich dieselbe Stimme zum zweiten Mal meldete und schon etwas ungeduldiger fragte, warum Robert nicht zurückrufe. Claudia liege mit Blutungen im Krankenhaus, und es gäbe große Probleme mit Lotte. Beim dritten Mal verzichtete Jochen Teichert darauf, sich vorzustellen. Mit eisiger Stimme verkündete er, daß er kein Verständnis dafür habe, warum Robert sich nicht melde. In einer Zeit, in der Claudia absolute Ruhe benötige, benehme Lotte sich so aufsässig, daß es nicht mehr zu ertragen sei. Sie habe nur noch einen Gedanken im Kopf: daß sie zu ihrem Vater wolle, der natürlich prompt nicht da sei, wenn man ihn mal brauche, zum ersten Mal in zehn Jahren.

»Ist der immer so unverschämt?« fragte Joanna und gab Robert einen Kuß.

»Nein, das heißt, ich ... ich kenne ihn eigentlich kaum.«

»Willst du ein Glas Wasser?«

Robert nickte. Joanna holte zwei Gläser aus dem Schrank und öffnete eine Flasche Mineralwasser.

»Kann ich mal telefonieren?«

»Bitte.«

»Das Geld bekommst du wieder.«

»Stell dich nicht so an.«

»Ich will Lotte anrufen.«

»Das habe ich schon verstanden.«

Er sah sie immer noch fragend an, als erwarte er, sie könne es sich anders überlegen.

»Die Vorwahl lautet 01149.«

»Danke.«

Während Robert wählte, ging Joanna ins Schlafzimmer, um ihre Reisetasche auszupacken. Sie versuchte, so gelassen wie möglich zu sein, aber als sie Robert deutsch sprechen hörte, hielt sie inne. Ihr kam die Sprache plötzlich so fremd vor, ganz anders als in Hamburg, wo Robert doch auch hier und da deutsch gesprochen hatte. Zum ersten Mal machte es ihr etwas aus, daß sie seine Muttersprache nicht verstand. Sein Tonfall hatte etwas Fließendes, Müheloses, wie er es im Englischen nie erreichen würde. Ein Gefühl von Neid stieg in ihr auf, Neid auf all jene, in deren Gegenwart Robert nicht nach Worten ringen mußte, wenn es mal schwierig wurde. Gleichzeitig ärgerte es sie, daß sie nicht mitbekam, worum es ging. Sie war erleichtert, als er wieder auflegte.

»Es ist niemand da«, rief er ihr aus dem Wohnzimmer zu. »Ich habe eine Nachricht hinterlassen.«

»Das war aber eine lange Nachricht.«

Er kam auf sie zu und nahm sie in den Arm. »Ich habe doch gesagt, daß ich dir das Geld wiedergebe.«

»Darum geht es nicht.«

»Worum geht es denn?«

»Meine Nachrichten sind immer kürzer.«

Anstatt ihr darauf eine Antwort zu geben, drückte er sie an sich und legte seinen Kopf auf ihre Schulter. Sie hatte auf einmal einen Kloß im Hals.

»Wollen wir einkaufen gehen?«

»Nein, ich bleibe hier, für den Fall, daß Lotte zurückruft.«

Joanna befreite sich aus seiner Umarmung und ging in die Küche, um ihren Korb zu holen. Daß er nun wie ein gebanntes Kaninchen vor dem Telefon sitzen würde, schien ihr reichlich übertrieben.

Sie pfiff nach Bruno und machte sich auf den Weg zu *Zabar's*. Als sie am Käsestand gefragt wurde, wieviel Brie sie wolle, zögerte sie einen Moment lang und kaufte dann doch genug für zwei.

Bei ihrer Rückkehr stand Robert am Fenster und sah in den Himmel.

»Es gab frischen Mangold«, sagte sie und begann, den Korb auszupacken.

»Ich versuch's jetzt noch mal«, murmelte er, ohne sie anzusehen.

Er hatte kaum zu Ende gewählt, als er auch schon zu sprechen begann; seine Tochter mußte direkt neben dem Telefon gesessen haben. Joanna ging ins Badezimmer und machte die Tür hinter sich zu.

Lotte weinte. Jochen habe gesagt, sie wäre schuld daran, daß Claudia jetzt im Krankenhaus liege, weil sie ständig Streit mit ihr gesucht hätte, anstatt an das Baby zu denken, das seine Ruhe bräuchte.

Robert spürte, wie sich etwas in ihm zusammenzog.

»Das ist völliger Unsinn. Laß dir das bloß nicht einreden.« Was immer er über Jochen gedacht haben mochte, er hätte ihm nicht zugetraut, daß er so die Kontrolle über sich verlieren und eine Zwölfjährige für eine gefährdete Schwangerschaft verantwortlich machen könnte.

»Und du warst nicht da.«

»Es tut mir wirklich leid.«

»Dabei stand diese Nummer auf deiner Postkarte.«

»Ich war eine Woche lang verreist.«

»Wo?«

»Am Meer, in Cape Cod.«

»Allein?«

»Mit einer Freundin.«

Am anderen Ende war es plötzlich still.

»Lotte?«

»Ja?«

»Soll ich zurückkommen?«

»Wenn ich dann bei dir in Hamburg sein kann.«

»Natürlich.«

Wieder war es still.

»Ich versuche, mir noch für heute ein Ticket zu besorgen.«

»Danke.«

»Nicht mehr weinen.«

»Ich hasse Jochen.«

»Wir werden eine Lösung finden; das verspreche ich dir.« Er wußte nicht, ob sie diesen letzten Satz noch gehört hatte. Langsam legte er den Hörer auf und blickte sich nach Joanna um.

Im Schlafzimmer war sie nicht. Er öffnete die Tür zum Badezimmer und sah sie vorm Spiegel stehen, reglos, als ahne sie bereits, was er jetzt sagen würde.

»Kommst du mit?« fragte er und legte seine Arme um ihre Schultern.

»Wohin?«

»Nach Hamburg.«

Noch immer verzog sie keine Miene.

»Lotte wird eine Weile bei mir wohnen.«

»Das steht also schon fest.«

Er küßte sie auf den Nacken. »Bitte.«

»Ich kann nicht.«

»Warum nicht?«

»Weil ich arbeiten muß.«

»Das kannst du auch bei mir.«

»Lotte hat dich noch nie besucht.«

»Was hat das mit dir zu tun?«

»Du sagst, sie sei ein schwieriges Kind.«

»Sie hat viel durchgemacht.«

»Wenn ich mitkomme, wird alles nur noch schwieriger.«

»Warum?«

Joanna ging zur Tür. »Weil sie dann wieder auf jemanden eifersüchtig sein muß.«

Robert dachte an Lottes plötzliches Schweigen am Telefon; natürlich wollte sie nichts von einer Freundin hören, mit der er ans Meer gereist war, anstatt für seine Tochter erreichbar zu sein. Aber das würde sich ändern, wenn er ihr erst einmal erklärt hatte, wieviel Joanna ihm bedeutete.

Als er ins Wohnzimmer zurückkam, stand sie mit dem Rücken zum Fenster und starrte auf den Fußboden. Sie hatte ein Glas Wasser in der Hand, das sie hektisch zwischen ihren Fingern hin- und herdrehte, bis schließlich Wasser herausschwappte und an ihrer Hand hinunterlief. Sie schien es nicht zu bemerken.

»Was sollen wir jetzt machen?«

Mit einer abrupten Bewegung stellte sie ihr Glas auf die Fensterbank, so daß wieder Wasser überschwappte. »Es gibt nur zwei Möglichkeiten: Entweder du bleibst, oder du fährst.«

»Nein.«

»Was, nein?«

»Das ist keine Alternative. Es kann nicht darum gehen, daß ich …« Ihm fehlten plötzlich die Worte. »Daß ich … mich entscheiden muß.«

»Entscheiden?«

»Ja, zwischen Lotte und dir.«

»Vielleicht doch.«

»Joanna, andere Menschen haben auch Kinder und gehen trotzdem neue Beziehungen ein.«

»Möglicherweise sind die vorsichtiger und setzen ihre neuen Beziehungen nicht gleich aufs Spiel, wenn ihre Kinder aus einer Laune heraus nach ihnen verlangen.«

»Ihre Verzweiflung ist für dich eine Laune?«

»Sie spielt euch gegeneinander aus. Merkst du das nicht?«

Robert drehte sich um und sah aus dem Fenster. Vor dem *Museum of Natural History* stand wieder eine Reihe gelber Autobusse; wieder wurden – wie an seinem ersten Tag – Hunderte von amerikanischen Schulkindern durchs Museum geführt. »Was soll ich also deiner Meinung nach tun?«

»Nicht darauf eingehen.«

»Nach allem, was ich dir über Lotte und mich erzählt habe?«

»Glaubst du wirklich, du könntest deine Beziehung zu ihr grundlegend verbessern, wenn du jetzt zurückfährst?«

»Diese ermutigende Frage hätte Claudia auch stellen können.«

Joanna blickte ihn ungläubig an; dann lief sie ins Schlafzimmer und schlug die Tür hinter sich zu. Wie durch einen Schleier sah Robert, daß Bruno aus seinem Korb sprang und aufgeregt über die Holzdielen rutschte. Er jaulte ein paarmal kurz auf, als habe ihn jemand getreten. Dann kam er auf ihn zugelaufen und stupste ihn mit seiner feuchten Schnauze an. Robert versuchte ihn wegzuschieben; als ihm das nicht gelang, schrie er ihn an, er solle ihn in Ruhe lassen.

»Und du läßt gefälligst meinen Hund in Ruhe.« Joanna stand in der geöffneten Schlafzimmertür; ihr Gesicht war verzerrt vor Wut.

»Laß uns vernünftig miteinander reden.«

Joanna hockte sich hin und streichelte Brunos Kopf. »Er hat es nicht verdient, angeschrien zu werden.«

»Es tut mir leid.«

»Hast du schon darüber nachgedacht, daß du gar nicht auf die Idee gekommen wärst, zurückzufahren, wenn wir länger in Cape Cod geblieben wären?«

»Wie hätte ich dort erfahren sollen, daß Lotte mich braucht?«

»Du hast nichts unternommen, um für sie erreichbar zu sein.«

»Machst du mir das etwa zum Vorwurf? Es ist noch nie … ich kann mich nicht erinnern …«

»Woran?«

»Lotte und ich …«

»Ja?«

»Lotte hat mich noch nie dringend sprechen wollen … Begreifst du das nicht? Ich … ich hätte ihr deine Nummer beinahe auch nicht gegeben.«

»Das hätte uns vieles erspart.«

»Ist das dein Ernst? Wäre es dir wirklich lieber gewesen, wenn Lotte mich nicht … wenn sie keine Möglichkeit gehabt hätte …?«

»Ich hab immer gewußt, daß es besser ist, sich in Männer zu verlieben, die keine Kinder haben.«

»Eine bessere Antwort fällt dir nicht ein?«

»Komm«, sagte Joanna zu Bruno. »Wir gehen ins Schlafzimmer.«

Robert sah ihnen nach, wie sie im Schlafzimmer verschwanden; dann griff er nach dem Telefonbuch. Er suchte die Nummer des Flughafens heraus, ließ sich mit der Platzreservierung verbinden und erfuhr, daß in drei Stunden eine Maschine nach Hamburg startete. Plätze in der Business class seien noch vorhanden. Er nannte seinen Namen und die Nummer seines Flugtickets und hatte damit seinen Rückflug nach Hamburg gebucht.

Als sie ihn telefonieren hörte, wußte sie, daß er fahren würde. Ihr Blick fiel auf seinen abgeschabten, braunen Koffer, der noch so, wie sie ihn aus Cape Cod mitgebracht hatten, neben der Tür stand und in den er nur ein paar Kleinigkeiten packen mußte, um reisefertig zu sein. Diesen Anblick wollte sie sich ersparen. Sie ging ins Wohnzimmer zurück, griff nach der Leine, rief nach Bruno und verließ die Wohnung, ohne ein weiteres Wort zu sagen.

Nachdem sie zehn Minuten im Hundeauslauf verbracht hatte, fand sie plötzlich die Vorstellung unerträglich, Robert vor seiner Abreise nicht noch einmal zu sehen. Sie rannte mit Bruno über die Straße, am erstaunten Portier vorbei und die Treppen hoch, da beide Fahrstühle besetzt waren. Als sie oben in ihrer Wohnung ankam, war Robert bereits nicht mehr da. Sie lief zum Fenster und sah, wie er am Straßenrand stand und nach einem Taxi winkte. Manchmal dauerte es fünf Minuten oder länger, bis ein Wagen hielt; sie würde wieder nach unten fahren. In diesem Augenblick bog ein leeres Taxi um die Ecke. Robert blickte kurz nach oben, in die Richtung ihres Fensters, dann stieg er ein, der Wagen fuhr an und war wenige Sekunden später verschwunden.

Auf dem Tisch, neben dem Gurkenglas mit den verblühten Teerosen, lagen ihr Wohnungsschlüssel, ein Zehndollarschein und ein *New Yorker*, den Robert in Cape Cod gelesen hatte. Einen Zettel hatte er nicht hinterlassen. Joanna warf die Teerosen in den Mülleimer, löschte die Stimme von Jochen Teichert und packte ihre Reisetasche aus. Danach stellte sie sich unter die Dusche. Erst nachdem sie sich eingeseift hatte, merkte sie, daß es Roberts Seife war, die sie benutzt hatte, eine weiße Seife, die nach nichts roch, nach absolut gar nichts.

Robert saß vornübergebeugt, den Kopf zwischen seinen Händen, so daß er nur seine Knie und die Spitzen seiner Schuhe sah. Als der Taxifahrer irgendwann abrupt bremsen mußte, blickte Robert für einen kurzen Moment hoch und nahm die Häuserschlucht wahr, durch die sie fuhren. Dann machte er die Augen zu. Er konnte den Anblick dieser Stadt nicht mehr ertragen.

18.

Joanna stand in der überfüllten U-Bahn und zwang sich, an nichts anderes zu denken als daran, daß sie gleich an ihrem Schreibtisch sitzen und ihre Post sortieren würde. Die Zeit zwischen sechs und neun war oft ihre beste Arbeitszeit. Kein Student verlangte irgendeine Auskunft, die Kollegen aßen zu Abend, niemand rief an.

Neben ihr standen zwei junge Leute, die auf einmal anfingen, sich innig zu küssen. Joanna drehte sich um und sah zum Fenster hinaus. Der Anblick der vorbeirauschenden, dunklen Wände des U-Bahn-Schachtes löste einen merkwürdigen Schwindel in ihr aus. Sie mußte versuchen, die letzten drei Wochen aus ihrem Gedächtnis zu streichen; nur dann würde sie in der Lage sein, dort weiterzumachen, wo sie vor ihrer Fahrt nach Hamburg aufgehört hatte: bei den Erzählperspektiven im Werk von Michael Ondaatje.

Die einzige Post, die sie vorfand, war von Nick. Es handelte sich um eine Karte mit einem Landschaftsbild von Oskar Kokoschka, die er unter ihrer Tür durchgeschoben hatte. In seiner kaum zu entziffernden Schrift fragte er an, ob sie vorhabe, am Freitag abend zusammen mit ihrem Lehrer bei Steve zu erscheinen. Wenn dem so sei, möge sie ihm dies bitte mitteilen, damit er für den Abend andere Pläne machen könne.

Joanna wollte die Karte schon wegwerfen, als sie sah, daß sie aus dem *Guggenheim Museum* stammte. Und plötzlich wußte sie wieder, wann sie zuletzt von Kokoschka gehört hatte. Der Name weckte nicht nur die

Erinnerung an Robert, der in jener Ausstellung gewesen war, sondern sie hatte plötzlich auch den Geschmack von Porreegemüse auf der Zunge, als seien Kokoschka und Porree eine untrennbare Verbindung eingegangen.

Sie wählte Steves Nummer, dankte ihm für die Einladung und bat ihn, Nick anzurufen und ihm zu sagen, daß er sich für Freitag abend nichts anderes vornehmen müsse; sie käme allein.

»Du kannst Robert gern mitbringen«, sagte Steve. »Wenn meine Nachricht auf deinem Band so geklungen hat, als seist nur du eingeladen ...«

»Robert ist heute abgereist«, unterbrach ihn Joanna und beendete das Gespräch, bevor Steve ihr weitere Fragen stellen konnte.

Sie klappte ihren Laptop auf und begann, den Text zu lesen, den sie vor einer Woche geschrieben hatte. Es dauerte eine Weile, bis sie merkte, daß sie über den ersten Abschnitt nicht hinauskam, weil ihre Gedanken immer wieder abschweiften. Wie eine Kette von Momentaufnahmen reihte sich ein Bild ans andere: Robert, der sie im *Time Café* mit einem Kuß begrüßt; Robert, der ihr die Hand auf die Schulter legt, als er von der Toilette zurückkommt; Robert, der mit geschlossenen Augen an der Wand ihres Hausflurs lehnt und sich die Tränen von den Wangen wischt.

Um kurz nach acht gab sie es auf. Sie packte ihre Sachen zusammen und rief Katie an, um sie zu fragen, was sie davon hielte, sich um neun bei Luigi zu treffen. Ob dies etwa ein Essen zu dritt sein solle, wollte Katie wissen. Ihre Aussprache war etwas undeutlich; wahrscheinlich hatte sie wieder getrunken. Joanna versicherte ihr, daß sie allein sein würden, und Katie sagte zu.

Das erste, was ihr auffiel, als sie Luigis Restaurant betrat, war Katies Stirn, die in sämtlichen Regenbogenfarben schillerte.

»Was ist denn mit dir passiert?« fragte sie, als hätte sie neulich nachts jenes dumpfe Klopfen in Katies Wohnung nicht gehört.

»Ich dachte, du wüßtest Bescheid. Hast du nicht vor einer Woche um vier Uhr morgens bei mir geklingelt?«

Joanna nickte. Zum Glück war Katie wenigstens nicht betrunken. »Ich habe mir Sorgen gemacht.«

»Ihr wart so gemein, ihr zwei, mich auf dem Flur einfach auszulachen.«

»Wir haben dich nicht ausgelacht.«

»Ach, nein? Und was war es, was euch so belustigt hat, daß ihr euch gar nicht wieder einkriegen konntet?«

»Katie, du willst doch nicht behaupten, daß du dir die Stirn grün und blau geschlagen hast, weil du dachtest, wir hätten dich ausgelacht?«

Katie schüttelte den Kopf.

»Warum also?«

»Es ist so über mich gekommen.«

In diesem Moment trat Luigi an ihren Tisch, um ihnen die Tageskarte zu erläutern. Er schien enttäuscht zu sein, daß sie wieder nur Spaghetti alla carbonara und einen halben Liter Rotwein bestellten.

»Der Mann, der hier in der letzten Woche niedergestochen wurde, ist übrigens noch in derselben Nacht gestorben«, sagte Luigi.

Joanna spürte, wie ihre Handflächen feucht wurden.

»Was für ein Mann?« fragte Katie.

»Klein, blond, Anfang Zwanzig. Joanna hat die Tat gesehen. Bisher weiß niemand, was das Motiv war. Vermutlich ging es um Drogen.« Er nickte ihnen zu und verschwand in der Küche.

»Wie gräßlich«, murmelte Katie. »Dabei soll dies doch eine sichere Gegend sein.«

Joanna dachte an Roberts dubiose Wohnungsnachbarn, an die Rattenplage in seinem Hof und an den Film

Five Easy Pieces, den er gesehen hatte, als sie nach der Messerstecherei wieder nach oben gekommen war. Sie hatte plötzlich Kopfschmerzen.

»Was ist los?«

»Kann ich dich um etwas bitten?«

Katie zog die Augenbrauen hoch.

»Frag mich nicht nach den letzten drei Wochen. Tu so, als hätte es sie nie gegeben.«

»Das wird mir schwerfallen.«

»Versuch's.«

Sie aßen schweigend ihre Spaghetti. Irgendwann hielt Katie inne und sah Joanna hilflos an.

»Ich hatte eine Gehirnerschütterung.«

»Das wundert mich nicht.«

»Eugene ist ein Schuft.«

Joanna wußte, jetzt würde eine ausführliche Schilderung folgen, wie die Beziehung mit Eugene zu Ende gegangen war. Sie konnte Katie kaum zuhören; in ihrem Kopf verschmolz diese Geschichte mit den unzähligen anderen, die Katie ihr im Laufe der letzten zwei Jahre erzählt hatte. Es war immer dieselbe Begeisterung, mit der alles begann, immer dieselbe Verbitterung, mit der es endete.

Später gingen sie mit Jupiter und Bruno in den Hundeauslauf, warfen Bälle und sprachen über ein neuartiges Hundefutter, von dem Katie behauptete, daß es Jupiter besser schmecke als jedes andere und Joanna es gleich morgen früh auch für Bruno besorgen solle. Joanna hätte es niemals für möglich gehalten, daß sie eines Tages dankbar dafür sein würde, sich mit Katie über Hundefutter unterhalten zu können.

In dieser Nacht wachte sie fast jede Stunde auf, als gäbe es eine Kraft in ihrem Körper, die ihr nicht gestatten wollte, sich durch Schlaf von dem zu entfernen, was gestern geschehen war.

Um halb fünf stand sie auf, holte sich ein Glas Wasser und legte sich aufs Sofa. Sie griff nach einem *New Yorker*, den sie bisher noch nicht gelesen hatte, und studierte das Inhaltsverzeichnis. Die Kurzgeschichte dieser Ausgabe war von John Berger; sie trug den Titel *European Night Journey*. Joanna überflog den ersten Abschnitt und wollte schon weiterblättern, als ihr Blick auf das Wort Prag fiel. Warum sie dadurch veranlaßt wurde, innezuhalten, wußte sie nicht. Sie war noch nie in Prag gewesen. Vielleicht war es eher das leicht aufgerauhte Papier neben dem Wort Prag, das sie stutzig machte. Es sah aus, als sei vor einiger Zeit ein Wassertropfen auf diese Stelle gefallen, als habe bereits jemand die Geschichte gelesen und dabei ein Glas Wasser getrunken.

Robert hatte ihr nichts erzählt von diesen zwei Fremden, die auf ihrer Fahrt durch die Nacht eine ungeahnte Nähe erleben, ganz beiläufig, ohne daß sie sich besonders darum bemüht hätten.

Joanna schlug das Heft zu und wünschte, sie wäre niemals nach Hamburg gereist.

Geweckt wurde sie durch Brunos kalte Schnauze, die auf ihrem Arm lag. Es war halb zehn und schon sehr warm. Ihr taten alle Glieder weh; sie hatte nicht die Absicht gehabt, auf dem Sofa einzuschlafen.

Während sie langsam aufstand, legte Bruno ihr seine Leine vor die Füße und schaute dann erwartungsvoll zu ihr hoch. Sie verspürte eine gewisse Erleichterung darüber, daß zumindest einer von ihnen genau wußte, was er wollte.

Nachdem sie über eine Stunde durch den Park gelaufen waren, kaufte sie bei *Zabar's* drei Bagel, Frischkäse und geräucherten Lachs ein und bemühte sich, bei ihrer Rückkehr den fragenden Blick des Portiers zu übersehen. Es ärgerte sie, daß er anscheinend erwartete, über abreisende Besucher informiert zu werden.

Sie hatte gerade angefangen zu frühstücken, als das Telefon klingelte. Im ersten Augenblick dachte sie, daß dies nur Robert sein konnte, der eine Nacht im Hotel verbracht hatte und sich nun zu einem klärenden Gespräch mit ihr treffen wollte. Doch noch bevor sie den Hörer abgenommen hatte, mußte sie zugeben, daß dies die unwahrscheinlichste aller Möglichkeiten war.

»Ich bin's«, hörte sie ihren Vater sagen.

Sie schluckte ihren Bissen hinunter und wünschte ihm einen guten Morgen.

»Bist du etwa noch beim Frühstück?«

Statt ihm darauf eine Antwort zu geben, erkundigte sie sich nach seinem Befinden, was sogleich ein anhaltendes Husten zur Folge hatte.

»Ich hoffe, du hast sowohl vorn als auch hinten abgeschlossen«, sagte er schließlich, nicht ohne vorher hörbar nach Luft geschnappt zu haben.

»Vater, ich bin zweiundvierzig Jahre alt.«

»Man sollte es nicht für möglich halten. Kein Mann, kein Kind, kein Haus.«

»Hast du angerufen, um dich mit mir zu streiten?«

»Wieso?«

Joanna atmete ein paarmal tief durch. »Der Schlüssel liegt wieder bei der Post.«

»Es war also alles in Ordnung?«

Ja, dachte sie, bis zu jener Nachricht war alles in Ordnung.

»Joanna?«

»Mir ist nichts Ungewöhnliches aufgefallen.«

Er legte auf, und zum ersten Mal war sie ihm dankbar dafür, daß er sie nie fragte, wie es ihr ging.

Um eins war sie in ihrem Büro, schloß die Tür ab, stöpselte das Telefon aus und setzte sich an ihren Schreibtisch. Sie würde sich durch niemanden mehr von ihrer Arbeit abhalten lassen, heute nicht, morgen nicht, den ganzen restlichen Sommer nicht.

»Seit wann schließt du dich ein, wenn du arbeitest?« fragte Nick, als sie sich am nächsten Abend vor dem Haus in der Prince Street begegneten, in dem Steve seit einiger Zeit einen hallenartigen Raum ohne Zwischenwände bewohnte.

»Warum ist das so wichtig?«

»Es könnte ein Feuer geben.«

»Ich bin in der Lage, auf mich aufzupassen.«

»Das bezweifele ich.«

Während sie die Treppen zum vierten Stock hochstiegen, überlegte Joanna, wie lange es dauern würde, bis Nick anfinge, sich hämisch über Roberts Abreise zu äußern. Doch nichts dergleichen geschah.

»Hast du schon einen Vorstellungstermin für Harvard?« fragte sie schließlich, als sie fast oben waren.

»Du kannst mich wohl nicht schnell genug loswerden, was?«

Es lag etwas Seltsames in seiner Stimme, als würde er es tatsächlich bedauern, daß ihr an seiner Anwesenheit so wenig gelegen war.

Steve lehnte am Türrahmen und grinste ihnen entgegen. »Wie in alten Zeiten.«

»Ich weiß nicht, was du meinst«, sagte Joanna und war sich plötzlich nicht mehr sicher, ob es nicht ein Fehler gewesen war, hierherzukommen.

In diesem Moment trat Carol aus der Tür. Sie trug wieder ihre Sonnenbrille, die sie jedoch abnahm, bevor sie Joanna umarmte. »Danke, daß du neulich so lange geblieben bist«, sagte sie leise.

Joanna strich ihr über den Kopf. Zehn Tage waren seit der Beerdigung vergangen. Es hätten auch zehn Wochen oder zehn Monate sein können.

Sie betraten Steves streng in Schwarzweiß eingerichtete Etage, an deren Westseite sich ein riesiges Fenster befand, durch das das Licht der Abendsonne fiel.

Er servierte Prosecco als Aperitif und erklärte, auf ihrer aller Wohl zu trinken.

»Wir haben es nötig«, antwortete Joanna und leerte ihr Glas in einem Zug.

Es folgte eine Art Schweigeminute, in der sie alle angestrengt auf ihre Gläser blickten. Dann murmelte Steve etwas von einer Sauce, die er noch vorbereiten müsse, und verschwand mit Nick in Richtung Kochecke.

»Komm«, sagte Carol und griff nach Joannas Arm. »Wir setzen uns.«

Schon bei früheren Besuchen war Joanna aufgefallen, daß Steves avantgardistische Sitzmöbel nicht sehr bequem waren, doch noch nie hatte sie sie so unbequem gefunden wie heute. Nachdem sie drei verschiedene Stühle ausprobiert hatte, suchte sie sich ein Kissen und setzte sich auf den Fußboden.

»Warum ist Robert so schnell wieder abgereist?«

»Seine Tochter hatte zum ersten Mal nach zehn Jahren das dringende Bedürfnis, mit ihm zusammenzusein.«

»Weiß sie von dir?«

»Sie ahnt bestimmt was.«

»Und wie geht es jetzt weiter?«

»Gar nicht. Wir haben uns völlig überworfen.«

Carol hatte wieder ihre Sonnenbrille aufgesetzt, so daß Joanna nicht wußte, ob sie sie ansah oder nicht.

»Tut es dir leid?«

Vor ihren Augen begann alles zu verschwimmen. Sie sollte auch nur noch mit Sonnenbrille durch die Gegend laufen.

»Das Kissen ist nicht für den Fußboden gedacht«, hörte sie Steve vom anderen Ende des Raumes rufen. »Gefallen dir meine Stühle nicht?«

»Mach dir nichts draus«, sagte Nick. »Die hat sowieso keine Ahnung.«

Joanna sah gerade noch, wie Carol ihre Sonnenbrille abnahm und Nick einen ärgerlichen Blick zuwarf, dann war sie schon unterwegs zur Tür. Wo sie denn hinwolle, rief Steve hinter ihr her. Die Artischocken seien gleich fertig.

Sie rannte die Treppen hinunter, hielt sich die Ohren zu, um Carols Rufe nicht hören zu müssen, und blieb erst stehen, als die Haustür hinter ihr ins Schloß fiel.

Auf den Stufen vor den Häusern saßen überall Menschen; sie lasen Zeitung, tranken Kaffee, redeten und rauchten. Irgendwo lief ein Blues. In der ersten Querstraße wurde gefilmt.

Ein junger Mann stellte sich ihr in den Weg und bat sie um einen Dollar. Sie starrte auf die schorfige Hand, an der der Zeigefinger fehlte, und sah plötzlich jene Hamburger Bettlerin vor sich, sah das eiternde Zahnfleisch zwischen den schwarzen Stummeln, roch den fauligen, fischigen Atem dieser Frau, die nicht von ihrer Seite gewichen war, bis sie ihr das Markstück gegeben hatte. Sie schob sich an dem Mann vorbei, stieg in das nächste Taxi und ließ sich nach Hause bringen.

Auf ihrem Anrufbeantworter war eine Nachricht von Carol, die es bedauerte, daß sie so überstürzt aufgebrochen war. Joanna löschte das Band und ging mit Bruno in den Hundeauslauf. Wenn sie es recht bedachte, war sie eigentlich am liebsten allein.

19.

Sobald Robert die Ankunftshalle erreicht hatte, suchte er sich ein Telefon, um Lotte zu sagen, daß sie noch heute zu ihm kommen könne. Ihr Jubeln nahm ihm auf einen Schlag sämtliche Zweifel, mit denen er sich auf seinem schlaflosen Rückflug gequält hatte.

Während er versuchte, das Förderband im Blick zu behalten, das sich jetzt langsam in Bewegung setzte, hörte er, wie Lotte Jochen zurief, daß ihr Vater wieder in Hamburg sei und sie da auch hinwolle, und zwar sofort. Jochen entgegnete, sie führe nirgendwo hin, bevor dies nicht mit Claudia besprochen worden sei. Schließlich habe niemand davon ausgehen können, daß der abwesende Vater tatsächlich heute wieder auftauchen würde. Doch, schrie Lotte. Robert habe es ihr gestern versprochen, und das wisse er auch. Aber er habe es natürlich nicht geglaubt. Das sei mal wieder typisch. Sie solle aufhören, ihn anzuschreien, schrie Jochen, sonst könne er für nichts mehr garantieren.

»Wenn Jochen mich nicht bringt, fahre ich mit dem Zug«, verkündete Lotte.

»Das wirst du mit Sicherheit nicht tun«, rief Jochen aus dem Hintergrund.

»Bis nachher«, sagte sie und legte auf.

Robert beschloß, auf die langwierige Fahrt im Flughafenbus zu verzichten und sich statt dessen ein Taxi zu nehmen. In seinem Kopf ging alles durcheinander. Vor Lottes Ankunft gab es noch so viel zu erledigen, daß er dies nur schaffen würde, wenn er sich für die nächsten Stunden einen Plan machte.

Als er den Hinterhof betrat, kam Johann Dreiser aufgeregt auf ihn zugelaufen.

»Wie kommt es, daß Sie schon wieder da sind?«

»Es hat sich so ergeben.«

»Sie ahnen ja nicht, was hier am letzten Wochenende los war. Die Polizei hat die Köhlersche Wohnung geräumt.«

»Ach ...« Auf dem Rückflug hatte er immer wieder darüber nachgedacht, wie er Lotte erklären sollte, was für seltsame Wohnungsnachbarn er habe.

»Der Sohn von Herta Köhler hat jemanden umgebracht, einen Bordellkunden, der nicht zahlen wollte.«

»Hier in der Wohnung?« fragte Robert und spürte, wie ihm das Blut in den Kopf schoß.

»Im Treppenhaus. Er hat ihm einen solchen Kinnhaken verpaßt, daß er rückwärts die Treppe hinuntergefallen ist und sich das Genick gebrochen hat.«

»Und wie hat die Polizei davon erfahren?«

»Der alte Hinrichs hat vom Fenster aus gesehen, wie zwei Männer die nackte Leiche in einen Wagen geladen haben und weggefahren sind. Er hat sich die ganze Nacht vor Angst nicht vom Fleck gerührt. Aber am nächsten Tag ist er dann zur Polizei gegangen.«

Robert hatte genug gehört. Er zog seinen Schlüssel aus der Hosentasche und machte Anstalten, auf die Haustür zuzugehen.

»Übrigens«, rief Johann Dreiser ihm nach, »das Ganze ist Sonntag vor einer Woche passiert. Da waren Sie doch noch da. Haben Sie nichts davon mitbekommen?«

»Ich war an dem Abend nicht zu Hause«, antwortete Robert nach kurzem Zögern.

»Seien Sie froh. Wenn Sie zum falschen Zeitpunkt die Tür aufgemacht hätten, wäre Ihnen womöglich auch noch was passiert. Die Beamten haben mir erzählt, daß sie schon lange hinter diesem Harry Köhler her seien. Er gilt als äußerst gefährlich.«

»So sieht er auch aus«, sagte Robert und schloß die Haustür auf.

Sein erster Blick galt dem Anrufbeantworter, auf dem die Ziffer Eins aufleuchtete. Einen Moment lang glaubte er, daß dies nur eine Nachricht von Joanna sein konnte, und war um so enttäuschter, als er feststellte, daß sich auf dem Band nichts als ein weibliches Räuspern befand, das ganz nach dem Räuspern seiner Mutter klang.

In der Küche stand noch das schmutzige Geschirr von jenem Abend, an dem der Nackte mit dem Bürstenschnitt sein Leben gelassen und er mit Joanna in New York telefoniert hatte. Der Teller und das Besteck waren mit einer dünnen Schimmelschicht überzogen, die plötzlich ein Gefühl von Ekel in ihm auslöste. Er ließ Wasser ins Becken laufen, stellte fest, daß er kein Spülmittel mehr hatte, nahm statt dessen Scheuerpulver und sagte sich immer wieder, daß er den Mann auch nicht hätte retten können, weil er allem Anschein nach direkt nach dem Sturz gestorben war.

In den folgenden Stunden versuchte er, weder an den Toten noch an Joanna zu denken, sondern sich darauf zu konzentrieren, seine Wohnung zu putzen, Lottes Bett zu beziehen und im Supermarkt einzukaufen. Abends würde er Spaghetti alla bolognese kochen, weil Lotte irgendwann einmal erwähnt hatte, daß das ihr Lieblingsessen sei. Zum Nachtisch kaufte er Schokoladeneis. Beim Auspacken war er sich allerdings schon nicht mehr sicher, ob sie Schokoladeneis mochte.

Als es klingelte, hatte er gerade begonnen, seinen Koffer auszupacken. Er klappte ihn zu, schob ihn unters Bett und ging zur Tür.

Bei der Vorstellung, in den nächsten zehn Minuten den mitleidigen Blicken und ironischen Kommentaren des kunstbeflissenen Jochen ausgesetzt zu sein, brach ihm der Schweiß aus. Er würde ihn auf keinen Fall in seine Wohnung lassen. Wenn es etwas zu klären gab, müßten sie dies an der Tür erledigen. Am liebsten hätte er durchs Treppenhaus gerufen, Jochen solle gleich unten bleiben. Zum Glück schien er bereits selbst auf diesen Gedanken gekommen zu sein, denn Robert hörte nur die Schritte einer einzelnen Person.

Und dann stand Lotte auf einmal vor ihm, mit Rucksack und großer Reisetasche. Er nahm sie in die Arme und ließ sie erst los, als sie sagte, sie habe Durst.

»Apfelsaftschorle?«

Sie nickte und betrat die Wohnung, blieb aber gleich wieder stehen, als sei sie sich nicht sicher, wie weit sie gehen dürfe.

»Komm«, sagte Robert, »hier ist die Küche.«

Nach kurzem Zögern setzte sie sich auf einen der beiden orangefarbenen Klappstühle und sah ihm beim Mixen der Apfelsaftschorle zu.

»Wartet Jochen im Wagen?«

»Nein. Ich habe ihm gesagt, daß er sofort wieder fahren soll. Es gibt ja nichts mehr zu besprechen.«

»Da hast du mir einiges erspart.«

»Ihm gefiel die Gegend überhaupt nicht.«

»Das kann ich mir denken.«

»Ich finde sie gar nicht so schlecht.«

Roberts Hand begann zu zittern. Ihre Gegend sei vermutlich um nichts sicherer als seine Gegend, hatte Joanna an jenem Abend gesagt, als sie ihm von der Messerstecherei erzählt hatte. Danach war diese merkwürdige Spannung von ihnen abgefallen, die sie während des Essens erlebt hatten.

»Was ist?« fragte Lotte.

»Nichts«, antwortete Robert und reichte ihr ein Glas. »Wie war die Fahrt?«

»Wir haben die ganze Zeit geschwiegen.«

»Mir ist hinterher eingefallen, daß ich dich auch hätte abholen können.«

»Stimmt.«

»Wie geht es Claudia?«

»Willst du das wirklich wissen?«

»Ja.«

»Die Blutungen haben aufgehört, aber sie muß trotzdem noch im Krankenhaus bleiben.«

»Bis zur Geburt?«

»Keine Ahnung.«

Danach schwiegen sie beide. Lotte schaute auf ihr Glas und rührte sich nicht. Es kam Robert so vor, als sei sie in den letzten zwölf Tagen noch brauner geworden.

Im Hof wurde es auch auf einmal still, weil Johann Dreiser seine Maschinen abgestellt hatte. Fünf Uhr. Robert mußte sich zwingen, nicht darüber nachzudenken, was er gestern und vorgestern und vor einer Woche um fünf Uhr gemacht hatte.

»Zeigst du mir die Wohnung?«

»Lotte?«

»Ja?«

»Gut, daß du gekommen bist.«

In seinem kleinen Badezimmer blickte sie in den Spiegel und entdeckte sein Gesicht hinter ihrem. »Keine Ähnlichkeit, oder?«

»Doch, dieselbe hohe Stirn.«

Sie legte den Kopf schräg und sah ihn nachdenklich an. »Vielleicht. Aber bei dir weiß man ja nicht, wo die Stirn aufhört und die Glatze anfängt.«

Er grinste ihr im Spiegel zu, und sie grinste zurück. So grinste Claudia, wenn sie gut gelaunt war.

Vom Arbeitszimmer, wo er für Lotte das Gästebett bezogen hatte, gingen sie weiter in sein Schlafzimmer und schließlich in den Wintergarten. Lotte betrachtete alles sehr genau, als sei sie auf der Suche nach etwas, an das sie sich erinnern konnte. Einmal schüttelte sie fast unmerklich den Kopf, sagte jedoch nichts.

»Wer ist das?« fragte sie und zeigte auf Johann Dreiser, der gerade in seinen Kombi stieg.

»Johann Dreiser, der Besitzer der Druckerei. Der macht immer um fünf Schluß, seit zwanzig Jahren.«

»War er schon mal hier?«

»Bei mir? Nein.«

»Mama sagt, du hast keine Freunde.«

»Nicht viele.«

»Und warum nicht?«

»Ich weiß nicht.« Bernd war ein Freund, auch wenn sie immer nur Schach miteinander spielten und Bernd zum Reden andere Leute hatte.

»Hier haben wir also gewohnt«, sagte Lotte mehr zu sich als zu ihm und ließ sich in einen der Korbsessel fallen.

Robert setzte sich ihr gegenüber und sah sie auf einmal wieder vor sich, wie sie in ihrem kleinen, roten Holzbett lag und schlief, den Mund halb geöffnet, die Arme rechtwinklig neben dem Kopf, die Hände zu Fäusten geballt; Lotte, wie sie an Claudias Brust hing und gierig die Milch in sich hineinsog, während draußen der erste Schnee fiel und Claudia sich darüber beklagte, daß die Fenster im Wintergarten immer noch nicht abgedichtet seien; Lotte, wie sie auf dem Küchenfußboden herumkrabbelte, die Stuhlbeine untersuchte und ihn glücklich anlächelte; Lotte, wie sie plötzlich krebsrot im Gesicht wurde und zu schreien anfing. Sie schrie, wie sie noch nie zuvor geschrien hatte. Claudia stürzte in die Küche, zog ihr eine Heftzwecke aus dem Handballen und spuckte ihm beinahe vor Verachtung ins Gesicht, als sie ihn anfauchte, ob er sich nicht schäme, daß er nicht mal auf seine Tochter aufpassen könne.

»Hast du Hunger?«

Lotte schüttelte den Kopf. »Was ist das für eine Freundin, mit der du am Meer warst?«

Robert schluckte.

»Bist du in sie verliebt?«

»Es ist alles sehr schwierig.«

»Warum?«

»Weil …« Er stand auf und trat ans Fenster, um Lotte nicht ansehen zu müssen.

»Wie heißt sie?«

»Joanna.«

»Ist sie Amerikanerin?«

»Ja.«

»Hast du sie hier kennengelernt?«

»Warum ist das so wichtig?«

»Kanntest du sie schon, als du mich neulich besucht hast?«

»Ja.«

»Ich hab's gewußt. Irgendwas war anders.«

»Ich kannte sie noch nicht sehr lange, erst seit einer guten Woche.«

»Trotzdem.«

»Zu dem Zeitpunkt hätte ich niemals geahnt, daß ich zu ihr nach New York fahren würde. Das kam ganz überraschend.«

»Im Schwimmbad hast du gesagt, daß es in deinem Leben keine Frau gibt, mit der du noch ein Kind haben möchtest.«

»Das stimmt auch.«

»Und warum nicht, wenn du in sie verliebt bist?«

Robert wünschte, sie möge aufhören, ihm solche Fragen zu stellen.

»Ist sie zu alt?«

»Lotte …«

»Oder liebt ihr euch nicht genug?«

Ihm schossen plötzlich die Tränen in die Augen. Es

kam ihm vor, als versuche Lotte herauszufinden, wie hoch der Preis war, den er gezahlt hatte, damit sie bei ihm sein konnte. Als gäbe es eine Werteskala, auf der sie ganz nach oben rutschte, wenn es keine flaue Liebschaft war, die er für sie aufgegeben hatte, sondern eine große Liebe. Beinahe hätte er ihr gesagt, daß Joanna ihm mehr bedeute, als sie es sich mit ihren zwölf Jahren vorstellen könne, mehr als Claudia ihm jemals bedeutet habe. Und daß er dennoch abgereist sei, weil er es nicht ertragen hätte, nicht für sie dazusein, wenn sie ihn schon mal brauchte. Aber er sagte nichts, sondern ging ins Badezimmer und wusch sich das Gesicht.

Später beim Kochen stellte Lotte ihm keine Fragen mehr, sah ihn jedoch ab und zu von der Seite an, als wolle sie sich vergewissern, daß er nicht wieder angefangen habe zu weinen. Irgendwann nahm er sie in den Arm und sagte, sie müsse sich keine Sorgen um ihn machen. Er sei froh, daß sie da sei.

Gegen halb neun rief Claudia an, die mit Lotte sprechen wollte. Ihre Stimme klang, als ob sie mit einem Fremden an einer Hotelrezeption verbunden sei.

»Es tut mir leid, daß ich nicht erreichbar war.«

»Ja, ja.«

»Du glaubst mir nicht.«

»Ach, weißt du, mich erstaunt überhaupt nichts mehr.«

»Wie meinst du das?«

»Weil du nie zur Stelle bist, wenn es darauf ankommt.«

»Aber jetzt bin ich doch da.«

»Ja, ja.«

»Hör auf mit diesem ewigen ›ja, ja‹.«

»Robert, ich liege im Krankenhaus und darf mich nicht aufregen.«

»Nichts liegt mir ferner, als dich aufregen zu wollen.

Du sollst nur wissen, daß deine herablassende Art bei mir nicht mehr zieht.«

»Gibst du mir bitte meine Tochter?«

»Als ich gehört habe, was passiert ist, bin ich sofort zurückgekommen. Du kannst nicht behaupten, ich hätte mich vor meiner Verantwortung gedrückt.«

»Ich will mit Lotte sprechen.«

Das Gespräch zwischen Mutter und Tochter dauerte nicht länger als zwei Minuten. Robert hörte Lotte sagen, daß es gar nichts aus Dosen gegeben habe, sondern Spaghetti mit selbstgekochter Sauce und hinterher Schokoladeneis. Was sie morgen machen würden, wüßten sie noch nicht. Nein, sie habe keine Junkies gesehen und auch keine Ratten. Dann legte sie auf.

Sie spielten eine Runde Scrabble, die Lotte knapp gewann und nach der sie erklärte, neulich sogar Jochen im Scrabble geschlagen zu haben. Das sei dem noch nie passiert, und er habe es gar nicht gut vertragen. Robert sah ihn genau vor sich, diesen Feuilleton-Schreiber, der sich ärgerte, daß ihn eine Zwölfjährige beim Bilden von Wörtern überrunden konnte. Was ihn erstaunte und in gewisser Weise auch beruhigte, war die Tatsache, daß Lottes Haß auf Jochen nicht so weit ging, daß sie ihn als Scrabblepartner abgelehnt hätte.

Während Robert den Abwasch machte, packte Lotte ihre Reisetasche aus und verschwand mit einem kleinen Waschbeutel im Badezimmer. Kurz darauf steckte sie ihren Kopf durch die Tür, um ihm mitzuteilen, daß seine Seife aber komisch sei. Die rieche ja nach gar nichts.

Er bot an, ihr noch eine Geschichte vorzulesen, aber sie hatte bereits ihren Walkman herausgeholt, um Musik zu hören. Robert gab ihr einen Gutenachtkuß und fragte, ob sie schon zu groß sei, um etwas vorgelesen zu bekommen. Das komme ganz auf die Geschichte an, lautete die Antwort. Vielleicht wären seine *Märchen aus Tausendundeiner Nacht* völlig fehl am Platze gewesen, dachte Robert und beschloß, morgen mit Lotte in eine Buchhandlung zu gehen.

Als er eine Viertelstunde später in sein Arbeitszimmer blickte, war sie mit den Stöpseln in den Ohren eingeschlafen. Er stellte den Walkman ab, knipste das Licht aus und ging in den Wintergarten, um noch ein Bier zu trinken. Es war so still wie schon lange nicht mehr. Allmählich merkte er, wie er von einer ungeheuren Müdigkeit erfaßt wurde. New Yorker Bilder mischten sich mit Bildern von Cape Cod, von Joanna, von Lotte. Er stand auf, packte mit letzter Kraft seinen Koffer aus und sank ins Bett. Während ihm die Augen zufielen, hoffte er, daß ihm Träume in dieser Nacht erspart bleiben würden.

»Es ist schon Viertel nach elf«, hörte er eine Stimme in der Ferne sagen.

Er drehte sich um und sah Lotte vor sich stehen. Sie hatte eine Tüte mit Brötchen in der Hand.

»Schläfst du immer so lange?«

»Nur wenn ich die Nacht vorher überhaupt nicht geschlafen habe.«

»Hier, riech mal.« Sie hielt ihm die offene Brötchentüte unter die Nase und betrachtete sich dabei in seinem alten Wandspiegel.

»Weißt du, daß ich seit Jahren keine frischen Brötchen gegessen habe?«

»Wegen der Gesundheit?«

»Eher aus Trägheit.« Er bemerkte erst jetzt, daß sie dieselben grünen Bermudashorts trug wie bei seinem letzten Besuch in Marburg. Der Currysaucenfleck war beim Waschen nicht ganz herausgegangen.

»Bei uns gibt's höchstens einmal die Woche welche, sonst besteht Claudia auf Schwarzbrot.«

Die Worte »bei uns« versetzten Robert einen leichten Stich, wobei er sich fragte, ob er sich allen Ernstes vorgestellt habe, Lotte werde nach einem so kurzen Aufenthalt in seiner Wohnung die Trennungslinie zwischen ihrem Zuhause und einem Ort, an dem sie zu Besuch war, neu definieren.

Es war heiß, noch heißer als gestern. Robert hätte gedacht, daß Lotte nach dem Frühstück sofort zum Schwimmen gehen wollte, doch sie schlug vor, zuerst an die Elbe zu fahren. Offensichtlich verband sie etwas mit der Elbe, was sie entweder nicht genau beschreiben konnte oder ihm nicht mitteilen wollte.

Als er in die Elbchaussee einbog, entdeckte Robert im Rückspiegel plötzlich eine Frau, die aussah wie Joanna. Er war einen Moment lang so verwirrt, daß er beinahe ein parkendes Auto gestreift hätte.

»Das war aber knapp«, sagte Lotte in einem Tonfall, der ihn an Claudia erinnerte.

»Tut mir leid.«

Er parkte in Teufelsbrück und ging mit Lotte zum Fähranleger hinunter. Auf den Holzplanken der Anlegebrücke lag eine Gruppe von Radfahrern und sonnte sich. Ein Kind weinte, weil ihm sein Eis runtergefallen war. Es wehte kein Wind.

Erst als die Radfahrer aufstanden und zu ihren Rädern gingen, sah Robert, daß die Fähre nur noch wenige Meter entfernt war. Beim Anlegen rammte sie einen der Holzpfeiler und brachte die Brücke zum Beben.

Die Luft flimmerte vor Hitze. Sie hätten längst in den Schatten gehen sollen, dennoch warteten sie, bis die Fähre abgelegt hatte und die lauten Stimmen der Radfahrer verklungen waren.

»Komm«, sagte Robert und zog Lotte hinter sich her auf den Weg, der am Ufer der Elbe entlangführte und um diese Zeit fast ausgestorben war.

Ein Containerschiff aus Ecuador fuhr langsam an ihnen vorbei. Lotte schien es kaum zu bemerken.

Robert dachte noch darüber nach, ob er ihr seine Nebelgeschichte erzählen sollte, als ihm auf einmal schwarz vor Augen wurde und er sich hinhocken mußte.

»Papi, was ist?« hörte er Lotte rufen.

»Nichts«, murmelte er und wischte sich über die Stirn. »Ich kann nur die Hitze nicht vertragen.«

Später saßen sie unter einer der Weiden am Ufer der Elbe. Lotte stocherte mit einem Stock in den Resten eines Lagerfeuers herum, das jemand in der Nacht zuvor hier veranstaltet hatte. Der Sand unter der Holzkohle war noch warm.

»Wart ihr oft hier spazieren?«

»Wer?«

»Mama und du.«

»Nur in den ersten ein oder zwei Jahren.«

»Du hast sie an der Elbe zum ersten Mal geküßt, hat Mama mir erzählt.«

»Ich wußte nicht, daß sie mit dir über so was redet.«

»Tut sie auch nur, wenn ich sie frage.« Lotte warf ihren Stock weg und blickte aufs Wasser. »Warst du mit deiner neuen Freundin auch an der Elbe?«

Robert schüttelte den Kopf. Er hätte niemals geahnt, daß seine Tochter so hartnäckig sein konnte. Ohne ihn anzusehen, stellte sie eine Frage nach der anderen; sie wollte wissen, wie alt Joanna sei, was für einen Beruf sie habe, ob sie Deutsch spreche. Daß sie keine Kinder hatte, schien sie zu erleichtern. Es fiel Robert schwer, Lottes Fragen zu beantworten, zumal sie wie selbstverständlich davon ausging, daß Joanna ein neuer Bestandteil seines Lebens war. Er hätte nicht sagen können, ob ihr dies gefiel oder nicht. Bisher verhielt sie sich ganz pragmatisch: Wenn ihr Vater schon eine neue Frau hatte, dann wollte sie wenigstens wissen, um wen es sich handelte.

Es war fast halb vier, als sie zum Wagen zurückkamen. Sie fuhren zum Schwimmbad und anschließend zu McDonald's. Um kurz vor halb sieben betraten sie eine Buchhandlung, wo Lotte mit sicherem Griff ein Buch auswählte, in dem die Hauptfigur ein Scheidungskind war.

Zu Hause verzog sie sich sofort in den Wintergarten und begann zu lesen. Robert hörte den Anrufbeantworter ab, auf dem seine Mutter mit fester Stimme verkündete, daß sie vorzeitig aus Bad Pyrmont abgereist sei und um Rückruf bitte, sobald er diese Nachricht bekommen habe. Sie wisse seit heute, daß man sein Band auch von außerhalb, ja sogar vom Ausland aus abhören könne.

»Oma hat angerufen.«

»Aha.«

»Ich denke, ich werde sie irgendwann in den nächsten Tagen besuchen. Kommst du mit?«

Lotte zog kurz die Augenbrauen hoch, dann zuckte sie mit den Achseln und nickte.

Seine Mutter erwähnte weder seinen überstürzten Aufbruch aus Bad Pyrmont noch den Brief, den er ihr geschrieben hatte. Sie kam auch nicht mehr auf die irreversiblen Schritte zurück, die sie hatte einleiten wollen, ja sie fragte nicht einmal, wo er war, sondern erläuterte ihm nur in aller Ausführlichkeit, was sie bewogen habe, ihre Kur nach der Hälfte der Zeit abzubrechen.

»Lotte ist hier«, sagte er in ihre erste Redepause hinein.

»Wo?«

»In Hamburg.«

»Du bist in Hamburg?«

»Seit gestern.«

»Warum hast du dich nicht gemeldet?«

»Ich melde mich ja jetzt.«

»Nur, weil ich eine Nachricht auf deinem schrecklichen Band hinterlassen habe.«

»Lotte und ich könnten dich am Sonntag besuchen.«

»Ja …«

»Oder auch am Montag.«

»Nein, nein …«

»Um vier?«

»Wie alt ist Lotte jetzt?«

»Sie wird im Oktober dreizehn. Also dann bis Sonntag.«

Ob Oma noch in diesem pastellgrünen Haus wohne, wollte Lotte wissen, als er in den Wintergarten zurückkam. Robert stutzte. Sie könne sich tatsächlich noch an die Farbe des Hauses erinnern? Schließlich sei sie bei ihrem letzten Besuch höchstens zweieinhalb gewesen. Lotte fing an zu kichern. Sie erinnere sich an gar nichts. Aber wenn es bei jemandem besonders spießig sei, würde Claudia immer sagen, es sähe dort aus wie im pastellgrünen Haus von Oma Wagner in Oststeinbek. Die Bemerkung versetzte Robert einen Stich. Auch wenn das Haus noch so spießig war, hatte Claudia kein Recht, mit ihren kultivierten Journalisten- und Übersetzerfreunden über seine kleinbürgerliche Mutter zu spotten.

Lotte mußte gespürt haben, daß ihn diese Geschichte gekränkt hatte. Mit einem tröstenden Unterton in der Stimme sagte sie, daß Jochens Mutter im Altersheim lebe und immer in die Hose mache. Deshalb müsse sie jetzt Windeln tragen.

»Wahrscheinlich unterhält sie sich mit ihrem gebildeten Sohn trotz der Windeln noch über Bücher«, entgegnete Robert und griff nach der Zeitung.

»Nein, das tut sie nicht«, antwortete Lotte. »Sie hat

Das Goldene Blatt abonniert, was Jochen überhaupt nicht gefällt.«

Gegen acht rief Claudia an, um mitzuteilen, daß Lotte nicht soviel fernsehen solle.

»Sie liest«, sagte Robert, »bisher hat sie hier überhaupt noch nicht ferngesehen.«

Anschließend sprach Lotte ein paar einsilbige Worte mit ihrer Mutter und gab ihm dann auf dem Rückweg zu ihrem Korbsessel einen Kuß auf die Wange.

Nachdem sie um zehn ins Bett gegangen war, setzte Robert sich an den Küchentisch und schrieb einen Brief an Joanna. Er schrieb von dem Gefühl der Leere, das sich seit der Fahrt zum Flughafen in ihm ausgebreitet habe, von der geräumten Nachbarwohnung, aus der nun keine Frank-Sinatra-Klänge mehr kämen, und von den Fragen, die Lotte ihm gestellt habe. *Eine Professorin kenne sie bisher noch nicht, sagte sie, nachdem ich ihr beschrieben hatte, was Du von Beruf bist. Das könne sich ja vielleicht irgendwann ändern, antwortete ich. Warum ich mir bloß eine Freundin ausgesucht hätte, die so weit weg wohnt, fragte sie schließlich. Ich müsse Dich schon sehr liebhaben. Dies konnte ich ihr nur bestätigen.*

20.

Joanna wachte am Sonnabend morgen mit dem Gefühl auf, höchstens zwei oder drei Stunden geschlafen zu haben. Bruno sah sie mitleidig an, als sie sich aus ihrem verschwitzten Bett schälte, um sich einen Tee zu kochen und ihr Gesicht unter den kalten Wasserhahn zu halten. Die Sonne schien, der Himmel war blau; sie wünschte, es würde endlich mal wieder regnen.

Als sie später mit Bruno durch den Park lief, kam sie zu der nicht gerade originellen Erkenntnis, daß sich niemand, der Geld und Verstand hatte, am 6. August im schwülen, heißen Manhattan aufhielt. Diese Feststellung hatte insofern etwas Beunruhigendes, weil sie immer wieder daran denken mußte, daß auch sie heute woanders sein könnte. Wenn sie nicht so besessen von ihrer Arbeit wäre, säße sie jetzt mit Robert unter einer Pinie in Cape Cod und würde eine Honigmelone verzehren. Da gäbe es keine Lotte, die anrufen könnte, und keinen Streit über diese oder jene Verantwortung, die es zu übernehmen gelte. Und obwohl sie wußte, daß die Honigmelonenidylle nicht ewig gewährt hätte, erschien es ihr rückblickend doch fatal, ihre gemeinsame Zeit in jenem Haus am Meer so beschnitten zu haben. Vielleicht war es eine Illusion, zu glauben, daß sie nach ein paar zusätzlichen Tagen oder Wochen der Nähe gegen ein derart abruptes Ende gewappnet gewesen wären, dennoch war sie fest davon überzeugt.

Where do you go from here? sang ein junger Gitarrist, der im Schneidersitz am Ufer des Sees saß und ihr zulächelte. Ihr war nach allem, nur nicht nach Lächeln zumute. Sie rief Bruno zu sich, der begonnen hatte, den Mann zu beschnüffeln, und rannte nach Hause.

Vor dem Eingang stand Carol. Sie lächelte nicht, sondern rieb sich ihr rechtes Auge, in das ihr Betonstaub von der gegenüberliegenden Baustelle geflogen war. Joanna brachte sie in ihre Wohnung und half ihr, das Auge auszuwaschen.

»Sei froh, daß du gestern abend nicht geblieben bist«, sagte Carol, als sie schließlich auf dem Sofa saß und Joanna ihr eine Tasse Tee reichte. »Die Artischocken waren vorzüglich, Nick dagegen war unerträglich. Ich habe es noch nie erlebt, daß ein Mensch so über einen anderen herzieht. Er scheint Robert wirklich zu hassen.«

Joanna spürte plötzlich einen dumpfen Druck auf ihren Schläfen, der sich innerhalb kürzester Zeit über ihren ganzen Kopf ausbreitete.

Sie stand auf und trat ans Fenster. »Was für eine Beziehung hatte Simon zu seinem Vater?«

»Wie kommst du jetzt darauf?« fragte Carol irritiert.

»Ich habe heute nacht darüber nachgedacht, als ich nicht schlafen konnte. Gerry hat sich selten über seinen Sohn geäußert.«

»Sie haben sich nicht verstanden.«

»Warum nicht?«

»Simon ist völlig anders als sein Vater. Gerry hat das nie verkraftet. Einmal hat er mir sogar unterstellt, er sei gar nicht Simons Vater.«

»Was meinst du mit völlig anders?«

»Gerry war ein gefühlsbetonter Mensch und hat daraus auch nie einen Hehl gemacht. Simon ist sehr kühl; so war er schon als Kind. Ihm ist sein überschwenglicher Vater immer auf die Nerven gegangen. Bis er tot war. Da ist Simon zum ersten Mal in seinem Leben zusammengebrochen.«

Joanna blickte nach draußen auf das *Museum of Natural History* und dachte an Robert und Lotte. Sie wußte nicht, was Lotte für ein Kind war. Ob sie Robert auf irgendeine Weise ähnelte oder nicht. Wahrscheinlich wußte Robert dies selber nicht, und dennoch setzte er blindes Vertrauen in seine Tochter. Im Grunde hoffte Joanna, daß Lotte so war wie ihre Mutter und Robert dies schnell unerträglich finden würde. Das wäre dann die Quittung dafür, daß er ihre Beziehung so leichtfertig aufgegeben hatte.

Sie holte tief Luft. Wenn es mit ihr schon so weit gekommen war, daß sie es nötig hatte, sich auf diese Ebene der billigen Rachewünsche zu begeben, gab ihr das wirklich zu denken. Robert im Unglück zu wissen, wäre im übrigen nur ein schwacher Trost.

»Es geht dir gar nicht um Simon, oder?« fragte Carol in die Stille hinein. Ihre Stimme klang aggressiv.

Joanna drehte sich zu ihr um und sah sie an, ohne zu antworten.

»Du bist doch viel zu beschäftigt mit deinen eigenen Problemen, als daß es dir um meinen Sohn gehen könnte.«

»Ich habe über die Beziehung zwischen Eltern und Kindern nachgedacht.«

»Wohl eher über Robert und seine Tochter.«

»Über die Eltern und Kinder, die ich kenne. Schließlich habe ich kein eigenes Kind, über das ich nachdenken könnte.«

»Warum eigentlich nicht?«

»Dies ist nicht der Tag, um dir darauf eine Antwort zu geben.«

»Was für ein Tag ist es denn? Einer, an dem du deine Freunde als Fallstudien benutzt?«

Joanna war sich nicht sicher, ob sie richtig gehört hatte. Das Dröhnen in ihrem Kopf war so stark, daß sie alles nur noch durch einen Schleier wahrnahm. Carol saß nicht mehr auf dem Sofa, sondern ging jetzt durchs Zimmer in Richtung Flur. Als sie sie bat zu bleiben, war die Wohnungstür bereits hinter ihr ins Schloß gefallen.

Sie nahm zwei Kopfschmerztabletten und legte sich ins Bett. Bruno leckte ein paarmal ihre Hand, als wolle er sie überreden, wieder aufzustehen; dann gab er es auf. Joannas Blick fiel auf zwei große Mücken, die an der Decke saßen und nur darauf warteten, sich auf ihrer Haut niederzulassen und ihr Blut abzusaugen. Sie zog sich das Laken über den Kopf, der Schweiß brach ihr aus, dennoch rührte sie sich nicht. Allmählich gelang es ihr, so flach zu atmen, daß sich das Laken nicht mehr auf ihrem Mund festsog.

Als sie auf ihren Wecker sah, war es halb fünf; sie mußte eingeschlafen sein. Bruno lag neben ihrem Bett und schnarchte. Die Mücken saßen an derselben Stelle wie vorhin. Ihr Kopf dröhnte noch immer.

Sie stand vorsichtig auf; ihre Knie waren weich, und die Glieder taten ihr weh. Im Badezimmer begann sie wieder zu schwitzen. Gleich darauf durchzog ein wellenartiger Krampf ihren Magen.

Und dann brach der Durchfall aus ihr heraus. Immer wieder zog sich ihr Magen zusammen, bis es zuletzt nur noch sauer aus ihr tropfte.

Sie sah in den Spiegel. Ihr Gesicht war blaß, beinahe grau, wie das Gesicht jener Frau in Hamburg, die von den Pflegern aus der Buchhandlung getragen wurde. Während sie sich die Hände wusch, versuchte sie auszurechnen, wieviel Zeit seit jenem Tag vergangen war. Es gelang ihr nicht. Langsam tastete sie sich zurück in ihr Bett. Nach einer Weile landete eine der Mücken auf ihrem Arm. Sie betrachtete den blutgefüllten Körper, ohne sich rühren zu können. Erst als sie den Stich spürte, nahm sie all ihre Kraft zusammen und schlug mit der flachen Hand zu. Dann wischte sie den Fleck am Laken ab und griff nach dem Telefon.

Katie versprach, sofort zu kommen. Ob Joanna es schaffe, ihr die Tür aufzumachen?

»Du hast doch einen Schlüssel.«

»Nein, den hast du. Oder dieser ... dieser Deutsche hat ihn noch.«

»Nein, nein«, murmelte Joanna. »Ich mache dir auf.«

Es war alles wie früher. Katie wischte ihr die Stirn ab, brachte ihr das Fieberthermometer und kochte Pfefferminztee, den sie schließlich selber trank, weil Joanna ihn nicht mochte. Wahrscheinlich habe sie sich ein Virus eingefangen, erklärte Katie und verordnete ihr absolute Bettruhe. Joanna nickte. Ein Virus hatte etwas Beruhigendes. Sie drehte sich auf die Seite und schloß die Augen. Das letzte, was sie hörte, war Katies Stimme, die nach Bruno rief. Dann schlief sie ein.

Als sie am nächsten Morgen immer noch Fieber hatte, ließ Katie einen Arzt kommen. Der bestätigte Katies Vermutung, daß Joanna eine Virusinfektion habe. Behandeln könne man da nur die Symptome. Er empfahl fiebersenkende Brausetabletten und literweise Seven-Up oder Cola. Joanna schüttelte sich. Wenn sie etwas verabscheute, dann waren es Getränke dieser Art. Der Arzt verabschiedete sich achselzuckend. Im Flur hörte sie ihn zu Katie sagen, daß mit einem solchen Flüssigkeitsverlust nicht zu spaßen sei.

Katie versuchte, ihr verschiedenerlei Mineralwasser einzuflößen, das entweder viel oder wenig oder gar keine Kohlensäure enthielt. Sie besorgte Strohhalme und Schnabeltassen, doch es half alles nichts. Irgend etwas in Joanna sträubte sich gegen das Schlucken. Es kam ihr fast so vor, als habe sie es verlernt. Katie begann ungeduldig zu werden. Sie kochte Salbeitee, Kamillentee, Pfefferminztee und Lindenblütentee, servierte diese mal heiß, mal kalt oder auch lauwarm. Zuletzt reichte sie ihr einen Becher mit Bärentraubenblättertee, den Katie angeblich mochte, während er bei Joanna überaus unangenehme Erinnerungen weckte. Beim geringsten Anflug einer Erkältung war ihr als Kind von ihrer Mutter dieser bittere Tee verabreicht worden, um so einer möglichen Blasenentzündung vorzubeugen. Nicht daß Joanna jemals an einer solchen gelitten hätte. Blasenentzündungen waren eher etwas, über das ihre Mutter ständig geklagt hatte. Aber sie war bis zu ihrem Tod der festen Überzeugung gewesen, daß Blasenschwäche sich vererbe, vor allem auf die Töchter.

Joanna war mittlerweile so erschöpft, daß sie Katie bat, sie allein zu lassen, wovon diese jedoch nichts wissen wollte. Ob Joanna etwa erwarte, daß sie Klavier spiele, während nebenan ihre beste Freundin verdurste?

»Ich verdurste nicht«, sagte Joanna und beschloß, die Diskussion darüber, wie gut sie miteinander befreundet waren, auf ein andermal zu vertagen.

»Vielleicht mußt du an den Tropf.«

»So weit kommt das noch.«

Katie holte sich ein Buch und setzte sich auf den Stuhl, auf dem Joannas schwarzes Leinenkleid lag. Sie sah so aus, als sei sie entschlossen, sich in den nächsten Stunden nicht von der Stelle zu rühren. Joanna hätte sie gern noch gebeten, das Leinenkleid auf einen Bügel zu hängen, doch selbst dazu hatte sie nicht die Kraft.

Sie dachte an die zweite Mücke und zog wieder ihr Laken über den Kopf. Ihr Gaumen war so trocken, daß es weh tat, wenn sie ihn mit der Zunge berührte. Sie tastete vorsichtig ihren Magen ab, durch den noch immer diese wellenartigen Krämpfe zogen, obwohl sie seit zwei Tagen nichts gegessen hatte. Das habe nichts mit Essen oder Nichtessen zu tun, hatte Katie verkündet. So sei das eben mit einem Virus. Joanna mußte plötzlich gegen die Vorstellung ankämpfen, irgendein merkwürdiges Tier in sich zu haben, das nach und nach ihre Magenwände vertilgte.

Es war still, so still, daß sie sich fragte, ob Katie vielleicht doch in ihre Wohnung zurückgegangen sei. Sie war kurz davor, unter ihrem Laken hervorzusehen, als sie hörte, wie eine Buchseite umgeblättert wurde. Wie lange brauchte Katie für das Lesen zweier Seiten? Joanna begann zu zählen, wie sie früher immer gezählt hatte, wenn ihr Vater um sieben noch nicht zu Hause war und ihre Mutter im Flur auf und ab ging, bis sie schließlich zum Telefonhörer griff und im Gericht anrief. Meistens hatte sie nicht länger als bis hundert zählen müssen. Katie dagegen brauchte bis hundertzwanzig, um wieder eine Buchseite umzublättern. Ohne daß Joanna jemals die Lesegeschwindigkeit irgendwelcher Menschen durch Zählen bestimmt hätte, kam es ihr so vor, als lese Katie ungewöhnlich langsam, zumindest langsamer als sie.

Sie träumte von einem endlosen Regen, der über Cape Cod niederging und alles in ein undefinierbares Grau tauchte. Bruno stand mit eingezogenem Schwanz unter dem Dachvorsprung des Sommerhauses. Er zitterte, und dennoch trieb ihn Katie immer wieder in den Regen hinaus. »Warum tust du das?« schrie Joanna, doch Katie hörte sie nicht. Erst da merkte Joanna, daß sie durch eine unsichtbare Wand von Katie und Bruno und dem Haus getrennt war.

Als sie aufwachte, strich Katie ihr über die Haare. »Du hast im Traum geschrien.«

»Was für einen Tag haben wir heute?«

»Immer noch Sonntag. Gleich zwanzig nach elf. Eine Kollegin von dir hat vorhin angerufen. Carol O'Sullivan. Sie sagte, du hättest schon gestern morgen einen seltsamen Eindruck auf sie gemacht.«

»Hörst du nicht, wie die Hunde jaulen? Die müssen doch raus.«

»Ich wollte dich nicht allein lassen.«

»Sie werden in die Wohnung pinkeln.«

»Und wenn schon.«

»Ich habe Durst.«

Nachdem sie ein halbes Glas kalten Kamillentee getrunken hatte, war Katie bereit, die Wohnung für zehn Minuten zu verlassen, um die Hunde in den Hundeauslauf zu führen.

Joannas Blick fiel auf das Buch, das aufgeklappt, mit dem Buchrücken nach oben, auf dem Stuhl lag. Sie mochte es nicht, wenn jemand ihre Bücher so ablegte, schon gar nicht, wenn es sich um den *Zauberberg* handelte. Sie richtete sich auf, riß die Ecke von einer alten *New York Times* ab und legte sie als Lesezeichen zwischen die Seiten 40 und 41, auf denen Hans Castorp beschließt, nach Davos zu reisen.

Katie übernachtete auf dem Sofa. Als Joanna gegen drei Uhr morgens aufstand, um sich etwas zu trinken zu holen, konnte sie nicht umhin, diese zusammengerollte Person mit einer gewissen Dankbarkeit zu betrachten. Katie mochte noch so neurotisch sein, sie hatte immerhin die Fähigkeit, einen kranken Menschen zu versorgen. Ja, wenn Joanna es genau bedachte, kannte sie sonst niemanden, dem soviel daran gelegen wäre, daß es ihr bald wieder besserging. Außer Robert vielleicht. Was allerdings gegen Robert sprach, war die Tatsache, daß sie ihm schon in gesundem Zustand nicht wichtig genug gewesen war, als daß er sich für ein Zusammensein mit ihr entschieden hätte. An eine aufopfernde Krankenpflege war da gar nicht zu denken.

Joanna trank ihr Glas Wasser aus und schenkte sich gleich noch mal nach. Sie würde nicht anfangen, sich selbst zu bemitleiden, jetzt, da sie endlich wieder schlucken konnte.

Am nächsten Morgen wurde sie durch Katies Stimme geweckt.

»Joanna schläft noch. Die ist krank … wie bitte? Nein, ich sagte doch, die ist krank … Ich? Ich bin ihre Freundin … ja, ich werde es ihr ausrichten.« Sie knallte den Hörer auf und fluchte.

»Wer war das?«

»Dein Vater. Der klingt ja noch schlimmer als meiner. Er sagte, du hättest wahrscheinlich nur zuviel getrunken. Und was ich überhaupt in deiner Wohnung mache.«

»Der kann sich gar nicht vorstellen, daß ich krank bin. Mitteilungen dieser Art hat man immer von ihm ferngehalten.«

»Tut mir leid, daß ich dich geweckt habe.« Katie sah sie prüfend an. »Geht's dir besser?«

Joanna nickte. »Ich habe in der Nacht viel Wasser getrunken.«

»Dann mache ich jetzt mit den Hunden einen Gang durch den Park.«

»Was sollst du mir von meinem Vater ausrichten?«

»Daß ihm nichts verborgen bleibt.«

»Wie bitte?«

»Er hat herausbekommen, daß du nicht allein, sondern in Begleitung eines Mannes in seinem Haus warst. Und das paßt ihm nicht.«

»Ja, ja. Das kann ich mir denken.«

»Du bist doch kein Teenager mehr.«

»Es geht um die Kontrolle.«

»War es wenigstens schön, solange ihr dort wart?«

»Katie, du hast mir versprochen …«

»Schon gut. Bis nachher.«

Joanna wartete, bis Katie verschwunden war. Dann stand sie langsam auf und ging ins Badezimmer. Ihr

Gesicht hatte etwas Verhärmtes, so als habe sie unendlich viel abgenommen. Sie putzte sich die Zähne, kämmte sich die Haare und war danach bereits so erschöpft, daß sie aufs Duschen verzichtete und sich nur die Hände wusch. Wieder roch sie an der Seife, die nach nichts roch, und überlegte, ob sie sie wegwerfen sollte. Aber schließlich legte sie sie doch in die Seifenschale zurück. Aus einem ihr nicht ersichtlichen Grund erschien ihr das Wegwerfen schmerzlicher als das Behalten.

Als Katie zurückkam, begann sie, Gemüsebouillon mit Reis zu kochen. Joanna protestierte. Sie aß nicht gern Bouillon, schon gar nicht, wenn sie tagelang überhaupt nichts gegessen hatte. Katie ließ sich jedoch nicht beirren. Sie bestand darauf, daß Bouillon genau das war, was Joanna jetzt brauchte, um wieder zu Kräften zu kommen. Bevor sie nicht mindestens einen Teller gegessen habe, werde sie ihr keine Ruhe lassen.

Nach einer Dreiviertelstunde gab Joanna nach, weil sie Katies ermahnende Worte nicht mehr ertrug. Vielleicht würde es ihr in einem unbeobachteten Moment gelingen, die wertvolle Bouillon in die Yuccapalme zu kippen.

Katie schien ihren Gedanken erraten zu haben. Sie setzte sich neben ihr Bett und sah zu, wie sie die Bouillon im Zeitlupentempo in sich hineinlöffelte. Joanna fragte sich, wieso ihr bisher nie aufgefallen war, welch ungeheure Durchsetzungsfähigkeit Katie besaß.

Am späten Nachmittag, als sie längst wieder allein in ihrer Wohnung war, wärmte sie sich den Rest der Suppe auf. Katie gegenüber hätte sie dies nicht zugegeben, aber ihr hatte schon lange nichts mehr so gut geschmeckt wie diese Gemüsebouillon.

Abends rief ihr Vater an und beschwerte sich darüber, daß sie sich noch nicht bei ihm gemeldet habe.

»Ich bin krank.«

»Du wirst doch wohl den Hörer abnehmen und ein paar Tasten drücken können.«

Bevor Joanna wußte, wie ihr geschah, brach sie in Tränen aus. Ihr Vater stotterte irgendeine Entschuldigung und rief dann Ruth an den Apparat.

»Joanna, Liebes«, säuselte Ruth. »Was ist mit dir?«

»Nichts«, schniefte Joanna, während sie nach einem Taschentuch suchte.

»Möchtest du, daß wir zu dir kommen?«

»Nein.«

»Oder willst du dich ein paar Tage bei uns einquartieren?«

»Nein.«

Am anderen Ende entstand eine Pause. Joanna hatte mittlerweile ein zerknülltes Taschentuch unter ihrem Bett gefunden und putzte sich laut hörbar die Nase.

»Bist du unglücklich?«

»Ich bin krank.«

»Hat es etwas mit dem Mann zu tun, der dich nach Cape Cod begleitet hat?«

»Ich habe eine Virusinfektion.«

»Mich hat es gefreut, daß du dich in jemanden verliebt hast.«

»Die typischen Anzeichen für eine solche Infektion sind Durchfall, Fieber und Gliederschmerzen.«

»Versorgt er dich wenigstens gut?«

»Ich habe Bouillon gegessen.«

»Der Mann scheint etwas von Krankenpflege zu verstehen.«

»Auf Wiedersehen, Ruth.«

»Adieu, mein Liebes. Und gute Besserung.«

21.

In der Nacht zu Sonnabend wachte Robert beinahe stündlich auf, ohne daß es einen äußeren Grund dafür gab. Jedesmal fiel sein Blick als erstes auf den verschlossenen Umschlag, der neben seinem Bett lag. Er zwang sich, ihn nicht wieder zu öffnen, denn er ahnte, daß ihn beim nochmaligen Durchlesen des Briefes womöglich der Mut verlassen würde, ihn in dieser Form an Joanna abzuschicken. Gestern abend war er sich so sicher gewesen, die richtigen Worte gefunden zu haben. Daran hatte er mittlerweile die größten Zweifel, wobei er sich fragte, ob dies am Inhalt des Briefes oder an seinem mangelnden Selbstvertrauen lag. Es war schon hell, als er schließlich über dieser Frage einschlief.

»51 West 81st Street«, hörte er jemanden in der Ferne buchstabieren. Er brauchte eine Weile, um zu begreifen, daß es sich um seine Tochter handelte.

»Morgen, Lotte.«

»Du hast schon wieder so lange geschlafen. Es ist gleich zehn.«

»Ich war in der Nacht mehrmals wach.«

Lotte betrachtete sich im Wandspiegel, dann drehte sie sich zu ihm herum und grinste ihn an. »Ist das ein schöner Brief?«

»Ich glaube schon.«

»Was heißt, du glaubst schon?«

»Ich habe nicht viel Übung im Schreiben solcher Briefe.«

Lotte nickte. Es war ein sehr erwachsenes Nicken, als wisse sie genau, was er meinte. Und er schloß nicht aus, daß sie es tatsächlich wußte. Immerhin war ihr seine Einsamkeit nicht verborgen geblieben.

Heute gab es keine Brötchen, stellte Robert enttäuscht fest. Lotte schien sich peinlichst genau an die Essensregeln ihrer Mutter halten zu wollen. Er war versucht, selbst welche zu holen und Lotte auf diese Weise auf die Probe zu stellen. Im letzten Moment jedoch besann er sich eines Besseren. Daß jemand seine Gewohnheiten von einem Ort auf den anderen übertrug, war immerhin ein Phänomen, das ihm nicht ganz unvertraut war. Ihm fiel es ja schon schwer, in einem amerikanischen Coffee-Shop French Toast zum Frühstück zu bestellen anstatt seiner üblichen Marmeladenbrote. Letztlich ging es bei seiner Unterwanderungsidee natürlich auch gar nicht um Lotte, sondern darum, Claudias Einfluß zu schmälern.

»Ist irgendwas?« fragte Lotte und roch an ihrem Orangensaft.

Robert schüttelte den Kopf.

»Hast du eine Saftpresse?«

»Nein.«

»Können wir eine kaufen? Frischer Saft schmeckt besser.«

»Wenn du meinst.«

»Das meine ich nicht, das ist so.« Lotte begann, eine Einkaufsliste zu machen. Von Roberts Vorschlag, alles im nahegelegenen großen Supermarkt einzukaufen, hielt sie nichts. Sie wollte auf einen richtigen Markt.

Unten im Hof kam ihnen Johann Dreiser entgegen. Robert konnte sich nicht erinnern, ihn jemals an einem Sonnabend in der Druckerei gesehen zu haben. Er stellte ihm Lotte vor, und zu seinem Erstaunen erinnerte er sich noch an sie.

»Gefällt dir Hamburg?«

»Ja.«

»Dann mußt du bald wiederkommen.«

»Erst mal bleibe ich noch ganz lange«, sagte Lotte und sah Robert fragend an. »Mindestens bis zum Ende der Ferien, oder?«

Robert legte einen Arm um ihre Schultern und drückte sie an sich. Er wollte die Länge ihres Aufenthalts nicht hier vor Johann Dreiser besprechen.

»Heute nachmittag können Sie sich auf einiges gefaßt machen. Herr Biermann hat gestern Ihre Nachbarwohnung inseriert. Ab vierzehn Uhr ist Besichtigung.«

»Das ging aber schnell.«

»Wer ist Herr Biermann?« fragte Lotte.

»Der Hausbesitzer.« Robert wollte schon weitergehen, als er sich einen Ruck gab und auf den offenen Kombi zeigte. »Seit wann arbeiten Sie sonnabends?«

»Ich höre auf.«

»Was?«

»In der nächsten Woche werde ich fünfundsechzig. Ich habe die Druckerei verkauft.«

»Das tut mir leid«, murmelte Robert. »Ich werde Sie vermissen.«

Später, als sie über den Markt liefen, wollte Lotte wissen, wieso er Herrn Dreiser vermissen werde, wenn er ihn doch in zwanzig Jahren nicht einmal zu sich eingeladen habe. Robert zuckte mit den Achseln. Johann Dreiser sei kein Freund, aber seine Anwesenheit habe immer etwas Beruhigendes gehabt.

»Wieso?«

»Ich weiß es nicht. Seitdem ich in dieser Wohnung lebe, kommt er montags bis freitags jeweils um neun und geht um fünf. Woche für Woche, Monat für Monat, Jahr für Jahr. Ich glaube, er ist in den zwanzig Jahren kein einziges Mal zu spät gekommen, war nie krank und nie verreist. Wahrscheinlich hat er in seinem Leben noch nie Urlaub gemacht. Vielleicht braucht er keinen Urlaub.« Robert spürte, daß er mehr zu sich als zu Lotte sprach. »Er stellt morgens seine Maschinen an und stellt sie abends wieder ab. Jeden Tag geht alles seinen gewohnten Gang. Johann Dreiser ist für mich eine Garantie, daß das Leben immer weitergeht.«

»Dann brauchst du also jetzt eine neue Garantie.«

»Die ist nicht so einfach zu haben.«

Lotte sah ihn stirnrunzelnd von der Seite an. »Mama behauptet, du seist ein Kauz.«

»Und jetzt verstehst du plötzlich, was sie damit meint.«

»Mama würde nie so denken wie du.«

»Warum sollte sie auch? Jeder denkt, wie er will. Schwierig wird es nur, wenn der eine es nicht erträgt, wie der andere denkt.«

Sie luden ihre Einkäufe in den Wagen und fuhren weiter zur Post. Lotte schwieg, stieg aber dennoch mit aus, um den Brief aufzugeben.

Briefe nach New York bräuchten mindestens eine Woche, erklärte der Postbeamte. Aber seine Hand könne er dafür nicht ins Feuer legen. Er habe noch nie was nach Amerika geschickt. Ihn interessiere der Osten weitaus mehr. Es schwang eine leichte Verachtung in seiner Stimme mit, als gehöre es sich nicht, postalisch mit Amerika zu verkehren. Als sie wieder im Auto saßen, ärgerte sich Robert, daß er nicht protestiert hatte.

Bei Karstadt hatten Lotte und er eine längere Diskussion über die Vor- und Nachteile verschiedener Saftpressen. Sie bestand darauf, das teuerste Modell zu kaufen, weil es dasjenige war, das sie auch in Marburg hatten. Robert wußte, daß er keine Saftpresse brauchte, wenn er allein war; deshalb zögerte er, soviel Geld auszugeben.

»Ich komme doch jetzt öfter«, sagte Lotte. »Und vielleicht bleibe ich ja auch ganz hier.«

Robert wollte sie in die Arme nehmen, aber sie tauchte unter seiner Umarmung weg, deutete auf die umstehenden Kunden und flüsterte ihm ein vorwurfsvolles »Papi!« zu. Offensichtlich wurde man mit knapp dreizehn nicht mehr von seinem Vater in der Öffentlichkeit umarmt.

»Wenn du wirklich nach Hamburg ziehen willst, werde ich mit Claudia sprechen. Wir müßten schnell eine Schule für dich finden.«

»Wie wär's mit deiner?«

Robert schüttelte den Kopf. »Mir tun die Kinder immer leid, deren Eltern an derselben Schule unterrichten.«

Die Vorstellung, daß Lotte tatsächlich bei ihm wohnen könnte, beflügelte ihn so sehr, daß er die von ihr gewünschte Saftpresse stillschweigend bezahlte. Als sie ihn dann auf dem Nachhauseweg bat, erst mal nicht mit Claudia über einen möglichen Umzug zu sprechen, weil sie noch eine Weile darüber nachdenken müsse, fühlte er sich plötzlich betrogen. Er begann zu ahnen, was in der nächsten Zeit auf ihn zukommen würde. Dies war nur der Anfang. Möglicherweise würde Lotte monatelang nicht wissen, was sie wollte, würde hin- und hergerissen sein zwischen einem unbekannten Leben mit ihrem Vater und ihrer vertrauten Welt in Marburg, wo sie ihre Mutter, ihre Freunde, ihre Clubs hatte. Und er konnte es ihr nicht einmal verdenken, daß es ihr schwerfiel, zu entscheiden, was ihr lieber war. An Claudias Reaktion auf diese neuen Entwicklungen wagte er gar nicht zu denken.

Im Treppenhaus saßen bereits mindestens fünfzig Leute und warteten darauf, daß Herr Biermann ihnen die ehemalige Wohnung von Herta Köhler zeigte. Wie üblich handelte es sich hauptsächlich um Studenten, alte Leute und Ausländer. Ein Mann war mit seinem

Schäferhund gekommen. Er ahnte noch nicht, daß er sich damit um jede Chance auf einen Mietvertrag gebracht hatte. Bei Herrn Biermann waren schon Wellensittiche verboten; nur gegen Ratten unternahm er nichts. Weiter oben quengelten zwei Kleinkinder, ein Baby schrie, eine Frau schimpfte. Während Robert seine Wohnungstür aufschloß, hoffte er, Herr Biermann möge die richtige Wahl treffen und ihm ruhige Nachbarn verschaffen.

»Ist das hier immer so?« fragte Lotte, als sie die Tür hinter sich zugemacht hatten.

»Wohnungen in Hamburg sind knapp.«

»Ich meine, wenn woanders was frei ist, in den … den reicheren Gegenden … gibt's da auch so viele Leute?«

»Vielleicht nicht ganz so viele.«

Lotte begann, die roten und schwarzen Johannisbeeren abzuzupfen, die sie auf dem Markt gekauft hatten. Abends würde es gebackene Forelle geben, dazu frische Kartoffeln und grüne Bohnen. Eigentlich hatte Lotte Porree kaufen wollen, aber das hatte Robert entschieden abgelehnt. Ob er keinen Porree möge. Doch, an und für sich schon, aber im Augenblick sei es ihm aus Gründen, die er jetzt nicht erklären wolle, unmöglich, auch nur an Porree zu denken. Lotte hatte ihn besorgt von der Seite angesehen und war dann auf Bohnen ausgewichen.

Gegen drei, als sie beide im Wintergarten saßen und lasen, ertönte im Hausflur die energische Stimme von Herrn Biermann, der verkündete, die Wohnung sei vermietet. Er fordere hiermit alle auf, sein Haus zu verlassen. Sofort wurde in verschiedenen Sprachen Einspruch erhoben. Eine Frau rief, sie habe vier Stunden lang gewartet und sei nicht einmal in die Wohnung gelassen worden. Raus, schrie Herr Biermann. Wenn sie seiner Aufforderung nicht sofort nachkämen, werde er die Polizei rufen. Murrend verließen die Leute das Treppenhaus. Aber sie standen noch lange unten im Hof und beklagten sich über die unverschämten Vermieter, die heutzutage vor nichts zurückschreckten.

»Jochen hat vor ein paar Jahren unsere Wohnung gekauft«, sagte Lotte, nachdem es wieder ruhiger geworden war.

»Wie schön für euch«, murmelte Robert.

»Das Geld dafür hat ihm sein Vater vererbt.«

Bei dem Wort »vererbt« mußte Robert unwillkürlich an seine Mutter denken. Je näher der morgige Tag rückte, um so unruhiger wurde er bei der Vorstellung, mit Lotte nach Oststeinbek zu fahren. Er konnte nicht davon ausgehen, daß seine Mutter sich um Lottes willen zusammenreißen würde. Ganz im Gegenteil.

»Wußtest du, daß Mama mehr verdient als Jochen?«

»Nein.«

»Er ist immer beleidigt, wenn die Zeitungen seine Artikel nicht haben wollen.«

»Aber er hat doch große Erfolge gehabt.«

»Das ist lange her.«

Erst jetzt merkte Robert, daß er aufpassen mußte, nicht in eine Verschwörung hineingezogen zu werden. Lotte hatte die Fähigkeit, auf unterschwellige Weise zu testen, ob ihr Gegenüber bereit war, sich mit ihr gegen einen Dritten zu verbünden. Solange es sich bei diesem Dritten um Jochen oder gar Claudia handelte, konnte er nur verlieren.

»Vielleicht ist Jochen einfach nicht schlau genug.«

»Auch die schlauesten Freiberufler haben es schwer«, sagte Robert und stand auf. »Willst du was zu trinken?«

Sie sah ihn erstaunt an, ohne zu antworten, und wandte sich dann beinahe enttäuscht wieder ihrem Buch zu.

Als Claudia später anrief, erwähnte Lotte ihre möglichen Umzugspläne mit keinem Wort. Es kam Robert im nachhinein so vor, als habe sie sich nur vergewissern wollen, daß sie im Notfall auch bei ihm leben könnte.

Um halb neun teilte sie Robert mit, sie sei müde und ginge ins Bett. Sie winkte ihm von der Tür aus zu, steckte sich die Stöpsel ihres Walkmans in die Ohren und verschwand. Robert fiel es schwer, nicht hinter ihr herzulaufen, um ihr einen Gutenachtkuß zu geben.

Er holte sich ein Bier aus dem Kühlschrank und setzte sich in den Wintergarten. Zum ersten Mal seit Stunden dachte er wieder an den Brief, der jetzt auf dem Weg nach New York war. Er bereute nicht, ihn abgeschickt zu haben, dennoch verspürte er plötzlich ein Gefühl der Vergeblichkeit, als könne das, was er geschrieben hatte, Joanna niemals erreichen. Seine ungelenken englischen Sätze würden ihr vorkommen wie Relikte aus einer vergangenen Welt. Ja, er hielt es sogar für denkbar, daß sie den Brief zerriß, ohne ihn vorher gelesen zu haben.

Am nächsten Morgen servierte Lotte frisch ausgepreßten Orangensaft zum Frühstück. Sie betonte, wie einfach das Gerät zu bedienen sei und daß Robert es bestimmt auch allein benutzen werde. Er nickte, obwohl er wußte, daß ihm nichts ferner lag als das.

Sie fuhren zum Schwimmen, aßen mittags am Imbißstand der Badeanstalt Pommes frites mit Tomatenketchup und brachen gegen drei auf in Richtung Oststeinbek. Lotte schien äußerst gut gelaunt zu sein, im Gegensatz zu Robert, der damit beschäftigt war, sich zu überlegen, wie er den Übergriffen seiner Mutter begegnen sollte. Ein inneres Zwiegespräch hatte heute wenig Zweck, da sie nicht zu zweit, sondern zu dritt sein würden und er nicht die geringste Ahnung von Lottes Part hatte. Als sie schließlich vor dem pastellgrünen Haus hielten, wußte er nur eins: Wenn seine Mutter anfangen würde, sich über Claudia zu beklagen, wäre der Besuch sofort beendet.

Er drückte auf die Klingel, während Lotte die Schleife auf der Pralinenpackung zurechtzog, die sie gestern gekauft hatte. In Marburg aßen sie nur Lindt, also würde auch die Oma Lindt-Pralinen bekommen.

Die Tür wurde geöffnet, und eine strahlende Oma streckte Lotte ihre Arme entgegen. Robert erinnerte sich nicht, wann seine Mutter zuletzt so gestrahlt hatte.

»Pünktlich wie die Maurer«, rief sie und drückte Lotte an sich.

»Tag, Oma«, sagte Lotte und überreichte ihre Pralinen, die mit begeisterten Ausrufen entgegengenommen wurden.

Was war sie doch für eine Heuchlerin. Noch nie hatte Robert dies so deutlich empfunden wie heute.

Gedeckt hatte sie auf der Terrasse, unter der rot-weiß gestreiften Markise. Es gab selbstgebackenen Pflaumenkuchen mit Sahne, heiße Schokolade für Lotte und Kaffee für die Erwachsenen. Wie immer ignorierte seine Mutter die Tatsache, daß er seit dreißig Jahren Teetrinker war.

Lotte nahm es gelassen hin, daß diese Oma, die sie kaum kannte, ihr eine Frage nach der anderen stellte. Wie zu erwarten war, ging es zuerst um die Schule. Klassengröße, Klassenlehrer, Lieblingsfächer, Zeugnisnoten. Dann kamen die Hobbys oder Lieblingsbeschäftigungen, das Lieblingsessen, das Lieblingstier, die Lieblingspflanze, die Lieblingsfarbe, das Lieblingsbuch, die Lieblingsmusik, die Lieblingssendung im Fernsehen, ob sie Hosen oder Kleider bevorzuge, wie ihre beste Freundin heiße und was ihr besser gefiele: das Meer oder die Alpen. Robert mußte an die Fragelisten denken, die manchmal berühmten Persönlichkeiten vorgelegt wurden. Vielleicht hatte seine Mutter so eine Liste auswendig gelernt.

Das Frage-und-Antwort-Spiel hatte mittlerweile eine solche Geschwindigkeit bekommen, daß Robert es aufgab, sich jede einzelne Antwort merken zu wollen. Was er jedoch mit Sicherheit nicht vergessen würde, war die Tatsache, daß Lottes Lieblingsfach nicht mehr Sport, sondern Englisch war.

»Und was willst du später werden?«

»Schauspielerin«, antwortete Lotte, ohne zu zögern.

Es war nicht zu übersehen, daß seiner Mutter diese Berufsperspektive ganz und gar nicht gefiel, aber sie sagte nichts, sondern stand auf, um Lotte den Garten zu zeigen.

Während Robert sie beobachtete, wie sie am Teich hockten und nach Fröschen Ausschau hielten, wurde ihm bewußt, wie angenehm es war, wenn sich die Aufmerksamkeit seiner Mutter zur Abwechslung mal auf eine andere Person richtete.

Später sahen sie sich alte Fotos an, auf denen Robert als pummeliger Zweijähriger, als ängstlich dreinblikkender Schulanfänger und als gelangweilter Zehnjähriger auf seinem ersten Fahrrad zu sehen war. Lotte amüsierte sich köstlich, und allmählich griff ihre Begeisterung auch auf die Oma über, die schließlich ein zweites und ein drittes Fotoalbum aus dem Bücherschrank holte. Jedes einzelne Bild wurde ausgiebig betrachtet, bewundert, bekichert. Jetzt war Lotte diejenige, die fragte, und die Oma antwortete.

Robert hatte schon lange keine Fotos mehr von seinem Vater gesehen. Eins zeigte ihn Mitte der fünfziger Jahre vor ihrem Schrebergartenhäuschen. Er lachte verlegen in die Kamera, als wolle er sagen, daß er es doch nicht wert sei, fotografiert zu werden. Plötzlich hatte Robert wieder den Geruch nach Holz und Mottenpulver in der Nase, und er dachte an Cape Cod und mußte aufstehen und ins Haus gehen und auf der Toilette warten, bis diese Erinnerung ihm nicht mehr die Kehle zuschnürte.

»Ich finde Oma ganz in Ordnung«, sagte Lotte auf der Nachhausefahrt. »Manchmal ist sie richtig witzig.«

»Sind dir ihre Fragen nicht auf die Nerven gegangen?«

Lotte sah ihn erstaunt an. »Wieso? Sie kennt mich ja nicht. Da muß sie doch fragen.«

Robert schwieg.

»Außerdem ist es die einzige Oma, die ich habe, seitdem Claudias Mutter tot ist. Jochens Mutter zählt nicht. Die ist so tüddelig, daß sie mich immer mit der Tochter ihrer ehemaligen Putzfrau verwechselt.«

Zu Hause bat Lotte darum, Claudia anrufen zu dürfen. Sie schilderte ihr den Besuch in aller Ausführlichkeit, wobei sie mehrmals betonte, wie nett die Oma sei. Und sie verstehe überhaupt nicht, was an pastellgrün so spießig sein solle.

Robert ahnte schon, daß dies ein Nachspiel haben würde. Und so war es auch. Am Montag abend rief Claudia an, um mit ihm über die weitere Gestaltung von Lottes Aufenthalt zu sprechen.

»Ich weiß nicht, was du damit meinst.«

»Mußtest du unbedingt mit ihr zu deiner Mutter fahren?«

»Sie hatte nichts dagegen, mitzukommen. Und wie du gehört hast, hat es ihr dort sehr gut gefallen.«

»Die Frau hat einen schlechten Einfluß.«

»Du unterschätzt deine Tochter. Die läßt sich so schnell von niemandem beeinflussen.«

»Was weißt du denn von diesen Dingen?«

»Mehr als du denkst.«

»Das wage ich zu bezweifeln.«

»Dann bezweifle es. Du wirst schon sehen.«

»Robert?«

»Ja?«

»Wenn du denkst, Lotte wird künftig bei dir wohnen, hast du dich getäuscht.«

»Ich denke gar nichts. Entscheidend wird sein, was Lotte denkt.« Er legte auf, ohne eine Antwort abzuwarten.

»War sie sauer?« fragte Lotte.

»Sie mag die Oma nicht«, antwortete Robert. »Sie hat sie noch nie gemocht.«

22.

Am Dienstag morgen ging Joanna zum ersten Mal wieder mit Bruno in den Hundeauslauf. Danach trank sie anderthalb Becher Pfefferminztee, aß zwei Scheiben Toastbrot mit Butter und fing an, darüber nachzudenken, was sie mittags essen würde. Zu mehr reichte ihre Kraft noch nicht.

Als es an ihrer Wohnungstür klingelte, dachte sie, Katie hätte ihren Schlüssel vergessen, und machte auf, ohne nachzufragen. Einen Moment lang war ihr, als habe sie einen schlechten Traum. Vor ihr stand Nick und grinste.

»Der Portier hat mich wiedererkannt.«

»Den werde ich nachher zur Rede stellen. Was willst du?«

Bruno begann zu bellen, was Nick sichtlich irritierte. Es dauerte eine Weile, bis es Joanna gelang, Bruno in seinen Korb zurückzuschicken. Dann wiederholte sie ihre Frage.

»Carol hat mir erzählt, daß du krank bist«, sagte Nick und zog einen Strauß Teerosen hinter seinem Rücken hervor.

»Seit wann kümmert dich das?«

»Es klang, als bräuchtest du Hilfe.« Er grinste nicht mehr, sondern sah sie beinahe verlegen an.

Joanna nahm ihm den Strauß ab und trat beiseite, um ihn hereinzulassen. Er mußte die Rosen am selben Stand gekauft haben wie Robert, Ecke Columbus Avenue/79th Street. Sie erinnerte sich nicht, ob er ihr jemals zuvor Blumen geschenkt hatte.

Nick ging langsam ins Wohnzimmer, wo er sich skeptisch umsah, als erwarte er, daß ihm hinter der nächsten Tür jemand auflauern könnte. Seit seinem überstürzten Auszug vor vier Jahren war er nicht mehr in ihrer Wohnung gewesen. »Hier hat sich nicht viel verändert.«

»Wenn du gekommen bist, um mir das mitzuteilen, kannst du gleich wieder gehen.«

Nick war offensichtlich nicht in der Stimmung, sich provozieren zu lassen. Er drehte sich zu ihr um und grinste wieder. »Der Mann unten am Stand sagte mir, die Rosen seien ganz frisch.«

»Ich kenne den Stand.«

»Du magst doch Teerosen, oder?«

Joanna spürte, wie sich ihr Magen plötzlich wieder zusammenkrampfte. Sie bückte sich, um eine Vase aus dem Schrank zu holen; als sie sich aufrichtete, war der Krampf vorüber.

»Ich habe gestern einen Brief aus Harvard bekommen. Sie laden mich zum Interview ein.«

»Na, wunderbar.«

»Ich weiß nicht.«

»Wieso?«

»Hast du was zu trinken?«

»Pfefferminztee.«

»Keinen Whiskey?«

»Höchstens Wasser.«

»Mit Eis und Zitrone?«

»Weder noch.«

»Dann eben pur.«

Sie reichte ihm ein Glas und eine Flasche Mineralwasser. »Warum hast du dich beworben, wenn du an dem Job kein Interesse hast?«

»Ich weiß nicht, ob ich aus New York weggehen will.«

»Deine Karriere war dir doch immer am wichtigsten.«

»War sie das?«

Joanna sah, wie seine Hände zitterten, als er die Flasche öffnete.

»Ich habe immer in New York gelebt, bis auf das Jahr in Long Island …« Seine Stimme brach ab.

»Harvard ist nicht Long Island. Es werden dir nicht noch einmal Frau und Kind verbrennen.«

Nick rührte sich nicht. »Darf ich ausnahmsweise bei dir rauchen?«

»Bitte.« Joanna stand auf, um ihm eine Untertasse für die Asche zu holen. Der Aschenbecher war das erste gewesen, was sie damals nach der Trennung weggeworfen hatte.

Nick nahm ihr die Untertasse ab und stellte sie vor sich auf den Tisch. Dann zündete er sich eine Zigarette an, legte das Feuerzeug neben die Untertasse und blies langsam den Rauch aus. Er wirkte auf seltsame Weise abwesend und gleichzeitig konzentriert, als bereite er sich innerlich auf eine Rede vor.

»Wenn ich sage, daß ich nicht weiß, ob ich aus New York weggehen will oder nicht, hat das vor allem mit dir zu tun, auch wenn du dir das vermutlich nicht vorstellen kannst.«

Joanna sah auf ihre Hände und wünschte, sie wäre an einem anderen Ort und müsse sich nicht anhören, was Nick ihr jetzt sagen würde. Natürlich hatte sie etwas geahnt, als er ihr die Rosen überreichte. Vielleicht war sie sogar neulich bereits durch seine Bemerkung in Steves Treppenhaus stutzig geworden. Sie könne ihn wohl nicht schnell genug loswerden, hatte er gesagt, ohne den sonst bei ihm üblichen ironischen Unterton. Da war es auch schon um Harvard gegangen.

»Mir fällt es sehr schwer, offen mit dir zu reden.«

Dann laß es, dachte sie bei sich, aber sprach es nicht aus, weil sie wußte, daß es doch nichts genützt hätte. Nick würde jetzt keinen Rückzieher mehr machen.

»Es tut mir leid, wie ich in den letzten Wochen mit dir umgegangen bin.«

»In den letzten Wochen? Vier Jahre lang hast du dich nicht vernünftig mit mir unterhalten.«

»Ich meinte, meine Bemerkungen über ... Robert.«

»Du bist der schlimmste Zyniker, den ich kenne.«

»Zynismus schützt.«

»Du gibst also zu, daß du Schutz brauchst.«

»Ich habe es nicht ertragen, dich mit einem anderen Mann zu sehen. Daß ich Robert kenne und nicht besonders schätze, hat die Sache nicht gerade einfacher gemacht. Aber letztlich wäre es mir bei jedem anderen Mann auch so gegangen.«

»Wir haben nie über unsere Trennung gesprochen.«

»Je länger wir beide allein waren, um so mehr habe ich gehofft, daß du ... daß wir ...«

»Das glaube ich dir nicht.«

Nick sah sie mit weit aufgerissenen Augen an. »Doch. Ich war mir sicher, daß wir noch eine Chance hätten.«

»Wer soll mit einem solchen Menschenverachter wie dir eine Chance haben?«

Sie wußte nicht, ob er ihre letzten Worte gehört hatte. Er zündete sich eine neue Zigarette an und blickte dabei in eine unbestimmte Ferne.

»Als ich erfahren habe, daß die Beziehung zwischen Robert und dir beendet ist, wollte ich sofort mit dir reden, aber ich hatte nicht den Mut. Es kam mir so absurd vor, und dennoch wußte ich, daß ich es tun mußte, wenn ich nicht die Achtung vor mir selbst verlieren wollte.«

Joanna trat ans Fenster. Am Straßenrand stand ein älterer Mann und winkte nach einem Taxi, doch die Wagen, die vorbeifuhren, waren alle besetzt. Der Mann winkte immer hektischer und machte schließlich sogar einen Schritt auf die Straße, wo er beinahe von einem Motorrad angefahren worden wäre. Er sprang auf den Gehweg zurück und verschwand um die Ecke. Kurz darauf jedoch war er wieder da. Jetzt winkte er mit beiden Armen und schrie etwas dazu. Es kam Joanna so vor, als winke er seit mindestens fünf Minuten nach einem Taxi.

»Hörst du mir überhaupt zu?«

Joanna drehte sich um und nickte, weil sie ihn nicht noch mehr verletzen wollte.

»Ich werde mir Mühe geben, mich zu ändern, mich mehr auf dich einzustellen ...«

»Nick ...«

»Ich werde lernen, dir nahe zu sein ...«

»Es hat keinen Zweck.«

Er stand auf und kam langsam auf sie zu. Sie wich seinem Blick aus. Als er versuchte, sie zu umarmen, stieß sie ihn zurück. Sein Atem roch nach Zigaretten. Es war immer derselbe Geruch. Noch wochenlang würde er in ihrer Wohnung hängen. Auch Roberts Wintergarten hatte nach diesen Zigaretten gerochen.

»Bitte«, flüsterte Nick.

Joanna zwang sich, ihn anzusehen. Plötzlich ekelte sie sich vor seinem Atem, seinem verhärmten Gesicht und seiner Selbsterniedrigung.

»Du mußt dich nicht heute entscheiden.«

»Es gibt nichts zu entscheiden.«

»Laß dir Zeit.«

»Begreifst du denn nicht?«

»Es hängt zuviel davon ab.«

Joanna schloß die Augen, weil sie nicht wußte, was sie noch hätte sagen sollen. Als sie sie wieder öffnete, hatte Nick bereits seine Zigaretten an sich genommen und war auf dem Weg zur Tür. Er verließ die Wohnung, ohne sich noch einmal umzudrehen.

Bruno kam auf sie zugelaufen und leckte ihr die Hand. Er hatte sich die ganze Zeit nicht aus seinem Korb gerührt, als befürchtete er, es könne ihm etwas passieren. Joanna hockte sich hin und kraulte ihm den Bauch.

»Der war dir nicht geheuer«, murmelte sie in sein Fell hinein. »Dir nicht und mir nicht.«

Wieder brach ihr der Schweiß aus. Sie schaffte es gerade noch bis in ihr Bett, wo sie regungslos auf dem Rücken lag und darauf wartete, daß ihre Kräfte zurückkamen. Doch statt dessen wurde sie von einer unendlichen Traurigkeit überwältigt. Sie versuchte, sich daran zu erinnern, wie sehr sie jegliche Form von Selbstmitleid verabscheute, doch es half alles nichts. Sie fühlte sich so einsam, daß sie es zu ihrem eigenen Entsetzen sogar tröstlich gefunden hätte, wenn Nick noch hiergewesen wäre.

Später kam Katie, um sie mit neuen Wasservorräten zu versorgen und ihr die obligate Gemüsebouillon zu kochen. Es gefalle ihr gar nicht, wie sie heute aussehe. Ob sie wieder Krämpfe gehabt habe? Nein. Joanna bemühte sich zu lächeln. Sie brauche nur Schlaf, viel, viel Schlaf.

Am Mittwoch nachmittag hatte sie sich soweit erholt, daß sie mit Bruno zum *Dog Hill* gehen konnte. Sie setzte sich auf eine Bank im Halbschatten und sah zu, wie sich Bruno und ein kleiner, weißer Spitz gegenseitig über den Rasen jagten. Irgendwann fielen ihr die Augen zu, und sie hörte nur noch die Stimmen von spielenden Kindern, unterbrochen vom Gekläffe des Spitz.

»Ist das Ihr Hund?«

Joanna zuckte zusammen. Vor ihr stand eine blondierte, alte Frau in einem türkisfarbenen Trainingsanzug und funkelte sie böse an. Sie hatte eine dicke Schicht Make-up auf ihrem faltigen Gesicht, falsche, dunkelblau getuschte Wimpern und einen zinnoberrot geschminkten Mund, der an den Lippenrändern so verlaufen war, daß er aussah wie eine aufgeplatzte Wunde.

»Ich habe Sie was gefragt.«

»Von welchem Hund sprechen Sie?«

»Von dem braunen da vorne. Was weiß ich, wie die heißen. Rufen Sie ihn gefälligst zurück. Meine Assunta wird noch einen Herzschlag bekommen.«

»Die spielen doch nur.«

»Wenn Sie ihn nicht sofort zurückrufen, werden Sie es bereuen.« Die geschminkte Alte beugte sich zu ihr hinunter und bleckte ihre gelben Zähne.

Joanna wußte nicht, ob sie damit ankündigen wollte, daß sie ihr im Falle einer Weigerung in die Nase beißen würde. Sie hätte es gern auf einen Versuch ankommen lassen, wenn die Alte nicht so penetrant nach Maiglöckchenparfum gestunken hätte. Also schob sie sich an ihr vorbei, rief nach Bruno, legte ihn an die Leine und drehte sich noch einmal nach der Alten um, die ihr in diesem Moment die Zunge herausstreckte. Und ehe Joanna sich's versah, hatte sie ihre ebenfalls herausgestreckt. Danach fühlte sie sich merklich besser.

Zu Hause legte sie sich aufs Sofa und begann, im *Zauberberg* zu blättern, den sie vor zwanzig Jahren gelesen hatte. Schon nach wenigen Minuten hatte der Text sie so in Bann genommen, daß sie las, bis es dunkel war.

Am Donnerstag fuhr sie für ein paar Stunden ins Büro. Am Freitag verbrachte sie dort den ganzen Tag. Am Sonnabend kam es ihr so vor, als ob ihre Krankheit bereits Wochen zurückliege.

Mittags begegnete ihr Carol in der Bibliothek. Sie trug keine Sonnenbrille mehr, sah erstaunlich erholt aus und erkundigte sich freundlich nach ihrer Gesundheit, ihrer Arbeit und ihren Plänen für den Rest des Sommers. Ihr sonderbares Treffen vom letzten Sonnabend erwähnte sie mit keinem Wort. Fast schien es Joanna, als habe sie die alte Carol vor sich, souverän, patent und immer ein Stück unnahbar.

»Nick hat mir gestern erzählt, daß er zum Interview nach Harvard fahren wird.«

»Hoffentlich bekommt er die Stelle.«

»Ich würde ihn vermissen, so schrullig er auch ist. Wir sind seit fünfundzwanzig Jahren Kollegen.«

Joanna hätte sie beinahe gefragt, ob sie Nicks Frau gekannt habe, aber dann sah sie, daß Carol auf ihre Uhr blickte. Vielleicht war sie selbst auf den Gedanken gekommen, daß ihre Bemerkung zu einem längeren, von ihr nicht beabsichtigten Gespräch über Nick führen könnte. Sie griff etwas abrupt nach ihrer Tasche, wünschte ihr ein schönes Wochenende und verschwand.

Später kam Steve auf sie zu und zeigte sich äußerst besorgt. Er ließ sich genau beschreiben, welchen Verlauf ihre Viruserkrankung genommen hatte, und wußte dann zu berichten, daß mindestens zwei seiner Kollegen in den letzten Wochen etwas Ähnliches gehabt hätten.

»Tut mir leid mit dem Essen.«

»Das holen wir irgendwann nach.«

Bei der Vorstellung, Artischocken mit Sauce vinaigrette serviert zu bekommen, zog sich Joannas Magen noch einmal kurz zusammen.

»Ein Essen zu zweit.«

Joanna nickte. Auf Steve war Verlaß, so versnobt er auch sein mochte.

Auf dem Weg zur U-Bahn-Station dachte sie an Nick, der jetzt wahrscheinlich in seiner winzigen Wohnung auf der Lower East Side saß und sich auf das Interview vorbereitete. Einen Moment lang überlegte sie, ob sie ihn anrufen und ihm viel Glück wünschen sollte, aber das hätte er vermutlich als Zynismus empfunden.

Bei *Zabar's* kaufte sie sich ein Stück Gemüsequiche, dazu Tomatensalat und zum Nachtisch ein Aprikosentörtchen. Als sie wieder draußen auf der Straße stand, erinnerte sie sich, daß Katie ihre Lindt-Pralinéschokolade noch immer nicht bekommen hatte. Sie kehrte um und stieß beinahe mit Luigi zusammen, der gerade genüßlich in ein Schokoladeneclair biß. Er lud sie ein, später mit Katie ins Restaurant zu kommen, wo sie heute ihr zehnjähriges Jubiläum feiern würden. Für Stammgäste gäbe es was umsonst.

Joanna verspürte plötzlich ein Gefühl von Leichtigkeit. Sie war nicht mehr krank, nachher würde sie feiern, sie hatte alles wieder im Griff.

Sie beschloß, noch nicht sofort nach Hause zurückzukehren, sondern zum ersten Mal seit Wochen wieder eine Buchhandlung aufzusuchen. Bei *Shakespeare & Company* erwarb sie zwei Lyrikbände und einen Roman von Richard Ford. Irgendwann mußte sie schließlich auch mal was anderes lesen als kanadische Prosa.

Als sie den Broadway überquerte, fiel ihr etwas auf, was sie nie zuvor bemerkt hatte. Auf dem Mittelstreifen standen Bänke, und auf diesen Bänken saßen Leute, die Zeitung lasen, einen Snack zu sich nahmen oder ihre Gesichter in die Sonne hielten. Der links und rechts an ihnen vorbeirauschende Verkehr schien ihnen nichts auszumachen. Joanna wartete, bis ein Platz frei wurde, dann setzte sie ihre Sonnenbrille auf, packte ihren Roman aus und fing an zu lesen. Ihre einzige Ablenkung bestand darin, daß sie immer wieder an das Aprikosentörtchen denken mußte. Nach zehn Minuten war sie soweit, daß sie es kurzerhand aufaß.

23.

Am Dienstag wollte Lotte wissen, ob man in Hamburg Tennis spielen könne, ohne Mitglied in einem Club zu sein. Robert versprach, sich zu erkundigen. Nach unzähligen Telefonaten machte er eine Tennisschule ausfindig, die am anderen Ende der Stadt lag. Dort wurden Trainerstunden angeboten, die ein Vermögen kosteten, aber Robert war bereit, einiges zu investieren, wenn er dadurch verhindern konnte, daß seine Tochter sich bei ihm langweilte.

Sie spielte gut, so gut, daß der Trainer sie am liebsten sofort in seine erste Riege aufgenommen hätte.

»Ich weiß nicht, wie lange ich in Hamburg bleiben werde«, hörte Robert sie sagen. »Eigentlich wohne ich in Marburg.«

Der Trainer war taktvoll genug, nicht weiter nachzufragen. Zum Schluß gab er Lotte die Telefonnummern von zwei Mädchen in ihrem Alter, mit denen sie sich verabreden könne. Robert war ihm äußerst dankbar, weil dies bedeutete, daß er nicht für jedes Mal Tennisspielen achtzig Mark bezahlen mußte.

Tag für Tag fuhr er sie jetzt zum Tennisplatz, eine Dreiviertelstunde hin und eine Dreiviertelstunde zurück. Obwohl sie versuchten, den Berufsverkehr zu vermeiden, gerieten sie fast jedesmal in einen Stau. Während Lotte sich über die Nachteile des Großstadtlebens beklagte, mußte Robert an die Bemerkungen seiner Kollegen oder eher noch Kolleginnen denken, daß sie es satt hätten, ihre Kinder ständig zum Fußball, zum Ballett, zum Schachspielen, zum Klavierunterricht oder zur Nachhilfestunde zu kutschieren. Er hatte sie oft beneidet um diese Routine und nicht verstanden, wie sie aufatmeten, wenn ihre Kinder alt genug waren, um öffentliche Verkehrsmittel zu benutzen. Spätestens am Freitag wäre er froh gewesen, wenn Lotte die U-Bahn genommen hätte. Doch sie schien nicht daran interessiert zu sein, sich mit dem System des Hamburger Verkehrsverbunds vertraut zu machen. Und da Robert sich bereits vorstellen konnte, was Claudia sagen würde, wenn sie erführe, daß er Lotte allein durch die Großstadt fahren lasse, bestand er nicht darauf.

Er hatte sich angewöhnt, ein Buch mitzunehmen, um nicht stundenlang untätig herumzustehen, ein Mineralwasser nach dem anderen zu trinken und von tennisbesessenen Eltern auf Weltklasseprofis oder neueste Schlägermarken angesprochen zu werden, von denen er noch nie etwas gehört hatte. Sobald Lotte im Umkleideraum verschwunden war, nahm er sich einen der weißen Plastikstühle, die auf der Terrasse standen, und setzte sich unter die Kastanie, den einzigen Baum, den die Tennisschule zu bieten hatte. Niemals würde er begreifen, wie jemand Gefallen daran finden konnte, in der prallen Sonne einen kleinen Filzball über ein Netz zu schlagen, aber Lotte war begeistert.

»Hier macht das Training fast noch mehr Spaß als in Marburg«, verkündete sie am Sonnabend nachmittag, als sie mit hochrotem Kopf vor ihm stand und sich ihre verschwitzten Haare aus der Stirn strich.

Robert nickte nur. Er wollte sie nicht enttäuschen, indem er ihr zum Beispiel erklärte, daß er zu Schulzeiten natürlich nicht jeden Tag durch die ganze Stadt fahren könne, damit sie zu ihrem Training käme.

Sie gingen zum Schwimmen; anschließend kochten sie. Zu Roberts Erstaunen hatten sie sehr schnell eine tägliche Routine gefunden, die sie vollkommen ausfüllte. Vor dem Tennis wurde eingekauft, abends nach dem

Essen saßen sie im Wintergarten und lasen. Meistens rief Claudia zwischen halb neun und neun an und verlangte Lotte zu sprechen. Mit Robert sprach sie nicht mehr, seitdem er am Montag aufgelegt hatte, ohne sich zu verabschieden.

Am Sonnabend abend dauerte das Gespräch zwischen Mutter und Tochter länger als gewöhnlich. Irgendwann schrie Lotte, daß sie so etwas nie gesagt habe, und knallte den Hörer auf die Gabel. Kurz danach wurde eine Tür zugeschlagen. Im ersten Moment dachte Robert, sie sei aus der Wohnung gelaufen, bis er das Weinen aus dem Arbeitszimmer hörte. Er öffnete die Tür und sah sie auf ihrem Bett liegen, mit dem Gesicht zur Wand.

»Ich will dich nicht sehen.«

»Was ist los mit dir?«

»Geh weg.«

»Zuerst erzählst du mir, warum du weinst.«

»Mama behauptet, daß du gesagt hast, ich will bei dir wohnen.«

»Das ist doch Unsinn.«

»Du hast versprochen, nicht mit ihr darüber zu reden.«

»Ich habe nicht damit angefangen. Sie hat zu mir gesagt, wenn ich dächte, daß du künftig bei mir wohnen würdest, hätte ich mich getäuscht. Darauf habe ich geantwortet, ich dächte gar nichts. Entscheidend werde sein, was du dächtest. Dann habe ich aufgelegt, und seitdem redet sie nicht mehr mit mir.«

Lotte putzte sich die Nase. »Ich weiß nicht, was ich will.«

»Das wäre auch zuviel verlangt.«

»Ich vermisse Mama.«

Robert legte seine Hand auf ihren Rücken. Sie wich ihm nicht aus.

»Manchmal vermisse ich sogar Jochen.«

Beinahe hätte er seine Hand wieder weggezogen.

»Und bei dir bin ich auch gern.«

Roberts Blick fiel auf Lottes Reisetasche, aus der ihre schmutzige Wäsche quoll. Seit ihrer Ankunft vor zehn Tagen hatte er sich zwar eine Menge Gedanken über ihr leibliches und seelisches Wohl gemacht, aber auf so etwas Naheliegendes wie Wäschewaschen war er nicht gekommen. Sie hatte ihn allerdings auch nicht gefragt.

»Bei mir in der Klasse ist einer, der wohnt abwechselnd eine Woche bei seinem Vater und eine bei seiner Mutter. Kannst du nicht nach Marburg ziehen?«

»Vielleicht sollten Claudia und Jochen nach Hamburg kommen. Die beiden sind schließlich Freiberufler. Ich habe hier meine Stelle.«

»Jochen würde nie aus Marburg weggehen. Erst recht nicht, seitdem ihm die Wohnung gehört.«

Robert dachte an die kleine Marmorskulptur, die er beinahe vom Sockel gerissen hätte. Vermutlich war die auch vom väterlichen Erbe bezahlt worden.

Lotte kuschelte sich plötzlich an ihn, so wie sie es zuletzt als Zweijährige getan hatte.

»Wir werden eine Lösung finden.« Er versuchte, seiner Stimme einen zuversichtlichen Klang zu geben.

»Das sagen Erwachsene immer. Und zuletzt machen sie doch, was sie wollen.«

Robert überlegte noch, was er darauf antworten solle, als er merkte, daß Lotte eingeschlafen war. Ihr verweintes Gesicht sah auf einmal ganz klein aus. Er deckte sie zu und ging auf Zehenspitzen aus dem Zimmer.

Nachdem er abgewaschen hatte, setzte er sich an den Küchentisch und entwarf einen Brief an Claudia. Er bemühte sich, ihn so sachlich wie möglich zu formulieren. Wenn sie beide an Lottes Wohl interessiert seien, wovon er ausgehe, sollten sie wenigstens versuchen, wieder miteinander zu reden.

Um Viertel vor zehn klingelte das Telefon. Robert sprang auf, um den Hörer abzunehmen, bevor Lotte aufwachte. Für den Bruchteil einer Sekunde glaubte er, es sei Joanna, die ihm unmißverständlich zu verstehen geben würde, daß sie sich in Zukunft jegliche Kontaktaufnahme verbitte. Statt dessen meldete sich seine leicht beschwipste Mutter, die anfragte, wann Lotte und er sie wieder besuchen kämen.

»Was trinkst du da? Eckes Edelkirsch?«

»Einen kleinen Eierlikör. Das beruhigt.«

»Daran habe ich keinen Zweifel.«

»Wann kommt ihr also?«

»Vielleicht Dienstag.«

»Es war schön mit Lotte.«

»Das fand sie auch.«

»Dein Einfluß scheint ihr gutzutun.«

»Lotte ist, wie sie ist. Darauf habe ich keinen Einfluß.«

»Vielleicht ist ja doch nicht alles verloren.«

Er hörte ein Klicken in der Leitung; dann ertönte das Freizeichen. Offensichtlich hatte seine Mutter sich wieder dem Eierlikör zugewandt.

24.

Es war kurz nach sieben, als Joanna ihr Buch zuklappte und nach Hause ging. Sie öffnete ihren Briefkasten, ärgerte sich über die Reklame, die trotz ihres Hinweisschildes, daß sie keine Werbung wünsche, immer wieder bei ihr eingeworfen wurde, und entdeckte erst, als sie schon im Fahrstuhl stand, daß sich zwischen der Speisekarte eines neuen chinesischen Schnellrestaurants und der Einladung zur Eröffnung eines Kosmetiksalons ein Brief von Robert befand. Sie starrte ungläubig auf seine schräge, etwas undeutliche Schrift, die sie bisher nur von jenem Zettel kannte, auf dem er ihr an seinem zweiten Tag in New York mitgeteilt hatte, daß es gegrillten Lachs, Porreegemüse und gratinierte Kartoffeln zum Abendessen gäbe.

Als sie die Tür aufschloß, kam Bruno ihr schuldbewußt entgegengelaufen. Er hatte auf den Holzfußboden gepinkelt, weil sie nicht rechtzeitig zurückgekommen war. Über ihrer Entdeckung der Bänke auf dem Broadway hatte sie Bruno tatsächlich vergessen.

Sie griff nach der Leine, steckte den Brief ein und lief mit Bruno zum *Dog Hill*. In der Ferne sah sie den weißen Spitz und sein blondiertes Frauchen, doch zum Glück schien Bruno das Interesse an dem kleinen Kläffer verloren zu haben.

Nachdem sie sich einen schattigen Platz gesucht hatte, riß sie den Umschlag auf und begann zu lesen. Und während sie las, war ihr fast so, als höre sie Roberts Stimme, in der wie immer ein leicht unsicherer Ton mitschwang, als ob er sagen wolle, daß dies ja nur eine

Sicht der Dinge sei und sie natürlich alles ganz anders interpretieren könne. Aber dann kam er zu Lotte, zu ihren Fragen und seinen Antworten. Und da war jede Unsicherheit verschwunden.

Joanna legte sich auf den Rücken und machte die Augen zu. Sie verstand nicht, wie sie noch vor ein oder zwei Stunden hatte glauben können, sie habe alles wieder im Griff, wenn doch in Wirklichkeit das, was sie von den Ereignissen des letzten Monats trennte, nichts als eine hauchdünne Schutzschicht war, die schon beim Lesen von Roberts Brief die ersten Risse bekommen hatte.

»Du bist so abwesend«, sagte Katie später, als sie in Luigis Restaurant saßen und Rotwein tranken.

»Ich denke nach.«

»Kann ich dir dabei behilflich sein?«

»Leider nicht.«

Katie wandte sich beleidigt ab und ging auf Luigi zu, der sich mit einem langhaarigen jungen Mann auf italienisch unterhielt. Es dauerte höchstens zwei Minuten, dann begannen die beiden englisch miteinander zu reden und Katie in das Gespräch miteinzubeziehen. Nach weiteren zwei oder drei Minuten legte Luigi ihnen die Hände auf die Schultern und wandte sich anderen Gästen zu. Katie ließ sich von dem jungen Italiener nachschenken und verzog sich mit ihm in den hinteren Teil des Restaurants. Joanna konnte sich bereits vorstellen, daß sie morgen oder übermorgen irgendeine Geschichte von einem Ernesto, Alberto oder Tomaso zu hören bekommen würde und daß diese neue Liebschaft sie genauso wenig interessieren würde wie alle vorherigen. Der einzige Unterschied zu früher bestand darin, daß sie in diesem Fall mit angesehen hatte, wie Katie zu ihren Freunden kam.

Luigi setzte sich an ihren Tisch und erzählte ihr von

seinen Reiseplänen für den Sommer. Nach zehn Jahren werde er zum ersten Mal wieder nach Ravello fahren, um seine Familie zu besuchen. Er vermisse Italien, er vermisse Europa, obwohl es ihm gut ergangen sei in New York, besser als vielen seiner Landsleute.

»Warst du schon mal in Deutschland?«

»Ja. Ich habe als junger Mann zwei Jahre in München gearbeitet.«

»Ich kenne nur Hamburg.«

»Da ist es so kalt.«

»Es war heißer als hier.«

»Wirklich?«

»Eine ungewöhnliche Hitzewelle.«

»Wann war das?«

»Vor vier Wochen.«

Sie schwiegen beide einen Moment lang.

»Wie alt bist du?«

Luigi blickte sie erstaunt an. »Fünfunddreißig. Warum?«

»Wirst du irgendwann für immer nach Italien zurückkehren?«

»Nein. Niemals.«

Er stand auf und ging auf einen älteren Mann zu, der gerade das Restaurant betreten hatte. Die beiden umarmten sich und küßten sich flüchtig auf den Mund. Joanna sah, daß sie den gleichen silbernen Ring trugen. Sie war nie auf den Gedanken gekommen, daß Luigi schwul sein könnte, und dabei hatte sie bisher immer geglaubt, ein Gespür dafür zu haben, ob jemand homosexuell war oder nicht. Wahrscheinlich lag es daran, daß er sich in seinem kleinen, katholischen Ravello zu lange hatte verstellen müssen, um wieder damit aufhören zu können.

Sie trank ihren Wein aus, verabschiedete sich von Luigi und trat auf die Straße. Es war immer noch schwül, die Leute fächerten sich Luft zu, an der Ecke stand ein eng umschlungenes Liebespaar.

Zu Hause legte sie ein spätes Streichquartett von Beethoven auf und öffnete eine Flasche Rotwein, obwohl sie längst genug getrunken hatte. Sie las Roberts Brief wieder und wieder, bis sie ihn fast auswendig konnte. Dann duschte sie, roch an der Seife, die nach nichts roch, und fragte sich, was sie jetzt tun sollte.

Am Sonntag morgen wurde verschiedentlich zwischen Hamburg und Marburg hin und her telefoniert. Zuerst sprach Lotte mit Claudia, dann Jochen mit Lotte, schließlich wieder Lotte mit Claudia. Als Robert an den Apparat kam, legte Claudia auf, doch er rief sie zurück und las ihr den Brief vor, den er ihr nachts geschrieben hatte. Sie begann zu weinen, was er in den sechzehn Jahren, die er sie kannte, noch nie erlebt hatte. Zum Schluß einigten sie sich darauf, nichts zu überstürzen, was mehr war, als Robert für möglich gehalten hätte.

Lotte wirkte erschöpft. Sie wollte weder Tennis spielen noch schwimmen gehen, aber zu Hause bleiben wollte sie auch nicht. Erst als Robert vorschlug, einen Ausflug an die Ostsee zu machen, entwickelte sie wieder Energie. Sie schmierte Butterbrote, wusch Pfirsiche ab und packte zwei Wasserflaschen ein. Dann studierten sie zusammen die Landkarte. Lotte wollte unbedingt nach Scharbeutz, weil sie bei der Oma unzählige Kinderfotos von Robert gesehen hatte, die ihn in Scharbeutzer Sandburgen zeigten. Robert hatte Bedenken; Scharbeutz war nicht mehr das, was es mal war. Doch für Lotte kam kein anderer Ort in Frage.

Kurz hinter Bad Schwartau stockte der Verkehr plötzlich, ohne daß es einen ersichtlichen Grund dafür gab. Nachdem sie eine Viertelstunde auf demselben Fleck gestanden hatten, wurde Robert ungeduldig. Lotte dagegen behauptete, daß ihr Staus heute nichts anhaben könnten; sie freue sich dennoch auf Scharbeutz.

»Es wird furchtbar voll sein.«

»Und wenn schon.« Sie nahm einen Schluck aus der Wasserflasche und reichte sie dann an ihn weiter. »Meinst du, daß deine Freundin den Brief schon bekommen hat?«

Die Frage kam so unerwartet, daß Robert sich fast verschluckt hätte. Lotte konnte natürlich nicht ahnen, wie unangemessen das Wort Freundin war, und er wollte es ihr auch nicht erklären, weil das Gespräch dann einen Verlauf genommen hätte, dem er sich nicht gewachsen fühlte.

»Ich habe dich was gefragt.«

»Und ich kann dir nur sagen, daß ich keine Ahnung habe. Ich habe noch nie zuvor einen Brief nach Amerika geschickt.«

»Warum bist du so genervt?«

»Weil wir im Stau stehen.«

»Hast du ein Foto von ihr?«

»Nein.«

»Warum nicht?«

»Darum nicht.«

»Was für eine blöde Antwort.«

»Tut mir leid, ich habe keine bessere.«

»Mama hat ein Foto von Jochen in ihrer Brieftasche.«

Es fehlte nicht viel, und Robert hätte geschrien, daß sie nicht über Dinge reden solle, von denen sie nichts verstehe. Er fuhr auf den Seitenstreifen und stellte den Motor ab.

»Warum halten wir?«

»Hör auf, mich zu piesacken.«

Lotte sah ihn erschrocken an.

»Du kannst Joanna und mich nicht mit Claudia und Jochen vergleichen.«

»Wieso nicht?«

»Weil wir anders sind.«

»Manchmal denke ich, daß es sie gar nicht gibt.«

»Wie bitte?«

»Daß du sie erfunden hast, diese Joanna.«

»Traust du mir das wirklich zu?«

»Vielleicht hast du auch keinen Brief geschrieben, sondern nur ein paar leere Blätter in einen Umschlag gesteckt.«

»Und warum sollte ich das tun?«

»Damit ich glaube, daß du eine Freundin hast.«

Robert ließ den Motor wieder an und fuhr langsam auf dem Seitenstreifen entlang, bis ihn ein Mann in einem roten Golf vorließ. Es war genauso einer wie der, den Joanna fuhr.

»Sie hätte doch schon mal anrufen können. Jochen und Claudia telefonieren jeden Tag, wenn einer von ihnen verreist ist.«

»Habe ich nicht gerade gesagt, daß du uns nicht vergleichen sollst?«

»Ich finde das trotzdem nicht normal.«

»Ob normal oder nicht. Ich sage dir nur eins: Es gibt sie.«

Joanna wachte mit Kopfschmerzen auf, die eindeutig vom Rotwein herrührten. Sie nahm eine Tablette und legte sich wieder ins Bett. Nachdem sie anderthalb Stunden vergeblich versucht hatte, noch einmal einzuschlafen, stand sie auf und zog sich an.

Es war erst kurz nach halb sechs. Bruno konnte sein Glück kaum fassen, daß sie so früh zum *Dog Hill* aufbrachen. Dort waren sie fast die einzigen. Joanna setzte sich auf eine Bank und ging in Gedanken immer wieder dieselben Möglichkeiten durch. Sie könnte schreiben, anrufen oder sich ein Ticket für die nächste Maschine nach Hamburg bestellen. Im Grunde wußte sie, daß sie sich längst entschieden hatte und nur noch den Mut fassen mußte, ihre Entscheidung in die Tat umzusetzen.

Als sie um acht in ihre Wohnung zurückkam, beschloß sie, Katie anzurufen und sie zu fragen, was ihre Pläne für die nächsten Wochen seien. Darauf, daß sie vermutlich noch mit ihrer italienischen Neuerwerbung im Bett lag, konnte sie heute keine Rücksicht nehmen.

»Wer ist da?« Katies Stimme klang, als sei sie schon seit Stunden wach. Im Hintergrund klimperte jemand auf dem Klavier.

»Hast du einen Moment Zeit?«

»Warum bist du gestern so schnell verschwunden? Ich hätte dir gern Francesco vorgestellt.«

»Hör zu …«

»Vielleicht kommst du nachher mal rüber. Er ist noch hier.«

»Was hast du in der nächsten Zeit vor?«

»Wieso?«

»Willst du verreisen?«

»Nein.«

»Kannst du Bruno versorgen?«

»Natürlich.«

»Auch für länger?«

»Wie lange?«

»Drei Wochen.«

»Was ist passiert?«

»Sag nur ja oder nein.«

»Ja. Das weißt du doch.«

Nach zweieinhalbstündiger Fahrt erreichten sie Scharbeutz. Zwar hatte Robert für einen kurzen Moment sein blaues Meeresdreieck entdecken können, aber sonst gab es hier nichts, was ihn auch nur im entferntesten an früher erinnerte. Es war ihm schleierhaft, wie Menschen in diesem Gedränge ihren Jahresurlaub verbringen konnten. Lotte jedoch gefiel es. Sie mochte die Stände mit den Flatterröcken, die scheußliche Keramik, die überall feilgeboten wurde, und die unzähligen Würstchen-, Eis- und Waffelbuden. Nachdem sie einmal die Promenade auf und ab gelaufen waren, mieteten sie sich einen sündhaft teuren Strandkorb, von dem aus sie kaum das Meer sehen konnten. Sie bauten eine Sandburg, schwammen ein paar Runden zwischen dunkelbraunen, stinkenden Algen und suchten eine Dreiviertelstunde nach nicht vorhandenen Muscheln.

»Claudia würde nie nach Scharbeutz fahren«, stellte Lotte zufrieden fest. »Sie findet das deutsche Strandleben unmöglich.«

»Ich kann es ihr nicht verdenken«, murmelte Robert und schmierte sich eine penetrant riechende Sonnenmilch auf seine roten Beine. In Cape Cod hatte er keinen einzigen Sonnenbrand bekommen.

Sie aßen ihre feuchtwarmen Camembertbutterbrote, die angeschlagenen Pfirsiche und zum Nachtisch Softeis mit Schokoladenstreuseln.

»Ich gehe jetzt auf die Promenade«, verkündete Lotte und leckte sich die Finger ab.

Robert sah ihr nach, wie sie über die Mauer sprang und im Getümmel verschwand. Nach zehn Minuten war sie wieder da, um zu fragen, ob sie sich einen dieser Flatterröcke kaufen dürfe. Es war das erste Mal, daß sie ihn um Geld bat. Er gab ihr die gewünschten zwanzig Mark, ließ sich von ihr versprechen, daß sie die Promenade nicht verlassen werde, und lehnte sich in den Strandkorb zurück. Um nicht ständig mit dem Rücken an der orangegestreiften Plastikverkleidung festzukleben, zog er sein Hemd wieder an und als Schutz gegen weiteren Sonnenbrand auch seine Hose. Die ältere Dame im Nachbarstrandkorb warf ihm einen mißbilligenden Blick zu, als wolle sie sagen, es gehöre sich nicht, in bekleidetem Zustand am Strand zu sitzen. Genauso hatte seine Mutter früher seinen Vater angesehen, wenn er nicht bereit war, Hemd und Hose auszuziehen. Daß er eine empfindliche Haut hatte, ließ sie als Argument nicht gelten. Es gehörte zu ihren ungeschriebenen Urlaubsregeln, daß am Strand Badezeug getragen wurde. Schließlich war man ja nicht in England, wo die Leute sogar die Socken anbehielten. Meistens gab sein Vater nach und kehrte mit Blasen auf dem Rücken nach Oststeinbek zurück.

Der Hinflug war kein Problem, es war der Rückflug, der Schwierigkeiten bereitete. Sie mußte spätestens am Sonntag, dem vierten September, wieder in New York sein, weil sie am Montag morgen ihre erste Vorlesung zu halten hatte. Aber sie wollte keinesfalls schon am Sonnabend zurückfliegen.

»Eine andere Möglichkeit haben Sie nicht«, sagte die unwirsche Flughafenangestellte.

Joanna verlangte, den Chef zu sprechen, und plötzlich gab es doch noch ein Ticket für den Flug am Sonntag um fünf vor zwölf. Daß es wesentlich teurer war, störte sie in diesem Moment weniger als die Tatsache, daß die Angestellte ihr ein solches nicht zugetraut hatte.

Viel Zeit hatte sie nicht mehr. Sie suchte ihre schmutzige Wäsche zusammen und hoffte, daß die Maschine auf ihrer Etage nicht in Benutzung war. Aber natürlich hatte gerade jemand eine Kochwäsche gestartet. Nachdem sie festgestellt hatte, daß die vier anderen Waschmaschinen im Haus ebenfalls besetzt waren, stopfte sie ihre Sachen in einen Kopfkissenbezug und lief zum Waschsalon in der Columbus Avenue, wo sie auf Luigi und seinen Partner traf, die gemeinsam ihre Bettwäsche falteten. Sie nickten ihr freundlich zu, ohne ihre Tätigkeit zu unterbrechen. Vielleicht lag es an der Ernsthaftigkeit, mit der sie ihre Bewegungen ausführten, daß Joanna plötzlich zum Bewußtsein kam, welche Innigkeit diese zwei Männer ausstrahlten. Sie stellte ihr Waschprogramm ein und griff nach einer alten *New York Times*, weil sie nicht den Eindruck erwecken wollte, daß sie die beiden beobachtete.

»Hat es dir gestern gefallen?« fragte Luigi nach einer Weile.

Joanna nickte.

»Die letzten sind erst um drei gegangen.«

»Weißt du, wo ich nachher hinfahre?«

»Cape Cod.«

»Nein.«

»Kalifornien.«

»Auch nicht.«

»Hamburg.«

»So ist es.«

»Bist du verliebt?«

Joanna antwortete nicht. Luigi lächelte sie an und sagte, daß in dem Fall sogar eine Fahrt nach Hamburg zu rechtfertigen sei.

Um halb sieben saßen sie immer noch im Strandkorb. Lotte trug ihren bunten Flatterrock, von dem sie behauptete, daß Claudia ihn mit Sicherheit schrecklich fände, weil sie keine grellen Muster möge. Robert mochte das Muster auch nicht, aber er würde sich hüten, mit Lotte irgendwelche Geschmacksfragen zu diskutieren.

Es waren nur noch wenige Leute am Strand. Die meisten saßen bereits bei ihrem Halbpensionsessen oder versorgten sich selbst in ihren teuren Apartments. Seine Mutter hatte sich in den Ferien immer geweigert zu kochen, so daß sie drei Wochen im Jahr das fettige Essen in der *Pension Erika* ertragen mußten. Sie hatten dort mindestens zehn Sommer verbracht, weil seine Mutter meinte, sich nirgendwo anders so heimisch fühlen zu können. Und in der Tat hatte die *Pension Erika* eine gewisse Ähnlichkeit mit dem pastellgrünen Reihenhaus in Oststeinbek.

Um Viertel nach sieben erklärte Lotte, daß sie Hunger habe, und da sie sich mittlerweile auf der Promenade auskannte, wußte sie auch schon genau, wo sie essen wollte. Es war eins dieser Restaurants mit Troddeln an den Gardinen, Stoffsträußchen auf dem Tisch und in Holz eingravierten Sprüchen an den Wänden. Sie bestellten zwei Finkenwerder Schollen mit Bratkartoffeln und Salat, dazu eine Cola für Lotte, weil sie die zu Hause nicht bekam, und ein Bier für Robert.

»Claudia trinkt nie, wenn sie noch Auto fahren muß.«

»Ein Bier kann ich verantworten.«

»Claudia sagt, daß ...«

»Claudia macht sowieso immer alles richtig.«

»Macht sie nicht.«

Er zwinkerte ihr zu, und nach kurzem Zögern zwinkerte sie zurück.

»Du hast es nicht leicht.«

»Claudia ist oft so streng.«

»Sie meint es gut.«

»Das sagen Erwachsene immer.«

»Erwachsene haben es auch nicht leicht.«

»Hoffentlich meldet sie sich bald, deine Joanna«, sagte Lotte und trank ihre Cola in einem Zug aus.

Francesco war zum Glück schon gegangen, als Joanna bei Katie klingelte, um Bruno abzuliefern. Sie gab ihr Roberts Telefonnummer und versprach, alle paar Tage bei ihr anzurufen.

»Willst du wirklich diesen Hundefeind besuchen?«

»Robert und Bruno haben sich zuletzt sehr gut verstanden.«

»Das kann ich mir nicht vorstellen.«

»Erwartet auch niemand von dir.«

Katie sah einen Moment lang so aus, als wolle sie anfangen zu weinen, dann besann sie sich, nahm Joanna in die Arme und wünschte ihr eine gute Reise. Bruno fing plötzlich an zu jaulen und war auch durch Hundekekse nicht zu besänftigen. Joanna kniete sich hin, um ihm den Hals zu kraulen; in diesem Augenblick pinkelte er auf Katies Teppichboden.

»Macht nichts«, sagte Katie. »Das kennen wir ja schon.«

Joanna hörte ihn noch jaulen, als sie die Tür zu ihrer Wohnung aufschloß.

In zehn Minuten kam die Limousine, die sie sich heute gönnen würde. Sie klappte ihren Koffer zu, stellte die Klimaanlage ab und wählte die Nummer ihres Vaters. Zum ersten Mal seit Wochen hustete er nicht mehr.

»Warst du nicht gerade in Hamburg?«

»Vor einem Monat.«

»Und jetzt fährst du schon wieder?«

»So ist es.«

»Ruth hat erzählt, ein Mann hätte dir Bouillon gekocht.«

»Da hat sie mich mißverstanden.«

»Das will ich aber auch hoffen.«

»Ich könnte dir eine Telefonnummer geben.«

»Wieso?«

»Falls was passiert.«

»Was soll schon passieren?«

Lotte war auf der Rückfahrt eingeschlafen und wachte erst auf, als Robert anfing zu fluchen, weil er nach zwanzig Minuten immer noch keinen Parkplatz gefunden hatte.

»Vielleicht solltest du nach Oststeinbek ziehen. Dort gibt es keine Parkplatzprobleme.«

»Ich kann mich gerade noch beherrschen«, antwortete Robert und entdeckte endlich eine Lücke.

»Dies war der schönste Tag seit langem«, murmelte Lotte, als sie im Bett lag und Robert die Gardinen zuzog.

Er drehte sich um und wollte noch etwas sagen, doch da schlief sie schon wieder.

Im Wintergarten hatte sich die Hitze gefangen, und es roch noch immer ganz leicht nach Nicks Zigaretten. Robert öffnete die Fenster und griff nach jenem Buch von Michael Ondaatje, das er seit Wochen nicht mehr in der Hand gehabt hatte. Er begann zu lesen, und nach einer Weile erschien es ihm nicht mehr so schwierig wie bei seinem ersten Versuch. Joanna hatte immer nur von Erzählperspektiven und Kriegserfahrungen gesprochen. Daß es hier auch um die Geschichte zweier Liebenden ging, hatte sie ihm verschwiegen.

Die Maschine startete pünktlich. Joanna lehnte sich in ihrem Sessel zurück und schloß die Augen. In Deutschland war es jetzt kurz nach Mitternacht. Lotte schlief bestimmt schon, und Robert saß vermutlich im Wintergarten und las. Es war immer noch heiß, weil der Wintergarten nach Westen zeigte und die Hitze sich dort am längsten hielt. An dem Morgen, als sie beschlossen hatte, nach New York zurückzufliegen, lag *Der englische Patient* auf dem Korbtisch im Wintergarten. In Cape Cod hatte sie ein paarmal daran gedacht, Robert zu fragen, ob er das Buch in der Zwischenzeit gelesen habe. Und dann hatte sie es doch vergessen. Es würde ihm gefallen, das wußte sie.